二 見 文 庫

夜を抱きしめて

リンダ・ハワード／加藤洋子＝訳

Cover Of Night
by
Linda Howard

Japanese language paperback rights arranged with Ballantine Books,
an imprint of Random House Publishing Group,
a division of Random House, Inc.
through Japan UNI Agency,Inc., Tokyo.

夜を抱きしめて

登　場　人　物　紹　介

ケイト・ナイチンゲール	B&Bの若き女主人
カルヴィン・ハリス	村で便利屋業を営む男
タッカー	ケイトの息子。双子の兄
タナー	ケイトの息子。双子の弟
シーラ・ウェルズ	シアトルで暮らすケイトの母親
ジョシュア・クリード	元軍人の狩猟ガイド
シェリー・ビショップ	B&Bの手伝いをする村の主婦
ニーナ・デイス	飼料店を経営している女性。元修道女
ジェフリー・レイトン	消えた三号室の客
サラザール・バンディーニ	シカゴ・マフィアの首領
ユーエル・フォークナー	フリーランスの殺し屋
ヒュー・トクステル(メラー)	ユーエルの部下。40代のベテラン
ケノン・ゴス(ハクスレー)	ユーエルの部下。ハンサムで狡猾な男
ティーグ	村周辺の地理に通じている無頼漢

1

　ケイト・ナイチンゲールが営むＢ＆Ｂ（朝食つき宿泊所）の三号室の客は、ダイニング・ルームの入口で立ちどまったが、そのまま入らずに姿を消した。三号室は見事なまでに飾り気のない部屋で、ケイトはひそかに〝マッチョ部屋〟と呼んでいた。常連客の大半はケイトが出す朝食に気をとられており、男の一瞬の登場に気づかなかった。気づいた客たちも、男の唐突な行動に関心を払わなかった。ここ、アイダホ州トレイル・ストップの住人は、おしなべて他人に無関心だし、ケイトの客の一人が、みんなと食事を楽しむ気分でないのなら、どうぞご勝手に、というわけだ。

　ケイトにしても、男に気づいたのは、たまたまキッチンからスライスしたハムの皿を運んできたところで、キッチンの入口の真向かいにダイニングの入口があるからだった。時間ができたら二階に行き、その客――名前はレイトン、ジェフリー・レイトン――に、朝食を部屋まで運びましょうか、と尋ねること、と頭のなかにメモした。他人と食事をいっしょにしたがらない客もいる。それだけのことだ。二階に朝食を運ぶのは珍しいことではない。

〈ナイチンゲールのB&B〉を開いて三年になる。宿泊のほうはそれほど儲《もう》からないが、朝食は流行《はや》っていた。ダイニング・ルームで宿泊客以外にも朝食を出すようになったのは、幸運なりゆきだった。ダイニング・ルームには、客全員が囲んで座るような大きなテーブルではなく——客室が五室とも埋まることを想定してだが、満室になったことは一度もない——小さな四人掛けのテーブルを五卓並べ、宿泊客がささやかなプライバシーを保てるようにしてあった。開業してほどなく、小さな村の住民たちは、ナイチンゲールのダイニング・ルームがおいしい食事を出すことに気づき、朝、コーヒーを飲みに寄ってもかまわないか、と尋ねてきた。ついでにケイトの焼くブルーベリー・マフィンもつけてもらえるとありがたい。

余分な出費を考えて内心うめきたかったが、引越してきたばかりで地域に溶けこみたかったし、椅子の予備もあったため、イエス、と言わざるをえなかった。そうこうするうちに代金を支払いたいと申し出があり、室料が朝食込みだったためいくら請求したらよいかわからず、しかたなく手書きで値段を書きこんだメニューを作り、ダイニングの横の入口に貼りだした。地元の人たちは、大きな屋敷をぐるっとまわって玄関から入らず、横の入口を使っていた。一カ月も経たないうちに、ケイトはダイニング・ルームに六卓めのテーブルを押しこみ、座席数を二十四に増やした。宿泊客がいるときは、それでも足りないこともある。満席のせいで地元の男たちが立ったまま壁に寄りかかり、コーヒーを飲みながらマフィンを頬張ることもよくあった。

でも、きょうは〝スコーンの日〟だ。週に一度、ケイトはマフィンのかわりにスコーンを焼く。牧場や木材伐採場で働く村人は、はじめのうちこそ〝へんてこなビスケット〟に猜疑《さいぎ》の目を向けたが、いまではすっかり気に入っていた。ケイトはいろいろな味を試してみたが、どんなジャムにも合うという理由で、バニラが圧倒的な人気だった。

ケイトは焼いたハムの皿を、テーブルのど真ん中、コンラッド・ムーンとその息子のあいだの、どちらからもえこひいきしていると言われない場所に置いた。かつて一度、コンラッドにちかい側に皿を置くという間違いを犯したため、それ以来二人は、ケイトが好きなのはどちらかで、たえず議論を戦わせていた。息子のゴードンは冗談を言っているだけだろうが、コンラッドは三人めの妻を物色中だ。そういう目で見られているような気がして、落ち着かない。そうでないことを願いつつ、ハムを置く場所ごときでコンラッドに妙な期待を抱かせないよう細心の注意を払っている。

「うまそうだ」ゴードンがのんびりとした口調でいつもの褒め言葉を口にし、フォークを伸ばした。

「うまそうなんてもんじゃない」〝褒め言葉部門〟で息子に負けてなるものかと、コンラッドが言う。

「どうも」ケイトはうなずき、コンラッドに付け入る隙を与えまいと足早に退散した。コンラッドは善良な男だが、父親と言ってもいいほどの年齢だ。たとえいまより暇《ひま》になり、男と付き合うことを考えたとしても、彼を選ぶことはありえない。

バン社製のコーヒーメーカーの前を通り過ぎながら、無意識にポットの残量を確認し、新しく淹《い》れるべきかどうか考えた。ダイニング・ルームはまだ満席で、みんないつもより長居だった。狩猟ガイドのジョシュア・クリードが、得意客を連れて姿を見せていたからだ。クリードがいると、みんながまわりに集まって言葉を交わそうとする。クリードが発する指導者のオーラに自然に反応するのだ。彼が退役軍人と聞いて、ケイトもすぐに納得したほどで、鋭いまなざしから角張った顎やがっしりした肩まで、統率力が漲《みなぎ》っている。しょっちゅうやってくるわけではないが、来たときはいつも敬意をもって遇されていた。

クリードの客は黒髪のハンサムな男だった。三十代後半ぐらいで、ケイトがもっとも敬遠するよそ者タイプだ。ジョシュア・クリードを雇えるのだから裕福なことはたしかで、ダイニング・ルームにいる人たちと同じジーンズとブーツという格好だが、さりげなく、あるいはそれほどさりげなくないやり方でその富をひけらかし、仲間らしくふるまっていても自分は大物だと誇示することを忘れない。シャツの左の袖をおおげさにまくり上げて、ダイヤモンドのはまった薄い時計をちらつかせているのも一例だ。やや大きすぎて、やや愛想のよすぎる声で、アフリカでの狩猟体験談を披露し、地理の知識をひけらかしてナイロビがどこにあるのか講義していた。〝原住民〟と〝無知〟は同義語であるという思いこみに、ケイトはあきれ顔を見せないよう必死でこらえた。〝風変わり〟かもしれないが、だんじて〝無知〟ではない。しかも彼は、野生動物を狩るのは写真を撮るためとつけ加えるのを忘れなかった。感情レベルでは同意できるものの、ただの一頭も仕留められなかった場合の言い逃れにすぎないと、ケイトの直感はささやいていた。写真と名のつくものを一枚でも撮っているとしたら驚きだ。

キッチンへ急ぎながらふと思った。いったいいつごろから、新顔を〝よそ者〟とみなすようになったのだろう。

以前の人生といまの人生のあいだに、あまりにくっきりと線が引かれているので、自分でも同一人物とは思えないときがある。ゆるやかな変化ではなかった。調査したり吟味したりする時間も与えられず、だんだんにいまの自分になったわけではない。立っていた地面がとつぜん隆起して崩れ落ちたのだ。デレクの死から、アイダホに移り住む決心をするまでの時期は、まさに太陽の光も届かない険しく狭い谷だった。子どもたちとこの地に来てからは、B&Bを開いて落ち着くのにせいいっぱいで、自分自身がよそ者であることを悩む暇もなかった。そうこうするうちに、気づいたらシアトルにいたときと変わらぬほど、小さなコミュニティを織りなす縦糸と横糸の一部となっていた。それ以上かもしれない。シアトルは大都市だからまわりはすべて他人、だれもが自分の小さな泡のなかだけで生きている。だがここでは、文字どおり村人全員を知っていた。

開けっぱなしのキッチンの入口まで戻ってくると、ちょうど顔を突き出したシェリー・ビショップが、ケイトに気づいてほっとした表情を浮かべた。

「どうかしたの?」小走りでキッチンに入りながら尋ねた。まず食卓を見て、四歳の双子、タッカーとタナーが熱心にシリアルをすくっているのを確認する。さきほど座らせた子ども椅子に座ったままだ。ふだんどおり、ぺちゃくちゃしゃべったり、くすくす笑ったり、くねくねと身をよじらせたりして、二人の世界はこともなしのようだ。正確に言えば、タッカーがしゃべって、タナーは聴いている。タナーがほとんど話さないことが心配といえば心配だが、小児科医は楽観していた。「大丈夫ですよ」ドクター・ハーディは言った。「タッカーが二人分話すから、話す必要がないんですよ。言いたいことがあれば話しますよ」理解力も含め、ほかはすべて問題ないので、小児科医が正しいと思うべきだ――でもやっぱり心配していた。せずにはいられない。母親だもの。

「流しの下のパイプが破裂したのよ」シェリーがうんざりしたように言った。「元栓を閉めた。でも、すぐに水が出ないと困る。汚れたお皿が山積みだから」

「そんな、よしてよ」調理や皿洗いに必要な水が出ないのはむろん困るが、さらに大変な問題が立ちはだかっていた。ケイトの母親、シーラ・ウェルズが、一週間の予定でシアトルからこちらに向かっており、午後にも到着する予定だった。そもそも、ケイトと双子がシアトルを離れたことが気に入らないのだから、水が出ないと知れば、近代設備も整わぬ辺鄙《へんぴ》な場所に引越して、と文句を言うにきまっている。

つねになにかしら問題が起きる。この家にはたえず点検修理が必要だ。古い家だからしかたないとは思うものの、資金繰りに苦労のしつづけだった。せめて一週間、なにも起こらずに過ぎてほしい。来週こそはと願って、ケイトはため息をついた。

キッチンの電話の受話器をとり、そらでおぼえているアール金物店の番号をまわす。

ウォルター・アール本人が、いつものように最初の呼び出し音で電話をとった。「はい、金物店」町には一軒しか金物屋がないし、電話に出るのは彼一人だから、それ以上言う必要はない。

「ウォルター、ケイトよ。ミスター・ハリスがきょう、どこで仕事しているかご存じ？　配管の非常事態なの」

「ミシュタ・ハウィス！」地元の便利屋の名前を耳にしたタッカーが歓声をあげた。興奮してスプーンで食卓を叩きだす。ケイトはウォルターの声を聞き取ろうと片方の耳に指を突っこんだ。男の子たちは期待に震え、喜びに顔を輝かせてこちらを見ていた。二人は地域の便利屋さんのことが大好きなのだ。魅力的な道具をたくさん持っているうえに、レンチやハンマーで遊んでも気にしないからだ。

カルヴィン・ハリスは電話を持っていないが、その日の仕事に必要な部品を調達するため、毎朝、金物店にかならず寄るので、ウォルターが居場所を知っていた。ケイトも、引越してきてすぐは、いまのご時世に電話を持っていない人がいると知ってあきれたが、いまはこの伝達システムに慣れてなにも思わなくなっていた。ミスター・ハリスは電話を持ちたくないから持たない。合理的だ。狭い村のことだから、彼を見つけるのは造作もない。

「カルはここにいる」ウォルターが答えた。「すぐそちらに行かせるよ」

「ありがと」探しだす必要がなくてよかった。「何時にこれるか訊いてくれる？」

ウォルターが大声で質問を中継するのに答えて、ミスター・ハリスの穏やかな声が遠くに聞こえた。

受話器からウォルターの声が流れる。「数分で着くと言っている」

さよならを言って受話器を置き、安堵のため息をついた。たいした故障でなければ、すぐに水が出るだろう。しかも財政面の打撃も最小限で。ここまで頻繁にミスター・ハリスの修理における天賦《てんぷ》の才を必要とするなら、修理代のかわりに賄《まかな》いつきの部屋を無料で提供することを考えるべきかも。彼が飼料店の二階に間借りしている部屋は、ケイトのところより多少広いが、家賃を払っているわけだし、食事つきというのは有利な条件だ。貸せる部屋がひとつ減ることになるが、満室になったためしがないのだからかまわない。決断しかねている理由は、赤の他人がこの先ずっと家にいることだ。昼間これだけ忙しいのだから、夜くらいは家族だけで過ごしたかった。

もっとも、ミスター・ハリスはとても内気だから、夕食をすますとぼそっとなにか言って部屋に引き揚げ、朝まで姿を現わさないだろう。でも、もしそうでなかったら？ もし男の子たちが自分よりミスター・ハリスといっしょにいたがったら？ そんなこと気にする必要もないとは思うが、でももしそうなったら？ 子どもたちの生活の中心はケイトであり、いまはまだその特権を手放せない。いつかは子離れが必要だろうけれど、双子はまだ四歳で、デレクが遺《のこ》してくれたすべてだった。

「それで？」シェリーがせっつく。よい知らせにせよ、悪い知らせにせよ、早く知りたくてうずうずしている。

「すぐに来てくれるって」

「じゃあ、ほかの仕事に出かける前につかまえられたのね」シェリーも、ケイトと同じくらいほっとしているようだ。

ケイトは男の子たちのほうに目をやった。二人ともスプーンを持つ手を止め、こっちをじっと見つめている。「シリアルを食べてしまいなさい。じゃないと、ミスター・ハリスを見物できないわよ」ケイトは厳しい口調で言った。ミスター・ハリスはキッチンで作業をするのだから、見物できないことはないが、子どもたちは四歳だからわからない、でしょ？

「いしょごー」タッカーが言い、二人ともろくに嚙みもしないで食べ終えようとした。

「いそごう、でしょ」発音を言い直す。

「いそごう」タッカーが素直にくり返した。その気になれば正しく発音できるのだが、なにかに気をとられると——たいていいつもだが——赤ちゃん言葉に戻ってしまう。しゃべることがたくさんありすぎて、きちんと発音している暇がないのだろう。「ミシュタ・ハウィスがくるよ」タッカーがタナーに言った。弟の理解を促すかのように。「ドウィルであそぼーっと」

「ドリル」ケイトが直す。「それと、だめよ。見物するのはいいけど、道具に触っちゃだめ」

タッカーの大きな青い目がみるみる涙でいっぱいになり、下唇が震えた。

「ミシュタ・ハウィスは遊ばせてくれるよ」

「時間があるときはね。きょうは忙しいの。うちが片づいたら、よそでお仕事があるのよ」

B&Bをオープンした当座は、便利屋が仕事をしているあいだ、子どもたちを遠ざけておく努力をした。そのころは双子もまだ一歳だったから、いまより楽にできたはずなのに、二人はケイトの目を逃れることに恐るべき能力を発揮した。ケイトがうしろを向いたとたん、鉄が磁石に引き寄せられるようにミスター・ハリスのもとに戻っている。子猿さながら道具箱に手を突っこみ、触れた物を持ってすたこら逃げだすのだから、彼も辟易《へきえき》していただろうに、一言も苦情を聞かされたことはなく、そのことは感謝していた。もっとも、子どものことで文句を言わないのが意外というわけではなく、彼はつねにほとんどなにも言わない。それだけのことだ。

男の子たちは大きくなったが、道具への憧《あこが》れは冷めるどころではない。ただひとつの違いは、彼らが「てつだってる」と言い張ることだ。

「おれならかまわない」ミスター・ハリスは、ケイトが双子をつかまえるたびに、頭をひょこっとさげ頬を真っ赤にしてつぶやく。気の毒なほど内気で、人と目を合わせることもなく、どうしても必要なときしか口をきかない。ただし、子どもたちとは話をしている。子どもが相手なら気が楽なのかもしれない。男の子たちの甲高い声に混じって、彼の興奮した声が聞こえることがある。まるで本気で会話をしているように。

キッチンからダイニング・ルームをのぞくと、客が三人、支払いをするために並んでいた。

「すぐに戻ってくる」と言って、お金を受け取りにいく。ダイニング・ルームにキャッシュレジスターを置きたくなかったが、朝食ビジネスで必要にせまられ、やむなく外扉のそばに小さなものを設置した。客のうち二人はジョシュア・クリードの連れだった。ジョシュア・クリードが帰るということは、まもなくダイニング・ルームが空《から》になるということだ。

「やあ、ケイト」ミスター・クリードが軽く頭をさげた。長身で広い肩幅、髪は黒く、こめかみに白いものが目立ち、日焼けした顔がつねに自然にさらされてきたことを物語っている。はしばみ色の細い目が鋭く光り、釘を嚙みくだいて弾丸にして吐きだしそうなほどタフに見えたが、ケイトに話しかけるときはいつも丁重だった。「来るたびにスコーンの味がよくなる。ここで毎日食事をしたら、すぐに体重が百五十キロを越えるな」

「まさか。でも褒めていただいてうれしいわ」

クリードは客を振り返って紹介した。「ケイト、こちらはランダル・ウェリンガム。ランダル、こちらの麗《うるわ》しい女性はケイト・ナイチンゲール、このナイチンゲールB&Bのオーナーで、ついでに言うと、このあたりいちばんの料理人だ」

最初の褒め言葉には議論の余地があるし、あとのはあきらかに間違いだ。天性の料理上手といえばウォルター・アールの奥さんのミリーで、計量カップなしに最高のご馳走を作る。とはいえ、ミスター・クリードの褒め言葉は、商売のさしさわりにはならない。

「それについて異論はありませんな」ミスター・ウェリンガムがとってつけたようにあいづちを打ち、手を差しだした。すばやい視線がケイトの体を値踏みし、顔に戻ってきた。表情からして、ケイト本人にもケイトの料理にも感銘を受けていないことはあきらかだ。ケイトはしぶしぶ手を握った。ミスター・ウェリンガムの握手は強すぎるし、肌はなめらかすぎる。肉体労働で体を鍛えている男の手でない。もちろん、それが悪いわけではない。肉体労働をしている他人をあからさまに侮蔑《ぶべつ》しないかぎりは。いまのところ、ミスター・クリードだけはその侮蔑を免れているが、よほどのぼんくらでないかぎり、クリードをないがしろにする人はいない。

「長くご滞在ですか?」社交辞令を言う。

「一週間だけですよ。そのくらいしか仕事から離れられなくてねえ。わたしが休暇を取るたびに、会社が大混乱に陥りますから」自慢げにくすくす笑う。

ケイトは返事をしなかった。富のひけらかし方から、自分で会社を経営していることは容易に想像がついたが、関心がないのでそれ以上尋ねる気も起こらない。ミスター・クリードがうなずいて黒い帽子をかぶり、二人は店を出てつぎの客に場所を譲った。さらに二人の客が列のうしろにつく。

並んでいた客から代金を受け取り、コーヒーのおかわりを注いでダイニングを一巡したとき、コンラッドとゴードンのムーン親子が席を立った。ケイトはレジに戻り、コンラッドのおおげさな褒め言葉とゴードンのにやにや笑いを受け流した。ゴードンは、父親がケイトへの〝思い〟を募らせているのがおもしろくてしかたないらしい。

ケイトにとってはおもしろくもなんともない。コンラッドは外に出た息子をすぐには追わず、ごくんと唾を呑みこんだ。喉仏が上下する。「ミス・ケイト、ひとつ伺いたいのだが――今夜は、その……宿泊客の相手で忙しいのでしょうな?」

古風な口説き方は魅力的だが危険でもある。言い方は好ましいが、ほのめかしていることを考えるとぞっとする。ケイトも唾を呑みこみ、はぐらかしてもさらに言い寄られるだけだと思い、堂々と受けて立つことにした。「いいえ、それほどでもありません。夜は子どもたちと過ごすことにしていますから。昼間はとても忙しいので、子どもたちと過ごせるのは夜だけですし、そういう時間を大事にしたいと思っています」

コンラッドはそんなことで引き下がらなかった。「あたら盛りの時季を無駄にするなど

方をしていますから」

「……」

「無駄にしてはいません」ケイトは断言した。「自分と子どもたちのために最良と思う生き方をしていますから」

「だが、子どもたちが大きくなったころには、おれのほうが死んじまってる」

やれやれ、本音が出てきた。信じられないという視線を向け、うなずいた。「ええ、そうかもしれませんね。それでも、今回はお断わりせざるをえません。おわかりいただけると思いますけど」

「よくわからんが」ぼそぼそつぶやく。「男たるもの、拒絶は甘んじて受けないとな」

シェリーがキッチンのドアから顔をのぞかせた。「カルが来たわよ」

コンラッドの視線がシェリーに移り、照準が合った。「ミス・シェリー、どうかな、今夜は宿泊客の相手で……」

色呆《いろぼ》けじじいの相手はシェリーに任せることにして、ケイトはキッチンに逃げこんだ。

ミスター・ハリスは膝立ちで流し台の下に首を突っこんでおり、椅子を抜けだした男の子たちは、重たい道具箱の中身をせっせと空《から》にしていた。

「タッカー、タナー!」両手を腰に当て、〝母のひと睨《にら》み〟を浴びせる。「道具箱に全部戻しなさい。ミスター・ハリスの邪魔をしちゃいけないって言わなかった? 見物してもいいけど、道具に触っちゃいけないって言ったでしょ。二人とも、部屋に行きなさい、いますぐ」

「でも、ママ——」タッカーが口を開く。いたずらが見つかったときは、すぐに応戦のかまえにはいる。タナーのほうはレンチを持ったままあとずさり、勝敗の行方を傍観するかまえだ。自分の手に余る状況になりつつあることが、ケイトにはわかった。二人がいまにも反抗してくると、母性本能が告げていた。よくあることだった。許される限界をじりじりと押し広げようとするのだ。けっして弱みをみせるな。いじめや野生動物、それに四歳児の反抗に直面したときの、母がくれた唯一の助言だ。

「だめ」ケイトはきっぱり言って、道具箱を指さした。「道具を道具箱に戻しなさい。いますぐ」

タッカーが口を尖《とが》らせ、ねじ回しを道具箱に投げこんだ。奥歯に力が入るのを、ケイトは感じた。物を投げてはいけないことぐらいわかっているはず。ましてや他人の物を投げるなんて。すばやく道具箱をまたぎ越し、タッカーの腕をつかんで尻を叩いた。「ミスター・ハリスの道具を投げちゃだめでしょ。まずミスター・ハリスにあやまりなさい。それから自分の部屋に行って十五分、〝反省椅子〟に座りなさい」タッカーが大声で泣きだした。頬を伝う涙にかまわずに、今度はタナーに向かって声を張り上げた。「あなたもよ、レンチを道具箱へ戻しなさい」

タナーは顔をしかめて反抗的な表情をみせたが、それでもため息をつきながら、レンチをそっと道具箱に戻した。「わかってるってば」世を憂えるような声の調子がおかしくて、ケイトは笑いを嚙みこらえた。わずかでも隙をみせたら、二人がつけあがることはいやというほどわかっていた。

「あなたも言ったことが守れなかったんだから、タッカーが終わったあとに、十分間、反省椅子に座りなさい。さあ、二人とも道具を集めて箱に戻して。ていねいにね」

下唇を突きだしたタナーは小さな雷雲のようだし、タッカーは泣きつづけていたが、言われたことには従った。ケイトがほっとして顔をあげると、ミスター・ハリスが流し台の下から出てきて、なにか言おうと口を開いた。小さな罪人をかばうつもりだ。指を立ててそれを制した。「なにも言わないで」

ミスター・ハリスは顔を真っ赤にし、「ああ、わかった」とつぶやくと、流し台の下に戻った。

正しい場所にではないにしろ、道具がすべて箱に戻されたのを見極めると、ケイトはタッカーを促した。「ミスター・ハリスになんと言うの？」

「ごめんなしゃい」言葉の合間にしゃっくりが入り、鼻水が流れ落ちる。

ミスター・ハリスは賢明にも流し台の下から顔を出さなかった。「ちっとも……」言葉が途切れる。はっと体をすくめ、それからつぶやいた。「おかあさんの言うことを聞かなきゃだめだよ」

紙タオルを取ってタッカーの鼻を拭う。「かんで」紙をあててやると、タッカーは力《りき》んで鼻をかんだ。なにに対しても、一所懸命になりすぎるところがある。「さあ、二人とも部屋に行きなさい。タッカー、あなたは反省椅子に座って。タナー、あなたはタッカーが座っているあいだ、静かに遊んでなさい。タッカーに話しかけちゃだめよ。交替する時間になったら、知らせにいくから」

想像を絶する恐怖に直面するかのように、二人はうなだれ、のろのろと階段をあがっていった。ケイトは時計を見て、タッカーを罰から解放する時間を確認した。

シェリーがキッチンに戻ってきた。同情とおもしろがる気持ちが綯《な》いまぜになった表情を浮かべている。「タッカーは、あなたが二階にあがっていくまで、ちゃんと椅子に座っているの?」

「最近はね。これまで何度も反省椅子に座る時間を延ばされたもんで、さすがにわかったみたい。タナーのほうがもう少し強情かな」言うことを聞かせようとしてこの一年に払った努力を考えれば、これは控えめな表現だ。タナーは言葉数こそ少ないが、〝強情〟が服を着てるようなものだ。二人とも活発で意志が強く、ずば抜けて才能豊かだ。その才能でつぎつぎと新手——より巧妙で危険なもの——をくりだして面倒を引き起こす。ケイトもかつては、お尻をひっぱたくのはもちろん、軽く叩くのも論外だと思っていたが、二人が二歳になるころには、子育てに対する考え方を大幅に修正していた。まだひっぱたく事態には至っていないものの、この先、それなしで育てあげる自信はなかった。胃が締めつけられる思いだが、育てるのもしつけるのも、危険から守ってやるのも、一人でやらねばならない。そうやって一人前の人間に仕上げなければならないのだ。これからの長い年月を考えると、気が遠くなりそうだ。デレクはいない。だれにも頼れない。

ミスター・ハリスが流し台の下から出てきて、こちらのようすをうかがい、話しかけても大丈夫と判断したらしく、咳払いをした。「あの……水漏れは大丈夫だ。ねじがゆるんでいただけだ」みるみる顔が赤くなり、手に持ったパイプレンチに視線を落とす。

ケイトは安堵のため息をつき、戸口へ向かった。「ああ、助かった。お財布を取ってくるわね」

「金はいらない」ミスター・ハリスがぼそぼそと言う。「締めただけだから」

ケイトは驚いて立ちどまった。「でも、時間をとらせたんだから――」

「一分とかかってない」

「弁護士は一分でも仕事をすれば一時間分請求するそうよ」シェリーが言う。なんだかおもしろがっている。

ミスター・ハリスが小声でなにかつぶやいた。ケイトは聞きとれなかったが、シェリーには聞こえたらしくにやにや笑っている。なにがそんなにおかしいのかわからないが、追及している暇はなかった。「じゃあ、コーヒーだけでもいかが、店のおごりで」

返事は「ありがとう」に聞こえたが、「おかまいなく」だったかもしれない。前者だと勝手に解釈してダイニング・ルームに行き、ラージサイズの持ち帰り用カップにコーヒーを注いでプラスチックの蓋《ふた》をした。客がまた二人レジに並んだので金を受け取る。一人は顔見知り、もう一人は見たことのない顔だが、狩猟シーズンではそれも珍しくない。残っている客を見渡し、くつろいでいることを確認してから、コーヒーを持ってキッチンに戻った。

ミスター・ハリスは、しゃがんで道具箱を整理していた。申しわけなさに顔が火照《ほて》る。

「ほんとうにごめんなさいね。道具に触っちゃいけないと言い聞かせておいたんだけど――」

肩をすくめ、コーヒーを差しだす。

「かまわない」発砲スチロールのカップを受け取り、油で汚れたざらざらの手で包みこみ、軽く頭をさげた。「いっしょにいると楽しい」

「あの子たち、あなたに夢中だから」ケイトはぼそっと言った。「二階に行って子どもたちのようすを見てこなくちゃ。ほんとうにありがとう、ミスター・ハリス」

「まだ十五分経ってないわよ」シェリーが時計を見上げて言った。

「わかってる。でも、二人には時計が読めないんだから、多少早くても関係ないでしょ？悪いけど、ちょっとレジを見ていてくれる？コーヒーは注いであるから、なにもしなくていいと思う。お客さんが帰るときはよろしくね」

「いいわよ」シェリーが言ったので、ケイトは廊下に出て長い急な階段をあがった。

表側のふたつを自分と子どもたちで使い、眺めのいい部屋を客室にしている。階段も踊り場も絨毯《じゆうたん》敷きなので、階段をあがりきって右に曲がったときも足音はしなかった。子ども部屋のドアは開いているが、声は聞こえない。ケイトはにっこりした。いい兆候だ。

戸口で立ちどまり、しばらくようすを眺めた。タッカーは反省椅子に座り、下唇を突きだして指の爪をかじっていた。タナーは床に座り、童話の本を脚にもたせて作った勾配《こうばい》に玩具《おもちゃ》の車を走らせ、小声でエンジン音をまねている。

思い出がよみがえり、心臓がぎゅっとなった。二人のはじめての誕生日、デレクが亡くなってほんの数カ月後、二人のもとには玩具が山ほど送られてきた。ケイトは二人にエンジン音をまねしてきかせたことはない。よちよち歩きのころで、それまでの玩具といえばやわらかなビロードのぬいぐるみか、叩いて遊ぶものか、言葉をおぼえ協調性を養うための教育玩具ばかりだった。二人が玩具の車で遊べるようになる前にデレクは死んでしまったし、ケイトの父も遊んでやっていない。弟はもしかしたら遊んでくれたかもしれないが、サクラメントに住んでいて、デレクが亡くなったあとは一度しか会っていなかった。自動車のエンジン音を教えてくれる人はいなかったのに、二人とも、鮮やかな色の大きなプラスチック製の車を与えられると、前後に押しながら「ブーン、ブルルーン」と言い、ギアチェンジの音までまねしてみせた。そのとき、ケイトが啞然《あぜん》として見つめたのは、子どもたちの人格が生まれながらにセットされており、母親に基本的な本能を微調整はできても、人格全体を形作る力のないことをはじめて理解したからだ。二人はあるがままの二人であり、ケイトはそのすみずみまで、細胞ひとつひとつまで愛していた。

「交替の時間よ」声をかけると、タッカーが安堵の大きなため息をついて椅子から飛びおりた。タナーは車を放し、これぞ意気消沈の権化《ごんげ》といわんばかりに深くうなだれた。なんとか立ち上がったものの、足に目に見えないおもりがついているかのように、歩くのがやっとだ。動きの遅いこと、椅子にたどり着く前に学校にあがる歳になってしまいそうだ。ようやく到着し、ぐったりと椅子に倒れこむ。

「十分よ」笑いださないように必死でこらえる。タナーは自分が呪われていると思っている。死ぬまで反省椅子から出られる望みはないと、全身で訴えていた。

「ぼく、いい子にしてたよ」タッカーがケイトの脚に抱きついてきた。「ひとつもしゃべらなかった」

「それはえらかったわね」指で黒い髪を撫でながら言う。「男らしく罰を受けたのね」

見上げる青い目がまん丸になる。「そうなの？」

「そうよ。ママはうれしいわ」

タッカーは小さな肩を怒らせ、しかつめらしくタナーを見る。こちらは、いつ死んでもおかしくないといった風情だ。「タナよりえやい？」

「えらい」発音を直す。

「えらーい」

「上手ね。それから、タナじゃなくてタナーでしょ」

「タナーールルル」喉の奥で最後の〝r〟の音をくり返す。

「ゆっくり話してごらんなさい。そうすれば、正確に《ダウン・パット》言えるようになるわ」

タッカーがとまどったように首をかしげた。「ちくしょう《ダム》・パットってだあれ？」

「タッカー！」あらたなショックに、ケイトは口をぽかんとあけた。「どこでそんな言葉をおぼえたの？」

タッカーはますます混乱したようだった。「いま、ママが言った。ダム・パットって」

「ダウンよ、ダムじゃなくて！」

「ああ、そーか」まじめな顔になる。「ダウン・パットってだれなの？」

「人の名前じゃないの」たぶん偶然だろう。〝ちくしょう〟という言葉は聞いたことがないはずだ。アルファベットは二十六文字しかないのだから、音を混同しても不思議ではない。ケイトが聞き流していたら、タッカーは言ったことさえ忘れていただろう。そう、たしかに。でもこうなったからには、頭のなかで反芻《はんすう》し、ケイトをいちばんうろたえさせる場――たとえばケイトの母の前――で披露《ひろう》するにちがいない。

「タナーが反省椅子にいるあいだ、静かに遊んでいなさい」肩を叩いて座るように促す。「十分したら戻ってくるから」

「八分だよ」元気を取り戻したタナーが憤慨の表情を浮かべた。

ケイトは腕時計に目をやり、罰を科す残り時間を確認した。たしかにちょうど二分経っている。

子どもたちに心底驚かされることがある。二人とも二十まで数えられる。だが、引き算は教えていないし、二人の時間の概念は、〃いますぐ〃と〃ずっとずっと先〃の二通りしかない。タナーは話すかわりに観察に徹し、いつのまにか算数の考え方を学んだのだろう。

来年あたり、税金の計算をしてくれるかもしれない。ケイトは内心にっこりした。

戻ろうとして振り返ったとき、三号室という文字が目に入った。廊下の向かいの扉だ。ミスター・レイトン！　水漏れと双子の反抗騒ぎで、朝食を部屋に運ぶのをすっかり忘れていた。

部屋の前までゆき、ドアが少し開いていたのでわきの柱をノックした。「ミスター・レイトン、ケイト・ナイチンゲールです。朝食をお持ちしましょうか？」

待ったが返事がない。双子にかまけているあいだに、部屋から出て下におりたのだろうか。このドアは堅くてきしむから、開閉すれば聞こえるはずだ。

「ミスター・レイトン？」

やはり返事なし。おそるおそるドアを開けると、思ったとおりにきしんだ。

ベッドカバーが乱雑にわきにのけられ、クロゼットの扉も開けっぱなしで、何着か服がぶらさがっているのが見えた。客室はどれも狭いバスルームがついており、そのドアも開いていた。荷物置き台に置かれた革のスーツケースも開いたまま、蓋が壁にもたせてある。それなのに、ミスター・レイトンはいなかった。ケイトが子どもたちと話しているあいだに下に行き、ケイトがドアのきしみを聞き逃しただけにちがいない。

ミスター・レイトンが戻ってきて、のぞき見していると思われたら困る。急いで部屋を出ようとしたとき、窓が開いていて、網戸がわずかに傾いているのに気がついた。とまどいながら部屋を横切り、網戸をもとの位置に戻して掛け金をかけた。なぜはずれたの？　男の子たちがこの部屋で遊んで窓にのぼろうとした？　そう思ったとたん怖気《おぞけ》が付いた。窓から顔を出して玄関ポーチの屋根を見おろす。この高さから落ちたら骨を折るか、死んでしまうかもしれない。

そんなことを思って恐怖に駆られ、駐車スペースが空っぽだと気づくのに少しかかった。ミスター・レイトンのレンタカーがない。二階に戻ってこなかったのか、それとも――それとも、窓枠を乗り越えポーチの屋根づたいに地上におり、車で走り去ったか。ばかばかしい考えだが、息子たちがポーチの屋根に出たのではと考えるよりはましだ。

三号室を出て双子の部屋に戻った。タナーは反省椅子に座り、差し迫る死とあいかわらず向き合っていた。タッカーは色チョークで黒板に絵を描いていた。「あなたたち、窓を開けた？」

「開けないよ、ママ」タッカーが創作の手を休めずに答えた。

タナーもなんとか頭を持ち上げ、重々しく振った。

二人はほんとうのことを言っている。嘘をつくときは目がまん丸になり、まるでケイトがコブラで、ゆらゆらする頭に射すくめられたようになる。ティーンエージャーになっても、そうしてくれたらと思う。

開いている窓の説明として残るのは、ミスター・レイトンが実際に窓枠を乗り越え、車で走り去ったというものだ。

なぜそんなおかしなことをしたのだろう。

万が一彼が落ちていたら、彼女の保険で治療費をカバーできたろうか？

2

　ケイトは階段を駆けおりた。二階で双子の相手をしているあいだに、客がとつぜん殺到し、シェリーが困っているかもしれない。キッチンのドアにちかづいたとき、シェリーの楽しそうな声が聞こえた。「いつまで流しの下に潜ってるのか、心配になっちゃったわよ」

「へたに顔出したら、ケツをひっぱたかれるかと思って」

　ケイトは驚きのあまり立ちどまった。ミスター・ハリスが話している？　ミスター・ハリスが？　シェリーに？　相手が男なら想像はできる――たぶん――でも、女に向かって、顔を赤らめずに二語以上話すなんて考えられない。はじめて聞くミスター・ハリスのくつろいだ口調に、ケイトは耳を疑った。

　ミスター・ハリス……とシェリー？　見逃していたのだろうか？　そんなまさか。この二人を結びつけるのはかなり無理がある。ちょうど……そう、プレスリーの娘のリサ・マリーとマイケル・ジャクソンが結婚したときぐらいの衝撃度だ。

　でも、それを考えれば、世の中なんでもありだ。

シェリーは五十代半ばで、ミスター・ハリスより年上だ。でも年齢はそれほど問題ではないだろう。魅力的な女性で、太めだがメリハリのあるボディに赤毛、あたたかくて社交的な性格。ミスター・ハリスは――さあ、彼がいくつかさっぱりわからない。四十から五十のあいだ。彼の姿を思い浮かべてみる。歳より老けてみえるのかも。しわが多いとかそういうことではない。生まれながらにして、すべてを達観しているような人間。そう考えると、まだ三十代かも。鈍い薄茶の髪はつねにぼさぼさだし、油にまみれたぶかぶかのカバーオールを着た姿しか見たことがない。痩せているのでカバーオールがゆるゆるに見える。まるで売春婦の道徳観ほどにゆるゆるに。

ケイトは恥ずかしくなった。彼は内気だからよけいな緊張を与えてはいけないと、見つめることも話しかけることもあえて避けてきた。壁を作るほうが、打ち解けた関係を作るより楽だったからだ。疚《やま》しさをおぼえる。シェリーは彼とあきらかにいい関係を築いている。ケイトも労を惜しまず、友だちになる努力をすべきだった。B&Bをはじめたとき、村の人たちがしてくれたように。隣人として自分が恥ずかしい。

トワイライトゾーンに踏みこむような気持ちで、キッチンに入った。ケイトを見て、ミスター・ハリスが文字どおり飛び上がった。立ち聞きされたのに気づいたのか、顔がみるみる赤くなる。ケイトは目の前でロマンスが進行している可能性から思いをそらし、ミスター・レイトンの奇妙な行動に意識を向けた。「三号室の宿泊客が窓から出て、いなくなったみたい」肩をすくめ、〝なにがなにやらわかりません〟のポーズをする。

「窓から出た?」シェリーがぽかんとしてくり返した。「なんでそんなことを?」

「わからない。クレジットカードの番号を聞いてあるから、支払いができなくて逃げたわけじゃないし、荷物もそのままなの」

「窓から出てみたかっただけじゃないの。やれるかどうか試したかったとか」

「かもね。でなければ、よっぽどの変わり者か」

「そうかも」シェリーがうなずいた。「何泊の予定だったの?」

「ゆうべ一晩だけ。チェックアウトは十一時だから、すぐ戻ってくるはずよね」それにしたって、どこに行くというのか。食料品店を漁《あさ》りたい衝動に駆られたのでなければ。トレイル・ストップにはほかに店もレストランもないから、朝食を食べたければ、ここで食べるしかない。いちばんちかい町でも、車でゆうに一時間はかかる。他人と同じ席で食事をしたくなくても、そこまで運転していって、食べて、チェックアウトに間に合うように戻ってくるのは、ばからしいだけでなく不可能だ。

ミスター・ハリスが咳払いをした。「おれ……あの——」困惑したようすでまわりを見る。

空《から》のカップをどこに置いたらいいか困っているのだとわかり、ケイトは手を差しだした。

「寄ってくれてほんとにありがとう。でも、支払いをさせてくれなきゃ」

ケイトにカップを手渡しながら、ミスター・ハリスは頑固に頭を振った。友だちづきあいをしようと決めたばかりだから、ケイトは言葉をつづけた。「あなたなしでは、どうなっていたかわからないわ」

「あたしたちみんなそう思ってる。カルがここに来るまで、よく凌《しの》いでこれたものよ」シェリーが快活に言って流しに向かい、食器洗い機に皿を入れた。「修理が必要になったって、町からだれかに来てもらうまで一週間はかかったもの」

軽い驚きを感じた。ミスター・ハリスはこの土地の人間だと思っていた。生まれてからずっと住んでいるように、この地域に溶けこんでいる。恥ずかしさがまたこみ上げてきた。シェリーは彼を名前で呼んでいるのに、ケイトはいつもミスター・ハリスと呼んで、結果的に彼を遠ざけてきた。どうしてそうしたかわからないけれど、事実は事実。

「マァーマァー！」タッカーが階段の上から叫んだ。「時間だよーっ！」

シェリーがくすくす笑い、ミスター・ハリスも口もとに笑みを浮かべ、シェリーに二本指を振って挨拶し、道具箱を持ち上げた。子どもたちがおりてくる前に退散する腹だ。

ケイトは天を仰いでしばしの平和と静寂を願い、廊下に出た。「反省椅子から出ていいって、タナーに言いなさい」

「わかったぁ！」はしゃいだ叫び声と飛び跳ねる音が聞こえた。「タナー！　ママがもう出ていいって！　ようさいとバウィケードつくって、なかにはいろーよ！」遊びの計画を練りながら、嬉々として子ども部屋に走りこむ。

〝リ〟を〝ウィ〟と発音する、漫画のキャラクター、エルマー・ファッド風のしゃべりをおもしろがりながらも、言葉選びに面食らった。バリケード？　そんな言葉どこで拾ってきたの？　テレビで古い西部劇を観たのかも。二人がなにを楽しんでいるのか、もっと注意してみないと。

ダイニング・ルームをのぞくと空っぽだった。朝のラッシュは終わり。シェリーと二人でダイニング・ルームとキッチンを掃除し、ミスター・レイトンが荷物を取りに戻ってきてくれれば、ベッドのシーツを取り替えて部屋の清掃をすませ、母を迎える支度にかかれる。

ミスター・ハリスは帰った。シェリーと並んで食器を片づけながら、ケイトは腰でシェリーの腰を押した。「それで？　あなたとミスター・ハリスはどうなっているの？　二人のあいだになにか進行中？」

シェリーは口をぽかんと開け、驚きの表情でケイトを見つめた。「なんですって、とんでもない。どこからそんなこと思いついたの？」

シェリーのあまりに正直な反応に、おかしな結論に飛びついた自分がばかに思えた。「だって、彼はあなたと話してたじゃない」

「ちょっと待ってよ、カルはみんなと話すわよ」

「わたしの知るかぎり、話してないわ」

「ちょっと恥ずかしがりなだけ」シェリーの表現はどう考えても控えめすぎる。「それに、あたしは彼の母親といってもいいくらいの歳よ」

「そんなの嘘よ——あなたがよほど早熟だったなら別だけど」

「まあ、それはおおげさにしてもね。カルのことは好きよ——すごくね。彼は賢い人。大学の学位は持ってないかもしれないけど、ほとんどなんでも直せるわ」

それについて異論はない。このB&Bで必要となった修理は、大工仕事から電気や配管まで、どんなことでもミスター・ハリスの手で解決した。必要とあらば、整備士の仕事もできる。便利屋になるべくして生まれた人がいるとすれば、ミスター・ハリスこそそうだ。

十年前、マーケティングの学位を得て大学を卒業したばかりのころは、肉体労働をする人びと——胸ポケットに名前が縫いつけられている類の人びと——を見くだしていたが、いまは歳もとり、賢くもなった、と思っている。世の中がうまくまわっていくためには、立案者から実行者まであらゆるタイプの人間が必要だ。この小さなコミュニティでは、修理できる人は千金の価値がある。

キッチンの片づけをシェリーに任せ、ダイニング・ルームの掃除をはじめた。それから、一階部分——とりあえずパブリックスペースはすべて——のほこりを払い、掃除機をかけた。ヴィクトリア朝様式の屋敷にはリビング・ルームがふたつあった。表側の広いほうは宿泊客用だ。裏側の小さなリビング・ルームは、ケイトと子どもたちでくつろいだりテレビを見たりゲームをしたりするのに使っている。この部屋に散らかっている玩具はわざわざ片づけない。母の到着までにはまだ何時間かある。片づけたところでまた散らかすにきまっているから、時間の無駄だ。

シェリーがキッチンの戸口から顔を出した。「こっちは片づいたわよ。あすも朝から来るつもり。おかあさまが無事到着するといいわね」

「ありがとう、わたしもそう願ってる。車が故障でもしたら、一生言われつづけるだろうから」

トレイル・ストップは僻地《へきち》だから簡単にはたどり着けない。ちかくに定期便が発着する飛行場はなく、道が一本通じているだけだ。小型のプロペラ機ならある程度ちかくまで飛んでこられるが、母親は嫌っているし、小さな飛行場で車と名のつくものを借りるのは、それこそ〝ミッション・インポッシブル〟だ。それで、レンタカーの借りられる州都ボイシの空港まで飛んでくることを選んだ。そこからだと長いドライブになる。ケイトの引越し先に関して、母の不満がまたひとつ増えるわけだ。母は娘と孫たちが違う州に住むことをいやがり、アイダホも嫌っていた――田舎より都会が好きな人だ。ケイトがB&Bを購入したことも、気に食わない。めったに自由な時間がもてないからで、たしかに、B&Bをはじめてから里帰りしたのはたった一度だ。

不満がでるのはもっともだ。ケイトもそれは認めており、母にもそう言っている。ケイト自身も、できればシアトルに留《とど》まりたかった。

でも、それができなかったから、双子のために最善と思うことをした。デレクが亡くなり、生後九カ月の双子が遺されたとき、伴侶を失ったことにうちのめされただけでなく、財政的な現実にも直面しなければならなかった。二人で稼いでいたときはよい暮らしをしていたが、出産を機にケイトはパートタイムに変え、もっぱら家で仕事をしていた。デレクが亡くなってフルタイムで働かなければならなくなったが、設備の整った託児所の費用は法外だ。収入の大部分が消えてしまう。ケイトの母親も仕事をしていたから、預かってもらうわけにいかなかった。

貯金はあったが、保険はデレクの収入が増えたら増額するつもりで十万ドルしか掛けていなかった。時間は無限にあると思っていた。三十歳の健康な男が、ブドウ球菌感染で心臓をやられるなんて、だれが予想しただろう。デレクは、双子の出産以来はじめて出かけたロッククライミングで脚をすりむき、医者たちの説明によれば、小さな傷口から細菌が体内に侵入したらしい。およそ三十パーセントの人の皮膚には細菌がいて、ふつうならなんの問題も起こさない。だが、たまに皮膚の傷口から入りこみ、ストレスかなにかで免疫システムが一時的に低下していると、体内で暴れだす。そうなると食いとめる手立てはない。

理性で考えれば、なぜ、どのように起きたかは重要だが、感情面で彼女にわかっていたのは、二人の幼子をかかえ二十九歳で未亡人になったということだけだ。そのときから、ケイトの決断は子どもたち中心にくだされるようになった。

貯金と保険金を慎重に運用すれば、自分の家族やデレクの家族のいるシアトルに残ることは可能だった。だが、それでは双子の大学資金は残らないし、働きづめで子どもたちと過ごす時間もなくなる。会計士と相談をくり返して出したもっとも合理的な案は、安く暮らせる地域へ引越すことだった。

アイダホ州ビタールート山脈に臨むこのあたりを、ケイトはよく知っていた。デレクの大学時代の友人がこの地の出で、最高のロッククライミングができるとデレクを誘ったのだ。デレクと友人は週末のたび山登りに明け暮れた。ケイトが登山クラブでデレクと出会ってつきあいはじめると、当然ながらいっしょにここに来るようになった。ケイトはこの地域の険しさを、息を呑む美しさを、そして平穏な静けさを愛した。いま所有しているB&Bも、デレクといっしょに利用していたのでよく知っていた。前オーナーのミセス・ワイスコフという老婦人は、老齢を押して切り盛りしていたので、ケイトが宿泊業参入を決めて購入を申し出ると、二つ返事で飛びつき、いまはポカテロで息子夫婦と暮らしている。

トレイル・ストップの生活費はたしかに安かったうえ、マンションの売却益がかなりの額だったので、さっそく双子の大学資金として貯蓄し、生死にかかわる事態にならないかぎり手をつけないことにしている。B&Bの収益だけでは、生活していくのがやっとだが、朝食を提供するようになって少し余裕ができた。もっとも、それもけさの水漏れのような余分な出費がなければの話だ。たいした故障でなくてよかった――ミスター・ハリスが代金を受け取らなかったこともありがたかった。

ケイトが自分と双子のために選んだ生活には、利点と欠点がある。利点のうち最大のものは、子どもたちといつもいっしょにいられることだ。彼らの生活を可能なかぎり安定させることが、結果的に二人の健康と幸せにつながる。それだけでも、ここに住む価値はある。そのうえ、なんでも自分で決められるのがいい。仕事そのものが気に入っているし、料理をするのも、この村の人たちも好きだった。都会人よりはとっつきにくいかもしれないが、知り合ってみれば、強さも弱さもへんな癖ももつ、ごくふつうの人たちだ。空気はきれいだし、子どもたちを安心しておもてで遊ばせられる。

欠点は、人里離れていること。携帯電話はつながらないし、ＤＳＬ（電話回線を使った高速デジタルデータ通信）で高速インターネットを利用することもできない。テレビは衛星放送のみで、雪に妨げられ受信状態は悪い。買い忘れた物を調達しにちょっとそこまでもありえない。食料品の買い出しには片道一時間かかるので、二週間に一度、山のような食料を車に積んで帰ってくる。子どもたちがかかっている医者まで車で一時間、学校に通うようになったら、その距離の送り迎えを一日二回、週五日やらなければならない。そのために人を雇うことになるだろう。郵便を受け取るのがまたひと苦労だった。十マイル離れた幹線道路沿いに、田園集配の郵便箱が長い列になっている。そちらに向かう人は、投函予定の郵便物を集めてまわり、帰りに郵便箱の中身を持ち帰る。そのために輪ゴムを常備し、郵便物を分けて束ね、受取人に届ける。

子どもたちに遊び友だちがいないことも欠点のひとつだ。歳のちかい子は一人だけ、そのアンジェリーナ・コントレラスも六歳で一年生だから、日中は学校に行っている。数少ないティーンエージャーたちも遠距離のため、学期のあいだは町の友人か親戚のところに泊まり、週末だけ戻ってくる。

この選択で生じた問題が見えていないわけではないが、全体的に見て、双子のために最善の選択をしたと考えていた。ケイトの行動の根底にあるのは双子の幸せだ。双子を愛し育てる責任がある。二人に辛い思いだけはさせられない。

ときどき一人でいることに疲れ、ストレスに潰されそうになる。表面的には、平々凡々の毎日がつづいていた。彼女が住むのは、住民がたがいに顔見知りの狭い村だ。子どもたちを育て、食料を調達し、料理をし、勘定を払い、家庭を持つ者ならだれもが抱えている問題に対処する。一日が、前の日と変わらずに過ぎ去ってゆく。

でも、デレクが亡くなってからずっと、崖っぷちを歩いている気がしてならなかった。一歩踏みはずしたとたん奈落《ならく》へ。子どもたちを育てる責任はすべて自分にあり、これからも必要なものを与えつづけなければならない。大学の教育資金が足りなかったら？ 二人が十八歳になったときに株式市場が暴落したら？ 金利が急激に下がったら？ B&Bの成否はケイトにかかっている——決断をくだし、計画を立てる、その一瞬一瞬が彼女の肩にのしかかっているのだ。自分のことだけ考えればいいのなら、怯えることはない。でも、ぼうやたちがいる。おかげで綱渡りの毎日だった。

二人はまだ四歳、赤ん坊に毛が生えた程度で、母親にまったく依存している。父を憶えていなくても、これから男親の不在を意識するだろうし、成長するにつれ強く感じるにちがいない。その埋め合わせができる？　男性ホルモンに支配される無鉄砲な十代を、安全に導いてやれるだけの強さが自分にあるだろうか？　心から愛しているからこそ、二人の身になにかあったら耐えられない。自分の判断がすべて間違っていたらどうすればいいの？保証はなにもない。デレクが生きていても、問題は起きる。大きな違いは、たった一人でその問題に立ち向かわなければならないということだ。

デレクに死なれたとき、子どもたちがいたから、なんとか気持ちを奮い立たせて悲しみを封じこめ、自分を抑えることができた。夜、一人になるまでは。何週間も何カ月も、毎晩泣きつづけた。でも、昼間は、赤ん坊たちの世話に明け暮れた。三年経ったいまも、それは変わらない。年月が悲しみの刃を鈍らせてくれた。でも、なくなることはない。毎日、デレクのことを考える。息子たちの生き生きとした表情に、彼の面影がよぎるのを見ると、つい思い出してしまう。鏡台には、デレクが子どもたちを抱いている写真を飾ってある。双子はいつもそれを見ていて、自分たちのパパだと理解していた。

いっしょに過ごしたすばらしい七年のあと、デレクの不在は彼女の人生に、心に、大きな穴を開けた。子どもたちが父親を知ることはない。それはどうあがいても、ケイトが二人にしてやれないことだった。

母親は、その午後、四時をまわったころに到着した。いまかいまかと待っていたので、黒いジープが駐車場に入ってくるのを見るなり、ケイトは双子といっしょに走って出た。

「わたしのかわいいぼうやたち！」シーラ・ウェルズが叫んでジープから飛びだし、しゃがみこんで双子を抱きしめた。

「ミミ、見て」タッカーが抱えていた玩具の消防車を見せた。

「見て」タナーもまねをして黄色いダンプカーを見せる。二人とも、祖母に褒めてもらおうととっておきを選んできたのだ。

祖母は失望させなかった。「まあ、すごいわね。こんなにすてきな消防車とダンプカーを見たことがないわ。ほんとよ」

「聴いてて」タッカーがスイッチを押してサイレンを鳴らした。タナーが顔をしかめる。ダンプカーにはサイレンがついていないが、後部が持ち上がって、うしろの扉が開き、荷台に積んである物をおろすことができる。タナーはしゃがみこみ、砂をすくって荷台に入れ、タッカーの消防車の上からぶちまけた。

「なにすんだよ！」タッカーが憤然と叫び、弟を強く押したので、けんかがはじまる前にケイトが割ってはいった。

「タナー、それはよくないことよ。タッカー、弟をそんなに強く押しちゃだめ。サイレンを切って。さあ、二人とも玩具を渡しなさい。わたしの部屋に置いておきます。あしたまで、これで遊んではだめ」

タッカーが抗議しようと口を開いたが、ケイトの眉がもちあがって警告を発したので、賢明にもタナーにあやまった。「押してごめんね」

やはりケイトの眉に気づいたタナーも、兄にならった。朝の罰で肝に銘じ、図に乗ってはならないと判断したのだろう。「ぼくも砂を捨ててごめんね」太っ腹なこと。

ケイトは笑いださないよう奥歯を嚙みしめた。母と目が合う。シーラは目を丸くし、慌てて手を口に当てた。子育てに、〝母親が笑ってはならない〟ときがあることはよくわかっている。鼻から漏れた笑い声をすぐに抑えて立ち上がり、娘を抱きしめた。「おとうさんにこの話をするのが待ちきれないわ」

「おとうさんもいっしょに来られればよかったのに」

「たぶん次回ね。あなたが感謝祭にも戻れなければ、おとうさんも腰を上げると思う」

「パトリックとアンディは元気?」パトリックはケイトの弟で、アンディ――アンドリア――はパトリックの妻だ。シーラがジープの後部扉を開け、ケイトも手伝って荷物をおろした。

「二人には、感謝祭にここで集まりましょうって言ってある。もちろん、こちらが大丈夫ならだけど。部屋がふさがっているなら、ほかを考えるわ」

「その週末は二組の予約が入っているけど、三部屋は空いているから問題なしよ。アンディとパトリックが来てくれたらどんなにうれしいか」

「感謝祭を実家で過ごすかわりにこっちに来たら、アンディのおかあさまはすごく怒るでしょうね」シーラが辛辣《しんらつ》に言った。義理の娘のことは大好きだが、その母親となると話は別だ。

「ぼくたち、てつだうよ」タッカーが言い、スーツケースを引きずる。

スーツケースはいくらなんでも重いので、ケイトは機内持ち込み用の鞄を取りだした。こちらも驚くほど重い。「ほら、あなたたち二人はこの鞄を運んでね。重いから気をつけて」

「まかしといて」タッカーが言い、二人は覚悟の表情で取っ手をつかみ、ウンウン言いながら持ち上げた。

「まあ、なんて力持ちなんでしょう」祖母に言われ、二人は威張って胸を張る。

「おやおや」ケイトが小声でつぶやいた。「なんて素直」

「ご機嫌が悪くないときはね」シーラが言い添える。

玄関に通じる二段の階段をあがりながら、ケイトは周囲を見まわした。ミスター・レイトンはまだ戻っていない。もう一泊分の宿泊代をクレジットカードにつけるのは気が進まなかった。つぎの客はあすまで来ないから、十一時にチェックアウトをしてもらわなくても問題ないが、心配なことに変わりはない。夜、戸締りをしたあとで彼が戻ってきたら？　宿泊客に鍵を渡していないから、ミスター・レイトンはケイトを――たぶん子どもたちと、母親も

——叩き起こすか、出ていったときと同じようによじのぼって窓から入るか。窓を閉めて鍵を掛けておけば、それは不可能だ。もし寝たあとに戻ってきたら、絶対にもう一泊分をクレジットカード会社に請求してやる。それに、ここ以外のどこに泊まるというの？

「どうしたの？」シーラがケイトの表情に気づいて尋ねた。

「お客さんがけさ出ていったまま、チェックアウトの時間にも戻ってきてないの」子どもたちが聞きかじって、自分たちもやろうと思わないように、声を落とした。「窓をよじのぼって出ていったのよ」

「宿泊代を踏み倒すために？」

「クレジットカード番号を控えてあるから、それはできないわ。荷物も置きっぱなしだし」

「気味悪いわね。電話もないの？　したくてもできないわね。ここは携帯が通じないんだから」

「ふつうの電話は通じるわよ」苛立《いらだ》ちを抑える。「でも、かけてよこさない」

「あしたまでに連絡がなかったら」シーラが子どもたちを追って玄関を入りながら言った。「荷物をまとめて、ネットオークションで売っちゃいなさい」

たしかにそれもひとつの手だ。荷物を取りに戻るかもしれないから、一日、二日は待つべきだろうけど。

おかしな要求をする宿泊客はいたが、荷物をそっくり残したまま立ち去った——運転して去った――客ははじめてだ。なんとなく不安をおぼえる。州警察に知らせたほうがいいだろうか。どこかで事故にあい、どこかに運び去られていたら？　でも、どっちに行ったか見当もつかないし、出ていく道は一本しかないが、三十キロ先には交差点があり、どの方角にも向かえる。それに、窓から出ていった。こっそりと逃げだすように。自分の意志で姿をくらましたのであって、事故にあったのではないかもしれない。

チェックインのときに書きこんでもらった用紙に電話番号がある。あすまでに戻ってこなかったら、その番号にかけてみよう。一件落着したら、二度と泊めてやらないとはっきり言おう。謎めいた――それとも、イカレた――ミスター・レイトンは厄介の種だ。

3

ケイトは五時に起きて、その日の準備をはじめた。最初にしたのは、わきの窓から駐車場を見おろして、ミスター・レイトンが夜中に戻ってきたかどうかをたしかめることだった。玄関の扉を叩く音で起こされなかったのだから、車内で寝ているにちがいない。でも、目に入ったのはケイトの赤いフォード・エクスプローラーと、母のレンタカーだけ。ミスター・レイトンは戻っていない。いったいどこに行ったのよ。電話で知らせるぐらいしてくれたって……つまり、いつ帰ってくるとか、帰れないとか、荷物をどうしろとか。

頭にきたので、レイトンの荷物をまとめ、迷惑料として二晩めの宿泊代を請求することに決めた。まったく、きょうは、ただでさえ忙しいというのに——それを言うなら、毎日が大忙しだ。

とにかく、まずはコーヒーをセットし、客が殺到する朝食の支度をしなければ。広い屋敷は静まりかえり、聞こえるのは玄関の大時計が時を刻む音だけだ。するべきことはたくさんあるが、起きているのは自分だけの、早朝のこの二時間はなにものにも替えがたかった。子どもたちや客に煩《わずら》わされることなく、一人で考え事ができる。独り言も言えるし、仕事をしながら音楽に耳を傾けることもできる。シェリーは七時少し前にやってくる。双子は七時半きっかりに階段を駆けおりてきて、冬眠から覚めたばかりの熊さながら空腹を訴える。でも、この二時間のあいだは、ただの女でいられる。もう少し遅く起きても大丈夫なのだが、慌てずにゆったりした気持ちで過ごしたかった。

トレイル・ストップに移ることを、はたしてデレクは賛成してくれただろうか。たしかに彼はこの地域を気に入っていたが、それは訪問者としてで、住人としてではない。このB&Bに、二人とも惚れこんでいた。あのころのすばらしい思い出——筋肉を酷使して一日の危険な登攀《とうはん》に挑み、疲労困憊《こんぱい》、でも昂揚した気分で戻り、やわらかいベッドに倒れこむと、じつはまだ余力が残っていることを発見する——が、シアトルより生活費の安い場所を探す際に影響を与えたことはたしかだ。

ここなら、デレクを身近に感じる。ここは、二人が幸せだけに包まれていた場所。シアトルも、彼と幸せに暮らした場所だけれど、彼が亡くなった場所で、悲惨な日々を思い出させるものがたくさんありすぎる。まだあっちに住んでいたころ、思い出に打ちのめされ、悪夢をくり返し見ているように感じたものだった。

この道は、病院まで車を走らせた道。あそこは、クリーニングに出したワイシャツを取りに寄った店。死に装束《しょうぞく》にするスーツを取りにいくことになろうとは、夢にも思わなかった。

ここは、葬儀のための服を買った店。その服は脱いですぐごみ箱に捨てた。すすり泣き、悪態をつきながら、にくたらしいその服をズタズタに引き裂いた。二人のベッドは、彼が熱にうなされ横たわったベッド。それから症状がひどくなり、ようやく納得した彼をERに担ぎこんだが、すでに手遅れだった。亡くなったあと、ケイトは二度とそのベッドに寝なかった。

家計の逼迫《ひっぱく》もだが、ケイトをシアトルから追いやったのはこの思い出だった。都会は恋しい。文化的な娯楽、ざわめきや雰囲気、ピュージェット湾に浮かぶ船。家族も友人もそこにいる。でも、屋敷を修繕し、子どもたちとともに新しい生活に慣れ、商売を繁盛させるために考えつくことはなんでも試し、トレイル・ストップで長く暮らしたあと、ようやく里帰りしたときには、〝あちら〟より〝こちら〟のほうにずっと馴染んでいた。いまや、故郷は訪れるところであって、わが家は……ここだ。

もちろん、子どもたちにとってはここがつねにわが家だ。幼くして移ってきたので、ほかのところに住んだ記憶はない。二人が少し大きくなって、B&Bが上向きになったら——ああ、そうなりますように！——二人を連れて両親を訪ねるつもりだ。その逆でなく。シアトルなら、子どもたちをコンサートや野球や劇や美術館に連れてゆき、いろいろな体験をさせてやれる。道のはずれの小さな村が、人生のすべてではないことを教えてやれる。

ここに住む利点をないがしろにはできない。村人はみな顔見知りで、子どもたちは安全におもてで遊ぶことができる。ケイトは窓から見ているだけでよい。みんながケイトと子どもたちを知っている――どこに住んでいるかを知っていて、もし双子が家から遠いところをうろついていたら、迷わず送りとどけてくれるはずだ。子どもたちの一日は、ただひとつのいやなこと――一日の終わりに玩具を片づける――と、飽きずに遊びつづけること、それに寝る前のお話、文字や数、色、短い単語の練習をちょっとだけすることで成り立っている。七時半にお風呂、八時就寝。毛布でくるみこんでやり、疲れていても満ち足りて安心しきった小さな姿を見守る。この安心を与えるためにがんばってきて、とりあえず、二人が必要なものをすべて持っていると思えることがうれしかった。

ここで暮らすもうひとつの大きな利点は、美しい自然に囲まれていることだ。山々は壮大で畏敬の念さえ感じさせ、とてつもなく険しい。トレイル・ストップは文字どおり踏み分け道《トレイル》の行きどまり。先へ進もうと思ったら、歩くしかない――それも難儀をして。

トレイル・ストップは、谷の傾斜地から金敷《かなしき》のように張りだした狭い台地にある。右手を勢いよく流れる渓流は、幅が広くて水は冷たく、水煙からぎざぎざの岩が突きだしていてひじょうに危険だ。急流専門の筏《いかだ》乗りでさえ、この急流には手を出さない。冒険家たちのスタート地点は、二十五キロ川下《かわしも》だ。両岸はビタールート山脈の垂直に切りたつ岩山で、この岩山こそ、ケイトとデレクが登ったり、あるいは登ろうと試みて、自分たちの技術では及ばないと断念した場所だった。

トレイル・ストップは四方を完全に封鎖され、一本の砂利道だけで外界とつながっている。

この特殊な地形によって雪崩《なだれ》から守られているものの、冬になると、ときおり雪が崩れて斜面を滑り落ちる音が聞こえ、思わず身震いする。たしかにここでの生活は大変だが、不便さや文化に触れる機会の少なさは、息を呑む自然の美しさに比べればたいしたことではない。家族と離れて暮らすのはさびしいが、金銭面ではここのほうがずっと楽だ。最上の選択ではなかったかもしれない。でも、自分の決断に総じて満足していた。

母があくびをしながらキッチンに入ってきて、一言も発せずに食器戸棚からカップを出し、ダイニング・ルームに戻ってコーヒーを注いだ。ケイトは時計を見上げてため息をついた。五時四十五分、一人だけの二時間がけさは短縮された。その代償として、男の子たちが大好きな〝ミミ〟の関心を惹こうと叫ぶ声に邪魔されず、母とゆっくり過ごすことができる。そう、これもバランスの問題だ。ケイトは母がなつかしかったし、もっと頻繁に会えることを願っていた。

シーラが顔をコーヒーカップに埋めたままキッチンに戻ってきて、ため息をつきながらテーブルについた。母は朝型ではないから、おそらく双子が起きる前に〝母と娘の時間〟をもとうと目覚まし時計をかけたのだろう。

「きょうのマフィンはなんの味？」シーラが寝起きのかすれ声で言った。

「アップルバターよ」にっこり笑って答える。「インターネットでレシピを見つけたの」

「通りの向かいのちっぽけな食料品屋にアップルバターがあるとは思えないけど」

「ないわ。オンライン・ショッピングでテネシー州セヴィアビルから取りよせたのよ」皮肉は聞き流した。ほんとうのことだし、それに、たとえ引越し先がニューヨークシティだったとしても、母はなにかしらけちをつけるはずだ。母の苛立ちの原因は、娘と孫たちがちかくにいないことだから。

「タナーが前よりもしゃべるようになったわね」少し間《ま》を置いて、シーラが言い、金髪をかきあげた。母はとても美しい人だ。自分は寄せ集めみたいな顔だと思っているケイトは、母の美しさを受け継いでいたらと思わずにいられない。

「話したいときはね。自分はうしろに控えて、もっぱらタッカーに面倒を引き受けさせてるんじゃないかと思わないでもない」にやりとして、きのうの話を聞かせる。ミスター・ハリスの道具箱と、タナーが簡単な算数の基本を理解して反省椅子の残り時間を八分と割りだした一件だ。

母も笑ったが、表情は得意げだった。「アインシュタインは六歳までしゃべらなかったと読んだことがあるわ。年齢は間違っているかもしれないけど」

「第二のアインシュタインにはなれないでしょうけど」二人が健康で幸福であればいい。息子たちを大物にしようという野心はない。ふつうがいちばん。

「わからないわよ」シーラがあくびをした。「やれやれ、毎朝こんなに早く起きるなんて、わたしには耐えられない。人間のすることじゃないわよ。子どもがどう変わるかなんてわからないじゃない。あなたはすごくお転婆で、野球や木登りばかりしてたし、登山クラブまで入っていたけど、みてごらんなさい。いまの仕事は家事そのもの。掃除に料理に給仕」

「経営よ」ケイトが訂正する。「それに、料理は好きだし得意なの」料理の大半は喜びといってよい。一対一の応対が常連を生むのだから、給仕も苦にならない。でも、掃除は苦手だ。毎日、自分を叱咤《しった》しながらやっている。

「そうみたいね」シーラがためらった。「デレクが生きていたときは、料理なんかしなかったじゃない」

「ええ、料理は分担してたし、出前を頼むことが多かったから。子どもたちが生まれるまでは、しょっちゅう外食してたしね」大きな計量カップに注意深く牛乳を注ぎ、屈んで目もりを確認する。「でも、彼が亡くなってからは、毎晩子どもたちと家で過ごして、ファストフードに飽きてしまったの。それで料理の本を何冊か買って作りはじめたわけ」それがたった三年前のことと忘れてしまうほど、量ったり混ぜたりという作業に馴染んで、いまは、生まれたときから料理をしているように感じている。最初のころにいろんな異国料理を試してみたのも、のめりこんだ理由のひとつだ。もちろん、食べられないと諦《あきら》めて無駄にしたものもたくさんあったが。

「おとうさんと結婚して、あなたたちがまだ小さかったときは、わたしも毎晩お料理したものよ。外食する余裕なんかなかったしね。ファストフード店のハンバーガーがいちばんのぜいたくだったもの。でもいまはあまりやらないし、それを残念とも思わないわね」

ケイトは母を見た。「いまでも感謝祭とクリスマスに大量のご馳走を作るし、誕生日のケーキも焼いてくれるじゃない」

シーラは肩をすくめた。「家族の伝統よ、やるべきことをやっているだけ。みんなが集まるのは好きだしね。でも正直いって、大人数の食事を作るのはそろそろやめにしたいわ」

「だったら、わたしに料理させてよ。わたしはやりたいし、ママとパパが子どもたちと遊んでいてくれれば助かる」

シーラの表情が明るくなった。「あなたはいやじゃないの？」

「いや？」母を見て本気で言ってるのかたしかめる。「この取引でいちばん得するのはわたしよ。二人とも、つぎからつぎへと、面倒を引き起こす方法を考えつくんだから」

「男の子らしいってことよ。あなたも活発だったけど、パトリックが十歳になるまでに、わたしの髪が真っ白になってなかったのが不思議——ほら、自分の部屋に〝爆弾〟を仕掛けたりして」

ケイトは笑った。爆竹では音量も威力も足りないと考えたパトリックは、七月四日の独立記念日のために、どうにかして百個ほど爆竹を集め、キッチンからくすねたナイフでそれをていねいに切り裂き、火薬をペーパータオルの上にあけたのだ。火薬が山になると、パトリックは空き缶を要求し、シーラは、缶と糸を使って〝糸電話〟を作るつもりだと思って、いそいそと与えた。

パトリックは、古い先込め式ライフルについて読み、自分の爆弾も同じやり方でできると踏んだが、問題だったのは、なにがどう飛んでいくのか、いまひとつわかっていなかったことだ。缶にトイレットペーパーと小石と火薬を詰め、糸を縒《よ》って消毒用のアルコールに浸し導火線を作った。床が燃えないようにクッキー用の金属板を敷いて〝爆弾〟を載せ、仕上げに古い金魚鉢を逆さまにしてかぶせ、少しだけ傾けて、導火線が縁の下を抜けて缶に達するようにした。パトリックの考えでは、すべてが金魚鉢のなかでおさまり、あと片づけなしに爆音と閃光を楽しめるはずだった。

だが、そうはならなかった。

ただひとつよかったのは、導火線に火をつけてからベッドのうしろに避難したことだ。轟音もろとも金魚鉢は砕け、ガラスの破片と小石が部屋じゅうに飛び散った。火がついたトイレットペーパーは火を噴く破片に分解し、ベッドカバーや絨毯や、扉が開いていたクロゼットのなかにまで舞い落ちた。両親が部屋に飛びこんだとき、パトリックは絨毯の飛び火をせっせと踏みつけ、ベッドカバーの上に広がった小さな炎に唾を吐きかけて消そうとしていた。

そのときは笑いごとではなかったが、いまはケイトもシーラも顔を見合わせて吹きだした。

「わたしを待ち受けているのもそれなのかしら」ケイトが、おもしろがりつつも恐怖に駆られて言った。「かけるニよ」

「いまから心配したってはじまらない。でも、もし世の中に正義が存在するなら、パトリックには自分にそっくりの子どもが四人生まれるはずよ。子どもたちにとんでもない仕打ちをされたパトリックが、真夜中に泣きながら電話をかけてきて心の底からあやまるというのが、わたしのいちばんの望み」

「それじゃあ、かわいそうにアンディまで辛い思いをするのよ」

「もちろん、アンディのことは愛してるけど、これは正義の問題なの。アンディが苦しまなきゃならないとしても、わたしの良心はそれぐらいの重荷には耐えられる」

ケイトは笑いながら、マフィン型にくっつき防止のバター風味スプレーを吹きかけて、並んでいるカップにスプーンでたねを流しこんだ。母はすごい人だ。意志が強くて少し気が短く、家族を気が狂わんばかりに愛している一方で、子どもたちに勝手なことはさせない。双子が大きくなったら絶対に使おうと思っている極めつきの台詞《せりふ》は、パトリックが芝刈りをいやがって一時間泣きわめくのを聞いたあげくに母が叫んだ言葉だ。「ただつくねんと座らせておくために、お腹に九カ月もかかえ、陣痛で三十六時間も苦しんであなたをこの世に送りだしたとでも思っているわけ？　行って芝を刈りなさい！　そのためにあなたを産んだんだから！」

天才。

少したらってからシーラが言葉をついだ。「ほかにもひとつあるんだけど。わたしがここに滞在しているあいだに考えてほしいこと」

不吉な響き。不吉な表情。胃がきゅっと痛くなる。「なにか困ったことなの、ママ？　パパが病気？　それともママが病気なの？　まさか、どうしよう、離婚するなんて言わないわよね？」

シーラがぎょっとしたようにケイトを見つめた。「はあ？　やあねえ、わたし、悲観論者を育てちゃったみたいね」

ケイトの頬が真っ赤になった。「わたしは悲観論者なんかじゃありません。でも、ママが、一大事が起きたみたいに言うから……」

「なにも問題なし、約束する」母がコーヒーをすすった。「ただ、おとうさんもわたしも孫たちに遊びにきてほしいのよ。おとうさんはクリスマス以来会っていないから、帰るときに連れていけないかしら。もう大きいから大丈夫だと思わない？」

あきれた。ケイトは目をくるっとまわした。「わざとしたのね」

「わざとなにをしたの？」

「なにか恐ろしいことが起こったと、わたしに思わせた」――手を上げて、母の抗議をさえぎる――「そう言わなくても、言い方と表情はまさにそれだった。で、頭に浮かんだ恐ろしいことの数々に比べれば、ママが子どもたちを連れていくなんてささいなことよね。よーく憶えておくわよ、ママ。そのうち、男の子たちにも同じ手を使ってみるわ」

ケイトは息を吸った。「そこまでする必要ないのに。断固反対というわけじゃないから。すごく賛成でもないけど。考えておくわ。期間はどのくらいのつもり？」

「往復が大変なことを考えると、二週間くらいが適当かしらね」

つぎは交渉ときた。巧みな駆け引きだ。シーラはおそらく一週間くらい預かりたくて、わざとその倍の期間を申し出ているのだ。ここでケイトがこころよく二週間に同意すれば、母も少しは懲《こ》りるだろう。まったく言うことを聞かない四歳の双子を世話して気の休まらない十四日間を過ごせば、どんなに強い人間でもまいってしまうはずだ。

「それも考えておく」子どもたちを行かせることさえ同意していない段階で、期間の交渉は避けたい。気を抜かないようにしないと、あれよあれよという間に細かいことまで決まって、まだイエスと言っていなかったと気づいたときには、双子はもうシアトルに行ってしまったあとという事態になりかねない。

「もちろん、あの子たちの飛行機代はわたしたちが払うわ」説得工作がつづく。

「それも考えておく」

「あなたには少し休みが必要よ。ここの経営とちびっ子ギャング二人の世話で、自分の時間がまったくないじゃない。髪を切ってもらったり、マニキュアやペディキュアをしてもらったり……」

「それも考えておく」

シーラがフーッと息を吐く。「細かいことを決めなくちゃ」

「まだ時間はたっぷりあるわよ……もしわたしが二人を行かせてもいいと決めたらね。いまは無理。二分しか考える時間を与えられないのに、大事なことを決定できるわけないでしょ」ほんの一瞬、シアトルで通っていたヘアサロンへの憧れが心をよぎった。最後にカットしてもらってからあまりにも時間が経ちすぎて、どんな髪型だったかも忘れてしまった。きょうも、ウェーブのかかった茶色の髪をうしろでひとつにまとめて、大きな鼈甲《べっこう》のクリップで留めているだけだ。爪は短く切りそろえて、なにも塗っていない。毎日パン生地をこねる時間を考えると、それがもっとも合理的だからだ。足指の爪にいたっては、いつ最後にネイルを塗ったかも思い出せない。いま身だしなみとしてやっているのは脚と腋の下の毛を剃ることだけで、それもとくに理由はなく、ただいちおうやっている程度。それだけなら、シャワーのときにちゃちゃっとやればすむ。

男の子たちは、〝ミミ〟の来訪に興奮してふだんより三十分以上早く起き、パジャマ姿のまま階段を駆けおりてきた。ちょうどシェリーが到着し、そのうしろから客が三人入ってきたので、ケイトは子どもたちを母に任せ、朝食を食べさせてもらうことにした。自分の朝食は、焼きあがったマフィンをひとつ、時間があるときに頰張るだけだ。

さわやかな朝だった。九月初旬のひんやりと澄んだ空気が心地よく、ダイニング・ルームは、トレイル・ストップの住人全員が押しかけたような賑《にぎ》わいだった。ニーナ・デイスまで、マフィンを買いにやってきていた。ニーナは修道女だったが、個人的な理由でやめて、現在は小さな飼料店を経営している。つまり、その店の二階の小さな貸間に住んでいるミスター・ハリスの家主というわけだ。四十代半ばの物静かな女性で、トレイル・ストップの住人のなかでも、ケイトが好きな人の一人だった。どちらも仕事があるのでおしゃべりに興じる機会はほとんどない。この朝も例外ではなく、ニーナは手を振って明るく挨拶すると、すぐに立ち去った。

あれやこれや忙しく、二階にようすを見にいったときはもう一時をまわっていた。母親がまだ子どもたちをうまく遊ばせていたので、ケイトは午後に到着する客の受け入れ準備をすることにした。ミスター・レイトンはまだ姿を見せず、電話もない。腹が立つと同時に心配になってきた。事故にでもあったのだろうか。山は砂利道で滑りやすく、不慣れなドライバーがカーブでスピードを出しすぎると危険だ。もう二十四時間以上連絡がなかった。

ケイトは即座に決断し、自室から郡保安官事務所に電話をかけた。少し待つと捜査官につながった。「こちらはトレイル・ストップのケイト・ナイチンゲールです。ここで宿屋を営んでいるんですが、お客さんの一人がきのうの朝、出ていったきり戻ってこないんです。荷物は全部残っています」

「どこに行ったか心当たりはありませんか？」

「いいえ」ケイトは、ミスター・レイトンが前日の朝、ダイニング・ルームの戸口まで来て引き返したことを思い出した。「いなくなったのは、八時から十時のあいだです。なにも聞いてませんし、電話もなくて。きのうの朝にチェックアウトするはずでした。事故にでもあったのではないかと思いまして」

捜査官はミスター・レイトンの名前と人相を書きとめた。車のナンバーを聞かれたので、一階の事務室へ行って書類を引っぱりだした。捜査官もケイト同様、ミスター・レイトンが事故にあったかもしれないと考えたらしく、まず地元の病院に問い合わせて、夕方までに返答すると約束してくれた。

とりあえずすべきことはした。ケイトは二階のミスター・レイトンの部屋に行き、行き先を示すような手がかりがないか、ぐるっと見まわした。磨かれた化粧台の上に小銭が散らばっている。クロゼットに着替えが掛かり、荷物台に置かれた開けっぱなしのスーツケースには、下着と靴下、持ち手を固く結んだウォルマートの買い物袋、アスピリンの瓶、丸めた絹のネクタイが入っていた。買い物袋のなかを見たかったが、郡捜査官がよく思わないだろう。もしミスター・レイトンが犯罪に巻きこまれていたら？　所持品に自分の指紋を残すなんてまっぴらごめんだ。

部屋についている小さなバスルームをのぞくと、使い捨ての剃刀《かみそり》と髭剃り用クリームが洗面台の端に、ディオドラントのスプレー缶が水の蛇口の横に置いてあり、トイレのタンクの蓋の上には洗面道具入れが開いたままになっていた。なかに髪ブラシと歯磨き粉のチューブ、歯ブラシ入れ、バンドエイドが数枚入っているのが見える。

大事そうな物はなにもないが、人は自分の持ち物にこだわるものだ。これだけの物を残したということは、戻ってくるつもりだったのだ。一方で、窓から抜けだしたということは、立ち去ったというより逃げたようにみえる。

そうなのだろう。ただイカレているのではない。おそらく、逃げているのだ。

問題は、なにから？　そしてだれから？

4

ユーエル・フォークナーは自分を正真正銘のビジネスマンだと考えていた。商売で金を儲け、口《くち》コミで顧客を獲得しているからには、失敗は許されない。そのおかげで、仕事を……その〝仕事〟がなんであれ、いっさい面倒を起こさずに手際よくやりとげるという評判を勝ち得ていた。

仕事によっては、さまざまな理由から断わることもある。もっとも避けたいのは、FBI捜査官を引き寄せる可能性がある仕事だ。つまり、政治がらみの仕事はたいてい断わるし、全国ニュースに出るような仕事もしない。実際には、ニュースになる仕事をやっていたが、巧妙な手口で事故にみせかけていた。

そんなわけだから、仕事を引き受けると徹底的に調査する。仕事を頼んでくる客がまるで信頼できない場合もある――困ったものだ。もっとも、彼が相手にするのは、そもそもまっとうな連中ではないのだが。とにかく、どんなときでも、与えられた情報をさまざまな角度から検討して、その仕事を引き受けるかどうか決定する。自尊心を満足させるためや、危機一髪で危険を免れるスリルを味わうために仕事をすることはない。もちろん、危険な仕事も全部引き受けて、困難をものともせずに能力と技術を最大限に発揮することもできるが、ヴェガスのカジノがつぶれない理由は、大ばくちで勝つことはまずないという理由による。仕事は、自尊心を満足させるためのものではなく、儲けるためのものだ。

それに、まだ死にたくない。

サラザール・バンディーニの事務所に足を踏み入れたとたん、どんな内容であれ仕事は引き受けなければならないと悟った。さもないと生きて出られない。

サラザール・バンディーニのことは知っていた。公になっている事実はすべて。本名でないことも知っていたが、シカゴの街に現われてその名を名乗るまで、どこでなにをしていたのかは謎だ。バンディーニはイタリアの名前だが、サラザールはそうではない。そして、デスクのうしろに座っている男は、スラブ系、あるいはドイツ人のように見える。いや、頬骨の広さと突きだした眉弓からして、ロシア人かもしれない。髪は無色にちかく、薄いのでピンクの頭皮が透けて見え、茶色の目は鮫のように非情だ。

バンディーニは椅子の背にゆったりもたれ、ユーエルには座れとも言わない。「ひじょうに高額だ。よほど自分のことを優秀だと思っているらしい」

それについて言うべきことはない。実際に優秀なのだから。それに、バンディーニがなにを望んでいるか知らないが、よほど重要なことだろう。そうでなければ、人間と電子機器の両方からなる堅固な防塞のなかにまでユーエルを呼びつけたりしないはずだ。それから考えると、こっちが提示した値段はけっして高くない。もっとふっかけてもいいかもしれない。

沈黙がつづいた。ユーエルは、バンディーニが仕事を依頼した理由を話しだすのを待ち、バンディーニは、ユーエルが神経過敏になっている兆候を見せるのを——そんなことはありえないが——待っていた。やがて、バンディーニが言った。「座りたまえ」

座るかわりに、ユーエルはデスクにちかづき、電話の横に置いてある高価そうなペン立てからペンを取り、紙を探した。デスクの磨かれた表面にはなにも置いてない。バンディーニに向かって眉を上げると、バンディーニは表情を変えずに抽斗《ひきだし》を開けて法律用箋を取りだし、ユーエルのほうへ押してよこした。

紙を一枚はがし、用箋はバンディーニに返した。はがした紙に書く。「盗聴器は完全に除去してあるか？」

まだ一言も発しておらず、名を名乗ってもいないが、用心にこしたことはない。ＦＢＩは、電話の傍受だけでなく、盗聴器を仕掛ける努力はしているだろう。何者かが通りの向かいの部屋に陣取り、高感度のパラボラ集音器を窓のほうに向けているかもしれない。連邦捜査官の追及がどれほどかは、彼らのレーダーにバンディーニがどれくらい大きく映っているかによる。ちまたの噂の半分でも耳に入っていれば、空母ほどの大きさだろう。

「けさ」バンディーニが言った。にこりともしないがおもしろがっているらしい。「自分でやった」

つまり、部下が何人いようがだれも信頼していないというわけだ。

利口な男だ。

ユーエルはペン立てにペンを戻し、紙を畳んでコートのポケットに滑りこませて、腰をおろした。

「慎重な男だな」バンディーニの視線は凍土の破片のようだ。「わたしのことも信頼していないのかね？」

冗談だろ、ユーエルは思った。「自分のことさえ信頼していない。なぜあんたを信頼するんだ？」

バンディーニはユーモアのかけらもない耳障りな笑い声をたてた。「わたしはきみが気に入ったが」

おれを喜ばせてるつもりか？　ユーエルは黙ったまま、バンディーニがこっちを観察し終わり、本題に入るのを待った。

ユーエルを見て清掃員だと思う人間はいない。汚れ物を片づけてぴかぴかにする。じつは、そういう仕事が大の得意なのだが。

見かけに助けられていた。風采があがらない。身長も体重も平均的、目立たない顔立ちと茶色の髪に茶色の目、何歳か見当がつかない。通り過ぎてもだれも気づかないし、たとえ気づいたとしても、たいていの男に当てはまるような人相しか言えない。威圧感がいっさいないから、見咎《みとが》められずにだれにでもちかづける。

表向きの職業は私立探偵で、報酬をひじょうに高く設定してあった。培《つちか》ったノウハウが捜査の役に立つ。実際に探偵仕事を引き受けることもある。たいていは浮気の証拠探しだが、おかげで国税局に目をつけられることもない。小切手で支払われた報酬はすべて申告するからだ。ありがたいことに、請け負う仕事の多くは、記録が残るのをいやがる連中の依頼だから、現金で支払われる。その収入を使えるようにするにはマネーロンダリングが必要だが、大部分は海外の銀行に預け、老後の資金として蓄えていた。

部下は五人、慎重に選んだ男たちだ。決断力に優れ、ミスが少なく、なにより短気を起こさない。何年もかけて築きあげてきた事業を、無鉄砲なやつにめちゃくちゃにされるのはごめんだ。一度、ふさわしくない男を雇って、尻拭いをさせられたことがあった。同じ間違いを二度犯すのは愚か者だけだ。

「きみの力を借りたい」バンディーニがようやく口火を切り、抽斗を開けて一枚のスナップ写真を取りだし、光沢のある表面を上にして、ユーエルのほうに滑らせた。

手に取らずに写真を見る。対象の髪は黒、目の色不明、おそらく三十代後半。地味なグレーのスーツを着て、グレーの最新型カムリに乗りこもうとしている。手には書類鞄。背景は郊外、芝生と植木に囲まれた煉瓦《れんが》造りの家。

「この男がわたしからある物を奪った。取り戻したいのだ」

ユーエルは耳に触れて窓の外に目をやった。バンディーニはにやりと笑って、狼のような鋭い犬歯をむきだした。「安全だ。窓はすべて防音になっている。音は通らない。壁も同じだ」

たしかに通りの音は聞こえてこなかった。聞こえるのは自分たちの話し声だけだ。エアコンの音も、水道管を流れる水の音もしない。音が入ってこないのだ。ユーエルはやや緊張を和らげ、とりあえずFBIについて心配するのをやめた。バンディーニのそばで、完全に緊張を解くほど愚かではない。

「男の名は?」

「ジェフリー・レイトン、公認会計士。わたしの公認会計士だ」

ははぁ、帳簿のごまかしか。「横領?」

「もっと悪い。記録を持ちだしたのだ。くそったれのやつ、電話をしてきて、やつのスイスの口座に二千万ドル振りこめば返すと言ってきた」

ユーエルが口笛を吹いた。公認会計士のジェフリー・レイトンに備わっているのは、テキサス州大のキンタマか、豆粒ほどの脳みそか。おそらく豆粒のほうだ。

「それで、もし金を払わなければ?」

「やつはデータをフラッシュドライブに書きこんで持ちだした。十四日以内に口座に入金がなければ、そいつをＦＢＩに渡すと言っている。二週間とはまたずいぶん親切じゃないか」バンディーニはそこで言葉を切った。「十四日のうちもう二日過ぎた」

バンディーニの言うとおり、これはただ金を盗まれるよりはるかに悪い。金はまた儲ければいいし、レイトンの始末もメンツの問題にすぎない。しかし、ダウンロードされたファイル——国税局用の二重帳簿ではなくほんものの財務記録——となれば、バンディーニの脱税の証拠と、取引相手のさまざまな情報の両方がＦＢＩの手に落ちる。バンディーニは、国税局だけでなく、怒った顧客にも悩まされることになるわけだ。

レイトンは死んだも同然。まだ腐りだしてはいないかもしれないが、それも時間の問題だ。

「なぜ二日も手をこまねいていたんです？」

「部下たちが行方を探っていた。だが見つからなかった」抑揚のない口調から、しくじった部下たちがいまも元気でいるとは思えない。「レイトンは電話をよこす前に町を離れていた。ボイシまで行き、車を借り、姿をくらました」

「アイダホ州の？　そこの出とか？」

「いや違う。なぜアイダホ？　わからない。たぶんポテトが好物なんだろう。部下たちが行きづまったのでプロに頼もうと心当たりに尋ねたら、きみの名が挙がった。優秀らしいな」

この瞬間、ユーエルは評判を築きあげてきた不断の努力を後悔した。残りの人生、サラザール・バンディーニと顔を突き合わせなくてすめば、どんなに幸せだろう。

どちらにころんでも不利な仕事だ。もし断われば、切り刻まれた死体で見つかるか、またはなにも見つからないか。だが、引き受けても、バンディーニにフラッシュドライブを返す前にダウンロードしたとみなされるだろう。情報を持つ者が強いのは、どの世界でも同じだ。バンディーニは人を陥れることに躊躇《ちゅうちょ》しない。だから人も自分を陥れると思っている。この状況ならどうする？　配達人を殺す。死んでいれば、脅迫することもない。

ただし、ユーエルも馬鹿面を――あるいは臆病面を――さげて評判を築いてきたわけではない。バンディーニの冷たく虚ろな視線を受けとめる。「フラッシュドライブを見つけた者が、あんたに返す前にファイルをコピーするだろうと踏んでいるだろうから、だれが見つけようと殺すわけだ。それがわかっていて、なぜおれが仕事を引き受ける？」

バンディーニがまた耳障りな笑い声を発した。「いやはや、まったくきみが気に入ったよ、フォークナー。きみは考える。たいていのやつらは考える術《すべ》を知らない。わたしはファイルがコピーされることを心配しちゃいない。パスワードなしに開けようとすれば、すぐに消去されるようプログラムされている。レイトンはパスワードを知っていた」椅子にもたれる。「今後はファイルはダウンロードされないようにプログラムしなければな。だが、人は経験から学ぶものじゃないかね？」

ユーエルは考えた。バンディーニは本心を話しているかもしれないし、いないかもしれない。パスワードなしにアクセスしようとしたら消去されるような設定が可能かどうか調べなくては。たぶん可能だろう。悪たれハッカーや変人オタクなら、プログラムを起こして吠えさせるくらい朝飯前なのだろう。

さもなければ、ファイルは空《から》になっても、データはドライブのどこかに残っているとか。コンピュータ犯罪の専門家を雇うべきだろう。いやとっくに雇い入れておくべきだった。もう手遅れだ。詳しい調査をする時間はないのだから、自分がわかる範囲でなんとかするしかない。

「フラッシュドライブを手に入れて」バンディーニが言った。「レイトンを片づけてくれ。そうすれば、二千万ドルはきみのものだ」

まさか。そんなばかな。ユーエルは気持ちを顔に出さないようこらえた。心惹かれると同時に警戒心も湧く。その半分――いや、十分の一――の提示でももらいすぎだと感じただろう。バンディーニが二千万ドル出すというなら、フラッシュドライブに入っているのは爆発物――おそらく財務報告よりもっとすごいものか。それがなんであろうと、ユーエルは知りたくなかった。

どっちにしろユーエルを始末するつもりなので、どんなに高額を提示しようが関係ないってことか。

ここが思案のしどころだ。ありえないことではないが、ビジネスの立場から考えれば筋が通らない。取引を反故《ほご》にするという評判が立てば、バンディーニといえども相手にされなくなる。恐怖はある程度まで効きめはあるが、最後の切り札にはならない。他人の金を粗末にすれば、つけが返ってくるというわけだ。

だが、ここまできたら仕事を受けないわけにいかない。

「レイトンの社会保障番号は？　あれば時間が多少節約できる」

バンディーニが笑みを浮かべた。

5

ユーエルがさっそく連絡をとったのは、部下のうちもっとも信頼のおけるヒュー・トクステルとケノン・ゴスだった。この仕事では、ひとつの過《あやま》ちも犯したくなかったからだ。さらにもう一人のアームストロングに命じて、郊外にあるレイトンの家を家捜しさせた。姿をくらましたあとで、なにか手がかりになるようなもの、たとえばクレジットカードの請求書が届いているかもしれない。レイトン自身が手がかりを残していないともかぎらない。人は日々ばかげたことをしでかすものだし、レイトンがこの銀河系でもっとも論理的な人間でないことはすでに証明ずみだ。

ユーエルは部下たちの到着を待つあいだ、コンピュータの検索プログラムを使ってジェフリー・レイトンに関する情報を手に入るかぎりすべて掘りだした。ごっそりあった。

自分の個人情報がどれだけサイバースペースに流出しているかを知ったら、たいていの人間は心臓発作を起こすだろう。まず役所の記録から、レイトンの結婚と離婚の日にちを確認し、さらに調査するときのために、前妻の名前を書きとめた。もし前妻が再婚していなければば、レイトンが助力を求める可能性がある。ほかにも、固定資産税の額や、そのほかの細かな情報もとりあえず書きとめた。おそらく役に立たないだろうが、ささいに見えたことが、きわめて重要だったとあとからわかることもある。

いくつかのプログラムは厳密にいえば合法ではないが、本来ならアクセス不可能なデータベースに入りこむことができるので、法外な使用料を支払っている。保険会社、銀行、連邦政府プログラム——コンピュータに合法な使用者であると認識させれば、システム内のどこへでも行ける。まずはイリノイ州最大の医療保険会社からあたってみると、レイトンが高血圧で薬を服用していることがわかった。さらに、二年前にはバイアグラを処方されていた。以後一度も補充していないところをみると、レイトンの性生活はそれほどお盛んではないらしい。それに、先見の明もないようだ。バンディーニのファイルを持ってトンズラする前に、高血圧の薬を再調剤してもらっていないのだから。逃亡生活はストレスが多いはずだ。くそ野郎め、気をつけないと心臓発作で死んじまうぞ。

つぎに連邦政府のシステムに接続し、レイトンの運転免許証番号を入手した。社会保障システムは、正規のユーザーを騙《かた》らなければならないので面倒だったが、見返りが大きいので根気よくつづけてうまく入りこんだ。社会保障番号こそ個人の生活と情報の扉を開ける魔法の鍵だ。それを入手すれば、レイトンの全人生を手中におさめたも同然。

アームストロングがレイトンの家から携帯電話でかけてきた。これはユーエルが部下たちにまず指示することのひとつだ。他人の電話は使うな。そうすれば警察にリダイヤル表示を見られて、かけ直されることもない。電話会社の記録から住所をたどられることもない。これぞユーエルの鉄の掟。自分の携帯電話を使え。さらなる予防措置として、使い捨ての電話を使う。もしなんらかの理由で番号が漏れたと思ったら、買い換えればいい。

「大当たり」アームストロングが言った。「このくそ野郎は全部保管してましたよ」

レイトンは会計士だからそういうこともあろうかと思っていた。「なにがある?」

「文字どおり全人生ですね。壁に備えつけの金庫に、出生証明書から社会保障カード、クレジットカードの計算書までみんな入っています」

レイトンが賢明にも金庫を使っているかもしれないと思ったから、アームストロングを派遣したのだ。市販されている小型金庫を開けるなぞ、アームストロングにとって赤子の手をひねるようなもの、特注の金庫でもたいして手間はかからない。「社会保障番号はもうわかっている。クレジットカード番号だけ教えてくれ。あとは全部金庫に戻して、来たときと同じ状態にして引き揚げろ」

アームストロングが、何枚ものクレジットカード番号と暗証番号を読みあげた。レイトンは大量のクレジットカードを所有していた。支払い能力を顧みずに浪費する人間に特有の現象だ。バンディーニを脅迫するなどという絶望的なチャンスに賭けた理由は、おそらくそれだろう。もっとも、理由などどうでもよかった。忌々《いまいま》しいくそ野郎のせいで、バンディーニの勢力圏に無理やり引きずりこまれた。ユーエルとしては、仕事をするか、雲隠れするかのどちらかしかない。

一瞬、本気でそうしようかと思った。部下たちには好きに逃げろと言い、自分は金をかき集めて消える。アジアにでも数年。だが、バンディーニの力は遠くまで及んでおり、情け容赦ないという評判だ。つねに背後を気にして、後頭部に銃弾を撃ちこまれるか、腸を切り刻まれるのを待つしかない人生を送るほど、レイトンの命に価値はない。どっちみちレイトンは死ぬ運命だ。ユーエルがやらなければ、だれかほかのやつがやるだろう。

ユーエルはカード番号のリスト作りに取りかかった。アメリカンエクスプレス・カードが二枚、ビザカード三枚、ディスカバリー一枚、マスターカード三枚。例のごとく正規のユーザーを騙って警戒されないようにしながら、順番にそれぞれのデータベースに入りこみ、新しい請求分を探す。ビザカードの二枚めで手ごたえがあった。アイダホ州トレイル・ストップのB&B、きのう付けの宿泊代金。

ビンゴ。

どこまでばかやれば気がすむんだ？　時間を稼いで追跡をくらましたいのなら、現金で支払うべきじゃないか。クレジットカードを使うただひとつの理由は、現金が極端に不足しているることだが、もしそうだとしたら、それも愚かすぎる。大量の現金を持たずに、こんなことをはじめるやつがどこにいる？

ユーエルは椅子にもたれて必死に考えた。クレジットカードの請求は牽制《けんせい》かも。部屋を予約し、キャンセルの電話をせず、姿を現わさなければ、たいていの場合、部屋を確保しておいた一泊分が請求される。行動は愚かにみえて、じつは賢いやつかもしれない。

宿の名前を控え、電話番号を調べた。レイトンが現われたかどうか確認するのは簡単だ。

ユーエルは携帯電話を取りあげた。

三回の呼び出し音で女が出た。「ナイチンゲール・ベッド・アンド・ブレックファストです」感じのよい声がした。ユーエルはその声が気に入った。快活で歌うようだ。

とっさに考えた。この女なら、客の情報をどこのだれかわからない人物に漏らすことはしないだろう。「こちらはナショナル・カー・レンタルです。お客さんの車が予定の日を過ぎても返却されないんですが、おたくの番号が連絡先として書かれていたものですから。名前はジェフリー・レイトンです。そちらにいらっしゃいますか?」

「それがいないんですよ」悲しそうな口調が返ってきた。

「泊まっていたんですか?」

「はい、そうなんですが――なにか起きたのじゃないといいんですけど」

ユーエルはとまどった。予期していた答ではない。「なにか起きたとはどういう意味ですか?」

「それが、なんとも。きのう出かけたまま、戻られなかったんです。持ち物はすべて置いたままで。保安官事務所に、行方不明だと通報したところです。事故にあったのでないといいんですが」

「そうですね」もしこの男がフラッシュドライブを持ったまま、山道をそれ、転落してくれていたら、こんなにいいことはない。ことはずっと簡単、レイトンは死んで、自分の報酬は支払われる。「どこへ行くか言い残していかれましたか？」

「いいえ、まったく言葉を交わさなかったので」

「そうですか、それは困りましたね。なんでもないといいのですが、こちらとしても保険会社に連絡を入れませんと」

「ええ、もちろんそうでしょうね」

「荷物はどうされましたか？　保安官事務所が家族に連絡をとったのでしょうか？」

「まだ、正式に行方不明と断定されたわけじゃないんですよ。もし少し待っても戻ってこなかったら、ご家族に連絡をとって、荷物も送り返すのだと思いますが、それまでは、ここに置いておくしかないでしょうね」そういう展望をうれしく思っていないことはあきらかだ。

「きっとだれかが引き取りにきてくれますよ。いろいろとどうも。では」ユーエルは電話を切り、ほくそ笑んだ。しめしめだ。レイトンは荷物をそっくり残してゆき、それはまだ女の手元にある。めまぐるしく頭を回転させる。レイトンはフラッシュドライブを持っていっただろうか。小さいからどこにでも忍ばせておける。なくさないようにキーホルダーにつけるやつもいる。あるいは、レイトンのことだから、どこかに隠してあるかもしれない。たとえば銀行の貸金庫だったら、ユーエルの手には負えない。あるいは、スーツケースに突っこんでいるかも。

運がよければ、フラッシュドライブはB&Bに残された荷物のなかで、ユーエルの部下たちに見つけられるのを待っているかもしれない。どちらにしろユーエルの気分は回復していた。レイトンが死んで、公的に事故として処理される。あとはフラッシュドライブさえ見つかれば、報酬はこちらのものだ。レイトンが生きていようが死んでいようが関係ない。

ヒュー・トクステルが最初にやってきた。四十代前半、忍耐強く几帳面なベテランで、仕事となればどこへ行かされようがいっさい文句を言わない。ユーエルと同じく平均的な背丈で、黒髪だが、顔だちはもっときつい。ユーエルが雇うことに決めた最初の人物だが、この決断を後悔したことは一度もなかった。

「つまらない仕事は中断して、ゴスといっしょにアイダホへ行ってくれ」

「アイダホになにがあるんですか？」ヒューは椅子に腰かけ、ぴしっと折りめのついたズボンを持ち上げた。服装は大企業の重役然としており、そうなることが彼の夢なのだろうが、現実はほど遠い。

「サラザール・バンディーニから逃げだした会計士だ」

ヒューが一瞬たじろいだ。「ばかなやつですね。金を着服して逃亡ですか？」

「ちょっと違う。すべての財務記録――ほんもののやつ――をフラッシュドライブにコピーして脅迫しているんだ。バンディーニの部下がアイダホまで行方を追ったが見失ったらしい。それでこっちに連絡してきた」

「なぜアイダホなんですかね？」ヒューが言った。「仮にわたしがバンディーニを脅迫するほど愚かだったら、国外に出るぐらいはしますよ。逆にバンディーニを欺《あざむ》こうと思うほど愚かだったら、国を出るなんてばかげてる、でしょ？」

「あるいは、にせの手がかりを残すほど賢いか、だ」あるいは追い詰められているか。ユーエルはふと思った。レイトンは会計士だから、世間知らずで、こういうことには慣れていないはず。だが、ばかではなさそうだ。過小評価は禁物。注意をそらせるために、別に買っておいた着替えと鞄を宿に残して逃げだした可能性もある。だが、たとえレイトンが残していった物が時間稼ぎのおとりだとしても、それを確認して、フラッシュドライブを探すために部下を派遣する必要はあるだろう。

「そんなことをするやつだと思いますか？」ヒューが言った。

「さあな。可能性はある。あす出発してくれ。どんな小さなことでも、おかしいと思ったら報告してほしい。残された服が新品かどうか確認しろ。鞄もだ」さきほど集めた情報のファイルをヒューに手渡す。「これがその男に関して集めた資料のすべてだ」

ヒューはバンディーニがよこした写真を長いあいだ眺め、レイトンの顔を記憶に刻みこんだ。それから育ちや学歴など、ユーエルがこれまでに集めた、ただの数字以外の情報に目をとおした。その表情から、同じ結論に達したことがわかった。「大きな賭けに出すぎたんですね」ヒューが言う。「だが、ばかじゃないらしい」

「おれの考えも同じだ。アイダホ州トレイル・ストップで部屋を借りた。クレジットカードで支払えば足がつくことはわかっているはずだ。じゃあ、なぜそうしたんだ?」

ヒューが答える前に、ケノン・ゴスが到着した。非情で冷酷なところのある男だが、ふだんはそれをうまく隠して、ブルドッグのように任務をこなす。ユーエルは、女にちかづく必要があるときにゴスを使う。金髪でハンサムなうえに、彼のなにかが女をその気にさせるらしい。容姿が人目を引く分、二倍は用心し、二倍は賢く立ちまわって疑惑を回避する必要があるが、本人は、近代的で快適な設備を好むことを隠そうともしない。インターネットがつながり、二十四時間ルームサービスが可能で、毎晩枕元にチョコレートが置かれていなければ、ホテルとはいえないというわけだ。

ユーエルからジェフリー・レイトンについての説明を聞くと、ゴスは頭を抱えた。「アイダホ州のド田舎ですか」とうめく。「たどり着くまでに二日はかかりますよ。シアトルで幌《ほろ》馬車でも借りなきゃ」

ユーエルは必死に笑いをこらえた。ゴスが大自然とどう折り合いをつけるか見物するだけでも、道中に参加したいものだ。「シアトルよりちかくまで行ける。アイダホ州にはいたるところに小さな飛行場があるからな。たぶんボイシからはプロペラ機だ。だが、地上におりたてば、道はそんなに悪くないはずだ。四輪駆動車を手配してやるさ」

押し殺したうめき声のあとに、ゴスが訴えた。「お願いですから、ピックアップ・トラックだけはやめて下さい」

「なんとかしてみよう」

ユーエルが状況と可能性について説明するのを聞きながら、ケノン・ゴスは別な可能性を考えて、満足感が湧き起こるのを感じていた。

彼は心の底からユーエル・フォークナーを憎んでいたが、十年以上、その男のもとで仕事をしてきて、憎しみをわきに押しやって務めを果たすことができるようになっていた。そうしながら、完璧な機会を待っていたのだ。待つあいだに、それほど嫌っている男とさまざまな面で似てきたのは、逃れられない皮肉だった。年月が経つうちに人間的な感情は消え、いまや冷酷非情そのものとなって、人を打ちのめしても、ごきぶりを踏みつぶすほどの憂いも感じない。

こうなることは、これほどの代償を払わねばならないことは、最初からわかってしかるべきだった。だが、憎しみがあまりに強すぎて、どれほどの代償を払ってもかまわないという気になっていた。ユーエルにちかづいて、我慢して待つことだけが、唯一の選択肢だった。

十六年前、ユーエル・フォークナーがゴスの父親を殺した。ゴスも、父親について甘い幻想を抱いているわけではない。プロの殺し屋だった。フォークナーと同じように。ゴス自身と同じように。だが、どこか魅力があり、並はずれたところを持っている人だった。複雑な男だった。一方で妻を愛し、厳格でいかにも父親らしい父親であり、一方で人を殺していた。父親は自分のなかで、どうにかしてそのふたつを分けていたのだろう。ゴスにはできないやり方で。

父は三年あまり、フォークナーの下で働いていた。ゴスが、フォークナーとつながりを持ち、その手下になってようやく知り得たことは、フォークナーがなんらかの理由で、父を鎖のなかの弱い環《わ》とみなし、処刑したということだ。だが、きっかけがなんだったか、フォークナーはけっして明かさない。

ユーエル・フォークナーにとって、それは仕事上の決断だった。ゴスにとっては、人生の破滅。母は、夫が殺害されたことに打ちのめされ、葬儀から一週間経ち、ゴスが大学の授業に戻ったその日に薬を一瓶飲んだ。午後に帰宅したゴスが見つけたのは、母の死体だった。

キッチンの戸口に立ち、床に横たわる母の死体を見たときに、ゴスのなかのなにかが、人間らしいなにかが消えた。父を殺され、たてつづけに母を失ったことで、ゴスは瀬戸際に立たされた。

十九歳だったので里親制度の恩恵も受けられず、大学をやめ、郊外のわが家をとびだした。

二度と家に戻る気はなかった。おそらくもう追徴課税のために売り払われただろう。どうでもよかったので戻ったことはないし、いま、だれが住んでいるか、あるいは取り壊されてガソリンスタンドかなにかになっているかなど、いっさい知りたいとも思わない。

一年が過ぎたころ、復讐心が形をとりはじめた。父が殺されたときから、意識の端に引っかかってはいたのだが、呆然とするあまり、計画を立てたり方針を決めたりできなかった。ふたたび目標を持って人生を歩めるようになった。その目標とは死。正確にいえば、ユーエル・フォークナーの死——といっても、ゴスは長いあいだ、父親を殺した人物の名前すら知らなかった——であり、それで自分が死ぬことになってもかまわなかった。

だが、まずはじめに、自分を造り替える必要があった。少年ライアン・フェリスは消えなければならない。それを達成するのはむずかしくなかった。自分と同じ背格好で麻薬中毒のストリートキッドに目をつけ、つけまわしてチャンスをうかがい、背後からとびかかって倒し、顔をめちゃくちゃに殴りつけて殺した。自分の身元がわかる物を死体に持たせ、死体が奪われるおそれのない場所に放置し、よその州へと逃げた。

最初の殺しで、二度と戻れない一線を越えたことを知った。自分が憎んでいる者になる道を選んだのだ。

蛇《じゃ》の道は蛇《へび》。死神に立ち向かうには、自分が死神にならねばならない。

新しい身元を作り上げるには、時間と金が必要だった。すぐにシカゴに戻って父親の殺害者を見つけようとはしなかった。何層もの身分証明に守られた新しい人格、ケノン・ゴスを造りだした。他人に対してだけでなく、自分でもケノン・ゴスだと思いこめるように、昔の自分を無情なまでに排除した。

シカゴに戻ったときには、FBIでさえ、彼の名乗る身元が違うと証明することはできなくなっていた。

五年以上前の殺人の背後を探るのは、簡単ではなかった。ユーエルを名指しする者はいなかったからだ。父親がプロの殺し屋だったと知って、すでに修復不能にまで打ちのめされた魂がさらに傷ついたが、それが手がかりになった。そこから、フォークナーという男のために仕事をしていたことがわかった。父がなにに巻きこまれたのかを探るためには、フォークナーの組織に入りこむのがいちばんの早道に思えた。

したたかなゴスは、ただ乗りこんで仕事が欲しいと言わず、あえてフォークナーの注意を惹くように画策した。フォークナーのほうからちかづいてくるように仕向けたのだ。

いったん内部に入りこむと、ゴスは仕事に専念し、ぼろを出さないように気をつけた。やがて、フォークナーだけでなく、同僚たちからも信頼され、ついにフォークナーのもとでもっとも長く働いているヒュー・トクステルから、欲しい情報の断片を得ることができた。それは友人からの忠告という形で与えられた。標的に付け入る隙を与えるな。侵入し、仕事をすませたらすぐに立ち去れ。泣き言に耳を貸すな。フェリスというやつがいて、甘い言葉に丸めこまれ仕事をしくじった。そいつは感情を優先させて標的をやれなかったうえ、組織までたどれる手がかりを残すというヘマをやって、フォークナーに排除された。そこまでいかなくても、やるべきときにやれなければ仕事とはいえない。

つまり、フェリスは始末されて、フォークナー自身がフェリスのしくじった仕事をやったということだ。

ユーエル・フォークナーがゴスの父親を殺した。ゴスも、それが仕事のうえで正しい決断であったことは理解したが、だからといって決意が揺るぐことはなかった。

フォークナーは死ぬ運命だが、ゴスが狙っているのは完璧な機会だ。事務所に入っていってフォークナーの脳みそに九ミリの弾丸を撃ちこむ機会は何百回となくあったが、そんなにあっさり終わらせたくなかった。フォークナーが苦しみもがくのを見たかった。

サラザール・バンディーニがらみの状況は、まさに千載一遇のチャンスだ。バンディーニの悪辣《あくらつ》さは、ゴスの復讐心にまさるとも劣らない。バンディーニにフォークナーを仕留めさせることができれば……。

そう仕向けて、なおかつバンディーニの仕返しを受けずにすむ方法を考えだすのだ。アイダホ州のド田舎に行って、生死も不明な会計士を捜しているうちに、なにか思いつくだろう。

「きょう、出発しますか?」ゴスは言った。

6

ケイトは三号室のベッドのシーツはむろん、毛布やマットレスカバーまで取り去った。全部洗濯するつもりだ。ミスター・レイトンは死んでいないのかもしれない。でも、生きてはいないような気がしているのに、ベッドリネンを洗わずにそのままベッドメイクするのは、なんだか気味が悪かった。つぎに泊まる客は知らなくても、ケイトにはわかっているのだから。

母が子どもたちをピクニックに連れていったので、家は珍しく静かだった。たった四百メートル先の、ニーナ・デイスが自宅の裏庭に備えつけたピクニック・テーブルまで出かけただけだが、双子にとっては大冒険だ。みんながトレイル・ストップにただ一本通っている道を歩いていくのを、ケイトは窓から見送った。母がピーナッツバターとジャムをはさんだサンドイッチとレモネードを詰めた小さな籠《かご》を持ち、男の子たちが興奮して母のまわりを駆けまわっている。母が一歩足を運ぶあいだに、子どもたちは五歩は飛び跳ね、スキップし、虫や岩や葉っぱを調べにゆき、まるで惑星のまわりを回転する衛星のように祖母のもとに戻ってくる。二人がずっといい子でいてくれて、疲れ果てて戻ってきますように。母が到着してからずっと、二人は飛ばしっぱなしだ。母もそろそろ静かな時間が欲しいだろうに。

ナショナル・カー・レンタルからの電話を受けて、ケイトは漠然とした不安だけでなく、漠然とした憂鬱《ゆううつ》も感じはじめていた。電話はミスター・レイトンの失踪を裏づけた。予定どおり戻らない彼に苛立ったことを、申しわけなく思っていた。なぜこれほど不安を感じるのか……これといった理由はない。おそらく全体の状況からだろう。これまで客が失踪したことはなかったし、ミスター・レイトンに起こったことがなんであろうと、よくないことにちがいないという感覚は強まるばかりだ。

なんとなくそうすべきだと思い、保安官事務所にこのことを報告する電話をかけた。さきほどと同じ捜査官、セス・マーベリーにつないでもらう。ケイトの知るかぎり、この郡に捜査官は一人しかいないはずだ。

「お忙しいところを煩わせて申しわけありません」ケイトはあやまってから、受けた電話について説明した。「ミスター・レイトンはここに戻ってこなかっただけじゃなく、レンタカーも返していなかったようです。レンタカー会社から、車が戻ってこないので連絡をとりたいという電話がありました。なにか捜査の進展はありましたか?」

「まだなにも。事故の報告も、身元不明の犠牲者もなし、友人や家族からの失踪届も出ていませんね。衣類は残っていると言ってましたね。ほかになにか残ってませんかねえ」

「着替えがひと揃えだけなんです。下着と靴下と使い捨ての剃刀、歯磨き。ウォルマートのビニール袋がひとつ。なにが入っているかはわかりません」

「重要な物はないようですなあ」

「ええ、どれも重要には見えません」

「ミセス・ナイチンゲール、ご心配はわかりますが、犯罪は起こっていないし、ミスター・レイトンが事故にあったという証拠もありません。とくに理由なく出ていってしまう人もときにはいますよ。クレジットカードの番号を控えてあるということは、宿泊代が払えなくて逃げだしたわけではないですね？」

「ええ、たしかに」

「自分で出ていったんじゃないですかねえ。面倒だったのでチェックアウトもせず、どうでもいい物を残したままで。事故が起こりそうな場所をもう少しあたってみますが、いちばんありそうなのは、ただ、出ていったってとこですかね」

マーベリーの姿は見えなくても、肩をすくめているのはわかる。「でも、レンタカーはどうなんでしょう」

「それは彼とレンタカー会社のあいだの問題ですからね。車の盗難は報告されてないので、われわれにできることはなにもないんですよ」

ケイトはお礼を言って電話を切った。マーベリーが指摘したとおり、犯罪が起こっていないのだから、できることはなにもない。ミスター・レイトンに家族がいるのなら、連絡がすでにとれているか、連絡をとる予定になっていないのか、どちらにしろ失踪届は出ていない。ただ消えてしまった。

ケイトの思い過ごしにちがいない。たぶんミスター・レイトンは元気で、ただ、つまらない物を取りに戻ってくるのが面倒なだけなのだろう。

一連の出来事を振り返ってみた。きのうの朝、下におりてきたが、ダイニング・ルームがいっぱいだとわかると、踵《きびす》を返して部屋に戻ってしまった。そのときから、ケイトが双子のようすを見に二階にあがるまでのあいだに、部屋の窓から出て車で走り去った。

あのときは、見知らぬ人たちのなかで食事をするのがいやなのかと思ったが、出ていった方法と、戻ってこないという事実から、ここに泊まっているのを知られたくないだれかがダイニング・ルームにいることに気づいたのかもしれない。きのうの朝はいつになく忙しかったが、思い出せるかぎり、はじめての客はただ一人、ジョシュア・クリードの客——名前は忘れてしまった——だけだ。ミスター・レイトンは彼を知っていたのだろうか。もしあの男を避けたかっただけなら——無理もないと思うが——ミスター・クリードと客が帰るまで部屋にこもっていればすむのに。

ここまで考えて、ケイトの気分は少しよくなった。そういうことなら、マーベリーの言ったとおり、ただ荷物を持っていく手間を省いて出ていった可能性が高いからだ。もし窓からこっそり抜けだすほど、あのなんとかいう名前の男を避けたかったのなら、置いていった荷物のことなど気にもしていないにちがいない。

でも、なぜレンタカーを返さなかったのだろう。ボイシで返せなくても、どこの町にもこのレンタカー会社の事務所はあるだろうに。ケイトは陰謀を巡らすタイプではないが、トレイル・ストップが州で〝いちばんの人気スポット〟でないことぐらいわかる。ミスター・レイトンが避けたかった人物がここまであとを追ってきたのなら、レンタカーからレイトンの行き先を知ったにちがいない。そういう情報の流通を防ぐさまざまな規制があるはずだが、それでも情報は日々売買されていて、その大半は違法な取引だ。ミスター・レイトンは車から足がつくことを恐れたのだろう。避けている人物から逃げつづけるために、車を処分したかったにちがいない。たぶん、どこかに駐めて置き去りにしたのだろう。どうもそれが彼の典型的なやり口のようだから。クレジットカードの請求書に追加料金が加算されてもしかたないと思って——。

郡の捜査官が言ったことが思い浮かんだ。宿泊代はクレジットカードにつけたのだから、払えずに逃げだしたわけではない。車を借りるのも同じだ。クレジットカードを使わずに車を借りることなど考えられない。では、なぜレンタカー会社はミスター・レイトンの居所を突きとめようとしたのだろう。それが通常の手順？　会社の方針はわからないが、合理的に考えれば、問い合わせなどせず、数日分をクレジットカード会社に請求するのが順当のはずだ。

思わず発信者番号を確認し、〝発信者不明、番号不明〟の文字を見て顔をしかめた。なんと面倒なこと。いつから業務用の電話番号を知らせないようになったのだろう。それだけでなく、さっきかかってきた人は名乗りもしなかった。それでもやっぱり、マーベリー捜査官の言ったことは伝えておくべきだろう。

ケイトは番号案内でレンタル会社の番号を尋ね、自動的に接続されるのを待った。二回めの呼び出し音で女性が応答した。「ナショナル・カー・レンタルのメラニーです。どんなご用件でしょうか」

「少し前に、おたくの会社の方からうちの泊り客のことで電話をいただいたんです」ケイトは言った。「ジェフリー・レイトンという客です。ミスター・レイトンがきのう車を返却しなかったので、連絡をとりたいって。すみません、お名前を聞きそびれてしまったのですが」

「うちの者が問い合わせを……ええと、車を借りたお客さまのお名前は」

「レイトン、ジェフリー・レイトンです」ケイトは一般的な名前だと思いながら、名前の綴《つづ》りを伝えた。

「電話をしたのは男性ですか」

「そうです」

「申しわけありませんが、本日は女性しか勤務していないものですから。この営業所からおかけしたのはたしかでしょうか」

「わかりません」ちゃんと聞いておけばよかったと思いながらケイトは言った。「発信者番号通知が拒否になっていたのですが、たぶんそちらか、ボイシ空港のどちらかだと思ったので」

「番号通知が拒否ですか。それは変ですね。ミスター・レイトンのファイルを見てみますので、少々お待ち下さい」

コンピュータのキーを叩く音が聞こえた。少し間があって、またキーの音。「J-e-f-f-r-e-y L-a-y-t-o-nですね？ ミドルネームのイニシャルは？」

「ありません」それについては確信があった。クレジットカードを受け取るときにたしかめたからだ。ミドルネームのイニシャルがないことに触れると、ミスター・レイトンはにっこり笑い、ミドルネームはもともとない、と言った。

「車を借りたのは何日でしょうか。お名前が見つからないのですが」

「はっきりわかりません」びっくりしたせいで、すぐに返事ができない。「ミスター・レイトンはアイダホ州に来たばかりのように思いましたが、間違っているかもしれません」

「申しわけありませんが、なにもわかりません。お名前がこちらのシステムに登録されていませんので」

「わかりました。わたしが会社の名前を聞き間違えたのでしょう」ケイトは礼を言って電話を切った。礼儀上そう言ったが、間違いでないことはあきらかだ。電話をかけてきた男が言ったことは正確に憶えていた――つまり、ナショナル・カー・レンタルと言ったのは嘘だったのだ。双子でもわかる。その男はジェフリー・レイトンを捜しており、レイトンはなんらかの危険に巻きこまれて、荷物を置いて逃げだしたのだ。

なにが起きているのか興味津々《しんしん》だったが、それ以上に、ミスター・レイトンが谷底で腐りかけているのではなく、ぴんぴんしていることに安堵をおぼえた。彼に対する憤りを復活させてもオーケーのようだ。

ケイトは汚れたベッドリネンを廊下に放りだし、掃除機をかけほこりを払い、バスルームを掃除してきれいなシーツと毛布でベッドを整えた。クロゼットから着替えを取りだしてきちんと畳み、ミスター・レイトンが残していったスーツケースにしまった。畳んだ衣類を入れるために、ウォルマートのビニールの買い物袋を移動させると、かさかさと音がした。ケイトは袋を睨みつけた。

「のぞかれたくなかったら、置いていかないことね」不在のミスター・レイトンに向かってつぶやき、袋の結びめを指先で引っぱる。結びめがゆるんだので、袋を開いてのぞきこんだ。

中身はプリペイドの携帯電話だった。レシートが入っていないので、買ったばかりで袋に入れたままなのか、飛行機にスーツケースを預ける際、濡れないよう袋に入れたのかはわからない。ふつう携帯電話はスーツケースに入れたりせず、手元に置くものだ。

おそらく、到着までは持っていたが、ここでは携帯電話が通じないことを知って持ち歩く理由がなくなり、ただそのへんに置いておくよりはと袋に入れたのだろう。客がチェックインしてからチェックアウトするまで、毎日ベッドを整えて清掃してほしいという要望がないかぎり、客室には入らない。だが、ミスター・レイトンはそんなことは知らないのだから、ケイトが入ると思っても無理はない。

クロゼットをもう一度調べ、前に見過ごしたウイングチップの黒の靴を見つけたので、それもビニール袋に入れてスーツケースにおさめた。バスルームにあった歯磨きなどをすべて革のトラベルポーチに戻してチャックを閉め、スーツケースの靴のわきに割りこませようとしたが、スーツケースが小さすぎてうまく入らない。

ミスター・レイトンはこのほかにもスーツケースを持っていて、車に残しておいたにちがいない。チェックインのときに荷物を確認したが、このスーツケースしか持っていなかった。残していった持ち物がこのスーツケースに入りきらないということは、車に戻ってほかの鞄からなにか――トラベルポーチか靴――を持ってきたということだろう。そう考えれば、持ち物を残していったことも納得できる。持っていく必要のない物を置いていったのだろう。荷物を詰めたスーツケースを窓から放りだし、地面におりてから回収することもできたはずだ。そうしなかったのだから、これからも荷物を取りにくるかどうかあやしいものだ。

さて、これをどうしたものだろう。どれぐらいの期間預かっておくべき？　一カ月？　一年？　邪魔にならないように屋根裏部屋にしまうつもりだったが、デレクが亡くなって以来、起こりうる事態をすべて想定しては悩むという癖がついている。もしこのスーツケースを捨てそびれて、数年後に自分になにかあったら？　屋根裏部屋の荷物を確認しただれかが、男物の服が詰まったこのスーツケースを見つけたら、ふつうはデレクの持ち物と思い、ケイトが感傷的な理由から捨てなかったものとみなすだろう。そうなれば、このスーツケースと中身は双子のために大切に取っておかれるだろうが、ケイトとしては、トラブルに巻きこまれて失踪した愚かなよそ者の持ち物を、双子が勘違いして大切にするなんて耐えられなかった。そうなった場合に備え、全室に置いてあるB&Bのレターヘッドが入った便箋を一枚はがして、ミスター・レイトンの名前と日付と、置いていったことを書きとめてスーツケースに入れた。最悪の事態が起きてケイトが死んでしまっても、これでわかってもらえるだろう。

もともとは苦労性ではなかったのだが、それは母となり、そのすぐあとに夫と死別する以前のことだ。悪いことは起こるもの。デレクより熱心なクライマーだったのに、妊娠がわかると同時にロッククライミングをやめてから、二度と登ろうと思ったことはない。双子のことを考えるから。もし滑落《かつらく》死したら、双子はどうなる？　もちろん、よく世話をしてもらえることはわかっている。ケイトの家族もデレクの家族も、いまは遠くにいるけれども、できるだけのことはしてくれるだろう。でも、心の健康はどうなるの？　双子は両親に見捨てられたように感じながら育つだろう。どう理屈をつけようとも、本能的な反応を補うことはできない。

だから、できるだけの予防措置をとり、危険を伴う行動は避けてきた。それでも運命の手から逃れることはできない。事故は起きる。とにかく、子どもたちに、ジェフリー・レイトンの所有物を父親の物だと思わせるなんてとんでもない。それに、デレクの服の趣味はもっとずっとよかった。

そう思うと笑みがもれた。スーツケースを持ち上げ、もう一方の手にトラベルポーチを持って廊下まで運んだ。それから、自分の部屋に行き、屋根裏部屋に通じる吹き抜け階段の鍵を取った。子どもたちが勝手に屋根裏部屋にあがると困るので、扉には鍵をかけ、その鍵は化粧ポーチにしまってあった。化粧ポーチはバスルームの洗面台の抽斗に入れてある。バスルームに行く途中で、写真が並ぶ鏡台の前を通った。心臓がきゅっとなり、立ちどまった。写しとられた人生のひとコマひとコマを見つめる。

こういうことはたまに起きる。時が経ち、写真に気づきもせずに鏡台の前を通り過ぎることができるようになった。たまにケイトが早起きしないですむ朝、ベッドルームに駆けこんできた男の子たちがかならずと言っていいほど写真のことを尋ねてくるが、それにも冷静に答えられるようになった。でもときどき……ほんとうにときどきだが、鮮明な記憶に心臓を鷲《わし》づかみにされて立ちどまり、悲しみに押し流されそうになる。

デレクの写真を見つめると、一瞬、彼の声が聞こえた。忘れかけていたその響き。彼はその面影を子どもたちのなかに残していった。いたずらっぽい青い目、黒い髪、晴れやかな笑顔。この笑顔に惹かれたのだ。陽気でセクシーな笑顔——それに、筋肉質の引きしまった体にも。

彼は広告会社の管理職で、ケイトは大手の銀行に勤めていた。二人とも若くて独身でやりたいことをするだけのお金があった。いっしょに登山に行ったあと、険しい岸壁でない場所でも会うようになり、つきあいがはじまった。

結婚式の写真に視線を移した。伝統的な結婚式を挙げたから、デレクはタキシード、ケイトはレースを飾ったロマンチックなサテンのドレスを着ている。なんて若く見えるのだろう。鏡に映るいまの自分がふと目に入り、ふたつの姿を比較した。肩の長さにそろえ、優雅で上品なスタイルに仕上げた茶色の髪。いまは伸びた髪をクリップで留めるかポニーテール。写真はきれいに化粧をしているが、いまはリップクリームを塗る時間があればラッキーなほう。当時はなんの心配事もなかったが、いまは、気苦労でつねに気が張っているせいで、目の下にかすかなくまができている。

口の形は変わっていない。いまだに上唇が下唇より厚くてアヒルのような口だ。デレクはこの唇をセクシーだと言ったが、十代のころにはそれが悩みの種だったから、その言葉をすんなりとは受け入れられなかった。ミシェル・ファイファーの口は同じアヒルでももっと繊細でセクシーだ。ケイトは口のことで、弟のパトリックにからかわれてばかりいた。啼《な》き声をまねて大騒ぎするから、一度、ランプを投げつけたことがある。

目も変わらず茶色、髪よりは薄くてもっと金色がかっている……でも茶色は茶色。さえない茶色。体型もまったく変わらない。妊娠中は別で、あのころはまさに豊胸だった。痩せっぽちな体型のせいか、百六十五センチという平均的な身長より高く見られる。体のなかで唯一丸みを帯びているお尻は、ほかの部分に比べてちょっと目立ちすぎ。脚は筋肉だけで、腕は細く筋張っている。つまり全体として悩殺的なボディとはほど遠い。夫を心から愛していたふつうの女。だから、ときどきいまみたいに、彼が恋しくて、ナイフを突きたてられたみたいに胸が痛くなる。

三番めの写真は四人いっしょに写っていた。デレクとケイトと生後三カ月の赤ちゃんたち。二人は双子を一人ずつ抱き、双子の小さな顔はそっくりで、それを見おろすデレクとケイトは誇らしげでうれしそうな笑みを満面に浮かべている。いま写真に写る四人の顔を見て、ケイトは笑いたいと同時に泣きたかった。

ああ、四人いっしょの時間は、なんて短かったことだろう。

ケイトは頭を振って現実に戻り、目をしばたたいて涙を払った。泣いていいのは、だれにも気づかれることのない夜中だけだ。母と男の子たちが、いつピクニックから帰ってくるかもわからないし、目を赤くしているところなど見せたくない。母に心配をかけるだけでなく、マミーが泣いていたと思ったら子どもたちも泣きだすだろう。

古びた長い鍵を化粧ポーチから出してジーンズのポケットに滑りこませた。廊下に戻り、三号室の外に置いておいたスーツケースとトラベルポーチを取り、屋根裏部屋への階段がある廊下の端まで運んだ。

吹き抜け階段に通じる扉は向こう側に開き、三段のぼったところに踊り場がある。そこから右に曲がってのぼりきると屋根裏だが、最後のほうは傾斜した天井にちかいために屈まなければのぼれない。屋根裏部屋は足もとが危なっかしく注意が必要だ。とにかく、この扉をまず開けなければ。ケイトは鍵を差しこんでまわした。開かない。この鍵はくせがあるので驚きはしない。手前に引き気味にしてもう一度まわす。だめ。古い鍵にぶつぶつ不満をぶつけながら、引き抜き、今度は徐々に差しこんでまわす。鍵が留め金にぴったり当たって……。

小さくカチッと鳴るのを感じたように思い、意気揚々と手首をひねって最後までまわした。ピシッという音がして、鍵の半分が手に残った。ということは、もう半分は鍵のなかに詰まってしまったということ?

「ちくしょう!」ケイトは思わずののしり、慌てて振り返った。双子がこっそり背後に忍び寄っているかもしれない。二人が静かに行動することはめったにないが、そういうときにかぎって、ケイトがののしり言葉を口にしているのだ。大丈夫なことを確認し——おまけとばかり——つけ加えた。「くそったれ!」

オーケー、とにかく、このドアには新しい鍵が必要だ。鍵は恐ろしく高価ではないけれど、この家はいつもなにかしらが修理や交換を必要としている。それに、早急にドアを開けて、スーツケースをしまわなければならない。

ケイトは小声で悪態をつきながら、階段をドシドシとおりてキッチンに入った。金物店に電話をしてミスター・ハリスの居場所を訊こうと、受話器に手を伸ばしたちょうどそのとき、おもてで車が停まる音がした。窓からのぞくと――なんという奇跡――ミスター・ハリスその人がおんぼろピックアップからおりてきた。

どうして現われたかわからないが、これ以上のタイミングはない。ケイトはキッチンの扉を開け、ミスター・ハリスが階段をのぼりきるのも待たずに、安堵と苛立ちの混じった声で言った。「来てくれて、すごくうれしいわ」

ミスター・ハリスは立ちどまり、頬を真っ赤に染めてトラックのほうを振り返った。「道具箱がいるかな？」

「屋根裏の扉の鍵が壊れたの――でも、どうしても開ける必要があって」

彼はうなずくとトラックに戻って荷台に手を伸ばし、重い道具箱を片手で持ち上げた。見かけより強いのかもしれない。

「あす、町に行くので」階段をゆっくりあがりながら言う。「知らせに寄ったんだ。用事がないかと思って」

段をのぼる。

彼がまたうなずく。ケイトは身を引いて招き入れた。「こっちよ」先に立ち、廊下から階段をのぼる。

窓がないせいで、廊下は明かりをつけていてもうす暗いが、ベッドルームの開いたドアから光が射しこむので不自由はない。つむじ曲がりの古い錠を扱ったり、そこから折れた鍵を引き抜いたりという特別な作業をしないかぎりは。ミスター・ハリスは道具箱を開け、黒い懐中電灯を取りだしてケイトに渡した。「鍵のところを照らして」そう言うと、スーツケースをどかして鍵の前にひざまずいた。

ケイトは懐中電灯をつけ、光の強力なことに驚いた。本体は意外なほど軽く、表面がゴムにおおわれている。手のなかで回転させて製造元を探したが見つからなかった。光線を扉に向け、取っ手のすぐ下に当てた。

ミスター・ハリスは、先の細いペンチを使って壊れた鍵を取りのぞくと、道具箱からつるはしのような物を選びだし、鍵穴に入れた。

「岩を突くやり方を知っているとは思わなかったわ」ケイトは興味をそそられ、そう言った。

ミスター・ハリスの手の動きが止まった。返事をする必要があるかどうか悩んでいるのが、ケイトにはわかった。喉の奥で「フムム」と言っただけで、彼はつるはしの操作を再開した。

ケイトは彼の真うしろに移動して、作業を見ようと前屈みになった。まばゆい光がミスター・ハリスの両手を照らし、張りめぐらされた血管と力強い腱を浮き上がらせている。きれいな手だ。たこと油の染みだらけで、左の親指にはハンマーで叩いたような黒い跡まであるが、爪はきれいに短く切られ、引きしまって力強そうな形のよい手をしている。ケイトは強い手に弱かった。デレクの手もロッククライミングをしていたせいでとても強かった。

うなりともつぶやきともとれない声とともに、つるはしが抜かれて取っ手がまわされ、十センチほど扉が開いた。

「どうもありがとう」ケイトが心からの感謝を込めて言うと、ミスター・ハリスはわきにどかしたスーツケースを指さした。「荷物を置いたまま出ていった例の男性がまだ戻ってこないから、スーツケースに荷物を詰めて、ここにしまっておくことにしたの。取りに来るかもしれないから」

ミスター・ハリスはスーツケースをちらっと見ると、ケイトから懐中電灯を受け取ってスイッチを切り、つるはしといっしょに道具箱にしまった。「妙だな。なにから逃げてるんだろう」

「ダイニング・ルームにいた人を避けたかったんじゃないかと思うのよ」

ケイトが最初は思いつきもしなかったことを、便利屋がすぐに指摘したのは意外だった。レイトンのことを、彼女はただの変人としか思わなかった。おそらく、男のほうが生まれつき疑い深いのだろう。

ミスター・ハリスはケイトのコメントに対して、またうなりともつぶやきともとれない音を発した。スーツケースのほうに頭を傾ける。「なかになにか変わった物は？」

「なにも。開けっぱなしで置いていったのよ。わたしが服と靴をしまって、トラベルポーチに歯磨き類を入れたの」

彼は立ち上がって道具箱をわきに寄せると、屈んでスーツケースを持ち上げた。「どこに置くか教えてくれ」

「自分でできるわ」

「わかっているが、ついでだから」

先に立って急な階段をのぼりながら、ケイトは思った。この十分間で彼から聞いた言葉は、これまでの年月に聞いた言葉を合わせたよりも多い。求められてもいないコメントを自分から発するなんて、なおさら珍しい。ふだんはこっちの質問に短く答えるだけ。たぶん、挨拶術を磨く団体に加入したか、おしゃべりになる薬でも呑んだのだろう。

屋根裏は暑くてほこりっぽく、置きっぱなしの物のせいか、かび臭かった。とはいっても、三つの屋根窓から差しこむ光で室内は驚くほど日当たりがよく、いま、かびが繁殖しているようすはない。壁は未完成のままだし、むきだしの板が張られた床は歩くたびにミシミシいう。

「そこにお願い」ケイトは表側の壁沿いの空いている場所を指し示した。

ミスター・ハリスはスーツケースとトラベルポーチをそこに置き、周囲を見まわした。登山装具に目を留めて、一瞬ためらった。「あれはだれの?」

「わたしと夫のよ」

「二人とも登っていた?」

「それで出会ったの。登山クラブで。妊娠したときに登るのはやめたけど」でも、装具を捨てることはできなかった。きちんと整理してしまってある。登山靴、ハーネスとチョークバッグ、ビレイ器や下降器、ヘルメット、何巻きものロープ。二度と登ることはないとわかっていても、ロープは直射日光が当たらない場所に置いた。装具を粗末に扱うのは気がすまなかった。

ミスター・ハリスがもじもじして、顔をまた赤くした。「おれも少しやってた。ふつうの山登りだけど」

なんと、自分に関する情報を進んで提供してくれた! ようやく彼女のことも、子どもたちと同じくらい害がなくて、話しても安全だと判断したのだろう。カレンダーのきょうの欄に赤丸をつけなくちゃ。恥ずかしがりのミスター・ハリスが、自分のことを話してくれた記念すべき日。

「わたしはもっぱらロッククライミング」ケイトは会話をつづけたくて言った。どのくらい長く話してくれるだろうか。「山登りは一度も。どこか高い山に登ったことある?」

「そういう山登りじゃないんだ」ミスター・ハリスはぼそっと言い、階段のほうに移動しはじめた。例外的なおしゃべり気分はおしまい。ちょうどそのとき、二階下で子どもたちが言い争う声が聞こえた。母と双子が戻ってきたのだ。

「あらら、またけんかしているみたい」ケイトは急いで階段に向かった。

一階におりてみんなの顔を見たとたん、なにかあったのだとわかった。三人とも怒っているようだ。母はピクニックの籠を抱え、口をへの字にし、二人を引き離すようにあいだに立っている。双子の顔は怒っているせいで真っ赤になり、服は泥のなかを転がったように汚れている。

「けんかしているのよ」シーラが告げた。

「タナーがぼくの悪口を言った」タッカーがラバのように頑固な表情を浮かべて言う。

タナーが兄を睨んだ。「おまえがぼくを押したんだ。押し倒した!」おそろしく憤慨している。タナーはどんな状況であっても負けるのが嫌いだ。

ケイトは交通整理の警官のように両手を挙げ、言い争いを制した。ミスター・ハリスが道具箱を持って階段をおりてきた。双子が動揺したようすを見せた。大好きなヒーローがここにいるのに、いつものように飛びつくことができないなんて。「ミミになにが起こったか話してもらいましょう」ケイトが言った。

「タナーがオレンジの最後の一切れを食べようとして、タッカーもそれを欲しがり、タナーがあげなかったので、タッカーがタナーを押し倒したのよ。タナーがタッカーを〝ちくしょうまぬけ〟と呼び、それで二人で転げながら殴り合ったってわけ」シーラが二人を見おろして顔をしかめた。「二人がわたしのレモネードのコップを倒したので、服がびしょびしょになってしまったわ」

なるほど、シーラのジーンズが黒く濡れている。ケイトは腕を組み、眉をひそめ、できるだけ厳しい顔を作った。「タッカー――」

「ぼくのせいじゃない！」タッカーが、最初に名指しされたことにあきらかに傷ついて叫んだ。

「最初にタナーを押したのは、あなたじゃないの？」

タッカーはさらに反抗的になった。小さな顔を真っ赤にして、ぴょんぴょん飛び跳ねている。「それは――それは、ミミのせいだ！」

「ミミのせい！」ケイトは驚きあきれてくり返した。母親もこの巻き返しにぎょっとしたようだ。

「ミミがもっとぼくのこと、ちゃんと見てりゃよかったんだ！」

「タッカー・ナイチンゲール！」この責任転嫁にショックを受けて、ケイトは思わず怒鳴った。「いますぐ、二階の反省椅子に行きなさい！　ミミのせいにするなんてとんでもないわ！　ママは情けない。自分がしたことをほかの人のせいにするなんて、立派な男なら、けっして、けっしてしないことよ！」

タッカーは理解と援護を求め、すがりつかんばかりの視線をミスター・ハリスに向けた。ケイトもそちらを向いてひと睨みした。万が一、なにか同情を示す言葉を言われては困る。ミスター・ハリスは目をぱちくりさせ、タッカーを見て頭を振り、つぶやいた。「ママの言うとおりだよ」

タッカーは小さな肩を落とし、足を引きずるようにして階段をのぼりはじめた。四歳の子どもにしては、せいいっぱい重い足取りだ。途中で泣きだした。てっぺんで立ちどまり、すすり泣きながら訊いた。「どのくらい？」

「長く」三十分以上いさせるつもりはなかったが、それでも、タッカーのようにエネルギーがありあまっている子どもにとっては、永遠とも思える長さだろう。それに、タナーも兄を〝ちくしょうまぬけ〟と呼んだことについて、反省椅子にしばらく座らせなければならない。オーケー、つまり二人とも〝ちくしょう〟という言葉も、その使い方も知っているわけだ。子どもたちはもうののしり合っている。

ケイトが顎を引いて睨みつけると、タナーはため息をつき、階段のいちばん下の段に座り、反省椅子の順番を待った。これ以上言う必要はない。

ミスター・ハリスが咳払いをした。「あす、町に行ったときに新しい鍵を買ってくる」そう言ってドアに向かった。

ケイトは深呼吸をしてから、必死に笑いを嚙み殺している母のほうを向いた。

「これでも二人を連れていきたい?」ケイトが疲れきったように尋ねた。

シーラも深呼吸をした。「あとで相談しましょ」

7

時差の関係で、ゴスとトクステルは夕方早いうちにボイシに着いた。飛行機のチケットは、直前に購入するとかなり割高になるが、どちらにしろ、ゴスの懐が痛むわけではない。不案内な山道を車で行くには疲れすぎていたので、飛行場のちかくのホテルに泊まることにした。翌朝、武器を調達し、目的地から八十キロのところにある小飛行場までプロペラ機で飛べばいい。飛行機は貸し切りだから武器を持ちこめる。フォークナーが手配した四輪駆動車が小飛行場で待っている。そこからトレイル・ストップまでは車で行く。ナイチンゲール・ベッド・アンド・ブレックファストの予約もフォークナーが手配したはずだ。捜索する場所に宿泊するのが合理的というものだ。そのためにわざわざ行くのだから。

ホテルのレストランで夕食をすますと、トクステルは部屋に引き揚げた。ゴスはボイシの状況視察――女の状況視察――に出かけることにした。タクシーを拾い、混みあったシングルバーを見つけ、まったくそそられない女を何人かかわしたあと、美しく健康そうなブルネットに目をつけた。カミという名前だという。気取った名前は嫌いだが、時間がない。それに、痒《かゆ》いところを掻《か》く以上の時間をいっしょに過ごすわけでもない。服を着て立ち去ればいいだけだ。

女のアパートに行った。ベッドルームふたつだけの狭苦しいアパートだった。これにはいつも驚かされる。会ったばかりの男を部屋に招くなんて、いったいなに考えてるんだ？　強姦魔かもしれないし、殺し屋かもしれないのに。オーケー、おれは殺し屋だ。ただし、金のために殺す。ふつうの市民は彼といても安全そのもの。だが、カミも、これまでの女たちもそんなことは知らない。

疲れ果て汗まみれで、たがいに、みせかけの感情でつながっているふりすらせずに並んで横たわっているときに、ゴスは言った。「なあ、おまえ、もう少し気をつけたほうがいいぜ。おれだったからよかったが、もしおれが人の目玉を集めるのが趣味の変質者《ナットケース》だったらどうするんだ？」

カミは体を伸ばし、背中を弓なりにして胸を天井に突きだした。「もしあたしが、目玉を集めるのが趣味の変質者だったら、あんた、どうする？」

「まじめに言っているんだ」

「あたしもよ」

カミの言い方が気になり、ゴスは目をすぼめた。ランプの光のなかで見つめ合う。カミの黒い目はなんの感情も示さず、ゴスの目も冷たく空っぽだった。「それなら二人とも幸運だったわけだな」ゴスが言った。

「そう？　なぜわかるの？」

「おれはおまえに警告し――おまえもおれに警告した」つまり、彼女はいまさら襲いかかれない。命が惜しければ、試してみようともしないだろう。彼は裸だが、だからどうした。彼女も裸だ。マットレスの下にナイフを隠しているかもしれないが――ちょっとした勘だ――こっちだって、彼女の手が枕の下か、ベッドのわきに向かってちょっとでも動いたら、首をへし折る用意がある。

カミはゆっくりと、落ち着いたようすで両手を広げ……そしてにっこりした。頭をかしげ、からかうように彼を見る。「あんただって少しはいい思いをしたじゃないの」

「両手をそのまま動かすな」ゴスは冷たく言うと、ベッドからすべり出て服に手を伸ばした。一秒たりとも背中は見せない。

「よしてよ。あたし、あんたほど危険じゃないわよ」

安心させようとしてるのか？　知って驚くなよ。うなじのチクチクする感覚が、彼女がなにを言おうと、どう説得しようと、油断してはならないと言っている。「男とやったあと、ベッドから叩きだすのに最高のやり方だ」パンツとズボンをはきながら、ゴスは言った。

「そのつもりだったんなら、大当たりだ――ただし、つぎに引っぱりこんだやつが、目玉を引っこ抜かれると思いこんで、襲ってこなけりゃいいが」

カミはあきれた顔をした。「ただの冗談じゃないの」

「ハッハッハッ。たしかにおかしい冗談だ」靴下と靴をはき、シャツに腕を通した。ゴスの歯が笑っているかのように見え隠れした。「目玉を抉《えぐ》り取られたって話を聞いたら、警察におまえの人相を教えてやるよ」ふと思いつき、周囲に目をやり、カミが床に落としたショルダーバッグを猫のようにすばやく拾いあげた。

「返してよ」カミが怒鳴ってバッグをひったくろうとしたが、ゴスは彼女をつかんでうつぶせにベッドに放り投げ、片手で背中を押さえつけて動けないようにし、もう一方の手でバッグの中身をベッドにぶちまけた。カミが息を吸いこもうとして喘ぎ、体をよじらせたが、ゴスは手をゆるめなかった。ののしり、腕を振りまわして股間を殴ろうとするので、体をひねってかわし、尻で受けた。

「気をつけろ」ゴスが警告した。「おれを怒らせたくないだろう」

「くそったれ《ファック・ユー》!」

「そいつはもうやったろ。そう書かれたTシャツも欲しくないね」

ベッドの上のバッグの中身を指でかきまわす。財布は持っていない——少なくともバッグには入っていない。紙幣ばさみだけだ。なんだか妙だ。紙幣ばさみを持ち歩く女なんてめったにいない。小さな革のカード入れもあり、片側に免許証が入っていた。親指でカード入れから出し、ほんとうに彼女のものか写真をたしかめ、名前を調べた。「これはこれは……デイードレ・ページ・アーモンド。なるほど、ほんとうにナッツの仲間だ」ちょっとした冗談を、カミはおもしろいと思わなかったらしく、またののしった。ゴスはさっきよりずっと楽しい気分になっていた。こっちも偽名を使ったのだから、ますますおかしいじゃないか。ひねくれ者同士、考えることは同じだ。「当ててみようか――〝カミ〟はあだ名だろ？」免許証をベッドの上に放りだす。

手の下でカミがもがき、振り向き、顔にかかるくしゃくしゃの黒髪のあいだから睨んだ。

「人でなし、おもしろがってるのもいまのうちだよ、告訴してやる！」

「どんな理由で？」ゴスはうんざりしたような口調で尋ねた。「レイプか？　悪いが、女といるときは音声作動のテープレコーダーを使うのが趣味なんで――念のためにな」

「ほざくんじゃないよ！」

「じつを言うと、ソニーなんだ」携帯電話でちょうどいい感じに膨らんだズボンの右ポケットを叩く。「音質は最高だ。それに、警察にはなんて名乗るんだ？」ゴスはチチッと舌を鳴らした。「いまどき、人の言うことを鵜《う》呑《の》みにするやつなんているか？　さて、楽しかった、そろそろ行くぜ。もう会うこともないだろうが、目玉についておれの言ったことは憶えておくんだな。遊びまわるなら、やり方を見直したほうがいい」ゴスは手を放し、ぶたれないようさっと体を引いた。「起きて見送ってくれなくていいよ」そう言ってドアを出た。

カミは追ってこようとしなかった。たぶん裸だからだろう。ゴスはアパートを出てひび割れた歩道を歩いた。ここには彼女の車で来たので、帰る手段がなかったが、とくに困りもしなかった。電話はあるし、ポケットにはさっき使ったタクシー会社の番号を記したカードも入っている。道路標識のある交差点まで歩いてから、タクシーを呼んだ。

〝ディードレ、またの名をカミ〟が五年落ちのニッサンをぶっとばし、轢《ひ》こうとしても、ゴスは驚かなかっただろう。だが、どうやら面倒をそれ以上増やさないことに決めたようだ。彼女はただの変人で、猟奇的連続殺人犯のふりをすればおもしろいと思ったのか、ほんものの変質者なのかわからないが、本能は、かかわらないほうがいいと言っていた。まあ、かなり楽しい夜だった。

妥当というにはかなり長い——あと少しであんまりだと思いはじめる——あいだ待ち、ようやくやってきたタクシーに乗りこんだ。二十分後には、静かに口笛を吹きながら、ホテルの廊下を部屋に向かって歩いていた。午前一時をまわったところだった。充分な睡眠はとれないが、それだけの価値のある夜のお楽しみだった。

シャワーを浴びてベッドに潜りこみ、目覚まし時計が六時を告げるまで赤ん坊のように眠った。ぐっすり眠るためには、良心に恥じない——あるいは良心をもたない——ことがいちばんだ。

武器を納めた箱が七時までに配達されるはずだったが、その時刻になっても届かなかった。すべてを手配したフォークナーにトクステルが電話をいれ、二人はまた待った。ゴスはそのあいだに朝食を注文した。飛行機に乗っているはずの時刻を三十分過ぎた九時を少しまわったころ、ベルボーイが〝印刷物〟と書かれ、ガムテープで封をした箱を届けてきた。スーツを着てネクタイを締めていると、どう見ても重役かセールスマンに見えるトクステルが応対に出て、荷物を受け取った。ゴスは着ごこちを優先し、スラックスとシルクのシャツでネクタイは締めない。B&Bに泊まるのはたいてい仕事でではなく、休暇でだろうに、トクステルは場合など考えずスーツにネクタイで行くつもりだ。

箱のなかの拳銃は、足がつかないように登録番号をやすりで削り取ってあった。二人は黙々と武器をチェックした。きまりきった手順――慣例だ。ゴスの好みはグロックだが、こういう状況では、手に入るもので我慢しなければならない。届いた拳銃はベレッタとトーラス、それに弾薬がひと箱ずつ。ゴスはトーラスを使ったことがない。トクステルはあったのでそちらをとり、ゴスが使い慣れたベレッタをとった。それぞれの鞄に銃をおさめ、飛行機のパイロットに電話をしてこれから行くと伝えた。

自家用機なので、空港のセキュリティ・チェックを通る必要はなかった。パイロットは無口な男で、日焼け止めなど使ったことがないのだろう、よく日に焼けていた。もごもごと挨拶をしたきりなにもしゃべらない。二人は荷物を自分たちで積みこみ――そのほうがありがたい――機上の人となった。飛行機は小型のセスナで、全盛期を過ぎて十年は経つと思われる代物だったが、ふたつの大事な資格は満たしていた。飛ぶことと、長い滑走路が必要ないこと。

ゴスは景色に関心がない。少なくとも田舎の景色には。ゴスにとってよい景色とは、都会のペントハウスからの眺めだ。そんなゴスでさえ、巨石を洗う奔流やそそり立つ峰々はそれなりに美しいと認めざるをえなかった。山や川は、空から見るのがいちばんだ。一時間後、小型飛行機がほこりっぽいでこぼこの滑走路に着陸し、眼前に峻険《しゅんけん》な山々が邪悪な巨人のようにそびえ立つのを目にすると、その気持ちはいっそう強まった。町はなく、波形のブリキ板で囲った建物が一棟あるだけだ。建物の外に三台の車が駐まっていた。一台は特徴のないベージュのセダン、一台はゴスよりも歳をくっていそうな、さびついたフォードのピックアップ、そして最後の車がグレーのシボレー・タホだった。「ピックアップがおれたちの四駆でないことを願う」

「それはないだろ。フォークナーも考えてくれているさ」

トクステルのフォークナーに対する揺るぎない信頼に、ゴスはいつも苛立ちをおぼえるが、けっして表情には出さない。自分がフォークナーを嫌っていることをだれにも感づかれたくないからだが、それよりも、ヒュー・トクステルが、フォークナーの配下の殺し屋のなかでただ一人、ぶつかりたくない相手だったからだ。トクステルがスーパーマンだというわけではない。自分のやるべき仕事に長《た》けているだけ——尊敬に値するほど長けているだけだ。しかも、ゴスには望めない、十年、あるいはもっと長い経験があった。

飛行機からおりて、貨物室から荷物を引っぱりだしていると、汚れたつなぎを着たずんぐりした男がブリキの建物からぶらぶら歩いてきた。「レンタカーを頼んだんだろ?」

「ああ」トクステルが答えた。

「連中が待ってるよ」

〝連中〟とはレンタカー会社の二人の若者で、一人がタホを運転し、もう一人が別の車でついてきたのだ。辛抱強さが二人の長所でないことはあきらかで、待たされて苛立っていた。トクステルが何枚かの書類に署名すると、二人の若者はベージュのセダンに飛び乗り、ほこりを巻きあげて走り去った。

「なんてやつらだ」トクステルが顔にかかるほこりを払い、睨みつけた。「わざとやったな」

トクステルとゴスは荷台に荷物を積み、大型車に乗りこんだ。運転席に地図が畳んで置いてあり、ご親切にトレイル・ストップまでの道は赤でなぞり、目的地は丸で囲んであった。地図を見てゴスは思った。どうしてわざわざ地名を丸で囲ったんだ? 道はそこで行きどまり、その先は行きたくても行けないのに。トレイル・ストップとは、よくつけたものだ。

「きれいなところだ」トクステルが数分後に見解を述べた。

「たしかに」ゴスは助手席の窓から、岩だらけの峡谷を見おろした。垂直の崖は谷底まで百メートルはある。しかも道路の状態は最高とはいえない。お粗末な舗装の片側一車線の狭い道で、もっとも危険な箇所にだけ、傷《いた》んだガードレールがついている。問題は、ゴスがあきらかにガードレールが必要だと思う場所と、アイダホ州運輸局が危険だと考える場所が一致しないことだ。太陽はまぶしく、雲ひとつない青空だが、道が日の当たる側から山陰《やまかげ》に入るたび、車の計器の温度がゆうに十度はさがる。真夜中にこんな山奥をうろつきたくはない。飛行場を出てから、建物も車もまったく目にしていなかった。走りはじめてから十分も経っていないが、ゴスにはそれがとても不自然なことに思えた。

三十分後、小さいが町と呼べるところに着いた。人口四千あまり、何本かの通りと信号――ふたつだったが――と生活に必要ないっさいがそろっていて、ゴスの気分は少し楽になった。少なくとも人間はいるわけだ。

地図に記されたとおりに左に曲がると、ふたたび文明の痕跡は消滅した。

「なんてこった。こんなところでどうやって生きてるんだろう」ゴスはつぶやいた。「もしミルクを切らしたら、食料品店まで一日がかりの買い出し旅行だ」

「そういうのは慣れるもんだ」トクステルが言った。

「別の生活を知らないってだけじゃないですか。経験したことがなければ、ないことに不便も感じない」つぎのカーブを曲がるとまた日向《ひなた》に出たので、ゴスはフロントガラスを射る太陽に目を細め、あくびをした。

「きのうの晩にもう少し寝とくべきだったな。女を漁ってうろついていないで」トクステルが咎めるような口調で言った。

「漁ってただけじゃない、仕留めましたよ」ゴスがまたあくびをした。「変わった娘でしたけどね。見かけは小さな町の〝ミス特産品〟みたいなのに、知らないやつを部屋に入れちゃいけない、危険だ、おれが変質者だったらどうするんだと説教したら、自分が変質者ってこともありえると言ったんですよ。目に浮かんだ表情を見てぞっとしましたよ。ほんとうにおかしいのかもしれないって。慌ててズボンをはいて出てきました」争いと偽名の部分は省略した。

「そのうち、喉をかき切られるぞ」トクステルが警告した。

ゴスは関心なさそうに肩をすくめた。「いつだってその危険はありますよ」

「その娘を殺したんじゃないだろうな?」数分間黙っていたのは、その可能性について悩んでいたからだろう。

「それほどばかじゃない。彼女はピンピンしてます」

「注意を惹きたくないんだ」

「言ったでしょ、ピンピンしてるって。生きて、呼吸して、無傷」

「それならいい。面倒は避けたい。この場所で目当ての物を見つけて立ち去る、それだけだ」

「どこを探せばいいか、どうやったらわかるんです? 『あほな会計士が残していった物をどこにやった?』とでも訊くんですか?」

「悪くない。会計士の依頼できたと言えばいい」

ゴスはその可能性について考えた。「自然だ。うまくいくかも」

道が曲がりくねっているせいで吐きそうになり、新鮮な空気を入れようと窓をさげた。道のいたるところに追い越し禁止の標識が立っている。十五個ぐらい過ぎたところで、ゴスはつぶやいた。「アホくさ」

「なにがアホくさいんだ？」

「この追い越し禁止の標識ですよ。第一に、こんな道でどうやったら追い越せるんです？カーブばっかでしょ。第二に追い越すものがない」

「都会っ子だな」トクステルがにやりとした。

「ずっと一本道ですね」ゴスは地図を眺めた。「右側に曲がり角が見えてくるはずですよ」

ようやく〝見えて〟きたのは、さらに十分後のことで、気温もさらに五度はさがり、空気が薄くなったように感じられた。標高はどのくらいだろう。

探していた道はすぐわかった。三十個以上の郵便箱が列になり、酔っぱらった兵隊のようにあらゆる方向にかしいで立っていたからだ。〝トレイル・ストップ〟と書かれた矢印のついた標識もあり、そのすぐ先に、きれいな文字で〝ナイチンゲール・ベッド・アンド・ブレックファスト〟と書かれた看板が立っていた。

「これだ」トクステルが言った。「簡単に見つかりそうだ」

これまでひたすらのぼってきたが、狭い一車線の道にそれると、くねくねしたくだり坂がはじまった。くだりはのぼりよりさらに急勾配だ。トクステルはギアをローに入れたが、それでもブレーキを踏みつづけた。

ちょうど眼下にトレイル・ストップらしき村が見えるカーブに出た。山肌から突き出た岩盤の上にあり、右手に急流が流れていた。家の数は道に立っていた郵便箱の数と一致するようだ。

ふもとまでおりると木橋が架かっていた。かろうじて通り抜けられるほど狭く、渡りはじめると車の重みで激しくきしんだ。橋の下はかなりの幅の渓流で、山からの水が勢いよく流れ落ち、すぐ先で川に合流している。水煙に包まれた川面《かわも》を見おろし、あちこちに突き出た黒い巨岩に水が当たって白く渦巻くのを見ると、背すじが寒くなった。さっき見た急流に比べればまだましだが、なんだか不気味な感じがする。

「下を見ないほうがいいですよ。『脱出』って映画の舞台そのもの」ゴスがつぶやく。

「この世の果てだな」トクステルが呑気《のんき》な返事をする。自然の脅威に動じているようすはまったくなかった。

道は曲がりくねって小さな丘をひとつのぼりきり――対向車が不意に現われるのに備えてゴスは目を閉じた――気づくと目の前にトレイル・ストップが広がっていた。道の両側にいくつかの建物が並んでいる。古びた小さな家が何軒か、飼料店と金物屋とよろず屋、それからまた数軒の家があり、そして左手のいちばん奥にヴィクトリア朝様式の大きな家がたっていた。外壁には凝った装飾がほどこされ、玄関の前が広いポーチになっていて、看板によれば、ここがベッド・アンド・ブレックファストだ。車が横の駐車場に二台、裏手の別棟のガレージに一台駐まっていた。ガレージの扉は開け放してあり、その右手に家の裏口がある。レイトンの持ち物を探すには最適のところだ、とゴスは思った。

「いやあ、あんたの言うとおりだった。簡単に見つかった」

車を駐めていると、女が戸口から出て階段をおりてきた。「こんにちは、ケイト・ナイチンゲールです。トレイル・ストップにようこそ」

先に車からおりたトクステルが、笑顔で握手をして名前を告げてから、後部ドアを開けて荷物を取りだした。ゆっくり車をおりたゴスも、笑顔と握手の挨拶を交わした。ハクスレーとメラーを名乗る——ゴスがハクスレーでトクステルがメラーだ。フォークナーが適当な会社をでっちあげ、その名前がはいったクレジットカードで決済するよう手配していたので、身分証を提示する必要はなかった。

ゴスは関心を隠そうともせず、宿の経営者を品定めした。想像していたより若く、痩せていて曲線美に欠けるが、なかなかいい尻をしている。本人は黒いズボンに白いシャツの袖をまくり上げ、尻をひけらかすつもりはないようだが、見えなくても感じでわかる。声もいい。あたたかくて親しみやすい声。濃い茶色の髪はポニーテールにして、目は茶色——ありふれている。だが、口の形が変わっていた。下唇より上唇のほうがふっくらしており、そのせいで、やわらかくセクシーな印象を受ける。

「部屋の支度はできています」女は親しげな笑顔を浮かべて言った。ゴスのあからさまな関心に気づいたそぶりは見せない。先にたって歩くので、尻をたしかめた。やっぱりいいぞ。なかに入ると部屋の前に熊のぬいぐるみが落ちていた。子どもがいるらしい。ということは、ミスター・ナイチンゲールも住んでいるのか。だが、結婚指輪をしていない。握手をしたときに確認してある。トクステルに目をやると、彼も熊のぬいぐるみを見ていた。

　女は玄関ホールの階段のわきに置かれたデスクで立ちどまり、鍵をふたつ取り上げた。

「三号室と五号室です」二階を示して言った。「どちらもバスルームがついていますし、窓からの景色がすばらしいんです。おくつろぎください」

「ええ、そうさせていただきますよ」トクステルが礼儀正しく答えた。

　女はトクステルに三号室、ゴスに五号室の鍵を渡した。この二部屋は廊下の右側で、屋敷の表側に面しており、廊下の左側にあと四部屋ある。駐車場の車の数からみて、少なくとも二部屋はふさがっている。車に何人乗ってきたかによってはもっとだろう。家捜しは、思っているほど簡単ではなさそうだ。

　だが、見方を変えれば、とゴスは荷物をほどきながらにんまりした。子どもがいると知ったことで、別の興味深い可能性が開けてくるじゃないか。

8

どういうことなのかわからないが、ケイトは、きのうの午後遅くに電話をかけてきて男性二人の宿泊を予約した男と、レンタカー会社の社員を名乗ってジェフリー・レイトンについて尋ねた男が同一人物ではないかと疑っていた。確信はなかったし、そもそも疑っていなければ、そんな可能性など思いつきもしなかっただろう。だが、声とアクセントが似ているような気がして、電話を切ってから、なんとなく気になり、ずっと頭のすみで関連を考えていた。

この二人がレイトンを捜していることはあきらかだから、ますますあやしい。レイトンを心配してやってきたのなら、最初から友だちを捜していると言って、いなくなった朝のことを質問するはずだ。そう言わなかったということは、レイトンの安否はどうでもいいということだ。ミスター・レイトンはトラブルに巻きこまれ、この二人がそのトラブルの一部にちがいない。

二人を泊めてやるべきではなかった。それははっきりしている。もし電話を受けたとき、声が似ていることに気づいていたら、満室だからと宿泊を断わっていただろう――この男たちがトレイル・ストップにやってくるのを阻止はできなくても、子どもたちがいるこの家に泊まるのは防げたはずだ。子どもたちと母親と、ロッククライミングをするために、二、三日の滞在予定できのうの午後到着した三人の若者たちのことを考えると背すじがぞくっとした。故意にではなくても、みんなを危険にさらすことになるのでは？

　とにかく、ミミと子どもたちは家の外にいる。母はタッカーとタナーを散歩に誘ってこう言った。もう一回チャンスをあげるから、二人とも、ちゃんといい子にできることをミミに見せてちょうだい。もし今度もミミをがっかりさせたら……もちろん母はあえて最後まで言わなかったが、子どもたちは、祖母を二回がっかりさせたらこの世は終わりだと信じたようだ。タッカーもタナーも、いかにも厳粛な面持ちで出かけていった。あとは散歩が長くつづくことを祈るしかない。

　二人の男がジェフリー・レイトンとはまったく関係がない可能性もある。その考えを完全に排除するわけにいかないのは、ケイトがすぐ早合点するたちだからだ。電話の声が似ていたからといって、同じ人からかかってきたとはかぎらない――どちらも発信者番号は非通知になっていたけれど。なんでも悪いほうへ考えるのはばかげていると思いながらも、不安は消えなかった。

　二人の男はひじょうに礼儀正しかった。年嵩《としかさ》のメラーは、スーツにネクタイというここでは場違いな服装だが、それ自体はなんの問題もない。おそらく、会議のあと飛行機に飛び乗ったので、カジュアルな服に着替える暇がなかったのだろう。もう一人のハクスレーは、背が高くハンサムでいかにも野心満々といったようすだ。こっちをじろじろ見て、品定めをしていたが、なんの反応も示さなかったらそれ以上あつかましくはしなかった。たぶん、二人がここに来たのは、まったく他愛もない理由で……。

問題なのはその理由だ。トレイル・ストップは幹線道路沿いにあるわけではないから、ここに来る人たちは目的を持っている。どこかに行く途中で立ち寄ることはない。もしハクスレーとメラーが、ジェフリー・レイトンを捜しにきたのでないなら、なぜここに来たの？　たいていの客は、休暇を楽しむ家族づれかハイカー、二人きりになりたい恋人たち、釣り人、ハンター、そしてロッククライマーだ。この男たちが釣りや狩りや山登りに来たのでないのは、道具をいっさい持っていないことから、家を賭けてもいいくらいあきらかだ。ハクスレーがケイトを見た目つきから判断して、恋人同士ということもないだろう。ハイカーという可能性はあるが、ハイキング用の靴もステッキもバックパックも、とにかく熱心なハイカーが僻地に挑むときにかならず用意するような道具はいっさい目にしなかったから、おそらく違うはずだ。

彼らがやってきたただひとつの合理的な理由はレイトン――それにどう対処すればいいのか、まったくわからない。

ケイトはキッチンに行った。子どもたちのためのピーナッツバター・クッキーが作りかけになっている。ニーナ・デイスがテーブルに向かって紅茶を飲んでいた。飼料店の仕事が暇だったので、扉にケイトのところにいると書いた紙を貼ってきたのだ。

ニーナは生まれも育ちもトレイル・ストップだ。飼料店は、父親が五十年以上も前にはじめたが、ニーナの姉は田舎暮らしを嫌い、高校卒業とともに〝都会に出て〟、いまはミルウォーキーで幸せに暮らしている。ケイトはニーナについて、以前に修道女だったことしか知らない。誓願を立てる前の修練者だったかもしれないが(一人前の修道女になってからやめることはできるのだろうか)、とにかく十五年前に戻ってきて飼料店を引き継ぎ、細々と商売をやってきて、親が亡くなると店を相続した。未婚で、ケイトの知るかぎり、デートもいっさいしていない。

ニーナほど穏やかで落ち着いた人には会ったことがなかった。髪は明るめの茶色だが、わずかに灰色がかっているので光が当たると銀色に見える。目は湖のようなブルー、肌は陶磁器のように白い。美人ではなかった。顎が張り、目鼻立ちはバランスが悪い。でも、思い出すと顔がほころぶ、そんな女性だった。

トレイル・ストップの住人はみんな好きだが、ニーナとシェリーとはとくに親しかった。二人とも、いっしょにいるとくつろげる——シェリーはその陽気さゆえ、ニーナはその穏やかさゆえに。

〝穏やか〟といっても、ふつうの話が通じないわけではない。ケイトは聞いてもらおうとテーブルに向かって座った。「いま着いた二人のお客さんが気にかかるのよ」

「どんな人たち？」

「男性なんだけど」

ニーナはティーカップを持ち上げる手を止めた。「同じ屋根の下にいるのが不安ってこと？」

「そういう意味じゃないの」ケイトは額をこすった。「どう言ったらいいのか――」トレイル・ストップは狭いところだから、噂はリアルタイムでやりとりするインスタント・メッセージのようにすぐ伝わる。「――お客さんの一人がきのう、部屋の窓から抜けだして、車で走り去ったっきり戻ってないの。たぶん、スーツケースを持って屋根からおりれなかったせいだと思うけど、荷物も全部置いたままなのよ。で、きのうのうちにレンタカー会社の者だという男から、そのミスター・レイトンという客を捜しているという電話があったの。あとで新しい情報を伝えようとその会社にかけたら、出てきた女性が、車を借りている人のリストにその名前はないと言ったの。それから、午後遅くになって、男の声で宿泊の予約の電話があって、いまその予約の人たちが到着したんだけど、レンタカー会社の男と予約の電話をかけてきた男が同一人物のような気がするの。わかる？」

ニーナはうなずいた。ブルーの目が真剣味を帯びる。「客が一人いなくなり、その客を捜している人たちは嘘をついているらしくて、いま来たのがその人たちっていうわけね」

「かいつまんで言えば」

「その客がよからぬことをしているのはたしかね」

「ええ、捜している人たちも」

「警察に電話すべき」ニーナが断固とした口調で言った。

「でも、なんて言うの？　だれも悪いことはしてない。法律を犯していない。ミスター・レイトンがいなくなったことはもう届けたけど、お金が払えなくて逃げだしたわけじゃないから、事故にあっていないか病院や峡谷を調べるほか、警察にできることはなにもないのよ。わたしが疑っているという理由だけじゃ、警察は二人に質問することすらできないと思う」

ケイトは身を乗りだし、クッキー種の入ったボウルの横に置いたティーカップを取った。ひと口飲み、首をかしげた。玄関ホールからかすかな音が聞こえたような気がしたのだ。心臓がドキリとする。「いまの音、聞こえた？」ケイトは緊張してささやき、立ち上がって玄関ホールに通じるドアにちかづいた。

「だめよ――」ニーナが驚いて言いかけたが、ケイトはドアをバンと開いた。

だれもいなかった。玄関ホールにも階段にもだれもいない。階段の下から見上げた。三号室と五号室のドアが見えるが、どちらも閉まっていた。ダイニング・ルームをのぞいてみたが、空っぽだった。キッチンに戻ると、ニーナが心配そうな顔で戸口に立っていた。「異常なし」

「ほんとうに?」

「びくびくしすぎね」ケイトはドアを閉め、鳥肌の立った腕をさすった。ティーカップを取り上げて飲んだが、冷めていたので顔をしかめ、流しにカップを持ってゆき、残りを捨てた。「わたしにはなにも聞こえなかったけど、あなたのほうが、この家でどんな音がするかわかっているものね。ただのきしみじゃなかったの?」

ケイトは頭のなかで音を再生した。「きしむ音じゃなかった。壁をこするような音」神経がピリピリして座っていられないので、クッキー種をすくって用意してあった鉄板に並べ、スプーンのうしろで生地を平らに押さえて形を整えた。「さっきも言ったように、びくびくしすぎよね。外の音が聞こえたのかもしれないし」

キッチンの閉じられたドアの向こうでは、玩具が床に散らかったリビング・ルームらしき部屋から、ゴスが出てきたところだった。危機一髪だったが、大事なことを学習した。階段の縁に足を載せ、体重をかける前にきしまないことを確認しながら、音をさせずに二階にあがった。トクステルの部屋のドアをノックせず、取っ手をまわして滑りこんだ。振り向くと、目の前にトーラスの銃口があった。

トクステルは顔をしかめ、銃をおろした。「殺されたいのか?」

「ここの女主人が一階で別な女にしゃべっているのを立ち聞きしたんですよ」ゴスが切迫《せっぱく》し

た声で言った。「われわれのことを気づいてますよ。警察に電話すると言ってました」言っていたとおりではないが、ゴスとしては、絶好の機会を逃すつもりはなかった。

「くそっ、それじゃあ、レイトンの物《ブツ》を見つけて、早々にずらからないとな」

トクステルのこの反応こそ、ゴスの期待していたものだった。ゴスもトクステルも指名手配リストには載っていないが、偽名でチェックインしているから、地元の警察がレイトンの失踪と結びつけて怪しく思うかもしれない。田舎警官が、二人をたどってフォークナーに行きついたら、フォークナーは怒るどころではない。それよりも、バンディーニに知れたらただじゃすまない。そうした状況では、慎重さより迅速さが求められる。

トクステルは鞄から出し、抽斗にしまった荷物を鞄に放りこみはじめた。ゴスも自室に戻って同じことをした。ふくらませて置いてある枕からカバーをはずし、触ったところは、ドアの取っ手も含めすべて拭った。彼の望むように事態が進展すればいいが、もしそうならなくても、自分の身は守らなければならない。もしトクステルが、取り返しのつかないほど事態を悪化させれば——。

ゴスがトクステルの部屋に入ってから、二人がふたたび廊下で合流するまでに二分も経たなかった。

「女たちはどこだ?」トクステルがつぶやいた。トーラスを構えている。

ゴスは階段の手すりから身を乗りだして指さした。「あのドアです。開いているほうはダイニング・ルームで、その隣りだから、たぶんキッチンでしょう」トクステルと同様、声をひそめている。

「キッチン。ということは包丁があるな」武器が存在する可能性を計算にいれなければならない。つまり、トクステルが警戒を強めるということだ。「ほかにだれか家のなかにいるか?」

「いないと思います。なんの気配もしませんでした」

「子どももいないか?」

「玩具は一階のリビング・ルームにありましたけど、子どもはいませんでした。学校じゃないですかね」

二人は静かに荷物を下に運び、逃げる途中で持って出られるよう玄関のわきに置いた。ゴスはアドレナリンが急上昇するのを感じた。死体がふたつあれば、気の利いた警官なら、クレジットカードが別な名前でも詳しく調べ、フォークナーまでたどり着くだろう。それに、バンディーニの仕事をしくじったことも……これ以上においしい状況は望めない。しかも、銃の引き金にかかっているのは、トクステルの指だ。万が一この場で捕まっても、トクステルを見放して司法取引をすれば、数年で出られるだろう。名前を変えて身を隠す必要はあるが、そんなことはたいしたことではない。ケノン・ゴスという名前にはもう飽きた。

銃を構え、ゴスに援護するように合図して、トクステルはキッチンのドアを押し開けた。

「邪魔して悪いが」トクステルが静かに言った。「われわれの欲しい物を渡してもらおうか、ミズ・ナイチンゲール」

ケイトはクッキー種をすくったスプーンを手に持ったまま凍りついた。年嵩のスーツを着た男がドアの内側に立ち、恐ろしげな黒い銃を構えていた。頭に浮かんだのはただひとつ、必死の祈りだった。神さま、どうかママと子どもたちがいま戻ってきませんように!

ニーナの顔が蒼白になり、やはり手にティーカップを持ったまま凍りついた。

「な、なんですか?」ケイトは口ごもった。

「レイトンが置いていった物だ。それが欲しい。すぐに渡せば、なんの問題も起きない」

ケイトは脳みそが流砂に引きこまれていくような感覚をおぼえた。こんなことが現実に起きているのだと思うと、驚愕で手が震える。

「すぐにだ」メラーがやさしい口調で言った。手に握られた銃は微動だにせず、ケイトの頭を狙っている。銃口の黒い穴が見えるほどだ。

「ええ、いいえ、つまり」――唾を呑みこむ――「もちろん――」

「だれか来たぞ」押し殺した声が聞こえて、ケイトは卒倒するかと思った。ああ神さま、どうかママとぼうやたちじゃありませんように――「古ぼけたトラックに乗った男だ」

「だれか確認しろ」メラーが鋭く言って、ニーナに銃口を向けた。「追い返せ」

キッチンの窓の外でタイヤが砂利を踏んで停まる音を聞き、ケイトは顔を巡らせた。だれのトラックかもちろん知っている。痩せた人影がゆっくりおりてきた。ほっとした気持ちはパニックと同じくらい強かった。持っていたスプーンをボウルに落とし、膝ががくりと折れないようテーブルの端を握りしめる。「あれは——あの人は便利屋よ」

「なぜ来たんだ？」

思い出すのに少しかかり、思い出してまた身震いした。「郵便だわ。町に行くので、郵便を持っていってくれるのよ」

メラーは手を伸ばしてニーナのシャツの襟をつかみ、無理やり立たせて、玄関ホールに連れだした。「追い払え」足音が木の階段をのぼってくるのを聞いて、メラーがもう一度警告を発し、玄関ホールに通じるドアをわずかな隙間を残して閉めた。

恐怖で頭皮がチクチクする。髪の毛が突っ立っているにちがいないと思ったが、うまくやるしかない。さもないとあの男はニーナを殺すだろう。はったりでないことは、ケイトにもわかる。どっちにしろ二人とも殺すのかもしれない。面白半分か、彼らの顔を見た目撃者を排除するために。助けを求める必要があるが、メラーがドアの陰で聞き耳をたてている状況でなにができるだろう。どうすれば、メラーに警戒心を抱かせず、ミスター・ハリスに急を知らせることができるだろう。

必死で表情を消し、ドアを開けた。

「町に行く途中に寄ったんだ」ミスター・ハリスが目を伏せ、顔を赤らめた。「手紙はできてるかな」

「切手を貼らなければならないの」ケイトはなんとか声の震えをおさえた。「一分もかからないから」いつものようにミスター・ハリスを家のなかに通すことはせずに、玄関ホールの階段のわきのデスクまで急いだ。メラーがニーナをぐいと引き寄せ、銃口をこめかみに押しつける。ケイトの目の端に、玄関を見張っているハクスレーの姿が映った。

震える手で請求書の入った四通の封筒に切手を貼りつけて駆け戻った。「待たせてごめんなさいね」そう言って、ドアの外のミスター・ハリスに手渡した。

ミスター・ハリスはうつむいて手渡された封筒を眺めた。汚れた金髪が目にかかる。それから手のなかで封筒をトランプのように切った。「いやあ、かまわないさ。町から戻ったら、新しい鍵をつけに来る」踵を返して階段をくだり、トラックに乗り、ドライブウェイをバックで出ていった。

ケイトはドアを閉め、戸口に頭をもたせかけた。彼はなにも気づかなかった。もう助けは求められない。

「うまくやった」メラーがドアを開いて声をかけた。「さて、レイトンの荷物はどこだ？」

ケイトは振り向き、短く何度も息を吸いこんだ。極度の緊張で肺が締めつけられ、うまく空気を吸いこめない。ニーナはメラーに髪をつかまれぐいっとうしろに引っぱられているので、顔は無理な角度に仰向き、バランスを崩して一人では立っていられない状態だ。息をしようと口を大きく開け、目を恐怖で見開いている。

ケイトは考えようとした。恐怖で膨張してしまった脳みそをなんとか働かせなければ。時間を引き延ばすのと、すぐに欲しがる物を渡し、立ち去ってくれることを願うのと、どちらがいい？　時間稼ぎをしたら、彼らはどうする？　遅らせれば遅らせるだけ、母と子どもたちが戻ってくる可能性は高くなる。それだけは阻止しなくちゃ。

「上――上の階」ケイトは喘ぎながら言った。「屋根裏に」

メラーはニーナを引き寄せ、頭を倒して合図した。「案内しろ」

膝がガクガクして歩くのがやっとなのに、階段をのぼるなんて。恐怖に駆られながらも背後をちらっと見ると、ニーナも同じ状況だとわかった。息を喘がせる以外に音はたてていないが、体はブルブル震えている。

ケイトは階段の手すりを握りしめ、脚が支えてくれることを願いながら体を引っぱりあげた。階段がこれほど急で、これほど高く思えたことはなかった。ヴィクトリア朝様式の家は天井まで四メートルもあるので、階段もふつうよりは高い。落ちないように気持ちを集中しながら、やっとの思いで一段ずつあがる。「急げ」男が背後でうなり、ニーナを押したので、その体がケイトの脚にぶつかり、二人ともよろめいた。

「やめてよ！」ケイトはかっとなって振り返った。闇雲な怒りがパニックを焼き払った。「邪魔してるだけじゃない。スーツケースが欲しいの、欲しくないの、どっちよ」自分の声が遠くに聞こえた。耳に馴染んだ口調だった。手に負えない子どもたちを叱るときの口調だと気づき、かすかに驚きをおぼえた。

男はまったく表情を浮かべずに、ケイトを見返した。「早く行け」

「押すのをやめなければ、みんな落っこちて首の骨を折るわよ！」

ニーナの顔は血の気がなく、唇も真っ青で、白目が見えるほど目を見開いていた。わたしのこめかみに銃口を押しつけている男に向かって怒鳴るなんて、あなた、どうかしてしまったんじゃないの、と思っているのだろう。それでも、ニーナの口からすすり泣きは洩れてこない。ああ、神さま、ケイトは絶望のなかで思った。わたしはなにをしているのだろう。それ以上は口をきかず、前を向いてのぼりはじめたが、一瞬だけでも怒りを爆発させたことで膝の震えはおさまっていた。

階段をのぼりきって右に折れ、薄暗い廊下の突きあたりの屋根裏部屋に通じるドアの前に立つ。屋根裏で二人とも殺されるかもしれない。そう思ったら血が凍った。死体の発見が遅れれば、それだけメラーと仲間は逃げる時間を稼げる。

わたしが殺されたら、子どもたちはどうなるの？　愛情に飢えることはない。両親だけでなく、じき親になるパトリックとアンディだって面倒を見てくれるにちがいない。それでも、子どもたちの人生が暴力で犯されたことに変わりはない。母親のことをどれぐらい憶えているだろう？　十年も経ったら、まったく思い出せなくなるかも。どれほど母親に愛されていたか、肌で感じることはないのだ。

それもこれも、あのくそったれジェフリー・レイトンのせい！　不意に暴力的な怒りを感じた。もしレイトンを捕まえることができたら、絞め殺してやる。

急な狭い階段をやっとのことでのぼった。メラーが目を細め、雑然とした屋根裏部屋を見まわし、ニーナを押しやった。

「こっちよ」ケイトはスーツケースにちかづき、引っぱりだした。なにを探してるのか知らないが、スーツケースには服しか入ってないのだから時間の無駄。そう言おうとして口をつぐんだ。欲しい物が入っていると思わせておいたほうがいいのかも。ニーナとケイトを殺さず、ここに閉じこめて立ち去るかもしれない。「どこにある？」

スーツケースの取っ手を握り、振り向いて凍りついた。

カルヴィン・ハリスが、階段をあがったところに立ち、ショットガンを構え、メラーの頭にぴったり狙いをつけていた。

ケイトは反射的に弾道からのがれようとあとずさり、ななめになった天井に頭をぶつけた。

その動きに警戒したメラーが、ニーナを引き寄せて体を回転させた。

「その人を放せ」便利屋が落ち着いた声で言った。両手で構えた大きな武器は微動だにせず、頬を銃床に押し当て、色褪せて見える目は氷のように青白く冷たかった。

メラーが笑みを浮かべた。「ショットガンじゃないか。おれを殺せば、この女も死ぬ。武器の選び方を間違えたな」

カルヴィンもメラーと同様の笑みを浮かべた。「装弾《ショットシェル》ならそうだろうが、装塡《そうてん》してあるのは一粒弾《スラッグ》だ。この距離なら、ニーナにはかすりもせずおまえの頭を吹きとばせる」

「はったりを言うな。ショットガンを置かないと女を殺すぞ」

「状況をよく判断したほうがいいぞ」カルヴィンが穏やかに言った。「おまえの仲間はどうした。助けにこないじゃないか。なるほど、一発撃つことはできるだろうが、おれが引き金を引くのは止められない。おれはこのショットガンを鹿撃ちに愛用している。おれが散弾《ペレット》のかわりに一粒弾を込めてあると言ったら信じたほうがいい。おれを殺すか、ニーナを殺すか、どっちにしろ、おまえが死ぬことに変わりはない。どちらを選ぶ？　死体をふたつ作るか、だれも死なずに、仲間を連れてここから出ていくか」

「スーツケースも持っていっていいわ」ケイトが言葉を絞りだした。戻ってこないなら、なにを持っていってもいい。

メラーは深く息を吸い、計算した。これでは動きがとれない。生きてここから抜けだす唯一の方法は、武器を捨てることだ。ケイトはメラーの考えを読もうとしたが、頭に浮かんだのはひとつのことだけだった。武器を捨てても、メラーが撃たれることはない。だが、メラーがそう信じられるかどうか。メラーは同じ状況なら冷酷に殺すだろうが、カルヴィンは違う。

メラーはそろそろとニーナから手を放し、オートマチック銃の安全装置をもどした。ニーナは立っていることができず、崩れるように床に倒れた。ケイトは駆け寄ろうとしたが、カルヴィンの冷たい視線に気づいて立ちどまった。ケイトをメラーにちかづけたくないのだと、遅ればせながら気づいた。

「銃を捨てろ」カルヴィンが指示した。

武器がゴトッと音をたてて床に落ちた。銃が暴発するのではないかと、ケイトは縮みあがったが、なにも起こらなかった。

「スーツケースを持って失せろ」

急な動きはいっさいせず、メラーはスーツケースをケイトから取り上げた。ケイトが睨みつけると、一瞬、二人の目が合った。あいかわらず落ち着いて、なんの感情も表わさない目。まるで、日常業務をこなしているかのようだ。

「ケイト」カルヴィンに声をかけられ、ケイトは目をしばたたいた。「銃を拾ってくれ」

どうにか銃のところまで行き、おそるおそる拾い上げた。これまで銃に触ったことはなく、あまりの重さに驚いた。

「左側に押しボタンがあるだろう。それを押して」

右手で銃を持ち、左手の人差し指を使ってボタンを押した。

「オーケー」カルヴィンが言った。「それで安全装置がはずれた。撃つつもりがないかぎり、引き金は引くな。先に階段をおりるんだ。こいつの手が届かないよう距離を保ちつづけろ。おれたちはあとから行く。階段をおりきったら廊下を進み、階段のおり口を通り越して先まで行け。おれが階段をおりてこいつの背後にまわるまで、銃口をこいつに向けたままでいてくれ。わかったか?」

納得できるやり方だ。もしメラーを先に行かせたら、すぐうしろについていかねばならず、ショットガンを奪い取られるかもしれない。離れていれば、階段をおりきったところで数秒、メラーの姿を見失うことになる。その数秒でメラーになにができるとカルヴィンが考えたか、ケイトには見当もつかなかったが、カルヴィンが危険だと思うなら、従うまでのことだ。

もう一人の男、ハクスレーはどこにいるのだろう。カルヴィンは彼をどうしたのだろうか。のぼったときより速く階段をおりきったが、意識してそうしたのではない。膝はガクガクしたまま、駆けおりるというより転がり落ちた。武器をしっかり握りしめ、メラーがなにもしませんように、と祈りつづけた。ほかにどうしていいかわからなかったからだ。階段のおり口を通り過ぎてから振り向き、銃口をメラーに向け、両手でしっかり銃を支えた。体が震えているので銃も揺れていたが、しっかり狙っているから、メラーも一か八かの賭けにはでないだろうと思った——というより、願った。

カルヴィンが安全な距離を置いて、メラーのあとにつづいた。ケイトとは対照的に、彼は氷のように冷静で、ストレスに影響されないように見えた。

「そのまま歩け」変わらぬ穏やかな声で、カルヴィンがメラーに指示し、階段に向かった。

一瞬ののち、ケイトもあとを追って歩きだした。そのとき、ニーナが屋根裏部屋からおりてきた。動きは緩慢で、まず手すりに、それからドアの枠にすがりつく。ケイトと視線が合うと唾を呑みこんだ。「わたしは大丈夫」弱々しい声で言う。「先に行って、カルを手伝って」

一階までおりると、もう一人の男が玄関前の床に横たわっているのが目に入った。両手をうしろで縛られて、ふらふらしながら起き上がろうとしている。

「三つの鞄とあいつを同時に運ぶのは無理だ」メラーが言った。

「だったら縄をほどいてやれ。そうすれば歩けるだろう」カルヴィンがショットガンを構えたまま言った。

メラーがハクスレーの縄をほどき、立ち上がるのに手を貸した。ハクスレーはふらつきながらもなんとかまっすぐに立った。憎しみのこもったブルーの目でカルヴィンを睨んだが、睨み返すカルヴィンの視線の鋭さに、ばかなことをやったと思っただろう。

手分けして三つの鞄を持つと、二人は玄関を出ていった。ハクスレーはつまずいたりよろけたりしながらも、なんとか自力で歩いていった。カルヴィンを追ってポーチに出たケイトは、男たちがタホに鞄を積みこみ、運転席と助手席に乗りこむのを見守った。メラーがエンジンをかけたちょうどそのとき、子どもたちの甲高い声がかすかに聞こえてきた。母と子どもたちが戻ってきたのだ。思わず涙がこみあげた。間一髪だった。戻るのがあと少し早かったら、とんでもないことになっていた。

ハクスレーが通り過ぎざま、憎しみを込めた一瞥《いちべつ》をよこした。彼女とカルヴィンは、車が見えなくなるまでその場を離れなかった。

「大丈夫？」カルヴィンがようやく尋ねた。視線を道路に向けたままだ。戻ってくる可能性があると考えているのだろうか。

「わたしは大丈夫」ショックのせいで声がかすれていた。咳払いをして、もう一度言う。「わたしは大丈夫よ。ニーナは――」

「わたしも大丈夫よ」ニーナが玄関に姿を見せた。まだ顔は青ざめ、体は震えているが、もうなにかにすがらなくても歩けるようだ。「うろたえただけ。あの男たち、もう出ていった？」

「ああ」カルヴィンが答えた。片手でショットガンを、銃口を下にして軽々と持ち、ケイトに問いかけるような視線を向けた。「いい考えだった。切手を逆さまに貼ったのは」

わかってくれたのだ。助けてほしいという必死の合図が伝わったのだ！「前に読んだことが……逆さまの旗は遭難信号にもなるとどこかで読んだことがあったから」

カルヴィンは軽くうなずいた。「しかも、きみは怯えて震えていた。道に出てから、歩いて戻ってきたんだ。いちおう調べて、変わったことがなにもないことを確認しようと思った」

「気づいてくれたと思わなかったわ」あのとき彼は、手のなかで封筒をトランプのように切っていたが、なんの反応も示さず、瞬《まばた》きすらしなかった。

「気づいたよ」

彼の冷静さのせいで、自分の震えがますます強く感じられた。ニーナを見ると、なんとか持ちこたえようとしながらも激しく震えている。すすり泣きに喉を詰まらせながら、ケイトは手のピストルを落とし、ニーナに抱きついた。二人は抱き合って、励まし慰め合った。カルヴィンが二人に腕をまわし、やさしくなにかつぶやいた。慰めの言葉だろうが聞き取れない。でも、言葉そのものはどうでもいい。頭の隅っこで、彼がまだショットガンを持ったままだということに気づき、それも慰めとなった。そうやって長いこと、驚くほど力強い彼の体に、女二人でもたれかかっていた。やがて、タッカーの甲高い叫び声と、駆け寄ってくる足音がした。タナーも遅れずについてきている。

「ミスタ・ハウィス！　それ、てっぽう？」

子どもたちの声を聞くなり、ケイトはまっすぐに立ち、まつげに溜まった涙を拭った。階段を駆けおりると、二人をその胸にしっかりと抱き寄せた。

9

幹線道路に出るまで、ゴスもトクステルも無言だった。ゴスには沈黙がつづくのがありがたかった。割れるように痛む頭と、虫けらのように潰《つぶ》された自尊心に苦しんでいたからだ。くそっ、たかが便利屋のくせして、いったいどんな手を使って襲いかかってきやがったんだ？　なにも見たり聞いたりしたおぼえはない。突然、後頭部に痛みが走り、目の前が真っ暗になった。あの野郎、ショットガンの台尻で殴ったにちがいない。トクステルのいちばんの取り柄はおしゃべりでないことだ。なにが起きたか尋ねて時間を無駄にしない。見ればわかるんだから。

吐き気がこみ上げ、喉が熱くなった。「停めてくれ。吐きそうだ」

トクステルがタホを道のわきに寄せて停車した。路肩はないに等しく、左側のタイヤは前後とも道路にはみだしたままだ。ゴスは車をおりようとして、溪谷だか小谷だか呼び方は知らないが、その谷底へ落ちそうになった。車の側面に手をかけてバランスをとりながら後部バンパーまでたどり着き、両手を膝について前屈みになる。すると頭痛はさらにひどくなり、木やら茂みやら、あたり一面のくそ忌々しい緑がゆっくりとまわりだした。

運転席のドアがばたんと閉まるのが聞こえ、トクステルがうしろにまわってきた。「大丈夫か？」

「脳しんとうだ」やっとの思いでそれだけ言い、深く息をして吐き気と戦った。便利屋に飛びかかられただけでもぶざまなのに、トクステルの前で吐いて恥の上塗りはしたくなかった。

トクステルは触れあいを大切にするタイプではない。同情の言葉を口にすることもせず、後部扉を開けて、荷台からレイトンのスーツケースを引っぱりだした。「なにが入っているか見てみよう。フォークナーに電話する前に、フラッシュドライブがここにあることを確認したい」

ゴスがなんとか上体を起こそうとしているかたわらで、トクステルがバッグを開け中身を出しはじめた。すべての衣類を、ポケットから縫いめから、いちいちたしかめては地面に落とす。ビニール袋からプリペイドの携帯電話が現われたときには期待したが、裏面をはずしてもバッテリー以外なにも出てこなかった。そんなことではめげず、トクステルは電話を分解したが収穫はなかった。

トクステルの関心は、ウイングチップの黒の革靴に移った。片方ずつ踵が突きだすように持ち、四駆のフレームにガンガン打ちつけて踵をはずした。フラッシュドライブはない。

つぎはスーツケース本体。裏当てを切り裂き、すべての面を指でなぞり、取っ手の縫いめを切り裂いてなかを調べた。

「くそっ!」トクステルがスーツケースを放り投げた。「ここにはない」

「レイトンが持っていったんじゃないですかね。ポケットに滑りこませればいいだけだから」ゴスが言った。フォークナーを痛めつけるチャンスを逸したことは残念だが、頭痛がひどすぎて、とても別な計画をたてられる状態ではない。

「戻るつもりがなかったのならな。ちくしょう、いつもポケットに入れて持ち歩けるわけだ。それだな。スーツケースに疑わしいところがなけりゃ」

「たとえばどんな?」ゴスがうんざりしたような声で訊いた。「スーツケースをばらばらにしても、なにも見つからなかったでしょ」

「ああ、なにも見つからなかった。つまり、あの女が隠してるってことだ」

「たとえばなにを?」ゴスがもう一度訊いた。

「剃刀はあったか? 歯ブラシや櫛やディオドラントや、そういった物がどこにある?」

ゴスは散らかった物を眺め、ズキズキする頭でもわかる明快な結論に達した。「これで全部じゃなかった」

「男はたいがい、髭剃り道具入れにいろいろ入れてるもんだ。服も少ない。もうひとつスーツケースがあるんだと思う」

「くそっ」ゴスはバンパーに腰かけて、後頭部のこぶを慎重に触った。軽く触れただけでも頭蓋骨に釘を打ちこまれたような痛みが走り、まぶたの裏に火花が飛び散る。第二のチャンスが向こうからやってきているような気もするが、まだ頭がぼうっとしていて、どんなチャンスかも把握できない。

「戻るわけにはいかない」トクステルが険しい表情で言った。「女に顔を見られたし、たぶんもう警察に通報しただろう」

痛みで朦朧《もうろう》としているゴスでさえ、トクステルのジレンマは理解できた。フォークナーに電話をして事情を報告し、別な人員をよこしてほしいと頼むことはできる。だが、それでは仕事を途中で投げだすようなもの。二人のどちらもそんなことはしたことがないし、できないという言葉を口にしたことすらない。

自尊心だけの問題ではなかった。仕事をすみやかに処理することで金を得ている。どんな面倒な仕事でもやり遂げるという評判を確立しているからこそ、フォークナーもたくさんの仕事をまわしてくるのだ。たった一度でも信頼を損ねれば、それは不信感につながり、報酬にも影響する。給料をもらっているわけではない。報酬は歩合制なので、より大変な仕事を引き受けているからこそ謝礼金も高く、必然的に二人の取り分も多いというわけだ。

「ある計画を思いついた」トクステルがそう言い、来た道のほうを振り返った。「少し考えさせてくれ。ところで、医者は必要か」

「いや」反射的に返事をする。言葉を発してから、頭のなかで自分の状態を吟味し、もう一度言った。「いや、大丈夫だ。眠りこんでそのまま目が覚めない状態に陥らないかぎり」

「おまえに付き添って、一時間ごとに揺り起こしてやる気はない」トクステルがそっけなく言う。「絶対大丈夫だと確信できるまで、動かないほうがいい」

これでこそトクステル。気休めなど言わない。「行きましょう」ゴスが撥《は》ねつけるように言った。「そのすごい計画とやらを実行に移すために」

問題は、どこに向かうかだ。とりあえず泊まる場所が必要だが、飛行場におりたって以来、さびれたモーテル一軒見たおぼえはなかった。トクステルが地図を出してきてタホのボンネットに広げ、そのあいだにゴスは、頭痛に効くものがないか、自分の鞄をひっかきまわした。髭剃り道具入れから、空港でよく売っている、一回分ずつ小分けにしたイブプロフェンが出てきたので、一回分を放りこみ、水がなかったのでそのまま呑み下した。水、それに食い物のことも考えなければならない。来るときに通り過ぎた町なら、なにか食べられるだろう。運がよければ、路地にモーテルがあるかもしれない。

「この地図はまったく役に立たない」トクステルがうなり、地図を畳んでタホに投げこんだ。

「なにを探してるんです？」ゴスは尋ね、慎重に助手席まで戻った。一歩踏みはずせば三百メートルは落ちる。絶壁ではないので、途中で木に引っかかって止まるだろうが、それでもごめんだ。アウトドア派なんてみんなイカレた連中だ。自然なんてくそくらえ。

「山が詳しく載っている地図が必要だ、なんて言ったか」

「地勢図」

「ああ、そいつだ」

「なぜ山を見つける必要があるんです？　まわりを見ればいい」ゴスがつぶやき、手をひらひらさせてフロントガラスの向こうに広がる世界を示した。山ならいくらでもある。どっちを向いても、あるのはくそ忌々しい山だけだ。

「必要なのは」トクステルがゆっくり言った。「あの場所を封鎖する方法があるかどうか調べることだ。一本道があるだけで、あそこで行きどまりなのはわかっている。だれも出ていけないように封鎖できるかどうか」

トクステルが提案した基本計画を理解したとたんに、ゴスの頭痛は消し飛んだ。段階的に拡大する可能性が高い状況があるとすれば、まさにこのことだ。「航空写真もいりますね」ゴスは考えを巡らした。「地元の連中だけが使う、ふつうの地図には載っていない獣道《けものみち》の存在をたしかめなければ。かなり険しい地形だから、何カ所か封鎖すれば、あとは切りたつ岩壁ばかりで脱出できないはずですよ」

トクステルはうなずいた。目が狭まり、行動手順を頭のなかで組み立てているときの表情になっている。

金がかかる、とゴスは思った。人もいる。ゴスとトクステルの二人だけでは無理だ。必要なのは、この地域を熟知している人間、自分たちとは正反対のタイプの人間だ。ゴスは自分の限界を知っていた。コンクリートの上は得意だが、土はだめだ。鹿狩りばかりしている地元のやつに現場は任せ、ここから抜けだそう。そういうやつなら、カムフラージュ用の装備一式を持っているだろう。自分は足手まといになるだけだ。ゴスの最大の売りは頭脳だ。それを使わなければ。

「B&Bの客が全部引き払ったことを確認しなければ」ゴスは考えを口にした。「旅行客は、帰ってこなかったり、連絡がなかったりすれば心配される」

「どうすれば客が引き払ったとわかる?」

「だれかが行って確認する必要がありますね。地元のやつか、村を訪ねても疑われない人物」トクステルがエンジンをかけ、ギアを入れた。「電話で連絡をとろう」

「ここに知り合いがいるんですか?」

「いや、だが、ある男を知っている人物を知っている。言っている意味がわかるか?」

ゴスにはわかった。痛む頭をヘッドレストに預けたが、後頭部が圧迫されて痛かったのでそろそろと横にずらし、横の窓にもたせかけた。冷たいガラスで痛みが少しやわらぐ。両目を閉じた。急ぐ必要はない。よく考え抜いて、細部を徹底的に洗い直す時間が必要だ。ゴスはうとうとしながら、頭にリストを思い浮かべてチェックしていった。電力の供給源を絶つ、チェック。電話回線を絶つ、チェック。橋を封鎖、チェック。便利屋のくそ野郎の首をへし折る、チェック。羊を数えるのと同じ。ずっと楽しいが。

10

ケイトの宿には村人が押しかけ、なにが起こったか知りたがった。無意識のうちに、ケイトはコーヒーの用意をしようとしたが、娘の張りつめた顔を見たシーラが、きっぱり言った。

「あなたは座ってなさい。みんな自分でやるわ」

ケイトは座った。タッカーとタナーもダイニング・ルームにいた。ふだんは、客がいるときにダイニング・ルームに入るのを許していないが、きょうは状況が異なる。いまここにいるのは、非常事態に集まった隣人たちで、客ではない。子どもたちが、みんなの会話からなにかを感じ取ってはいないか心配で、二人の表情をうかがう。二人とも興奮しているが、それだけだ。カルヴィンは二人から、なぜ銃を持っているの、と訊かれ、屋根裏部屋に蛇がいて退治する必要があったからだ、と答えた。二人はむろんショットガンと蛇の両方に魅了され、両方とも見たいとせがみ、蛇が消えたと聞いて落胆した。ダイニング・ルームの会話と興奮は、すべて蛇に関することだと二人は思いこんでいるが、あながち間違いではない。その〝蛇〟は人間だったというだけだ。二人は騒ぎのまっただなかにいて、みんなが交わす会話をたどり、視線を行ったり来たりさせていた。

「わしらがやってくるまで、そいつらを捕まえておくべきだった」ロイ・エドワード・スターキーがカルに文句を言った。ロイは八十七歳で、村の者を傷つける不届きなよそ者は、手近な木から吊るした時代の考えをいまも引きずっている。

「欲しがっている物を与えて追いだしたほうが、食いつかれるのを待つより気が利いていると思ったんですよ」カルが穏やかに言った。

「保安官に電話しなければいけないわ」ミリー・アールが言った。

「そうですね、でも、いちばんに逮捕されるのはおれだから」カルが指摘した。「片割れの頭を殴った」

「わたしはミリーに賛成」ニーナが口をはさんだ。「すぐに警察に電話したほうがいいわ。怪我はしなかったけど、死ぬほど怖かったから」

「蛇にかまれそうになったの?」タッカーがニーナのそばに行き、脚に抱きついた。青い大きな目が興奮でまん丸になっている。

「危ないところだったのよ」ニーナは真顔で言い、タッカーの黒い髪を撫でた。タナーもニーナの顔から視線をそらさずにもたれかかり、同様にやさしく撫でてもらった。

「ワオ」タッカーが息を呑んだ。「それで、ミスタ・ハウィスがたすけてくれたの?」

「そうよ」

「ショットガンで?」タナーが小声で言ってニーナを促した。

「そう、彼がショットガンでわたしを助けてくれたのよ」

ロイ・エドワードが子どもたちを見おろし、そっくりな顔に混乱し、だれにともなく尋ねた。「いやはや、どっちがどっちだ?」

「簡単だよ」ウォルター・アールが笑った。「口を開いてしゃべっていたら、そっちがタッカーだ」

部屋じゅうの人がくすくす笑い、空気がなごんだ。

二人への愛情で、ケイトは胸がキュンとなり、守ってやらねばという気持ちがこみあげた。二人はまだ幼い。おとなたちでいっぱいの部屋にいて、せいいっぱい首を伸ばし、会話を洩らさず聞こうとしている。ほんの四歳。服を自分で着られるようになり、えらい、えらいと褒められる、そんな時期の子どもだ。安全も幸福も、すべてケイトに依存している。ケイトはシーラを振り返った。「双子を連れて、あす、ここを発ってくれる? 全部が解決するまで、二人を預かって」

シーラが手を伸ばしてケイトの手を握った。「舞い戻ってくると思うの?」目を細めて尋ねた。孫たちといっしょに散歩から帰ってきて、自分の娘に銃口が突きつけられたことを知ってから、シーラはずっと黙りこんでいた。シーラ自身も、娘と孫を守ろうという気持ちを強く感じているのが、遅ればせながらケイトにもわかってきた。

「怖くてしかたないの」ケイトは言った。「戻ってくるはずないわよね。スーツケースを渡したんだから戻る理由はないし、ショックからくる反応だとわかってる。でも、子どもたちは安全だと思えば、気持ちがずっと楽になるわ。さっきだって、ママと子どもたちがあの場に戻ってきたらどうしようって、それがいちばん恐ろしかった」考えただけで胃が痛くなる。あのとき感じた恐怖はいっこうにおさまっていなかった。「そうなったら、なにをしでかしてたかわからない——」声がかすれる。歯を食いしばり、いまにも溢《あふ》れそうな涙をこらえた。

「わたしだって、あの子たちを連れて帰りたいわよ。でも、一晩寝て、あすになってもあなたの気持ちが変わらなかったらね」シーラは間を置き、言い添えた。「あなたは知らないかもしれないけど、二人に平等に接することが、わたし、苦手だし」

いかにもシーラらしいコメントに救われて、ケイトは涙を振りきり、愛情と感謝のこもった目で母を見つめた。「あら、知ってたわよ」

シェリー・ビショップがやってきて、ケイトの肩を軽く叩いた。「保安官に電話をかけないと」

「お言葉を返すようで申しわけないんだけど」ケイトはぎこちなく笑みを浮かべた。「ただ、保安官になにかできるとは思えない。男たちは偽名を使ったんだろうし、もう遠くまで逃げているはずよ。ミスター・レイトンが悪事に加担していたのはたしかだし、ピストルを突きつけるのは法律に反することだけど、結果的には怪我人もでなかったし、通報して、それで終わりってことになるでしょ。わざわざ連絡する必要があるかしら？」

「でも、銃を持ってたのよ！　あなたから荷物を奪ってったのよ！　立派な犯罪じゃない！

警察に通報しなきゃだめ！　万が一戻ってきたときのためにも、記録に残さなきゃ」

「あなたの言うとおりね」ケイトはちらっとカルヴィンに目をやった。「でも、ミスター・ハリスが片割れの頭を殴ったことは言う必要ないわね」奇妙な動揺をおぼえ、急いで目をそらした。鮮明な記憶が頭を離れない。ショットガンを構え、メラーの頭に狙いをつけたときのカルヴィンの目つきだ。彼がいざとなれば引き金を引くことは疑いようがなかったし、メラーも同じ結論に達していた。あの一瞬、カルヴィンの意外な一面を目にし、気の毒なほど内気でやさしい便利屋と、銃に置いた手を微動だにしなかった冷たい目の男が、どうしてもひとつに重ならなかった。


彼がやったことについて、だれも驚いているようすはなかったから、おそらく、なにもわかっていなかったのはケイトだけなのだろう。デレクが亡くなってから、子どもたちを育てることと、B&Bを軌道にのせることだけに気をとられ、ほかのことは意識に入ってこなかった。隣人たちについて知りたいとも思わず、なんの質問もしなかった。質問していれば、日々の生活では見せない、その人のほんとうの顔について情報がえられただろうに。ずっと一人でやってきた。つましく暮らし、やるべきことをやるだけで、ほかのいっさいを遮断してきた。打ちのめされていたから、それしか生き延びる術はなかった。

隣人たちは、なぜこれほど親切にしてくれるの？　もっとも親しいニーナのことでさえ、なにも知らなかった。修道会を離れた理由さえ知らない。ニーナが話したがらなかったせいか、それとも、こちらから尋ねなかったせいだろうか。急に恥ずかしくなり、何年も無駄にしてきた友情を思って心が痛んだ。手を伸ばせばつかめたのに、伸ばさなかった。

隣人たちは、話を聞きつけるとすぐに集まり、いまは全員がここにいた。もっと早くにわかっていたら、ありあわせの武器を手に、メラーとハクスレーに立ち向かっていたにちがいない。三年も前から知っているのに、はじめてほんとうに出合ったような気がした。ロイ・エドワードが座りこみ、ポケットから出した物をタナーに見せて、会話に引きこもうとしている。ケイトの知っているロイ・エドワードは、気むずかしくて短気という印象だったが、タナーが指を口から出して身を乗りだし、興味津々の表情を浮かべて、ポケットナイフやトチの実に見入っているところをみれば、とても気さくな人のようだ。

ミリーがやってきてケイトの肩を軽く叩いた。「おたくのキッチンに入ってもかまわないでしょ。あなたとニーナにお茶を淹れてあげたいの。動転したときは、コーヒーより紅茶。理由は知らないけど、ほんとよ」

「それはありがたいわ」ケイトは懸命に笑みを浮かべた。ほんとうは紅茶を飲みたくなかった。ニーナと二人で紅茶を飲んでいたときに、メラーがキッチンに侵入して銃を突きつけたからだ。でも、ミリーはなにかしたいと思ってくれているし、キッチンはミリーの得意な領域だ。ニーナもミリーの申し出を聞いていたらしく、ケイトが目をやると視線が合った。ちょっと顔をしかめる。また紅茶を飲むことに、ケイトと同じ思いを抱いているのだ。

通報を後まわしにしないほうがいいし、セス・マーベリーの応対を集まった人たちに伝えておきたかったので、家族用のリビング・ルームからもう一度保安官事務所に電話をかけた。留守番電話につながったのでメッセージを残して切った。ソファーにもたれて目を閉じる。ここはまだ静かだから、磨《す》り減った神経がほぐれるだろう。ダイニング・ルームの声が大きくなったり小さくなったりしている。怒気を含んだ声もするが、議論はおおむね下火になりつつあるようだ。

ダイニング・ルームに戻る気力をかき集めている最中に電話がなった。マーベリー捜査官が留守番電話を聞いてかけてきたのだ。

「留守番電話に入れてくれた内容がどうも理解できんのですが」歯切れのいい口調から推測して、理解はしたが信じられないというところだろう。

「男が二人、きょうチェックインしたんです」ケイトは説明した。「じきに一階におりてきて、ニーナとわたしに銃を突きつけ、ジェフリー・レイトンが残していった物を渡すように要求しました。ミスター・レイトンが悪事を働いていると言ってさしつかえないと思います。この二人の男も」

「男たちの名前は?」

「メラーとハクスレーです」

「ファースト・ネームはわかりますか？」

「ええと、お待ち下さい」玄関ホールから宿泊者名簿を取ってこようと立ち上がり、カルヴィン・ハリスが入口に立っていることに気づき、足を止めた。電話の内容が気になっているのだろう。彼も当事者だから、手ぶりで入るよう促し、名簿を取ってリビング・ルームに戻った。

「ハロルド・メラーとライオネル・ハクスレーと記入しています」

「支払いの方法は？」

「きのうの午後に予約の電話をしてきた男性からクレジットカードの番号を聞いています。その男と、レンタカー会社のふりをしてかけてきた男は同一人物ではないかと思うんです。声が同じだったような気がして。それに、発信者番号と名前が両方とも非通知設定でした」

「クレジットカードの名前は？」

「その男が言った名前はハロルド・メラーでした。でも、きょう来た男とは別人です。声がまったく違いました」

「端末にその請求を通してみましたか」

「ええ、ちゃんと通りました」

「それでも偽造カードの可能性はあるから、チェックしてみましょう。車のナンバーは書きとめましたか?」

「いいえ」ナンバープレートの文字と数字を書きとめるのは、客がチェックインしたときの手続きに入ってなかったが、これからはやらなければ。

「それで、レイトンの荷物を渡したあとは、危害を加えずに立ち去ったというわけですね?」

「そうです。全員無事です」

カルヴィンが、自分もマーベリーと話したいというそぶりをした。ケイトが問いかけるように眉をあげると、彼はうなずいた。「ちょっとお待ち下さい」ケイトはマーベリーに言った。「ミスター・ハリスが話したいそうです。セス・マーベリー捜査官よ」受話器をカルヴィンに渡す。

「カル・ハリスです」彼の口調はいつもの物静かな人のそれだ。ケイトは、目の前の変化に、体のバランスを失ったような不安をおぼえた。この男が、ショットガンを人の頭に突きつけながら、あれほど冷たく、落ち着きはらっていた男と同一人物だなんて信じられない。自己防衛本能だろうか、気がつくと、受話器を握る強そうな手に意識を集中していた。彼が金槌やレンチを扱うのと同じようにうまくショットガンを扱ったことは、ニーナと自分にとって幸運だった。

マーベリーが職業を尋ねたにちがいない。彼が答えた。「必要とされることはなんでも。

大工仕事、配管修理、自動車修理、屋根葺《ふ》き」

それから彼は、相手の言うことに耳を傾けた。ケイトにもマーベリーの声が聞こえたが、話の内容まではわからない。カルヴィンが言った。「ミセス・ナイチンゲールから町で出す手紙を受け取ったとき、切手が逆さまに貼られているのに気づきました。ほら、百枚つづりのシートで売ってるアメリカ国旗のやつ」マーベリーの声が洩れ聞こえる。「ええ、彼女が動転しているように見えたので、戻りました。念のために、ショットガンを持って。そのおかげで、男たちはだれにも危害を加えずに立ち去ったんです」また声が響き、カルがすぐに答えた。「いえいえ、発砲してません。だれも。おれのモスバーグがトーラスに勝ったってわけです——そうそう、犯人はトーラスを残していきましたよ」その口調にはおもしろがっている気配があった。

「では、あす」最後にそう言って、彼は受話器をケイトに返した。

「ミセス・ナイチンゲール」マーベリーが言う。「あす、事情聴取のためミスター・ハリスを訪ねますので、ご都合がよければ、そちらにもうかがいたいのですが」

「わかりました。十時よりあとのほうがありがたいんですが」

「かまいません。では十一時にまいりましょう」

ケイトはオフのボタンを押し、立ちつくした。ダイニング・ルームの人たちのところへ戻るべきなのはわかっていたが、脱力感に襲われ身動きできなかった。「どうしてこんなことに？」ようやく言った。

「うまくおさまるさ」

カルヴィンが屋根裏の緊迫した場面で、まったく口ごもらず、顔も赤らめなかったことを、ケイトはあらためて思い出した。世の中には、ふだんは自分のねぐらに引きこもり、危機的状況に置かれたときだけ能力を発揮するような人もいる。彼を以前と同じように見ることはもうできない。「カルヴィン、わたし——」頬が火照るのを感じ、うろたえた。「ちゃんと言ってなかったわね、どんなに感謝しているか——」

彼はぎょっとして、まるでケイトの頭がふたつになったように見つめた。「口に出さなくても、わかってる」

ぼうやたちのためね、と思う。メラーとハクスレーがいるあいだに、シーラが子どもたちを連れて戻ってきたらと、ケイトがどれほど気を揉んだかわかっているのだ。説明せずにすんでほっとし、ダイニング・ルームに急いだ。カルヴィンもゆっくりついてきたが、ダイニング・ルームに入ったとたん、二人の四歳児にまとわりつかれ、蛇がどれほど大きかったか、どう撃退したか、もう一度説明するはめに陥った。

ケイトは集まっていた隣人たちに、捜査官が言ったことと、あす事情聴取に来ることを伝えた。ケイトたちのためというより自分のために紅茶を淹れたミリーに言われるまま、ケイトとニーナは座って紅茶を飲んだが、それが思いのほか効果を発揮した。神経が鎮《しず》まり、すべてが場違いであるような感覚が薄らいでいった。ロッククライミングに出かけていた三人の宿泊客が、風にさらされた赤ら顔で疲労困憊し、でも幸せいっぱいで戻ってきたころにようやく、集まりはお開きとなった。

トレイル・ストップにはレストランが一軒もなく、いちばんちかい店まで五十キロもあるので、要望があれば別料金でサンドイッチとポテトチップとデザートの夕食を用意していた。その日は要望があったので、しばらくはハムやチーズを切るのに忙しかった。母が子どもたちを遊ばせてくれたが、屋根裏に行って蛇を捕まえようとせっつかれっぱなしだった。それでもなんとか子どもたちに夕食を食べさせてくれたので、ケイトはそのあいだに客たちに夕食を出した。ほっとひと息つくころには、もうへとへとでなにも食べる気がしなかった。大変なストレスにさらされたせいで、体が機能しないのだ。まるで一日がかりの登山のあと、さらに十五キロ歩いたほど疲れきっていた。

「ママ、わたし眠い」ケイトはつぶやき、手を口に当ててあくびを隠した。

「たまには早く寝たらどう」提案というより命令だった。「わたしがぼうやたちをベッドに入れるから」

ケイトはすんなり同意して、母親を驚かせた。いちばん驚いたのは自分かもしれない。

「立っていられないほど疲れたわ。ぼうやたちを寝かせるときに、家に連れていく話をしてみたらどうかしら。わたしから離れて夜を過ごしたことは一度もないから、いやだって言うかもしれないし」

「任せておきなさい」シーラが自信ありげに言った。「わたしの話を聞き終えるころには、ミミの家はディズニーランドよりも楽しいところだと思ってるから」

「行ったことないから、比較できないわ」

「細かいこと言わないの。朝になったら、行きたいってしつこくせがむわよ。もちろん、あなたがほんとうに行かせたいならだけど。ともかく、一晩寝てからの話にしましょ。きょうの事件で、あなたはいま、すごく動揺しているから」

「もちろんそうする。ただ、子どもたちの安全がいちばん大事なのに、いまの状態ではそう思えないの。たぶん過剰反応でしょうけど、そう感じるんだからしかたないわ」

シーラがケイトを抱きしめた。「過剰反応は母親の特権よ。それに、もし朝になってあなたが考えを変えても、わたしは気にしないから……それほどはね」

「ありがと。心強いお言葉」ケイトは笑った。子どもたちを抱きしめておやすみのキスをし、マミーは疲れたので先に寝るわ、今夜はミミが寝かせてくれるから、と告げると、二人とも文句は言わなかった。興奮で疲れきり、あくびをして目をこすりはじめていた。

歯を磨いてシャワーを浴び、ベッドに倒れこんだ。体は芯から疲れきっていたけれど、思いはクレージーなリスみたいに駆けまわり、少しも落ち着かない。その日の出来事の断片が、フラッシュカードのようにつぎつぎと浮かんでは消える。ニーナの蒼白な顔、カルヴィンがショットガンの引き金にかけた指に力を込めたときの淡い色の目に浮かんだ表情――その瞬間には気づかなかった情景が、くり返し浮かんでくる。わずかに動く彼の指が、実際に撃つつもりであることを示していた。

メラーも同じものを見たにちがいない。紛れもない小さな動きを。だから、カルヴィンの言うなりになった。ケイトは凍えるような寒さを感じて身震いし、体を丸めて暖をとろうとした。夜、寒い思いをすることはよくあった。たいていは、気温の低さより孤独のせいだった。闇のなかでは、とりわけそれを強く感じる。だが今夜、毛布の下で縮こまるケイトの道連れは、恐怖だった。子どもたちが危険にさらされる恐怖、その日、彼女の家を襲った暴力に対する恐怖。そのせいで、いつもよりずっと寒かった。

潜在意識が、カルヴィンの目の表情を脳裏に再生する。三年前から知っていたが、きょう、はじめて彼を見たような、ほんとうの意味で彼を見たような気がする。隣人たちについても、きょうはたくさんの発見があり、それぞれにあらたな評価を持つようになったが、それとこれとは違う。カルヴィンに対する評価は、百八十度の転換をしいられるものだった。

気の毒なほど内気で、親切な便利屋さんとして見ることは二度とできない。

そのうえ、自分で気づいている以上の変化が起きたように感じられる。人生を覆《くつがえ》すような大変動が起きたのに、地盤がどのくらい移動したか、どこに移動したかもわかっていない。どう反応したらいいか、どう考えたらいいかもわからない。固い地面に立っているのか、流砂の上に立っているのかすらわかっていないのだ。

カルヴィンの淡い色の目と、そこに浮かんだ表情が、恐ろしいほどの鮮明さで心に突き刺さり、自分が前より安全なのか、より危険にさらされているのか、解き明かそうとしているうちに眠りに落ちていった。


カル・ハリスは、暗くした自室の窓辺に立てば、ケイト・ナイチンゲールのベッドルームの窓の明かりが見えることを、ずっと昔に発見していた。B&Bは一ブロック半ほど離れているが、道がくの字に曲がっているせいで、表側の二つのベッドルームの明かりが見える。一方が双子のベッドルームで、もう一方はケイトのだ。

部屋についているバスルームの配管を修理したとき、彼女のベッドルームに入ったことがあった。かわいい物が好みで、ベッドにはきれいな飾り用のクッションがいくつも並び、バスルームに敷かれた分厚い綿のラグは、シャワーカーテンやトイレの蓋カバーと同じ柄だった。ベッドルームはいい匂いだった。かすかな香水の香り……女の香りがした。ベッドを見て、想像力が勝手に暴れだした。

ケイトに対する反応は強すぎて、制御不能だ。十四のガキみたいに顔を赤らめ、口ごもるものだから、隣人たちにからかわれっぱなしだった。三年間、彼女を誘ってみろ、と隣人たちから発破《はっぱ》をかけられてきたが、彼は誘わなかった。彼を〝ミスター・ハリス〟と呼び、祖父を見るような目で見るのだから、男とつきあう気がないのはいやでもわかる。

引き金を引く意図を持って銃を人に向けていたのは、ずいぶん昔のことだが、あの人でなしのメラーの頭は、もう少しで爆発するカボチャになるところだった。ケイトがそれを見たらさらなる心の傷を負うだろうという認識が、かろうじてカルに引き金を引かせなかった。メラーを見たときと同じような恐怖を目に浮かべて、自分を見てほしくなかったからだ。

彼女のベッドルームの窓は暗い。双子の部屋は明かりがついて十五分後に消えたが、ケイトの部屋の明かりは暗いままだった。ケイトは疲れ果てて先に休み、母親が子どもたちを寝かしたのだろう。

三年間待ちつづけ、理性は、諦めて別の道を行け、と言っていたが、そうしなかった。彼が留まったのは、生来の頑固さのせいか、脚と心の両方にまとわりつく双子のせいか、ケイト自身のせいか、とにかく、「もういい、諦めよう」とは言えなかった。

きょうの恐怖で障壁が崩れた。それを感じた。認識した。きょう、彼女ははじめて〝カルヴィン〟と名前で呼んだ。顔を赤くしたのは彼女のほうだった。

世界が動き、あす起きたらまったく新しい場所に立っているような気がして、カルはベッドに入った。

11

翌朝、ゴスとトクステルは、モーテルのトクステルの部屋で、ガタがきた丸テーブルに地図を広げて座っていた。朝食は、部屋に備えつけの、安物の四杯分用のコーヒーメーカーで淹れたまずいコーヒーと、コンビニエンス・ストアで買ったかび臭いハニーバン（蜂蜜のかかった渦巻きパン）だ。町に一軒ある家族経営のレストランが朝食も出していたが、地元の人びとが集まる場所で仕事の話はできない。

トクステルがテーブルに置いたスケッチをゴスのほうに押しやった。「これがあの場所の見取り図だ。おれの記憶を頼りに描いた。おまえの記憶と違うところがあったら言ってくれ。正確であることが重要だ」

トクステルは、トレイル・ストップとそこに通じる道路をおおまかに描き、橋や渓流、右手を怒濤《どとう》のごとく流れる川、左手にそびえ立つ山々といったものを描き加えていた。

「小道が一本通じていたと思いますよ。そのお粗末な道路の途中で右に入る道がね」ゴスが言った。「車が通れるか、狩り用の獣道かわかりませんが」

トクステルはそれを書きとめてから腕時計を確認した。彼がだれかに電話をかけ、そのだれかがだれかに電話をかけた結果、この地域に精通している——そしておそらく、この種の問題解決に長《た》けている——地元の人間が、九時にトクステルの部屋を訪ねてくることになっていた。ゴスは頭の回転が速いので、トレイル・ストップのやつらを封じこめるには専門家の助けが不可欠だと見抜いていた。必要なのは、自然を知り尽くし、ライフル銃をうまく扱える人物だ。ゴスは、ピストルは得意だがライフルは撃ったことがない。トクステルもずっと昔に撃ったことがあるだけだった。

会うことになっている地元の男が、ほかに二人連れてくることになっていた。山に疎《うと》いゴスでさえ、脱出経路はいくつもあって、とても三人では——その三人がたまに眠らねばならないことは言うまでもなく——守りきれないと考えていた。ゴスの見たところ、トクステルの計画の円滑な実施に必要な人員は、少なくともあと二人、三人いればさらによい。

ゴスは嬉々として、トクステルの無謀な思いつきに調子を合わせていた。無謀であればあるほど、計画全体が破綻《はたん》する可能性は高くなる。そうなれば、サラザール・バンディーニが忌み嫌う関心——たとえばＦＢＩの関心——を惹くのは確実で、その結果、ユーエル・フォークナーはバンディーニの不興を買うという寸法だ。

この計画を具体化するには、不確定要素が多すぎた。ひそかにトクステルの計画を混乱させ、事態が悪化するような状況を作りだせればそれにこしたことはない。最善の結果は、フラッシュドライブを手に入れ、なおかつ仲間が怪我をされたり殺されたりしないこと——これがバンディーニの期待する結果であり、ひいてはユーエル・フォークナーが期待する結果だ。ゴスの狙いは、フラッシュドライブを手に入れられず、怪我人や死人がでるようにすることだった。もちろん、あの便利屋のくそ野郎が死人の一人になればそれにこしたことはない。

夜のうちに死ななかったから、脳の損傷はないだろうが、いまだに頭は割れるように痛かった。起き抜けに呑んだ四錠のイブプロフェンのおかげで、いまはなんとか集中できるが、願わくば、きょうは座って話すこと以上に激しい動きはごめんこうむりたい。

九時ちょうどに、ドアを一回叩く音がした。トクステルが応対し、男を迎え入れた。

「名前」男はそれだけ言った。

ヒュー・トクステルは人の言いなりになる男ではないが、ささいなことでへそを曲げるほど傲慢でもなかった。「ヒュー・トクステル」時間を訊かれたかのように事務的に答える。

「こっちはケノン・ゴスだ。あんたは――？」

「ティーグ」

「ファースト・ネームは？」

「ティーグでいい」

ティーグは、マルボロの宣伝に出ている男を粗野にしたような感じだった。よく日焼けしたしわ深い顔は年齢不詳だが、ゴスの見たところ五十代だろう。ごま塩の髪は五分刈りにしている。高い頬骨と細い目から、数世代前にアメリカ先住民の血が入っていることがうかがえる。取りつく島がないとはこういう人間を言うのだ。

ジーンズにハイキング用のブーツ、緑と茶の格子柄のシャツを着て、裾はきっちりたくしこんでいる。右わきにさげた鞘におさまるごっついナイフは、鹿の皮をはぐのに使うのだろう。ポケットナイフと呼べるような代物ではない。手にはすり切れた黒いキャンバス・バッグをさげていた。全身で〝ほんもののワル〟だと叫んでいる。それは口にする言葉や身なりからではなく、全身に漲《みなぎ》る過剰なまでの自信と、人の腸《はらわた》を抜くのに蚊を叩き潰すほどの疚《やま》しさも感じないと言いたげな目の表情からくるものだった。

「山に詳しい人間を探してるそうだな」

「それだけじゃない。狩りをしようと思っている」トクステルは淡々と言い、テーブルの上の地図を指し示した。

「ちょっと待て」ティーグがキャンバス・バッグから楕円形の電子機器を取りだした。電源を入れて部屋をひとまわりする。盗聴機が仕掛けられていないことを確認すると、装置の電源を切ってテレビをつけた。そこまでやってようやくテーブルにちかづいてきた。

「慎重なのは評価する」トクステルが言う。「だが、連邦捜査官に追われているなら、前もって言ってくれ。面倒はごめんだ」

「知るかぎりそれはない」ティーグが無表情に返事をした。「事情が変わらないとは言いきれんが」

トクステルが無言でティーグを見つめた。つまるところは信頼だ、とゴスは思った。トクステルは仲介人を信頼しているのだろうか。この商売では、信頼はつねに供給不足だ。盗人——この場合は殺人者——に仁義はない。あるとすれば、〝相互確実破壊〟の恐れを通して存在する信頼のみ。ゴスはトクステルを葬るに足る情報を持っている。トクステルもゴスを葬るに足る情報を持っている。友情よりもずっと安心だ。

やがて、トクステルが肩をすくめた。「いいだろう」地図に向かい、バンディーニの名前は出さず、かいつまんで状況を述べた。つまり、ひじょうに大切な物がB&Bに置き去られ、経営者が渡そうとしないのだ、と。それから、計画の説明に入った。

ティーグはテーブルに両手を突いて地図に身を乗りだし、考えこむように眉を寄せて聞いていた。「複雑だな」ぼそりと言った。

「そのとおり。そのためにその道のプロが必要だ」

「あんたがここにいるのはそのためだろ」ゴスがそっけなく言う。「ヒューもおれも野外の経験があるとはいえない」はじめて口を開いたゴスに、ティーグはすばやい一瞥をくれた。

「それがわかっているだけでも上出来だ。わからないやつもいる。いいだろう。考えておくべきことがいくつかある。第一に、どうやって外界との接触を断ち切るか。物理的接触だけじゃない。電話、コンピュータ、衛星」

「電話線と送電線を切る」ゴスが言った。「電話もコンピュータも衛星を使ったEメールも使えなくなる」

「だれかが衛星電話を持っていたら?」

「衛星電話は一般的じゃない。だが、田舎者だからって持っていないとはいえない。狭い場所だから、調べるのは簡単だろう。オンスターみたいな通信システムを搭載した車は、すぐに見分けがつく」

「ここはオンスターシステムは入らない。携帯電話もだ。その点は安心だ」

状況はすでに複雑をきわめているから、それだけでもありがたい。

椅子が二脚しかなかったので、テーブルをベッドのそばまで引きずり、トクステルがベッドに腰かけ、ゴスとティーグが椅子に座り、地形的なことをティーグに教えてもらいながら、地図の検討に一時間ほどを費やした。

「地形がおれの思っているとおりかどうか、踏査《とうさ》して確認する必要はあるが、この作戦でうまくいくだろう」ティーグが言った。「公共施設はトレイル・ストップで行きどまりだ。電話会社も電力会社も、サービスが妨害されていることなど気づきもしないし、気づいたとしても、橋がなければなにもできない。〝橋通行止め〟の標識を立てよう」――トレイル・ストップに通じる道と幹線道路が交わるところを指さす――「バリケードでふさげは、しばらくは大丈夫だ。どうせそんなにはかからない。せいぜい一日か二日だ。その女に充分圧力をかければ、じきにまいるさ。村人が音《ね》をあげて、女を見殺しにするかもしれんしな。子どもがいると言ったか?」

「玩具が散らばっていた。実際に見てはいない」

「学校に行ってたんだろう。子どもが家にいるのを見計らい、午後遅くか土曜に取りかかろう。子どもを危険にさらしたい親はいないからな。欲しい物を手にいれたら、あんたらはすぐにずらかれ。おれと仲間はあとに残って村人たちを引きつけておく。それから、潮時をみて姿をくらます。それまでに遠くに逃げとけよ。やばいのはそっちだからな」

「了解した」トクステルが答えてから眉にしわをよせた。「だが、橋が落ちていたら、目当ての物をどうやって持ちだすんだ?」

「歩いて渡れる浅瀬がある。肝心なのは相手にそこを渡らせないことだ。さて、金の話に移ろう」


一時間後、ティーグは金を持ってモーテルの部屋を出た。うれしいやらおかしいやらで、思わず吹きだしそうになった。トクステルの計画ほどばかげた話は、生まれてこのかた聞いたことがない。だが、トクステルが大金を払ってでも、この恐ろしく手の込んだ茶番劇をやってほしいなら、ティーグとしてはその金をもらうことにやぶさかではない。

計画はうまくいくだろう。面倒だし、金はかかるが。なにしろ、無駄に入り組んでいるのだ。もしティーグに任されたなら、男を二人連れて夜中の二時に押し入り、その女の持っている物がなんであろうが出させる。子どもを殺すと脅せばあっさり片づく。そうせずに、トクステルは、村全体を人質にとるという凝った計画を考えだした。

トクステルとゴスは、問題の場所に出かけてゆき、痛い目にあったにちがいない。二人が相当のワルであることに疑いはないが、ここは彼らの縄張りではない。おそらく銃を持っているのは自分たちだけという状況に慣れきっているのだろう。だがここでは、だれもが、ティーグの祖母でさえ銃を持っている。傷ついたエゴとプライドに惑わされ、判断力が鈍っている。いいこととはいえない。

しかしながら、こいつは挑戦し甲斐《がい》のある仕事であり、ティーグのもっとも好むものだ。思考を研ぎ澄まし、たくさんのピースをおさめるべき場所におさめる必要があるから、つねに最高のコンディションでいなければならない。おっと、自尊心に決断を曇らされているのはトクステルとゴスだけではないらしい。自分と二人の違いは、動機に自尊心が混じっているのを自覚しているということだ。それに、この仕事を受けた最大の動機は欲だ。提示された金額が気に入ったのだ。

ティーグはトレイル・ストップのあたりを熟知していた。人を寄せつけぬ過酷な自然に囲まれた場所だ。鋸《のこ》の歯のような峰々はほぼ垂直で岩肌をさらし、溪谷は足場が悪い。しかも、もう一方の側を遮断しているのは急流だ。この川を筏《いかだ》で下った話など聞いたこともなかった。

急流下り専門のやつでも無理だろう。トレイル・ストップが存在するのは、十九世紀から二十世紀初頭まで、金を目当ての鉱山業者が山を発掘して歩いたからで、いまでは廃坑がそこかしこに残るだけだ。川と山々のあいだに突き出たこの土地は、唯一まあまあ平坦な土地だったので、鉱夫相手のよろず屋ができた。その店はいまでもあるが、鉱夫たちは遠い昔に去ってゆき、残っているのはよそに移り住むだけの才覚のない連中で、観光客やハンター、それにロッククライマーがたまに訪れるばかりだ。

フムム。ロッククライマーがいる。リストにつけ加えるべきだ。そのB&Bにロッククライマーが滞在していないことを確認する必要がある。ティーグには封鎖できない逃走ルートを考えだすかもしれない。まずないとは思うが。たとえ北東側の岩壁を登りきったとしても、助けを求めるまでに、険しい土地が何キロもつづいている。だが、あらゆる可能性を検討する必要がある。

彼の見るかぎり、最大の問題はジョシュア・クリードだ。ティーグが一目置く人間は多くないが、クリードはそのリストのトップにいた。この元海兵隊少佐はトレイル・ストップのちかくに丸太小屋を構えていた。物資を調達するのに、わざわざ五十キロも車を飛ばすより、トレイル・ストップにやってくると考えるのが理に適っている。この仕事を妨害するやつがいるとすれば、クリードだ。

選択肢はふたつ。クリードもいっしょに封じこめ、みんなを率いて反撃される危険をあえて冒すか、クリードがよそにいるときに村を封鎖し、橋が使えないという話に騙《だま》されてくれることを願うか。クリードが村にいれば、気をつける必要はあるが、少なくとも所在はわかっている。もしいなければ、ティーグにはクリードの動きを追う術がない――それに、クリードは自分の目で見たことしか信じないはずだ。

クリードも封じこめるべきだ。つまり、余分に準備をしなければならないということだ。特殊装置も駆使して、クリードがそこにいることを常時確認する必要がある。

タイミングがすべてだ。罠の仕掛けが跳ねたときに、トレイル・ストップの住人全員がそこにいて、外部の人間は一人もいないようにしなければならない。外部の人間が決まった日時に家に戻らなかったり、連絡をしなかったりすれば、家族や友人が騒ぎだす。地元の連中も家に戻れなければ騒ぎだすだろうが、地元民でも事故にあうことはあるし、外部の人間を巻きこんでしまうよりは、ずっとコントロールしやすいはずだ。

なにはともあれ偵察に出向くとしよう。

翌朝、ケイトは寝過ごし、客のいつもの猛襲に備え、大急ぎでマフィンを焼く羽目に陥った。前日にあんな騒ぎがあったせいか、トレイル・ストップの住人全員、村でいちばんの料理上手のミリー・アールでさえ、マフィンを買いにやってきた。

双子は目が覚めたとたん、ミミの家に行くと言いはじめ、そのようすから、シーラが二人をうまく洗脳したことがわかった。ケイトは気が進まないふりをして、二人の行きたい気持ちをさらに煽った。いざ出かけるときに、二人を母の四輪駆動車に無理やり押しこむ事態だけは避けたかった。同時に、あまり気が進まないふりをしすぎて、自分たちが行ったらママが悲しむと思ってほしくもなかった。四歳児を騙すのに大切なのはバランス感覚だ。

シーラは航空会社に電話して出発の日を変更し、子どもたちの席も予約した。空いているのは明朝十一時発の便しかなかった。ということは、遅くとも六時に出発しなければならない。ボイシまで車で行ってレンタカーを返却し、双子と荷物をなんとかゲートまで運ぶ。そのあいだに時間を見つけて朝食を食べさせ、飛行機に乗るわけだ。母は父に電話をかけ、予定を早めて戻ることと、ぼうやたちを連れていくことを伝えた。「覚悟しててね」母がそう言うのを聞いて、ケイトは笑った。

マーベリー捜査官が十一時に来ることになっていたので、朝の客が帰ったあと、大急ぎでキッチンとダイニング・ルームの掃除をすませた。登山客はマフィンを手に、もう一日岩山を満喫しようと早くに出立した。ケイトとデレクにもそんなころがあった。岩山に挑み、自分の力と技術を試すことしか頭になかった時代が。登山客たちは明朝帰ることになっていたから、きょうがお楽しみの最終日というわけだ。

十一時十五分前、服を着替えて髪をとかし、リップグロスだけでもつけようと二階に向かった。階段を半分までのぼったところで、ドサッという音がして、子ども部屋から甲高い笑い声が聞こえた。豊富な経験から、二人がいつものように、枕を破裂させて羽毛を飛ばし合うとか、そんな遊びを見つけたにちがいないと思い、全速力で最後の数段を駆けあがった。部屋に滑りこみ、目をぱちくりさせた。二人が素っ裸で飛び跳ねている。笑いすぎて床に倒れこむ。背後からシーラが階段を駆けあがってくる足音がした。「子どもたちは無事?」

「いったいぜんたい……あなたたちなにをしているの?」あっけにとられて尋ねながら、ケイトはシーラのほうを向いて言った。「二人とも無事よ。服を全部脱いで、ぴょんぴょん飛び跳ねてる」子どもたちのほうを振り返る。「こらっ、飛ぶのをやめて! なにをしているのか言いなさい」

「ぼくたち、オチンチンをゆらしてるの」タナーが言った。珍しくタッカーが遅れをとったのは、笑いすぎて口がきけなかったからだ。

「あなたたちの――」ケイトはそこでプッと吹きだした。飛び跳ねながら〝オチンチン〟を指さし合っているようすがとてもおかしかったし、あまりにも楽しそうなので、いっしょに笑わざるをえなかった。

そばでフラッシュが光り、ケイトは飛び上がった。シーラがデジタルカメラを手にしている。

「ほーら」シーラが満足げに言う。「二人が十六歳になったら、これで強請《ゆす》れるわね」

「ママったら! 二人がどんなにばつの悪い思いをするか!」

「そりゃするでしょ。それが狙いだもの。パトリックにもこういうのを見せびらかせたらよかったのにね。家に帰ったら、何枚か焼き増ししておくわ。いつかわたしに感謝する日がくるから」

玄関の呼び鈴が鳴り、ケイトは腕時計を見た。

マーベリーだとしたら少し早めだが、どちらにしろ身支度を調《ととの》える暇はない。まいった。

「わたしが玄関に出るから、ぼうやたちが服を着るように監督してね、お願い。たぶん郡捜査官だと思うから」

階段を走っておりて表の扉を開けた。立っていたのはカルヴィン・ハリスで、片手にアール金物店の箱を、もう一方の手に道具箱を持っていた。かたわらにずんぐりした男が立っている。ベルトのホルスターに拳銃がおさまっているところを見れば、この人がマーベリーにちがいない。髪は茶色、ポロシャツにジーンズ、濃紺のウィンドブレーカーを着ている。

「ミセス・ナイチンゲールですか？」ケイトの応対を待たずに言う。「保安官事務所の捜査官、セス・マーベリーです」

「はい、どうぞお入り下さい」ケイトはあとずさり、二階をちらっと見上げた。子どもたちの賑やかな笑い声はおさまる気配もなく、合間に聞こえる母の声には苛立ちが表われていた。ぼうやたちにオチンチンを振るのをやめて服を着なさいと言って、あきらかに無視されているのだ。ドスンドスン飛び跳ねる音が天井に響く。

男二人が天井を見上げた。

ケイトは頬が熱くなるのを感じた。「ええと……子どもが双子で」マーベリーに説明する。「四歳なんです」これで必要なことはすべて説明されているはずだ。

「タナッ、見てごらん！」タッカーの甲高い声がはっきり聞こえた。「ぼくのをジグザグにできたよっ！」

ジグザグ？

甘い顔をしてては埒《らち》があかず、堪忍袋の緒を切らしたシーラが、とっておきの厳格な声――鬼軍曹的厳格さ――で言い渡した。「もういい、わかった！ ジグザグに揺れるオチンチンなんて見たくない。あんたたちのオチンチンが揺れるのも、踊るのも、スキップするのも、ヨーデルを歌うのも、なんにも見たくない。わたしが見たいのは、パンツのなかにおさまってるオチンチンなの。わかった？ いっしょにうちに来るつもりなら、計画を立てなきゃなりません。あんたたちのオチンチンなんか見てたら、計画も立てられないでしょ」

これ以上的確な言葉はない。ケイトは湧き上がってくる笑いをこらえた。男二人のほうは見ないようにした。目が合ったらもうだめ。ヨーデルを歌うオチンチン？ シーラは絶好調だ。

笑いをこらえているのはケイト一人ではなかった。カルヴィンはケイトをちらりと見ようともせず、階段へとにじり寄った。「おれ――あの――屋根裏部屋に通じる扉に鍵をとりつけてくる」そう言うなり二階に退散した。

ケイトは深く息を吸いこみ、顔を冷やそうと上に向かって吹いた。「リビング・ルームに行きませんか？　母が騒動を静めてくれるはずですので」

リビング・ルームに案内されるあいだ、マーベリーはクスクス笑っていた。「気を抜けませんね」

「日によってなんですけど。きょうは賑やかすぎて」情けなさそうに言う。ありがたいことに、子ども部屋の騒ぎはおさまった。ミミの家に行く計画を立てる魅力が、オチンチンを振る楽しさにまさったのだろう。

もっとありがたいことに、マーベリーは二階の騒ぎについてなにも訊かなかった。訊くまでもないのだろうが。彼にも子ども時代はあったわけで。マーベリーがああいうことをやっているところなど、想像したくない。マーベリーはあくまでも警察官だ。

「ミスター・ハリスからは、すでに供述をとりました」マーベリーが言った。ケイトは目の前に落とし穴が口を開いたような気がした。カルヴィンがなにを言ったかわからないから、うっかりしたことは言えない。ハクスレーという男の頭を殴ったと言ったの？　言わなかったほうに賭けよう。実際に殴ったところは見ていないのだし。ほっとして最初から話しだし、二人の男が怪しいとニーナに言っていたときに、だれかが立ち聞きしているような気がしたことまでしゃべった。

ケイトが話し終えると、マーベリーはため息をついて目をこすった。疲れているようだ。仕事を山ほど抱えているのに、そのうえはるばるやってきて、供述をとらねばならないのだ。

「二人の男はもう遠くまで逃げたでしょうね。ほかになにか気づいたことはないですか？」

ケイトは頭を振った。「きのう、もっと早く電話をするべきでした。でも、思いつかなかったんです。だれも怪我しなかったけど、ぼうっとしてて。おわかりいただけますよね。みんなが集まってそのことを話していたし、双子も聞いていたし、それで、わたし——」ケイトは困惑の態《てい》で両手を広げた。「もしすぐに電話してたら、途中で捕まえられたかもしれませんね」

「ええ、まあ、起訴はできたでしょうけどね。保釈金を払って出ていったきりでしょう。不本意ですが、郡は予算不足で、州外の悪党を捜すことに時間を使わせてくれない。とくに、だれも危害をこうむらず、盗られたのがあなたの物でないスーツケースひとつではね。そのスーツケースに高価な物が入っていなかったことはたしかですかね」

「いちばん高いのが靴でした。わたしが自分で入れたんです。もともとスーツケースに入っていたわけではなかったんですが」

マーベリーが手帳を閉じた。「では、以上です。もしまたその男たちを見たら、すぐに連絡して下さい。目的の物を手に入れたんだから、舞い戻ってくるとは思いませんが」

一晩経ったせいか、ケイトも同感だった。きょうはずっと気持ちが落ち着いていたから、母に子どもたちを連れて帰ってほしいと頼まなければよかったと後悔していた。でも、乗りかかった船、後戻りはできない。ぼうやたちもあれほど楽しみにしているのだから。

金切り声が空気を切り裂いた。子どもたちの叫び声は聞き分けられる。これは喜びの表現だ。「ミスター・ハリスを見つけたんだと思います」マーベリーに言う。「子どもたちは彼の道具箱が大好きで」

「理解できますなあ」マーベリーはにやりとした。「男の子に金槌——嫌いなわけがない」

リビング・ルームを出ると、ちょうどカルヴィンが階段をおりてくるところだった。飛び跳ねる子どもたちに先導されて。「マミー！」タッカーがケイトを見つけて叫んだ。「ミスタ・ハウィスがドウィルを持たせてくれるって！」

「ドリル」ケイトが反射的に直したとき、カルヴィンと視線が合った。いつものように静かで落ち着いた表情だった。

「ドリル」タッカーがくり返し、カルヴィンのズボンの横についている金槌を通す輪をつかんで引っぱった。

「ミスター・ハリスの服を引っぱるのはやめなさい」ケイトが言った。「破れるでしょ」

言葉が口を出た瞬間、ケイトは顔がまた熱くなるのを感じた。もう、どうなってるの？ここ何年も、顔を赤くしたことなんてなかったのに、きのうからこっち、顔を赤らめることしかしていないような気がする。なにを言っても二重の意味を持つか、性的なことをあからさまに言っているような感じ。そう、カルヴィンの服を破るなんて、まさに性的なことだ。

そう思ってぎょっとした。

カルヴィン？　性的？

きのう、助けてもらったから？　伝統的な男女関係におけるヒーローの役を彼に割り振り、力を誇示されて無意識に反応してるとか？　興味があったから大学で人類学の授業をいくつかとり、性本能の力学については知識があった。きっとそれにちがいない。力が強いか、権力があるか、英雄的な男に、女は反応する。石器時代、それが生き延びるチャンスを高めた。現在の女はその必要がないが、太古の本能は残っている。それ以外に、ドナルド・トランプにあれほど大勢の女が魅了されるわけを説明できる？

理屈をつけたことで少し気が楽になった。このふつうでない感覚の原因がわかったのだから、簡単に対処できるはずだ。

ケイトは双子をマーベリーに紹介した。当然ながら二人はピストルに気づき、警官だと知って目をまん丸にしたが、制服を着ていないことに多少がっかりしたようだった。それでも二人の気がそれている隙に、ケイトはカルヴィンに尋ねた。「いくらお支払いすればいいかしら」

カルヴィンは、鍵のレシートをポケットから引っぱりだし、ケイトに渡した。指が触れ、ケイトは体が震えそうになるのを必死で抑えた。この力強い両手がショットガンを構え、指が引き金にかかっていた場面が不意によみがえる。それに、あとからニーナともども抱きしめてくれたことも思い出した。あたたかな腕に抱かれて安心だった。ダブダブのオーバーオールのなかの細い体は、驚くほど硬く逞《たくま》しかった。

ああ、なんてこと。彼女はまた赤くなった。

そして、彼は赤くなっていなかった。

12

「ところで」ケイトの母がその夜、子ども部屋で双子の荷物を詰めているときにさりげなく言った。「あなたとカルヴィン・ハリスとは、そういうことになってるんでしょ？」

「まさか！」ぎょっとして、畳みかけたジーンズを落としそうになりながら、ケイトはまじまじと母の顔を見た。「どこからそんなこと考えついたの？」

「まあ……いろいろよ」

「たとえば？」

「あなたたちがいっしょにいるときのようすとかね。ぎこちないし、こっそり相手を見たりしてるし」

「こっそり見てなんかいないわよ」

「わたしがあなたの母親じゃなければ、そういう憤慨した口調に騙されるかも。でもあいにく、あなたのことを知りすぎているから」

「もう、ママったら！　なにもないわよ。わたし――ずっと――」言葉に詰まり、両手を広げ、膝の上の小さな服のしわを伸ばした。「デレクが亡くなってからずっと。だれかとおつきあいしようなんて思ったことない」

「思うべきよ。もう三年も経つんだから」

「わかってる」たしかに、わかっている――わかっているのと、それを実行に移すのはまったく別のことだ。「ただ――わたしの時間もエネルギーも、ぼうやたちとここのことにすっかりとられているから、別のものとか、別な人とかが加わったら、収拾がつかなくなる。それに、わたし、こっそり見てなんていないってば」ケイトはつけ加えた。「カルヴィンが、ハクスレーの頭を殴ったことを話したかどうかわからなくて、マーベリーの事情聴取が心配だったの。〝こっそり見た〟としたら、そのせいよ」

「彼もあなたを見てるわ」

これには笑うしかない。「おおかた顔を赤くしてすぐ目をそらしたんでしょ。彼はとても内気なのよ。この二日間で彼が言ったことは、ここに住んでから耳にしたことを全部足したより多かったぐらいなのよ。よけいな勘ぐりはやめて。たぶんだれのこともそういうふうに見るのよ」

「あら、そうかしら。それに、彼がとくに内気だとは思わない。屋根裏の扉に新しい鍵をつけてくれたとき、ぼうやたちが彼にまとわりついてたから、わたしもそばにいたんだけど、シェリーやニーナと話すようにわたしとも話してたわよ」

ケイトはためらった。カルヴィンとシェリーのおしゃべりを耳にしたときのことを思い出した。彼が気楽にしゃべれる人たちがいることはたしかだが、自分はその一人ではない。そう思ったら、鳩尾《みぞおち》のあたりが妙に疼いた。その理由を探るのはやめ、会話に意識を戻した。

「とにかく、わたしたちを無理にくっつける前に、考えてみてよ。わたしたち、どっちもいい結婚相手とはいえない。わたしは慢性的な金欠病で二人の子持ち。彼は便利屋。好ましい相手じゃないという点で、いい勝負だけど」

シーラが笑いをこらえ、口もとを引きつらせる。「それなら、ますますいい組み合わせなんじゃない？　互角に戦えて」

おもしろがっていいのか、ショックを受けるべきかわからなかった。便利屋のレベルまで落ちたってこと？　社会的地位にこだわるような育てられ方はしなかったが、かつては企業社会で働き、野心を抱いていた。それなりの野心を。ケイトの見るかぎり、カルヴィンはいまの自分に満足しきっている。もっとも、B&Bの経営を一生の仕事にするなら、専属の便利屋を持つほど便利なことはない。この三年、彼がいなければ、やってこれたかどうか。

ケイトは思わず笑いだした。「そういえば、ここに引越してこないか、彼に尋ねてみようと思ってたの」

母が驚いて目をしばたたいた。

「部屋と食事を提供して、かわりにただで修理をしてもらうの」ケイトは笑いながら説明し、立ち上がって抽斗から子どもたちの下着を取りだした。ついでにドアから顔を出し、廊下で遊ぶ男の子たちのようすを見た。母親といっしょに荷物を詰めるあいだ、そこで遊ばせておいたのだ。二人に荷造りの手伝いをされた日には、どんなことになるかわからない。二人は積み木で要塞のようなものを作り、車を突っこませて壊していた。しばらくは安全に遊んでいるはずだ。

「ねえ、いいこと、あなたは男の人とつきあうことを考える時期にきてるのよ」シーラが話を蒸し返した。「まあ、たしかに、ここじゃ相手を探そうにもカルヴィングらいしかいないだろうけど。でも、シアトルに戻れば——」

おお、そう来たか。母がにわかにカルヴィンに関心を抱いたほんとうの理由はこれだったのだ。ケイトは情けない表情をしてみせた。アイダホを諦めさせるための、あらたな説得工作というわけ。

ケイトは母が息を継ぐ隙に手を伸ばし、その手に触れた。「ママ、いままでしてくれた忠告のなかで、いちばんありがたかったのはなんだと思う?」

シーラは一瞬たじろぎ、用心するように目を細めた。「さあ、なんなの?」

「デレクが亡くなったとき、ママはこう言ったの。きっとこれからたくさんの人が、生活のことやデートのことであれこれ忠告するだろうけど、だれの忠告も、ママの忠告さえも、聞く必要はない。悲しみは時期がくれば癒されるし、その時期は人によってまちまちだからって」

シーラが嫌いなことがあるとすれば、自分の言葉をそのまま返されることだ。「まあ、あきれた！」吐き捨てるような口調で言った。「そんなたわごとが気に入ったなんて、冗談じゃないわ！」

ケイトは笑いだし、勝利のサインに両の拳を突き上げ、タナーのベッドに仰向けに倒れた。シーラが丸めた靴下をケイトに投げつけた。「もう、この恩知らず」ぶつぶつ言う。

「あら、恩は感じてるわよ。二十日間も陣痛で――」

「二十時間よ。何日もかかったように思えたけどね」

男の子たちが駆けこんできた。「マミー、なにがおかしいの？」タッカーが尋ね、ベッドのケイトのわきに飛びこむ。

「なにがおかしいの？」タナーも言い、もう一方の側に飛びこんだ。

ケイトは両手をまわして二人を抱いた。「ミミよ。ミミがおかしい話をしてくれたの」

「どんな話？」

「ママが小さな女の子だったときの話よ」

二人の目がまん丸になる。マミーが小さな女の子だったなんて、信じられないのだ。「そのとき、ミミはマミーのこと知ってたの？」タッカーが訊いた。

「ミミはマミーのマミーなのよ」ケイトは言いながら、早口で十回言わなくてすんでありがたいと思った。「わたしがあなたたちのマミーであるみたいにね」

タナーの唇が動き、声に出さずにくり返しているのがわかった。マミーのマミー。タナーは指を口にくわえ、シーラをじっくり観察しはじめた。

「動物園の檻のなかにいる気分」シーラが不平をこぼした。

「動物園？」タナーが指をくわえたまま言う。関心は完全にそちらに向いた。

「動物園！　ミミが動物園に連れてってくれるんだ！」タッカーが感極まって叫ぶ。

「一本とられたわね」ケイトがシーラに向かってにやりとした。

「まあね。でも、わたしもいい考えだと思うわ。動物園はきっと行きましょうね」シーラは固く約束した。「いい子にできて、寝る時間もちゃんと守れたらね」

自分たちの服がスーツケースに詰められているのを、二人は見てしまった。万事休す。二人の興奮は最高潮に達し、制御不可能な状態に突入した。まず、玩具のなかから持っていきたい物を引きずりだしたが、当然ながら、飛行機を一機チャーターしなければ運べないほどの分量だったから、ケイトはシーラに事態の収拾を任せることにした。なんといっても、これからの二週間、シーラが二人を預かるのだから、ぼうやたちも祖母の言うことをもっとよく聞く習慣をつけるべきだ。

玩具は二つずつに制限され、ようやく荷物ができあがった。それまでには二人の興奮もおさまったので、お風呂に入れてパジャマを着せるのはシーラに任せ、自分のエクスプローラーからシーラのレンタカーにチャイルドシートを載せ替えようと外に出た。車の室内灯の薄暗い光のなかでベルトやバックルと格闘し、昼間やっておくべきだったと思ったがあとの祭りだ。ようやくのことでふたつともしっかり固定できたので、ケイトは名前と住所を書いたタグを作るために家に戻った。チャイルドシートも飛行機の貨物室に入れてもらわねばならないから、タグをつける必要があった。タグを書きあげると、シートにつけるためにもう一度おもてに出た。

九月に入ると夜はかなり寒い。上着を持ってくればよかった。立ちどまり、星降る夜空を仰いだ。空気が澄んでいるせいで、無数の星が空から吊り下がっているように見える。これほどの眺めはよそではめったに見られない。

彼女を取り巻く闇は、けっして無音ではない。ゴーゴーと流れる渓流の音は絶えることがなく、木立を吹きぬける風に木の葉がカサコソと揺れる。上のほうの葉はすでに色づきはじめていた。秋が急ぎ足で過ぎてゆき、冬が居座れば、客足は途絶える。何週間も宿泊客のない日がつづく。オフシーズンに昼食を出すことを考えたほうがいいかも。スープやシチューやサンドイッチなら、作るのはそれほど大変ではないし、少しは儲けになるだろう。雪が一メートル以上積もっても、熱々のスープやシチューやチリにありつけると思えば、トレイル・ストップの住民は来てくれるはずだ。あら、まいった。コンラッドとゴードンのムーン親子も農場から呼び寄せてしまうかもしれない。

シーラがカルについて尋ねた言葉がよみがえる。これまで、彼を恋愛感情に結びつけて考えたことはなかった——彼をというより、だれに対しても恋愛感情を抱いたことはない。恋愛という概念そのものを、心が受けつけなかった。でも、彼が自分だけに口数が少ないことを思うと、鳩尾のあたりがまた疼いた、ほかの人たちとは気軽におしゃべりするのに、なぜわたしだとだめなの？　こっちに気を許せないところがあるの？　彼が避けているのは、変な気を起こさせたくないから？　そんなふうに考えるなんてばかげている——でも、そうでもないのかも。ケイトは二人の子持ちだ。前の結婚で子どもを儲けた女には、引っかかりたくないのが男の本音だろう。

そもそも、カルのことをなぜこんなふうに考えたりするの？　なんの根拠もないのに、勝手に憶測を巡らしたりして。いままで彼にそういう関心を持ったことはない。カルのほうに下心があるとしたら、世界一の役者だ。そんなそぶりも見せないのだから。

そんな考えを頭から追い払う。ばかげているし、そのばかげたことに妄想を抱くなんてもっとばかげている。これからの二週間の計画を立てるほうがずっと建設的だ。

子どもたちがいないあいだ、冷凍庫や食品庫の片づけなど、ふだんできないことができる。殺風景な砂利敷きの駐車場の周囲に石を積めばあらたまった感じになるだろう。子どもたちの服を点検し、小さくなったり古くなった物をまとめて屋根裏部屋にしまおう。保護施設にでも寄付すべきだろうが、いまはまだ手放す気になれない。双子が赤ちゃんのときの服はすべて残してあった。小さなベビー服、小さなよだれかけ、小さな靴下、見惚れるほどかわいい小さな靴。学校にあがるころになれば、二人の小さくなった服に対するばかげた愛着を克服できるだろう。できなかったら、家全体が倉庫になってしまう。

そう、ぼうやたちがいないあいだ、やることはいくらでもある。一日が終わるころには疲れ果て、二人が恋しくて涙に暮れることもないかも。

こうしてはいられない。急いで家に戻らなければ二人とも眠ってしまう。二人を布団にくるみこみ、本を読んでやるという大事な時間を、これから二週間持てないのだから、最後の機会を逃したくなかった。

湯気の立ちこめたバスルームに入っていくと、二人はちょうどシーラにパジャマを着せてもらっているところだった。「きれいになったよぉ」タッカーがケイトに笑いかける。

屈んで頭のてっぺんにキスし、抱き上げた。タッカーがぺったり寄りかかって、小さな頭を肩にすりつけてくる。こうした時期は飛ぶように過ぎ——たとえ子どもたちが望んでも——重くて抱き上げられないほどになってしまうのだと思うと、胸がキュンと痛くなった。たぶんそのころには、子どもたちも、抱きしめられたりキスされるのをいやがるようになるのだろう。

タナーを抱き上げると、晴れやかな笑みを浮かべ、首に両手をまわしてしがみついてきた。ケイトは顔を少し引き、顔をしかめてみせたが、背中をやさしく撫でながらだからなんの効きめもない。「なにか悪いことたくらんでるでしょう?」

「ううん」タナーが安心させるように言って、あくびを嚙み殺した。

二人とも疲れているくせに、興奮しすぎてなかなか落ち着かなかった。まず、なんのお話を読んでもらうかを決めるのに手間取り、それからタナーが恐竜の玩具を抱きたいと言いだした。そうなると、タッカーもどの玩具を抱きたいか決めないわけにはいかない。ようやくバットマンのフィギュアを選んだあとは、しばらくベッドカバーの上で闘いがくり広げられた。

タナーが恐竜を置き、真剣なまなざしでケイトを見た。「ぼく、大きくなったら軍隊に入るんだ」

タッカーも、大あくびの最中だったので、声は出さずにうなずいた。

先週は消防士だった。ほんとうにころころ変わる。「王さまが軍隊をどこに隠しているか知ってる?」じっと二人を見つめて、いかにも重要なことであるようにささやいた。

双子が頭を振る。目がみるみる大きくなる。

「袖のなかよ」

双子は長いこと無言でケイトを見つめていたが、やがて、腕《アーム》と軍隊《アーミー》を引っかけたジョークだとわかり、クスクス笑いだした。ジョークが通じず説明することもあるが、双子はそれをいやがり、なんとか自分たちだけでわかろうとする。うしろでシーラの抑えたうめき声が聞こえた。この年頃の子どもたちが、何度でもくり返しておもしろがることを思い出したのだろう。これからの二週間、少なくとも百回はこのジョークを聞かされるにちがいない。

お話を読んでやると、二人は五分も経たないうちに寝息をたてはじめた。おやすみのキスをし、足音を忍ばせて部屋を出た。

目に浮かんだ涙を見るなり、シーラがしっかり抱きしめてくれた。「じきに平気になる、請け合うわ。二人が学校に行く日はそれどころじゃないわよ。目がつぶれるほど泣くから」

涙を流しながらも、つい笑ってしまった。「ありがと、ママ。励まされるわ」

「あなたなら、その日がきたって平気でしょうよ、って言って、その日がきて、それが嘘だとわかったら、二度とわたしを信じなくなるでしょうからね。もちろん」シーラが思案ありげに言う。「パトリックが学校に行きはじめたとき、わたしはまったく泣かなかったわよ。芝生の上でとんぼ返りしたもの」

シーラがパトリックの思い出話をしてくれたので、休む時間まで笑顔でいられた。でも、母におやすみなさいと言ってベッドルームの扉を閉めたとたん、涙が溢れ、顎が震えた。ぼうやたちと一晩でも離れて過ごしたことはなかった。これからのことを考えると呆然となる。二人は遠いところへ行ってしまう。もしものことがあっても、行き着くまでに何時間もかかる。遊んでいる声を聞けない。叫び声や金切り声や笑い声、走りまわる足音。小さな体をこの手で抱きしめて、二人の安全を実感することもできない。

双子を母に預けるなんて言わなければよかった。あのときはパニックに陥り——銃を突きつけられたのだから当然の反応だ——子どもたちを予想されるあらゆる危険から遠ざけておくことしか考えられなかった。

子離れがこれほどむずかしいとは思っていなかった。それに、いま子離れするつもりもなかった。五歳なら少しは平気かも、あるいは六歳か、七歳なら。

もっと自分を笑えないと。泣き笑いしたらしゃっくりが出た。頭の一部では、二人に自立してほしいと思っている。元気すぎる小さい双子を、片親だけで育てるのは大変だ。息を継げる時間があったためしはないし、一瞬たりとも気が抜けない。双子が困ったことをしでかすには、一秒もあれば充分だからだ。もう少し大きくなって責任感が芽生えれば、ケイトも少しは気が抜けるだろう。でもいまこの瞬間は、二人に大きくなってほしくなかった。責任感など芽生えてほしくなかった。

自分を元気づけようとしても、納得させようとしても無駄だった。双子を思って心は疼き、眠るまで泣きつづけた。

翌朝、ケイトはいつもより早起きした。毎朝やっている料理のほかに、母と子どもたちの荷物を車に積む手伝いがある。明け方は寒いからあたたかなオートミールを作ったが、寝ぼけ眼《まなこ》の二人は二、三口しか食べられなかった。ボイシに着くまでにお腹をすかせるだろうから、ファスナー付きのビニール袋にシリアルを入れ、念のためリンゴも添えた。

まだ日が昇らないうちに男の子たちを外に連れだした。冷たい空気にさらされても目は覚めきらず、二人はなんとかチャイルドシートによじのぼった。ジーンズとスニーカーを履き、Tシャツの上にフランネルのシャツを羽織った姿がなんともかわいらしい。二人がいやがったので上着は着せていなかったが、ケイトが先に出て車のエンジンをかけ、ヒーターを高温に設定しておいたので、車内はあたたかく快適だった。二人とも選んで持ってきた玩具を握りしめ、ぬくぬくとシートにおさまった。ケイトは双子にキスをし、楽しんできてねと言い、ミミの言うことをちゃんと聞くように諭《さと》してから、母親を抱きしめた。「気をつけて」声が震えないようにするだけでせいいっぱいだった。

シーラもケイトを抱きしめ、小さかったときしたように背中を軽く叩いた。「あなたなら大丈夫」なだめるように言う。「家に着いたら電話するし、そのあとも毎日メールか電話をするから」

子どもたちに聞こえるかもしれないので、〝ホームシック〟という言葉は使えない——意味を知っているかもしれないし、ホームシックになる前からその可能性を植えつけたくなかった——から、言葉を選んで言う。「もし二人が涙もろくなって——」

「わたしがなんとかするから」シーラがさえぎった。「これに同意したとき、あなたがすごく怯えていたことも、その後、何事もなくて、わけもなく心配しすぎたと後悔していることもわかってる。でも……しっかりしなさい。同意したんだから、約束は約束よ。わたしだって滞在を早く切り上げたくなかった。でもまあ、ぼうやたちを送ってきたときに、残りの時間を楽しむことにするわ」

母の現実的な意見ほど気持ちを楽にしてくれるものはないと思いながら、ケイトは笑ってもう一度母を抱きしめた。それから母が運転席に座り、ケイトはぼうやたちを最後にひと目見ようと身を乗りだした。タッカーはすでに眠っていて、タナーは眠そうだったが、いたずらっぽい笑みを浮かべて投げキスをよこし、ケイトが衝撃でよろめいてみせるとクスクス笑った。

二人とも大丈夫。砂利道を赤いテールランプが消えていくのを見守りながら、ケイトは思った。大丈夫でないのは自分のほうだ。

ティーグが見張っていると、SUVが橋にちかづいて減速し、それからまたスピードをあげた。計器盤のライトに、ハンドルを握る中年女の姿が浮かんだ。助手席は空《から》だ。

これほど早く出発するのは、飛行機に乗るためと考えるのが妥当だろう。こんな人里離れた場所に、女が一人で休暇を過ごしにくるなんて想像もできないが、もしかするとやり手の経営者で、仕事を全部放りだして休暇を楽しんでいたのかもしれない。その目的なら、トレイル・ストップは最適の場所だ。

未明のうちに、ティーグは村を偵察した。B&Bには二台のレンタカーが駐車してあったから、その一台が出ていったことになる。期待していたことだ。家々のあいだをするすると動きまわりながら、角度を検討し、部下たちがもっとも効率よく銃撃できる位置を決めていった。二匹の犬がほえたが、ティーグの動きがひじょうに静かだったので、本気で警戒するようすも見せず、家の明かりが灯ることもなかった。たまに吠え声が聞こえても、気にする住民はいないようだ。

ここの住民は仰向けになって死んだふりなどしない。必死で抵抗するだろうし、どの家にもなんらかの武器はあるだろう。一歩出れば、熊や蛇などの野生動物がうようよしているから、ピストルを手元に置いておいても損はない。ピストルについては心配していなかった。射程距離が短いからだ。ショットガンも同様。問題はライフル銃で、ここにも鹿狩りをするやつがいるだろうから、威力のある弾を撃てる威力のある武器を持っているだろう。

地元民が反撃に使いそうな建物を物色したが、部下を的確に配置すれば問題ないとわかった。家と家の間隔が離れすぎていて、安全に行ったり来たりすることができないからだ。全部で三十から三十五軒ほどか。道は左に向かってコンマのような形に曲がっており、そのため、ほとんどの家は渓流にちかい側、つまり右側に立っている。これは好都合で、そちら側に集まった人びとは文字どおり逃げ場を失う。何十メートルもの絶壁だけでなく、渓流もまた有効な障害物となる。

逃亡経路は必然的に左側からとなるだろうが、身を隠すための家が少ない。そちら側の山々も通行不能なはずだが、計画を実行に移す前に、逃走経路が皆無かどうか自分でたしかめるつもりだ。村人たちは自分の裏庭を知り尽くしているだろう。山の窪みに沿って、廃坑がつづいている可能性もないとはいえない。もしあるなら、知っておきたかった。

つぎにやるのは、ジョシュア・クリードの居場所を突きとめることだ。

13

ティーグがB&Bのダイニング・ルームに通じるドアを開けると、焼きたてのパンのおいしそうな匂いが押しよせてきた。立ちどまり、深く匂いを吸いこんだ。かなり大きな部屋には小さなテーブルがいくつも並べられ、おおぜいの人で賑わい、何人かは片手にコーヒーカップ、もう一方の手にマフィンを持って壁際に立っていた――座ろうにも空席がないのだ。

ひとわたり眺めて、知った顔を二人見つけた。一人は名前も知っている。小さな金物屋を営むウォルター・アールだ。ということは、アールのほうもティーグの名前を知っているはずだから、疑わしいことをいっさい口にしないよう細心の注意を払い、計画を開始してからは、だれにも顔を見られないようにしなければならない。

ティーグが現われると話し声が途絶え、全員がまじまじと彼を見た。さりげなく確認する程度ではない。椅子の上で体を巡らしたやつも何人かいた。二人の〝シティボーイ〟がどんな騒ぎをくり広げたにしろ、村人はかなり神経質になっているにちがいない。もともと、部外者をじろじろ見ることにためらうようなやつらではない。

関心はじきに消えうせた。シティボーイはグッピーが泳ぐ水溜りに入った鮫のように目立ったはずだ——もっとも、グッピーたちが牙を持っていたわけだが。かたやティーグは同類に見える。実際に同類だからだ。古びたブーツに着古して白茶けたジーンズ、急な冷えこみに備えて色褪《あ》せたフランネルのシャツを羽織っている。頭には耕作機械のジョン・ディア社のロゴが入った緑色の帽子、これも新品でないことはあきらかだ。ここにいても違和感はない。

女がマフィンとバターをのせた盆を持ってやってくると、テーブルのひとつにおろし、マフィンを盛った皿を各人の前に手際よく並べて、真ん中にバターを置いた。どのテーブルにもいろいろな種類のジャムが載っている。女は通りがかりにティーグに笑いかけた。「少々お待ち下さい」

ゴスの描写から、これが宿の女主人にちがいないと思った。トクステルとゴスの描写があまりにも違ったのには笑えた。トクステルは肩をすくめてこう言った。「とりたてて言うべきことはない。茶色の髪、茶色の目、人並み」かたやゴスは、にっこりして言った。「すごくいい尻をしてるんだ。運動選手みたいに丸くて筋肉質なやつ。胸は小さめ。尻以外は痩せてる。陸上選手みたいだな。長くてウェーブのかかった髪と、不思議な形のそそられる唇」トクステルはそれを聞いて鼻を鳴らしたが、ゴスは無視した。この違いはティーグに、B&Bの女主人についてだけでなく、トクステルとゴスについても多くの情報をもたらした。

彼女の名前はケイト・ナイチンゲールだ。なんてばかげた名前だ、ナイチンゲールなんて。調べると地元の人間でないことがわかった。なんでわざわざトレイル・ストップくんだりまで？　ここの生まれでないのに、なぜトレイル・ストップにやってきたんだ？　仕事もないだろうに。村やまわりの牧場にサービスを提供する仕事があるにはあっても、金にはならないはずだ。それでも、ここで生まれた連中にとっては故郷だから、ずっと前に出ていくべきだったと理屈でわかっていても、居残っている。

女は、マフィンを配り終えてからやってきた。「なにをご用意しましょうか？　マフィンですか、それともコーヒーだけ？」

いい声だ。人の物を盗むような人間には見えないが、それはティーグの関知するところではない。

不意に礼儀作法を思い出したかのように、ティーグは帽子を取って尻ポケットに突っこんだ。「ええと――ジョシュア・クリードを捜しているんだが、マフィンがうまそうだ。ひとつ頼む、コーヒーも一杯」

「すぐご用意します」女は部屋を見まわした。「どこでもおかけ下さいな。ざっくばらんなところですから。だれかにミスター・クリードのことを尋ねてみたらいかがですか。その人がわからなくても、ほかの人がわかると思いますよ」

ティーグがうなずくと、女はさっとドアを抜けてキッチンに引き揚げた。キッチンで別な女が働いているのが見えた。子どもの気配はない。いればかならずわかるものだ。もしいたとしても、かなり大きい子どもで、学校に行っていて午後帰ってくるのだろう。

テーブルのひとつは、服装から外部の人間であることがわかる集団に占められていた。登山家だろうとティーグは判断し、小耳にはさんだ会話もそうであることを裏づけるものだった。これから登ろうという服装ではない。きょう帰るのだろうか。週末ははじまったばかりだが、もしかするとほかの場所で登る計画を立てているのかもしれない。ここを去るとき車に荷物を積みこむかどうか、注意して見ておく必要がある。

ティーグはウォルター・アールのいるテーブルにちかづき、重々しく会釈した。「邪魔してすまんが、あんたがた、ジョシュア・クリードの居所を知らないかね？」

「あんたと前に会ったことがあったかな」ウォルター・アールはかすかにとまどった表情を浮かべた。

ティーグは彼をまじまじと眺めるふりをした。「たぶんな。あんたの顔は見おぼえがある。おれはティーグだ」嘘をつくのは賢明ではない。アールがあとで本名を思い出すかもしれない。

ウォルターの顔が明るくなった。「そうか、前になんどか店に来たことがあるだろう？」

ショットガンの弾を買いに一度行ったきりだが、こういうところに住んでいれば、見慣れない人間のことは憶えているものだ。「ああ、そうだ」ティーグは答えた。このおっさんが憶えていて、かえってよかったかもしれない。ティーグがこのあたりの人間だと、まわりに印象づけたはずだ。

「ジョシュは客を連れて鹿狩りに出かけたよ」ウォルターが言った。「月曜だったな？」まわりの男たちにたしかめる。

何人かがうなずいた。「そうだった」別な男が言った。「いつ帰ってくると言ったか思い出せないが」

「きょうかあすのはずだ。いつも四日か、せいぜい五日の日程だ。それが客といっしょにいて我慢できる限界だとさ」

「それなら、今度のやつは我慢しきれなくて、きのうあたりに連れて戻ってきているはずだぞ」もう一人の男が言い、全員が笑った。

ティーグもお愛想で笑みを浮かべた。「ひどいやつなのか？」

「自分を買いかぶりすぎてるんだ。なあ、そう思わなかったかい、ケイト？」ウォルターが、ティーグのマフィンとコーヒーを持ってちかづいてきたケイトに話しかけた。

「なんのこと？」

「このあいだのジョシュの客のことだ。月曜日にいっしょにここに来た、あのいかにも人好きのするやつさ」

ケイトがふんと鼻をならした。「ええ、わたしたちにしてくれた地理の授業はたしかに楽しかったわ」ティーグを見た。「どこへお座りになりますか」

「立ってるよ」ケイトから皿とカップを受け取った。「ありがとう」

ケイトは笑顔を見せて踵を返した。ティーグが見ていると、ケイトは、カップのコーヒーの残量をいちいち確認しながら客のあいだを通りすぎ、コーヒーメーカーに直行してポットを取り、熱いコーヒーのおかわりを注ぎながら部屋を一周した。ティーグも男なのでつい尻に目が行ったが、たしかにゴスの言うとおり、注目に値する代物だった。

「ケイトはすごくいい女だ」ウォルターが言い、ティーグはテーブルに座っている全員が、程度はまちまちだが、一様に攻撃的な目でこっちを見ているのに気がついた。保護者のつもりか、こいつらは。

「そういう目で見てもだめだ」九十に手が届きそうな老人が言った。「ケイトは売約ずみだ」

ケイト・ナイチンゲールにちかづくなと警告されるとは、いったいどういうことだ？　ティーグはまた笑顔を作ったが、効果なしとみて片手をあげた。「いやあ、彼女を見ていると娘を思い出すんだ」嘘だ。娘はいないが、この老いぼれたちが知るはずもない。

今度は効いた。全員がなごみ、笑顔が戻ってきた。ウォルターもゆったり椅子にもたれかかり、最初の話題に戻った。「客が帰ったあと、ジョシュがここに立ち寄るかどうかはなんともいえない。おれたちみたいな常連じゃないからな。留守番電話にメッセージを残したのか？」

「いや、やってない。ここに来れば見つけられるかもしれないと言われたんでね」ティーグは答えた。「おれの知っているやつが、大事な客のためにガイドを見つけたがっていてね。その客が思いつきで狩りに行きたいと言いだしたとかで。それでクリードはどうかと思ったんだ。急ぐんでメッセージを残してもしかたない。リストの二番めのガイドをあたれって言うさ」少し間を置いた。「クリードが衛星電話を持っていれば別だが」

ウォルターが顎をさすった。「持っていたとしても、そんな話をしたことはないな。一般電話から衛星電話にかけられるのかい？」

「かけられるとも。そうじゃなきゃ、持っている意味がない」老人がつっけんどんに言った。

「たしかにそうだ」ウォルターはうなずき、ティーグに視線を戻した。「ジョシュは最高のガイドだ、まちがいない。彼の客は、たいていごっそり獲物を仕留めてくる。あんたの客は残念だったな」

「しかたないさ」ティーグはそっけなく答えると、コーヒーカップを片手に持ってその上に皿を載せ、マフィンにかぶりついた。味蕾《みらい》が喜びに爆発する。クルミとリンゴとシナモンはわかったが、ほかにもなにか入っている。「うまい」またかぶりつく。

ウォルターが笑った。「ケイトの焼くマフィンはたいしたもんだろ？　マフィンを食べるたんびに、スコーンよりずっとうまいと思うんだが、スコーンの日になると、もっとしょっちゅうスコーンを焼いてほしくなる」

スコーンの名前ぐらいは知っているが、食べたことはなく、どんなものかよくわからない。気取った食い物は嫌いだから、ふつうならマフィンなど触れもしなかっただろうが、今回は食べてよかったと思った。ミズ・ナイチンゲールがトクステルのトレイル・ストップ計画をなんとか生き延びれば、またこのB&Bに立ち寄ってみよう。たしかにこのマフィンはうまい。

クリードについて必要な情報は手に入れた。あとは見張ってなにが起こるか確認するだけだ。子どもが学校から帰ってくるか。登山家たちが帰途につくか。ほかの客がB&Bに来ないか。それに、もしクリードが常連とみなされるほど頻繁に来ていないのなら、クリードを動けなくする別な方法を考えつく必要があった。厄介なことになりそうだ。

朝食を食べにきた一団が引き揚げると、ケイトとシェリーは掃除を終え、登山家のグループの会計をすませて送りだした。別の登山家グループがやってくる来週末まで予約は入っていない。いまになってそれでは困ることに気がついた。子どもたちがいないあいだ、忙しくしていたかったからだ。

シェリーが洗い物と掃除を終えて帰ってゆき、ケイトは広い家に一人きりになった。

静かすぎて辛い。

すぐにはだれも来ないのだから客室を用意する必要はなかったが、ケイトはしゃかりきになって全室を掃除した。ベッドを全部はがして山になった洗濯物を洗濯機にかけてから、バスルームをきれいにして、掃除機をかけ、ほこりをはたき、窓まで磨いた。

そのあと、子ども部屋に取りかかったが、これはいいようで、じつはよくない思いつきだったかもしれない。掃除をする必要があることはたしかだが、そこにいると——玩具を片づけ、クロゼットを整頓し、服をまっすぐかけ直す——双子の不在がますますこたえた。時計は見ないようにしても、腕時計にしょっちゅう目をやって、いまごろ子どもたちはどのあたりだろうと思ってしまう。もちろんはっきりはわからない。飛行機が一時間や二時間は遅れることもある。だが、母も、時間どおり無事に着いたという電話がこなければケイトが心配することは知っているから、その場合は電話をくれるだろう。

お昼になっても手を休めなかった。一人分の食事の支度なんてする甲斐がない。何度も涙をすすり上げた。これではまるで悲しんでいるようだし、そんなのばかげている。ほんとうの悲しみがどういうものか、骨身に沁みているもの。それでもなお、自分の一部を失ったという感覚は尾をひいていた。実際には子離れというほどのことでもないのに。ただ少し離れているだけ……何百キロもの距離が〝少し〟と言えるならば。

「子離れ《カット・エプロン・ストリングズ》か、ばかね、わたしったら」自分に向かってつぶやく。「エプロンの紐よりへその緒を切るって言い方のほうが的を射てるんじゃない」この比較で、少しだけだが笑うことができた。双子は大丈夫。両親のほうは、双子が帰路につくころにはへとへとになってるだろうが、双子はうまくやってのけるだろう。ケイトが努力して二人を不安がらせないようにしたからこそ、祖母とともに二週間の旅に飛び立っていけたのだ。彼らはとても飛行機に乗りたがっていた。もちろん以前に乗ったことはあったが、赤ん坊だったから憶えていなかった。二人が小さい心を奮い立たせ、未知の世界に挑戦したことを喜ぶべきだ。

とはいえ、二週間は長すぎる。一週間にしておけばよかった。

三時を過ぎたころ、電話が鳴った。

「着いたわよ」母の疲れきった声がした。

「すべて順調だった？　なんの問題もなかった？　困ったことは起こらなかった？」

「すべて順調。荷物カートを押すのが気に入ったでしょ。飛行機の狭いトイレが気に入ったでしょ。飛行機が離陸したり着陸したりを見るのが気に入ったでしょ。パイロットがそばに来て話しかけてくれたわ。二人とも使ったわ。二度ずつ。離陸する前に、パイロットがそばに来て話しかけてくれたから、二人とも感激して、いまはそれぞれ二枚の翼をくっつけて、絶対にはずそうとしないのよ」

おそらく家に戻ってきたときもつけているだろう。そう思ってケイトはにっこりしたが、それでも涙が出てくるのはどういうわけだろう。

「家に着いて最初に目に入ったのが、車型の芝刈り機だったわけ」母がつづけた。「おとうさんはいまおもてで、両膝にひとりずつ乗せて、芝刈り機を何周もさせているわ。刃をはずしたままだけど」

　父と芝刈り機に乗ったことはいまでも憶えている。父が今度はケイトの子どもたちと同じことをやっていると知り、甘酸っぱい思いを嚙みしめた。

「もうメソメソしないですむでしょ」シーラが言った。「二人とも大騒ぎしてるし、わたしのことをへとへとにして、いまはおとうさんのこともへとへとにしつつある。そう思えば、復讐心が満たされてあったかな気分になれるでしょ」

「たしかに」ケイトは認めた。「感謝してる」

「どういたしまして。写真を送ってほしい？　もう山ほど撮ったわよ」

「いいえ、いいわ。電話回線につないでるから、ダウンロードに時間がかかりすぎるのよ。プリントアウトして戻ってくるときに持ってきて」

「わかった。ところで、きょうはなにしたの？」

「憑《つ》きものが憑いたみたいに掃除した」

「あらまあ。せっかく自由な午後を過ごせるんだから、髪を切りにでも行きなさい」

　ケイトは笑った。このときになってはじめて、髪を切りに行けるのだということを実感した。少なくとも形を整えるくらいなら、それほど値段も高くないだろうし、たしかに切る必要がある。「行くわ」

「自分のことに時間を使いなさいね。本を読みなさい。映画も観なさい。ペディキュアをしなさい」

電話を切ってから気づいた。両親は、孫たちといっしょに過ごすこともだけれど、娘に休む時間を与えたかったのだということに。その心遣いがうれしかった。ほんとうに。自分のために時間を使う努力をしよう。まずEメールをチェックし、ウェブサイト経由で入ってくる予約を確認し、洗濯を終え、次回の買い出しに備え料理の素材――試してみようと思っているいくつかのレシピの素材も――を書きだし、自分の夕食――グリルドチーズ・サンドイッチ――を用意したあとで、母の忠告を真剣に受けとめ、ペディキュアをした。

14

その夜、ティーグはトクステルとゴスに会った。ほかに、三人の男たち、いとこのトロイ・ガンネル、甥のブレーク・ヘスター、古くからの友人ビリー・コープランドにも招集をかけてあった。トロイとビリーはティーグと同じくらい山に精通している。ブレークもそこそこ慣れているが、それよりも彼を引きこんだ理由は、その射撃の腕だった。むずかしい狙撃は彼に任せておけばまちがいない。

六人は計画を何度も練り直した。ティーグがまる一日かけ、道路地図や地形図、衛星画像、それに自分自身の足で作った地図を参考にして練り上げた綿密な計画だ。トレイル・ストップにいるあいだに、デジタルカメラでこっそり撮影した写真も、コンピュータに取りこんでプリントアウトしてあった。写真と記憶をたよりにトレイル・ストップの地図をざっと描き、家々の位置とあいだの距離も示してあった。

「なぜ、家の位置まで必要なんだ?」ゴスが熱心に地図をのぞきこみながら尋ねた。よけいなことだと思っているわけではなく、純粋に興味を抱いているようだ。前日よりも具合がよさそうに見受けられたので、ティーグがそのことを言うと、トレイル・ストップの便利屋に頭を殴られた、と素直に応えた。トクステルはその便利屋のことを、でっかいショットガンを持った、細い腰の野郎、と言った。

「あっさり両手をあげて降参するやつらじゃないからな」ティーグが説明する。「なかにはそういうのもいるだろうが、おおかたは腹を立てればやり返してくる。見くびると痛い目にあう。山で狩りをしながら育った連中だ。射撃の腕のたしかなやつもいる。こっちの位置取りがうまければ、相手の弾をうまくかわすことができる。それから、住民をできるだけ一カ所に集めるんだ。見張るのが簡単だから。家があちこちにちらばってるだろ」地図を叩いた。

「おれが狙撃地点に選んだ高台から、三十軒のうち二十五軒が射程内にある」

「B&Bはどうなんだ?」トクステルが訊いた。

ティーグは自分が選んだ狙撃地点のひとつからB&Bまで点線を引いた。射程内にあるのは二階の右側の角部屋だけで、それ以外はほかの建物にさえぎられている。

トクステルは点線を見て顔をしかめた。それ以上のことを期待していたらしい。「狙撃位置を変えて、もっといいアングルを狙えないのか?」

「だめだ。こっちの斜面を登った場所にしないかぎりは」ティーグは地図を叩いて、トレイル・ストップの北東の端を示した。

「なぜ、そうしない?」

「第一に、おれは野生のヤギじゃない。ここはほぼ垂直の一枚岩だ。第二に、コスト効率が低い。逃げようとするやつはこっちを通らない。やつらに残す逃げ道はひとつ、ここだ」ティーグはそう言って、トレイル・ストップのある半島状の土地にほぼ平行に走り、山の切り通しに沿って北西方向に曲がる道を示した。

「なぜそこもふさがないんだ？」ゴスが尋ねた。

「おれたちは四人だ。あんたたちも加えれば六人。だが、二人ともライフルを撃った経験がないだろう？」

ゴスが肩をすくめた。「おれはない。トクステルは知らないが」

「少し」トクステルがしぶしぶ認めた。「多くはない」

「そうなると、おれたち四人で二十四時間態勢の見張りを分担しなければならない。それだけでも厄介だ。最初はこの三カ所の狙撃地点それぞれにライフルを持った人間を配置する。だが、住民の大半を左奥に追いこんでしまえば、橋のそばのこの位置はあんたたち二人が守ればいい。ライフルを持つ人間がほかの二カ所にしかいないことは、連中にはわからないだろうからな。どっちにしろ右側は渓流が障壁となっている」

「夜はどうなんだ？　暗視ゴーグルがあるのか？」ゴスが訊く。

ティーグは残忍な笑みを浮かべた。「もっといい物がある。フラー（ＦＬＩＲ）・スコープだ」

「フラー？　いったいなんなんだ、それは」

「前方監視赤外線装置《フォワード＝ルッキング・インフラレッド》。体温を関知する。カムフラージュで暗視ゴーグルはごまかせるが、熱追尾装置はごまかせない。この装置を使うことで視界が狭まる難点はあるが、見張る場所を限定すればうまくいくはずだ」

　この装置を使うことの難点も考慮にいれた。ひとつには重い。一キロ半はあるだろう。つまり、ライフルを長時間構えていられない。あいだに休憩が必要だ。それに、バッテリーは、最適な環境、つまり摂氏二十五度でも六時間しかもたない。せいぜい五時間もてばいいほうだろう。日がどんどん短くなっているから、受け持ち時間のあいだに一回はバッテリーを替える必要がある。寒ければ二回。ゆうべの気温は摂氏五度までさがった。このあたりは九月でも雪は珍しくないし、なんの前触れもなく天気が崩れる。余裕を見て、十二個のバッテリーパックと、一度に複数個をつなげる頑丈な充電器を入手していた。

「ビリーが折り畳めるバリケードを手に入れ、州政府の仕様に似せてペイントした。それで道を遮断し、おせっかいなやつらを入れないようにする。建設会社の名前が入った磁石の標識をトラックにつけて、橋の工事をしているように見せかける。州のほうはそれですむ。問題は電力会社と電話会社だ。すべてコンピュータ化されているからな。トレイル・ストップが真っ暗になったら気づくだろう」

　ブレークがはじめて口をはさんだ。二十五歳、百八十センチを越す上背に短い黒髪と黒い目で、おじとよく似ている。「それはない。個人の顧客に問題があっても気づかない。電線のトラブルも報告がなければ気づかないんじゃないか。トレイル・ストップは電線のどんづまりで、先には延びていない。それに、もしやってきたとしても、橋がなければ渡れない。さて、どうする？　州政府が橋を直すのを待つ、それだけだ」

ティーグはその意見を熟考し、小さくうなずいた。「うまくいくだろう。あんたたち二人の仕事は」――トクステルとゴスに目をやる――「州政府か、橋の補修を依頼された建設会社の人間だと思わせることだ。どっちも建設作業員には見えないから、州のほうが信じてもらえるだろう――そのスーツはやめたほうがいいな」最後の言葉はトクステルに向けたものだった。「カーキのズボンに長靴、フランネルのシャツ、上着。そんなもんだ。それらしく見せるためにヘルメットをかぶるといい」

「いつ取りかかる？」ゴスが尋ねた。

「ちょっとしたことで、やっておくべきことがあとひとつある」クリードは〝ちょっとしたこと〟ではないが、どちらにしろ、彼の居場所を確認しないかぎり、計画を実行に移すことはできない。「あんたたちは、あすのうちに服と装備を揃えてくれ。おれの準備はできている。キャンプ用品も忘れるな。この仕事が終わるまで、トレイル・ストップからは一歩も出られないから、食料に水、カンテラ、ヒーターが必要だ。夜はぐっと冷えこむし、天気は変わりやすい。だから、下着は保温性のいいもの。着替えの靴下と下着、思いつくものは全部揃えておけ。あしたの夜中には現地に入るから、荷造りして準備しておいてくれ。午前二時に電力と電話を切断し、橋を破壊する」

いないとわかっているのにクリードの丸木小屋に電話しても無意味だが、土曜の朝まで待って、さすがにもう客を送りだし休養を取りに戻っているはずだとカル・ハリスは判断した。ロイ・エドワード・スターキー老人は、あの客を、胸糞悪いげす野郎、と評した。ロイの人を見る目はたしかだ。クリードがそのげす野郎を絞め殺さなかったとしたら、一人で過ごす時間をいつも以上に必要としているだろう。

ケイトのところに寄り、マフィンを食べてコーヒーを飲んだのは、彼女が客のあいだを動きまわる姿を見て、声を聞きたかったからだ。ケイトの母親が双子を連れてシアトルに帰ったことで、彼はふたつの思いのあいだで揺れ動いていた。ひとつは、まとわりつく子どもたちがいなくてさびしいこと、もうひとつは、ケイトを知って三年経ってはじめて、子どもたちがそばにいない、つまり、立ち入った会話を交わせるはじめてのチャンスが巡ってきたということ――口ごもったり、ばかみたいに真っ赤にならずに、二語以上の言葉をつなぎ合わせることができれば、だが。

マフィンを運んできたとき、ケイトはこっちを見ようとしなかったが、頬をピンクに染めてどぎまぎしているようすなのはちらっと見てわかった。いい兆候なのか悪い兆候なのか。

こっちを意識してほしいが、落ち着かない気持ちにはさせたくない。いい兆候のわけがない、だろ？

村のみんなが彼の苦境に気づいておもしろがっている。全員が彼の味方であることはまちがいないが、わざとケイトの家の配管や電線や車を壊すのはやめてほしいと、カルは警告しつづけてきた。二人をくっつけようと、想像力旺盛な脳みそはいろんなことを思いつく――カルが流しの下に頭を突っこんでさえいれば、突き出た尻がケイトの気持ちに火をつけると思っているようだ。だが、こうした小さな〝修理〟のいっさいが、ケイトには余分なストレスとなる。それでなくても、ストレスが多すぎるというのに。若い身空で夫を亡くし、四歳の双子を抱え、こんな辺鄙な土地の古いヴィクトリア朝様式の家でB&Bを営み、なんとか軌道に乗せようとがんばっている。

シェリーが流しの下の連結部をゆるめて水漏れさせたように、だれかがわざとやった故障だとわかっているときには、ケイトから代金を受け取らなかった。正真正銘の故障でも、実費しか請求しなかった。ケイトの仕事が順調にいってほしかった。ここを畳んでシアトルに戻ってほしくなかった。まったく請求しなくてもよかったのだが、彼にも生活がある。こんな小さな村なのに、仕事は驚くほどたくさんあった。どんな物でも修理できて、どんな変わった仕事でもこなすため、とても頼りにされていた。手先が器用なのは昔からで、機械整備は得意だが、気づいてみたら、窓枠の修理や網戸の張り替えもだれよりうまかった。ニーナに古い鋳鉄製の浴槽の表面加工をやり直せないかと相談され、いろいろ調べたので、これからは金属の表面加工も請け負えそうだ。

人生の大半をライフル片手に過ごしてきた男の仕事としては、かなり変わっている。

そう思ったとたん、クリードに電話をかけなければならない理由を思い出した。

自分たちはまったくいいコンビだと思う。武器を手に敵に向かえば、スイス製の時計のように機能する。だが、好きな女の前に投げだされたとたん、二人ともどうしたらいいかわからなくなってしまう。クリードはカルよりさらに始末に負えない。カルには待つ理由があった。ケイトはまだ夫を亡くしたショックから立ち直っていない。三年間は待つには長かったが、悲しみを癒すには時間がかかるものだし、ある程度立ち直って笑うようになってからも、ケイトは適齢期の男たちとのあいだに壁を築いて自分を守ってきた。それが理解できたし、待つ甲斐はあると思ったから、ずっと耐えてきたのだ。忍耐は報われつつある。壁は崩壊の兆《きざし》を見せていて、最後の一押しに手を貸す準備はできていた。

だが、カルの知るかぎりもっともタフな男、クリードときたら、好きな女のこととなるとただの腰抜けになりさがる。

十時をまわったので、クリードも休息時間を多少犠牲にしてもいいだろうと判断し、飼料店の電話からかけてみたが、また留守番電話につながった。

「少佐、カルだ。電話がほしい。重要なことだ」クリードが機械を睨みつけ、受話器をとろうかとるまいか決めかねているようすが目に見えるようだ。クリードは通常、充分に休んで心身ともに人と接する準備ができるまで電話をとらないから、好奇心を刺激するために〝重要なことだ〟と言い添えた。カルが重要だと考えることは少ない、というよりほとんどないことを、クリードは知っている。もし電話の前にいたら、すぐにかけ直してくるはずだ。

カルは電話を待った。鳴らないままだ。

くそっ、だめか。クリードが五日間の狩りから戻ったその足で、つぎの客のために備品を補充しにいくこともないとはいえない。簡単な物なら、トレイル・ストップで調達できるが、装備一式を整えるには、村が提供できる物すべてを充《あ》てても足りない。それとも、つぎの客に会っているかもしれない。おそらくそれはないはずだが。クリードがつづけて狩りに出かけることはめったになかった。提示するガイド料が法外な値段なので、だれにも束縛されずに、小規模ながらも贅沢な生活を満喫できる余裕があった。たくさん仕事を引き受ければ、生活を楽しむ時間が削られる。皮肉なことに、ガイド料を高くすればするほど、需要も増大した。クリードが仕事をつぎからつぎへと断わるので、逆に人気があると思われて、なんとか引き受けてもらおうと早い時期から依頼が殺到するのだ。

以前、カルはクリードに言ったことがある。成功とは悪循環だ、と――それに対してクリードは、解剖学的に不可能なことをやりたがるからだ、というようなセックスにまつわるほのめかしで応じた。カルは無論のこと応酬した。あんたのヘナマラじゃ無理かもしれないが、あいにくおれのはビンビンだ、と。それから会話は、百戦錬磨の元海兵隊員でさえ辟易するところまで落ちていったのだった。

待てるだけ待ってから、カルは、年寄りのミセス・ボックスから頼まれている、裏口のたわんだ踏み段をつけ替える作業に出かけた。それが終わると、ウォルターが金物店に新しい棚一式を取りつけるのを手伝い、飼料店に戻り、留守番電話を確認したが、クリードは返事をよこしていなかった。

店ではニーナが飼料袋の場所を動かしていたので、かわりにやってやった。ニーナは女としては力のあるほうだが、カルも忙しくて、部屋に置いてあるウェイトトレーニングの器具を使う時間がないときもあり、二十キロ以上ある飼料袋を持ち上げるのは、体調を保つのに格好の方法だった。

ケイトの家で二人の男に遭遇した事件以来、ニーナは黙りこくって引きこもりがちだった。もともと口数は少ないが、いつもはもっと気さくだ。じかに暴力に接したのははじめてだったのだろう。その動揺がおさまっていない。自分でなんとか乗り越えようと努力をしているが、そうすべきではないとカルは思っていた。だが、ニーナを助けるのは自分ではない。

クリードが電話をかけてきたのは夜になってからだった。カルは頭にきて怒鳴った。「遅かったじゃないか」

クリードのうなり声が聞こえた。目を細め、奥歯を食いしばっているのが手に取るように伝わってくる。「いいか、おれは、ロッキーのこっち側に棲息するうちじゃ最低のコンコンチキのばかクソ野郎と六日もいっしょにいたんだ」ようやく言った。「きのう帰る予定だったのに、ウスラトンチキめ、足首を捻《ひね》りやがって、キャンプまでのクソ忌々しい八キロもの道を担いできて、それからあのスカタンを励まし励まし病院に運んで、レントゲンを撮らせ、ようやくきょうの午後五時に飛行機に乗せたんだ。恐れ入ったかトウヘンボク。それで、なにがそれほど重要なんだ？」

長年つきあううちに、カルと部隊の仲間たちは、ひとつのセンテンスにいくつ悪態を入れるかでクリードの気分が測れることを学んだ。いま吐き散らした罵詈雑言《ばりぞうごん》の数からして、気分は殺人を犯す一歩手前といったところか。

「ニーナとケイトが二人の男に手荒く扱われた」カルが言った。「二日前のことだ」

電話口に流れた沈黙は暗く冷たかった。クリードが静かに尋ねた。「なにが起こった？怪我をしたのか？」

「怯えただけだ。おおまかに言えばな。男の片割れが、ニーナのこめかみにピストルを突きつけた。ニーナは顔にあざをつくった。もう一人は、おれがモスバーグで頭を殴り、それからニーナを抱えていた男に狙いをつけた」

「すぐ行く」受話器をガチャンと叩きつける音がカルの耳に響いた。

15

　ティーグがクリードの丸木小屋にこっそりちかづいたとき、玄関のドアがバタンと開いたので、はっと身をすくめた。偵察したときは気づかなかったが、動きを感知するセンサーか暗視カメラが作動したにちがいない。クリードのやり方は、撃ち殺してから身元確認をするか、それともその逆かという疑問が浮かんだ。だが、ティーグが反応する前に、クリードはピックアップ・トラックに乗りこみ、轍《わだち》を刻んだドライブウェイを車の尻を振りながら走り去った。

「クソッ！」ティーグはベルトに差したモトローラ社製の双方向無線機Ｃ１５０をつかみ、〝通話〟ボタンを押した。「監視対象がピックアップでそっちの道に向かった。尾行しろ」

「あんたはどうする？」ビリーが応答する。声をひそめているがはっきり聞こえた。

「だれかをよこしてくれ。やつにまかれないようにしろ――見られないように」

「了解」

　悪態をつきながら、ティーグは来た道を慎重に引き返した。ドライブウェイを行くほうが速いが、足跡が残る可能性があるから原野を下った。クリードはなぜ泡を食って飛びだしていったんだろう。あとを追うより、戻ってくるのを待ってここで狙ったほうがいいだろうか。問題は、クリードが何日も出払う可能性もあることで、そんなに長く腰を据えてはいられない。クリードの行き先を知る必要がある。さらに言えば、動くものは、来るのを待つより追ったほうがいい——そのほうがおもしろい。

電話が切られてから三十分も経たないうちに、カルの部屋のドアがガンガン叩かれた。こんな勢いで叩かれたら、蝶番《ちょうつがい》がはずれてドアが倒れるのではないか、と心配になったとき、鍵をかけていないのを思い出し、大声で怒鳴った。「頼むから、ドアノブをまわしてくれ！」

クリードが雪崩を打って飛びこんできた。顎を引き拳を握りしめた姿は昔のままだ。「なにが起こった？」だみ声で尋ねる。

「はじまりは先週の月曜だ」カルは使い古したアボカド色の冷蔵庫から瓶ビールを二本出して栓を抜き、クリードに一本渡した。ぎゅっと握りしめるようすは、素手で瓶を粉々にするつもりなのではと不安をおぼえるほどだ。「ケイトのところに泊まってた男が、窓から脱出して車で走り去った。荷物を残して」

クリードのはしばみ色の目に浮かんだ表情から、状況分析をしているのだとわかる。「おれは月曜の朝そこにいた」クリードが言う。「ケイトはいつもより忙しそうだった。その男はだれから逃げたんだ？」

「だれから逃げたのかも、なぜ逃げたのかもわからない。戻ってこなかった。火曜になって、ケイトは警察に届けたが、自分から出ていったわけだから、保安官事務所も、病院に照会し、事故の報告がないか注意するぐらいで、動きようがなかった。同じく火曜に、別な男がレンタカー会社を騙り、ケイトに電話をかけてきて、男の行方を探ろうとした。あとでケイトがその会社にかけ直したが、逃げだした男がこの会社から車を借りた記録はなかった」

「発信者通知は？」

「名前も番号も非通知だ。電話会社なら情報を持っているだろうが、教えてくれるとは思えない。犯罪は起こっていない。脅迫されてもいない。ケイトの客も同様だ——宿泊代を踏み倒したわけではない。なんの犯罪も起きていないから、警察も関心を持たない」

「男の名は？」

「レイトンだ。ジェフリー・レイトン」

クリードが首を振った。「聞いたことのない名前だ」

「おれもだ」カルは顔を仰向けて冷たいビールを流しこんだ。「そして水曜。二人の男がケイトのところにチェックインした」ケイトが二人を怪しみ、ケイトとニーナがキッチンで話しているのを、男の片割れが盗み聞きしていたことを話す。「すぐあとに、メラーと名乗ったほうが、銃を持ってドアから入ってきて、レイトンが置いていった物をよこせと迫った」

「ケイトは逆らわなかっただろうな」クリードが苦々しく言った。

「もちろんだ。ちょうどそのとき、おれは町にいく途中で郵便を取りに立ち寄った。ケイトのようすがおかしかったんだ。びくびくして気もそぞろで、しかも切手を逆さまに貼ってよこした」

クリードはそれだけで理解した。「賢い女だ」満足そうに言う。

「たまにはスリルを味わってみようと思い、道をしばらく行ったところにトラックを駐め、ショットガンを取りだした。こっそり戻って家に入った。玄関ホールでピストルを持った男が窓から外をうかがっていた。頭を殴り、ケイトを探した。上から声がしたのでたどっていくと屋根裏でね。ケイトがレイトンのスーツケースを引っぱりだしているところで、ニーナはもう一人の男に髪をつかまれていた。銃口をこめかみに突きつけ、首をぐいっと横に引っぱられていた。おれはそいつにショットガンを突きつけられ、生きて出ていく唯一の方法は、武器を捨て、ニーナから手を放すことだと説得した。ケイトがスーツケースを渡し、二人が去るのを見送った」

かなりはしょったが、クリードはカルを昔から知っているので、行間を読める。カルがどうやって二人の男に忍び寄ったか、完全に理解したようだ。

「それが水曜だな」

「そうだ」

「クソッ」

返事をする必要はない。クリードの本能は、男たちを追い詰めて落とし前をつける——思いきり痛めつける——と言っているが、事件が起こったのは三日前だからすでに遠くへ逃げているだろう。

苛立ちのうなり声を発し、クリードはカルの中古のソファーに倒れこんだ。「二人は大丈夫か？　ニーナとケイトは」

「ケイトはショックを受けていたが、母親がちょうど手伝いに来ていたし、双子がいるから気が紛れる。ニーナにはだれもいない——身内はという意味だ。もちろん隣人たちには囲まれていたさ。だが、あんたもおれも、こうした反応は、みんなが帰って一人になってからぶり返すことを知っている」

クリードは身を乗りだし、広げた膝に肘を突いて両手をだらんとさげた。そんなクリードを見守りながら、カルは言葉をつづけた。「ニーナは気持ちの整理をつけようと苦しんでいる。引きこもり気味で、眠れないのか目の下にくまを作っている。しかも、顔に大きなあざができている」

クリードは両手を握りしめたが、ソファーから立とうとしなかった。

カルは前屈みになり、元司令官の目をのぞきこみ、低い声で言った。「女が抱きしめてもらいたいと思ってるときに、行って抱きしめてやれないなら、あんたは正真正銘の腰抜け野郎だ」

クリードはさっと立ち上がり、反論しようと口を開きかけてやめた。「クソッ」もう一度言った。「クソッ！」それから足音も荒く部屋を出た。階段を一段おきにおりていくブーツの音が鳴り響いた。

口もとにかすかな笑みを浮かべ、カルはドアを閉めた。

ティーグは自分の幸運が信じられなかった。太陽の光が一人の人間にだけ降り注ぐこともある。おれがその一人じゃないのか？　あのクリードの野郎、まっすぐトレイル・ストップに向かった。よりによって。

これ以上のチャンスは望みようがない。予定より早いが、トレイル・ストップの住民はほとんどが中年で、あとは偏屈じじいが数人だから、毎晩シングルバーにくりだして明け方まで飲んでいることはないだろう。若いやつらもいるにはいるが、ナイチンゲールという女と同年代の夫婦が一組、そんなものだ。住民がいまの時点で全員家にいて、ぬくぬくとおさまっているほうに賭ける。考えてみれば、賭けているわけだ――自分の観察眼と人を観察して得た知識に、この計画の成功を賭けている。

「急げ」双方向無線機にささやいた。

「急いでる」ビリーもささやき声を返した。橋の下で、爆薬に起爆装置を取りつけているところだ。爆弾は数カ月前に工事現場から盗んだものだった。〝つねに備えよ〟がティーグの信条だ――いつなんどき、なにかを吹き飛ばす必要が出てくるかもしれない。ビリーは慎重に動いていた。橋の下の板状の岩は飛沫《しぶき》に濡れて滑りやすく、一歩間違えば流れの速い支流に落ち、そのまま本流まで流され、命を落としかねない。

ビリーはリールから導火線を慎重にくりだしながら、ゆっくりと橋の下から出た。ティーグの選択肢には遠隔式の起爆装置を使う方法もあったが、長年の経験から――ほかのだれかが発信した信号で起爆することはさておいても――信頼性に欠けると判断したらしい。まずい判断だ。この地形で導火線を引くのは時間がかかる。そのあいだにクリードが立ち去ったらどうするのか。だが世の習いとして審判の判定は絶対であり、審判はあくまでティーグだ。ティーグの甥のブレークが、赤外線装置を装着したライフルを手に、いちばんちかい狙撃地点に待機し、ビリーも、導火線をティーグに引き継いだらすぐに、そのつぎの狙撃地点につくことになっていた。

ティーグのいとこのトロイは電柱によじのぼり、絶縁カッターを手にティーグの合図を待っていた。トレイル・ストップは狭いうえに孤立しているため、電力会社と電話会社が電柱を共有している。トロイがまず送電線、そして電話線を切断――それから、ティーグが橋を爆破することになっていた。

クリードはニーナの家の玄関ポーチで、扉を叩こうと拳を振り上げたままためらっていた。緊張のあまり、車をそのままにして歩いてきてしまった。飼料店からは、家を一軒挟んで百メートルほどだが、その距離では、ギリギリと巻き上げられた緊張の糸はほぐれない。

突然扉を叩いたら、ニーナが死ぬほど怯えるだろうと思うと手が動かなかった。いまごろニーナは、おれが、伝説の巨人ポール・バニヤン顔負けの〝軽い〟足取りでポーチを横切ったのを聞きつけ、命からがら裏口から逃げだしているかも。クリードは顔をしかめた。おれはまったくどうしちまったんだ？　一度の人生を、いや二度の人生と言ってもいいが、とにかくずっと敵陣の背後や山岳地帯を音もなく移動することに費やしてきたのに、いまになってドタバタ歩くのはどうしてなんだ？

理由はわかっていた。ニーナが水曜に、あっけなく死んでいたかもしれない——しかも、彼女を救うためになにもできなかったばかりか、こっちの気持ちを知らないままニーナが死んでいたかもしれない——という、胃がでんぐり返るようなことを知らされたせいだ。チャンスを生かせないまま、すべてが手遅れになってしまったと、死ぬまで思いつづけるのだ。ずっと自分に言い聞かせてきた言い訳——われながらうまい言い訳——が、急にばかげたものに思えた。カルは正しい。おれは正真正銘の腰抜け野郎だ。

恐怖を感じたことはこれまでにもある。優秀な兵士なら当然だ。緊張しすぎて、もう二度と括約筋を緩められないのではと思ったこともある——だが、恐怖にすくんで動けなくなったことはない。

緊張を解くんだ。起こりうる最悪のことはなんだ？　ニーナに拒絶される。それだけだ。

そう考えただけで血が凍り、逃げだしたくなった。ニーナは拒絶できる。彼の顔を見て「いいえ、けっこうです」と言うだけだ。差しだされたチューインガムを断わるようにあっさりと。こっちからなにも言わなければ、少なくとも、彼女に望まれていない事実に向き合う必要はない。

だが、もし望んでいたら？　彼に申しこまれたら、イエスというつもりだったとしたら？　えい、もう、どうとでもなれ。深く息を吸いこんでノックした――そっと。

一瞬の静けさが永遠につづくように感じられ、押しよせる絶望と闘った。家の明かりはついていた。なぜ応対に出ない？　彼が立ちすくんでいるあいだに窓からのぞき見て、会いたくないと思ったから出てこないのだろう。そう、出てくる必要がどこにある？　彼女にとって取るに足らない存在なんだろう。これまでずっと、距離を置いて接してきたのはこっちだ。飼料店に行ったときも、挨拶の言葉以外に交わしたことがない。それもたまに行くだけだ。

かまうもんか。クリードはまたノックした。

「お待ち下さい」かすかに返事が聞こえ、足音がちかづいてきた。

ドアの少し手前で足音がやみ、ニーナがためらっているのがわかった。「どなたですか？」

ドアを開ける前にそう問いかけるのは、ニーナにとって、少なくともトレイル・ストップではじめてにちがいない。ニーナの安心感が打ち砕かれてしまったことが悔しかった。

「ジョシュア・クリードだ」

「あら、まあ」ニーナがつぶやくのが聞こえ、鍵の音がしてドアが開いた。

ニーナはもう寝間着になっていた。白いナイトガウンの上に青いローブを着て、ウェストのところでゆるく紐を締めている。銀色がかった茶色の髪は、額を出してスカーフをかぶる、クリードでさえ古風に感じる装いか、団子にしてピンで留めるかだが、いまは、艶やかでまっすぐな髪が顔を囲み、肩に垂れていた。

「なにかあったの？」ニーナは心配そうに尋ね、一歩さがって彼を通し、扉を閉めた。

「水曜のこと、さっき聞いた」クリードが少し荒っぽい口調で言ったとたん、ニーナの顔からさっと表情が失われた。目を伏せ、自分の殻に閉じこもるのがわかった。クリードは心臓を締めつけられるような気がした。カルは正しい。たしかにニーナは、気持ちの整理ができておらず、だれにも救いを求められない状態だ。トレイル・ストップの住民全員がニーナを友人だと思っているのに、ずっと一人ぼっちだったなんて不思議だ。クリードが退役したとき、ニーナはすでにここにいて、何年経ってもほとんど変わらない。クリードの知っているかぎり、男とのつきあいはない。飼料店を切り盛りし、たまに友人を訪ね、夜は一人で家に帰る。それだけだ。それが彼女の人生だ。

「大丈夫か？」クリードの声は低すぎてうなり声にしか聞こえない。気がついたら手を伸ばし、ニーナの右のこめかみにかかる髪をそっと払い、黒ずんだあざをあらわにした。

ニーナの体が震えた。さっと身を引かれるかと思ったが、ニーナはそうしなかった。「わたしなら大丈夫」反射的に答が返ってきた。幾度となく同じ答を口にしてきたようだ。

「ほんとうに？」

「ええ、もちろん」

クリードはちかづいて、片手をニーナの背中にまわした。「座ろう」そう言ってソファーのほうに促した。

こぢんまりしたリビング・ルームを照らす明かりはふたつのスタンドだけだから、はっきりはわからないが、彼女の顔が赤らんだように見えた。「ごめんなさい、わたしは――」ニーナは口をつぐみ、椅子のほうに向きを変えようとしたが、クリードがわずかな動きでそれを止めて、ソファーに誘導すると、クッションの真ん中にドスンと腰を落とした。脚の力が不意に抜けてしまったかのように。

クリードも横に座った。ちょっと動けば脚と脚が触れ合うぐらいちかくに。だが、あえて動かなかった。ニーナが修道女だったことを不意に思い出したからだ。

それは、つまりニーナが処女だってことか？　汗がどっと吹きだした。まったくわからなかったからだ。なにも今夜、彼女とセックスをするわけじゃないが、それでも――これまでニーナに触れた男がいるのだろうか。十代のころに、デートくらいしたことがあるはずだ。

まったく未経験だとしたら、怯えさせるようなことはいっさいしたくないが、未経験かどうかなんて、どうすればわかる?

それに、なぜ修道女だったのをやめたのだろう。修道女に関するクリードの知識は、〝尼寺に行け〟というハムレットの台詞ぐらいで、なんの役にも立たない。そうだ、子どものころ、テレビで『いたずら天使《ザ・フライング・ナン》』という空飛ぶ尼さんが主人公のドラマを二、三回見たことがあるが、憶えているのは、飛ぶためには揚力と推進力が抗力を上まわる必要があるということぐらいだ。なんとも役立つ知識だ。

そりゃたしかに、おれはクソも出ないほど怯えている。だが、いま問題なのはおれじゃない。ニーナだ。ニーナが怖がっていて、打ち明けられる人がだれもいないということだ。

クリードは緊張をとき、深く座り直し、膨らんだクッションに背をもたせた。まさに女の部屋だ、とクリードは思った。スタンド、鉢植え、写真立て、本と小さな置物。刺繍《ししゅう》かなにかの布が丸い木枠に張られ、わきに置いてある。十九インチのテレビが、アンティークめいたサイドボードの上に、本に埋もれるように据えられていた。左側の壁を占めている暖炉には燃えさしがくすぶり、早すぎる冷えこみにニーナが火を焚《た》いていたことを示していた。

ニーナの緊張はほぐれていなかった。背すじをぴんと伸ばして座っているので、クリードには背中しか見えなかった。まあいいさ。顔を見られないほうが安心なんだろう。

「おれは職業軍人として海兵隊にいた」クリードがようやく言うと、ニーナが驚いたように肩を怒らせた。「二十三年間。多くの戦闘を経験した。大半は困難な状況下で、そのうち何回かはもう脱出できないと覚悟した。そういうときは、脱出したあとで、体がガクガク震え、歯が折れるかと思うような状態がつづく。ショックとアドレナリンの急激な減少が心身を痛めつけ、乗り越えるのにしばらくかかる」

沈黙が二人のあいだにわだかまる。手を伸ばせば触れられそうだ。ニーナの息遣いが聞こえる。静かに吸ったり吐いたりする音。親指と中指でローブのひだを揉むかすかな音。ニーナがつぶやいた。「どのくらいかかるの？」

「よりけりだ」

「なにによりけり？」

「支えてくれる人がいるかどうかに」クリードは手を伸ばしてニーナの肩をやさしくつかみ、ソファーに寄りかからせた。

あからさまに逆らおうとはしなかったが、驚き、ためらっているのがクリードにも伝わってきた。やさしく腕をまわして引き寄せる。ニーナが目をしばたたいてクリードを見上げた。澄んだブルーの目は真剣で、もの問いたげで、ためらっていた。「シーッ」クリードはささやいた。ニーナは文句を言っていないのに。「力を抜いて」

クリードの顔に浮かんだ表情を見て、ニーナは安心したにちがいない――ああ、どうして気づいてくれないんだ？――ふっと小さく息を吐くと背すじの緊張をとき、引き寄せられるままに身をもたせ、そのぬくもりのなかに沈みこんだ。

ニーナはやわらかくてあたたかくて、いい匂いがした。彼女がこんなにもちかくにいることに、五感が震える。ついに彼女をこの腕に抱き、体に触れ、匂いを嗅いだ喜びにめまいがしそうだ。ニーナは彼の肩に顔を埋め、体を震わせた。両肩がぴくりと動いたので、クリードはやさしくあやしながら、もっと抱き寄せた。

「泣いているわけじゃないわ」その声はくぐもり、かすかに絶望の響きがあった。

「泣きたかったら泣くといい。友だちなんだから、鼻水なんてなんでもない」

ニーナが笑いだした。くぐもった笑いがクリードの体に伝わった。それから顔を仰向けてクリードを見上げた。「あなたがそんなことを言うなんて信じられない」

クリードはニーナにキスをした。ああ、これを何年もずっと望んでいたんだ。だって、彼女が顔をあげ、唇がほんの数センチのところにあったから、ついキスしてしまったじゃないか。彼女の顔を手で包み、できるかぎりやさしくキスした。腕はゆるめて、ニーナがいやなら身を引けるようにした――だが、ニーナはそうしなかった。彼の肩をつかんでキスを返してきた。唇を開き、舌で触れてきた。

地面が揺れた。ドカーンと音がして家全体が揺れた。クリードのなかのごく一部分は、キスによる衝撃だと主張したが、ほかの大部分はもっと分別があった。両腕をニーナにまわし、二人いっしょにソファーから転がり落ち、かばうようにおおいかぶさった。

16

ティーグが橋を吹き飛ばした直後に、ビリーとトロイとブレークは外側に建っている家々に銃撃を浴びせはじめた。わざわざだれかに命中させようとはしなかったが、もし命中してもいっこうにかまわなかった。照準をわずかに高く合わせているのは、大量殺人は、見つかったときにアイダホじゅうの警察官を引き寄せ、面倒が増える可能性があるからにすぎない。

ブレークが持つライフルはウェザビーのマークVで、使用弾薬は二五七口径のライフル・マグナム弾。威力のある逸品だ。ビリーはウィンチェスター、トロイはスプリングフィールドM21。ウェザビーとウィンチェスターは猟銃としてすぐれており、スプリングフィールドは狙撃に向いている。ティーグは二脚《バイポッド》に固定するパーカー・ヘルM85を選んでいた。スプリングフィールドとパーカー・ヘルはどちらも遠距離射撃用ライフルで、練達の射手なら一マイル以上離れた人間に命中させることも可能だ。

ティーグはそれぞれの特性を考慮して武器を選んだ。ブレークとビリーは夜間を担当するので赤外線スコープが必要だが、このスコープには物理的限界があって、四百ヤード以上先のものはいっさい感知しない。そのため、二人には中距離に適したライフルを選んであった。トロイとティーグは昼間の担当だから高性能スコープが使える。長距離用ライフルなら、村のなかを動きまわる者に恐怖心を植えつけることができる。赤外線スコープもついてはいるが、トロイとティーグはそれだけに頼らなくてすむだろう。

ゴスとトクステルは、舞い上がったほこりがおさまるのを待ち、橋が架かっていた場所のちかくに陣取る。ピストルなので近距離を任せたが、ティーグはまったく期待していなかった。

爆発音とそれにつづく残骸《ざんがい》の雨がやまないうちに、村人たちは何事かと飛びだしてきた。四人の男は冷静かつ慎重に狙撃を開始し、トレイル・ストップの善良な住民たちを奥へ奥へと追いつめていった。

電気が消えたとたん、カルは防水の懐中電灯を手にし、ドアに向かった。飼料店はトレイル・ストップのとっつきにある数軒のうちの一軒だ。ここの電気が切れたなら、村全体も停電している——そして、ケイトは一人で家にいる。ドアまで来たとき、爆発の衝撃で吹き飛ばされたが、もんどりうって足から着地した。懐中電灯は握りしめたままだ。

爆弾。

暗闇と爆発と衝撃波が、カルに戦闘態勢をとらせた。アドレナリンが全身を駆けめぐる。

考えなかった。考える必要もなかった。これは後天的に身についたものではない。彼の天性、彼そのものだった。前ポケットに懐中電灯を突っこんでドアを開け、外階段の踊り場に這いだした。ツーバイフォーの材木を組んだだけで、もともと手すりはない。踊り場の端をつかんでぶら下がり、手を放す刹那《せつな》、着地の場所の見当をつけた。暗闇で地面がまったく見えず予測はむずかしいが、経験から瞬時に判断した。衝撃を吸収するため膝を曲げて着地し、中腰のままピックアップのうしろにまわりこんだ。

最初の弾が飛んできたのは、地面に着地したときだった。

爆発でまだ耳鳴りがしていたが、それでも弾が発射された地点を特定することができた。一カ所、いや、何カ所もだ。正確には四つの異なる狙撃地点から発射されていた。ライフル射撃、渓流の向こうから。爆発音は橋の方向から聞こえた。橋を渡っていた車が爆発した可能性もあるが、そうとは思えなかった。音が違う。そもそもその方向にはなにもないし、直感は橋が爆破されたと告げていた。だれが、なぜ、という疑問は後まわしだ。ケイトのところへ行かねばならない。

カルのリビング・ルームの外壁にななめの方向から激しい掃射が浴びせられ、吹き飛ばされた木片がピックアップに降り注いだ。渓流の向こうにいるのがだれであれ、そいつは家を順番に撃っているらしい。

飼料店は橋を渡って右側の三軒めだ。ニーナの家は一軒めだからさえぎるものはない。クリードはニーナの家にいる。つまり、元司令官は死んだか、少なくとも負傷したと考えるのが妥当だ。そちらからの助けは期待できない。

トラックのエンジン部分を盾に上体を起こし、助手席のドアを開けた。座席のうしろにモスバーグのショットガンと弾が何箱か置いてある。ズボンの右脚のカーゴポケットを引きちぎるように開けて弾を押しこみ、マジックテープでしっかり閉めた。もうひとつ、これは絶対に必要だと確信していたもの、応急手当ての用具一式を入れた緑色の小さな道具箱をつかんだ。

あたりを轟《とどろ》かすライフルの銃声に混じって、恐怖と苦痛の悲鳴が聞こえてきた。だれもが家から出てきたか、銃撃されて出ざるをえなくなったのだ。開けた場所では格好の標的になってしまう。

「伏せろ！」カルは怒鳴りながらあとずさりし、ライフルの発射場所と自分のあいだに建物、あるいは木――とにかくなんでも――を挟むようにしながら、右の方角に向かった。「おーい、みんな隠れろ！　車のうしろにまわれ！」

家と家の間隔はかなり広い。トレイル・ストップの家々はなんの計画性もなく建っている。カルはその隙間を、頭を低くし、アメフトの選手のようにジグザグに走りぬけたが、狙撃手の一人が気づき、瞬時に狙って撃ってきた。後頭部を弾がかすめる。転がって身をかわし、隣家の裏手に頭から飛びこむ。砂利で腕をすりむき、家の外の水道栓に体がぶつかり、蛇口が肩に食いこんだ。

くそっ！　狙撃者たちは暗視スコープか赤外線スコープを使っている。いったいなにが起きてるんだ？　こいつらは何者だ？　警察？　軍事作戦か？　どこぞのサバイバルゲーム愛好家グループが、トレイル・ストップのだれかに恨みをもってるとか？　そんなことはどうでもいい。やつらは見境なく撃っているわけじゃない。彼のことが見えている。やつらには全員のことが見えている。

だが、壁を透視できるわけではない。

狙い撃ちされないためには、自分と狙撃者のあいだに家や車や木や、とにかく堅固な遮蔽《しゃへい》物をできるだけ多く挟む必要があった。それはつまり、ケイトから離れることを意味する。道路はトレイル・ストップを真ん中で二等分しているのではなく、左に巻くような形で土地の三分の二——そして家の大半——を右側に残してカーブしているからだ。トレイル・ストップの家々の配置に計画性はいっさいない。だれもがやりたい放題に、調和も理由もなく家を建てている。

走りながら、すべての家の位置を思い浮かべた。ケイトの家は左側のいちばん奥、もっとも人口のまばらな地域だが、さえぎるものがなにもないわけではない。裏手にガレージがあるし、隣接して二軒の家が建っている。ケイトが家から出ずに、一階にいてくれれば……

だが、彼女の寝室は二階にある。狙撃者たち全員の攻撃位置も正確にはわからない。もしかしたら、ケイトはもうすでに血だらけで床に倒れているかもしれない――

カルは歯ぎしりして、その光景をわきに押しやった。ケイト・ナイチンゲールのいない世界では、自分を機能させることができないからだ。

地面がでこぼこで走りにくいうえに、真っ暗でなにも見えない。走っていると、家の陰から出てきて、銃声と騒ぎのほうに向かおうとする人びととすれちがった。ほぼ全員が懐中電灯を持ち、何人かはライフルかショットガンを担いでいる。「懐中電灯を消せ!」通りすがりにカルは叫んだ。「この先へは行くな! 狙撃者たちは暗視ゴーグルを持ってるぞ!」

何人かが足を止めた。「あんたはだれだ?」驚きと警戒の入り混じった口調だ。

「カルだ」叫び返した。「戻れ! 戻れ!」そのとき、まぐれ当たりの弾が――まぐれであってくれよ、そんな射撃の名手がいたらたまらない――数十センチ離れた木を吹き飛ばした。カルは地面に身を投げだして転がり、血飛沫《ちしぶき》の入った目をしばたたきながら、大木を背負う位置に隠れた。

長い木っ端が左眉の上に突き刺さっていた。抜き取り、手の甲で血を拭った。それが救急箱を持つ手だったので、救急箱が顔に当たった。でかした、ハリス。自分を殴り倒すとはな。まぐれではなかった。うまい射撃だったのだ。とてつもなくうまい。ざっと距離を見積もる。渓流の向こう岸からは三百五十メートル以上ある。

それによって使われているライフル銃の種類と、使っている人間の腕がわかる。自分のいる場所は、赤外線スコープの有効限度ぎりぎりで、暗視ゴーグルの視界からははずれていることもわかった。ここから先は、ちかくに弾が飛んできてもまぐれということだ。絶対に当たらないわけではないが、装置を使って彼の動きを追尾はできない。

弾をかわすテクニックは棚上げにし、ひたすら走った。

ケイトは早くに――ほんとうに早くに――ベッドに入った。つねに双子のことを考え、世話をする生活だったので、二人がいなくなると、とたんに頭が体に命じた。「オーケー、休んでいいよ」

その日は自分の冬服を出して洗う予定だった。もちろん、すべて洗ってからしまってあったのだが、服は箱に入れておくとかび臭くなるものだ。ひとつの箱の中身をそっくり出して洗い、同じ数の夏服をクロゼットから出し、空いた場所に冬物をしまった。そこまでやったところで、作業をつづけることになんの興味もわかなくなった。

そこで、駐車場の周囲に石を積む作業に取りかかろうと思ったが、そうせずに本を一冊選び、数章読んだところでうとうとと眠ってしまった。一時間くらい昼寝をしたあと、ふらふらと起き上がり、テレビを観た。ふだんやらないことなので、それがとても大事なことのように思えたのだが、土曜日の番組は最低だとわかった。

つぎに、以前見つけたスパゲッティ・ミートボール・スープのレシピを試してみようと考えた。子どもたちが気に入りそうだし、この冬にランチを提供するなら、簡単に作れるかどうかたしかめておきたかった。キッチンに行って材料を揃えはじめたが、そのまま もとに戻し、子どもたち用のシェフ・ボイアーディ製のスパゲッティ・ミートボールの缶詰を開け、ミートボールだけ食べて、スパゲッティは捨てた。

眠いし疲れていた。そうだ、眠たければベッドに入ればいいのだ。世話をすべき人はいないし、しなければならない雑用もないし、話し相手もいない。そこでシャワーを浴び、この二晩ほどぐっと冷えこんだのでフランネルのパジャマを着て、とんでもなく退廃的な気分に浸りつつ、七時少しすぎにベッドに入った。

ドカーンというすさまじい音によって、深い眠りから引きずりだされた。一瞬、頭が真っ白になり、自分がどこにいるか、なにをしているかわからず、暗闇に包まれて目をぱちくりさせながら横になっていた。ようやく目が覚め、時計を見ようとしたが、デジタル時計の赤い文字盤が見えないことに気づいた。停電だ。

「やだ、もう」ケイトはつぶやいた。その時計は電池のバックアップがないので、電池で動く古い旅行用の時計を探しださなければ――さもないと、あすの朝、寝過ごしてしまうだろう。時計を探すか、電気がつくまで起きて待っているかだ。ケイトは横になったまま、さきほどのドカーンという音は、変圧器の爆発だったのかと思った。そうなら、停電の説明がつく。さもなければ、ものすごく大きな雷が落ちたのかもしれない。

そのとき、別な騒音が聞こえた。さきほどのドカーンという音とは違い、家が揺れるような感じはない。大きな音というのではないが、もっと鋭く、反響が少ない。しかもたくさん鳴っている。やんでくれないかと思った。とても眠たいから……

突然、はっと気づいた。世界が傾く。ああ、どうしよう、あれは銃声だ！

双子の部屋で窓ガラスが割れる音が聞こえた。

ベッドからはね起き、ベッドわきのテーブルに置いてある懐中電灯を手で探った。真夜中に子どもたちに呼ばれるかもしれないので、いつもそこに置いてある。手が触れたが押しやってしまい、懐中電灯はそのまま床に落ちて転がった。

「もうっ！」懐中電灯がなければだめだ。家のなかは、ツタンカーメンの墓のように真っ暗だ。こんな暗闇を歩けば、なにかにぶつかって骨を折る。ケイトは寝室の床を這いまわり、手探りした。寝室用のスリッパ以外なにも触れず、パニックになりかかりながらも探ると、指が冷たい金属に触れた。スイッチを親指で押すと、パッと明るい光が射した。馴染みの品々が照らしだされ、方向感覚が戻った。

踊り場に走り出て、本能的に左の子ども部屋に向かった。またガラスが割れる音がして、はたと足を止めた。子どもたちはいない。ケイトの両親とシアトルで安全に過ごしている。それに……それに……何者かがこの家を狙って撃っているの？

血の気が引き、気絶しそうになった。壁に手をついてふらつく体を支える。ことの顚末《てんまつ》はわからないまま、頭にひらめいたことを声にした。「メラーだ！」

メラーとハクスレーだ。戻ってきた。

戻ってくるかもしれないと怯えていた。だからこそ、子どもたちを送りだしたのだ。二人の男がなぜ戻ってくるのか、なにを欲しがっているのかわからないが、彼らの仕業であることにまちがいない。いま、すでに下にいて、待ち伏せしているのだろうか。

いや、外にいるはずだ。家のなかに撃ちこんでいるのだから。ここはケイトの家だ。わが家だ。出口も含め、隅々まで知り尽くしている。ここに閉じこめることはできない。なんとしても抜けだしてみせる。

懐中電灯が自分の居場所を知らせることに気づき、スイッチを切った。闇が前よりも暗く感じられた。懐中電灯をつけていた短いあいだに、夜目がきかなくなっていた。危険だがしかたがない。もう一度懐中電灯をつけた。

するべきことからする。まず服を着て、一階におりよう。

急いで寝室に戻り、男たちがなかにいることを示す聞き慣れない音がしないか耳を澄ませながら、ジーンズとトレーナーとスニーカーをつかんだ。銃声はつづいているが、遠くから聞こえる。すぐ外では悲鳴や怒鳴り声、恐怖や苦痛の叫び声がして、家のなかはなんの音もしない。

階段の上に立ち、懐中電灯で下を照らした。おかしなようすは見られなかったので、数段おりて、玄関ホールをぐるっと照らした。見えるかぎりだれもいない。階段の残りは足を速めた。無防備な気がして恐ろしく、最後の三段はひと息に飛びおりた。

武器だ。なにか武器が必要だ。

ああ、もう。四歳児が二人いるから、武器の類は手元に置いてなかった。

包丁以外は。ケイトは料理人だ。包丁はたくさん持っている。月並みだけれど女の武器、麵棒《めんぼう》もある。よし、ないよりはましだ。

光が漏れないように懐中電灯を床に向け、キッチンに入って包丁立てからいちばん大振りのシェフナイフを抜いた。幼なじみのように握りが手に馴染んでいる。

静かに玄関ホールに戻った。ここが家の真ん中であり、どの方向にも行けるので、いちばん追いつめられにくい。

懐中電灯を消して暗闇のなかに立ち、耳を澄ませながら待った。どれほど待つことになってもかまわない。自分の荒い息遣いが聞こえ、息を吸うたびに喉がこすれるような気がした。頭がくらくらする。パニックで心臓がバクバクし、肋骨を叩く。だめ、パニックを起こすわけにはいかない——パニックなんか起こさない。できるだけ深く息を吸いこみ、ふくらんだ肺で心臓を圧迫して呼吸を遅くする。山登りで、体が無意識に反応し、自制心と集中力を脅かしそうになったときに使う手だ。

ゆっくり……ゆっくり……少しまともに考えられるようになってきた……もっとゆっくり

……もっとゆっくり……ケイトはそっと息を吐きだして、もう一度吸った。めまいがひいてゆく。なにが起こっても、もう、さっきよりはずっとうまく対処できるはずだ。

玄関ポーチでドサッという音がし、ドアノブがガチャガチャいった。

「ケイト！ 大丈夫か？」

ケイトは一歩出て立ちどまった。男だ。だれの声かわからない。メラーもハクスレーも、自己紹介をしたから、彼女のファースト・ネームを知っている。

「ケイト！」

なにかが激しく当たったのかドア全体が振動し、またなにかが当たる。ドア枠がうなっているようだ。

「ケイト、カルだ！ 大丈夫か！」

安堵が大波のように押しよせて、叫び声となって口から飛びだした。走り寄ろうとしたとき、ドアが抵抗するのを諦め、バンッと開いた。懐中電灯の光に射抜かれ、目がくらんだ。片手を上げて目をかばい、立ちどまって目を凝らした。まぶしい光の向こうに男の輪郭がぼんやり見えたと思ったとたん、その輪郭がすばやく動いた。すばやすぎて避けられなかった。

17

壁に激突したようだった。彼の体と強くぶつかり、ナイフが手からはじけ飛んで床に落ちた。ケイトの目をくらませた懐中電灯が、前後に揺れて光の残像を描きながらわきに転がった。ケイトはよろめき、倒れまいと必死でつかまり、気がつくと彼の引きしまった腰にしがみついていた。倒れるはずがなかった。背中にまわされた鉄のような腕が、しっかりと支えてくれたから。

時間が崩壊し、世界が一点に凝縮し、崖っぷちに立っているような非現実的な感覚に、ケイトはまためまいを感じた。これは現実ではない。現実のはずがない。彼女はただのケイト、ふつうの生活を送っているふつうの女だ。だれかに撃たれるわけがない。

「大丈夫だ」カルが髪の毛に向かってささやいた。「きみを捉《つか》まえた」

その言葉は聞こえたが、彼自体が非現実の一部なのだから、なんの意味もない。この人が三年前から知っている男のはずがない。ミスター・ハリスはケイトをこんなふうに抱きしめたりしないし、ドアを叩き割ったり、復讐に燃えた勇猛な戦士のように片手にショットガンを持って飛びこんできたりもしない――

でも、この人はしている。

ケイトがしがみついているその体は、硬く、筋肉質で、湯気が出そうなくらい熱かった。走ってきたように息を荒げ、うつむけた顔をケイトの頭に押しつけていた。それに、抱きしめるそのやり方ときたら――長いこと、こんなふうに抱かれたことはなかったので、あっけにとられるばかりだ。信じられない。これがあのミスター・ハリス？　カル？

ケイトの体がささやく。イエス。それでますますうろたえた。わたしって、もしかして淫乱？　村全体が襲撃を受けている最中に、便利屋さんに性的な反応を示しているなんて。おもては戦争のような騒ぎなのに、現実が押し入ってこない小さな世界に、二人きりで閉じこめられたみたい。カルはまわしていた腕にギュッと力をこめ、ケイトの体が弓なりになるほど抱き寄せた。硬く膨らんだ彼のものが突いてきて、探っている……それから、彼は手を放し、屈んで懐中電灯を拾いあげた。

ケイトは突っ立ったまま、必死に自分を三十分前の状態に戻そうとした。爆発と狙撃の前の状態に、自分の知っていた、あるいは知っていると思っていたすべてが大変動を起こす前の状態に。

カルはショットガンの紐を肩にかけ、ケイトが落としたシェフナイフを取りあげ、湾曲した広い刃をじっと眺めた。いやだけれどしかたない、という表情で。懐中電灯は床に向けられていたが、強力な光の照り返しで顔がはっきり見え、ケイトの気持ちがまた乱れる。

カバーオール以外の服を着たカルを見たことがなかった。機械油やペンキや泥や、その他なんでも、請け負ったその日その日の仕事でつくさまざまな汚れが染みついた、だぶだぶのカバーオールだ。ケイトにとって彼は、恥ずかしがり屋で痩せていて、引っこみ思案だが役に立つ便利屋以外の何者でもなかった。この印象は、メラーに銃口を向ける彼の目を見たとき打ち砕かれ、いまやがらがらと崩れ去った。

ワークブーツはいつもはいているものだが、それ以外はすべて違う。カーキ色のカーゴパンツはベルトでしっかり締めてあり、この寒空にTシャツ一枚だ。広い肩と岩のように硬く引きしまった上半身に、黒いTシャツが張りついている。筋肉の盛り上がった力強い腕はむきだしで、懐中電灯の光のなかでも、汗がきらめいているのがはっきり見えた。ぼさぼさの髪はあいかわらずぼさぼさだが、厳しく断固とした表情に内気さはひとかけらも存在しなかった。

息ができなかった。心のなかの崖っぷちに立っているようで、恐ろしくて動けない。そうなってしまうことが恐ろしくて……どうなってしまうことが？　わからない。この不安な感覚は、外の銃声と同じくらい恐ろしかった。

ドアが壊れた玄関にだれかが現われた。驚いたことに、その男もライフルかショットガンを持っている。「ケイトは大丈夫か？」声でウォルター・アールだとわかった。

「大丈夫よ、ウォルター」ドアに向かいながらケイトは言った。「ミリーは大丈夫？　怪我した人はいない？」

「ミリーはおたくの裏庭にいる。体を低くしているほうがいいようなので、芝生に座らせた。ほかのみんなも集まりつつある。カル、きみに言われて、みんな引き返してきたようだ。ここは射程外か？」

「いや」カルが答えた。「ライフルだからいずれにしろ届く」

「子ども部屋の窓が撃たれたわ」口調は静かだったが、ケイトはそのときの恐怖を思い出し、ふたたびショックを受けた。二人がいたらどうなっていただろう。怯えただろうし、怪我するか……死んでいたかもしれない。そう考えただけで、苦痛に心が締めつけられた。

「それじゃあ、どうしたらいいかね？」ウォルターが尋ねた。

「相手とのあいだになるべく多く壁を挟む。おそらくやつらは暗視か赤外線スコープを持っている。赤外線スコープが有効なのは四百ヤードまでだから、それ以上離れたほうがいい。弾が飛んでくるのは止められないが、向こうは手当たり次第に撃つことになるし、無駄に弾を使うのは避けるだろう」

カルは、ウォルターの質問に答えるあいだもケイトの背中に添えていた手を押して、彼女を外に連れだした。ポーチに足を踏みだしたとたん、ケイトは驚いて立ちどまった。裏庭に二十から三十人ほどの人が集まり、ほとんどが冷たい地面に座っていた。男性のほぼ全員と女性の何人かが、なんらかの武器を持っていた。真っ暗闇のなかにいると、これまで毎晩目にしていた近所の家の窓明かりが、いかに安らぎと安心感を与えてくれていたか、あらためて痛感する。

カルはケイトを促してポーチをおりさせ、肩に手を置いて地面に座らせた。「家の土台のほうが壁よりも頑丈だ」カルがそっと言った。「防護物としてまさる」それから声を張り上げた。「みんな、懐中電灯の電池を節約しなければならない。一本か二本を残し、あとは消してくれ」

みんなが言うことを聞いて懐中電灯のスイッチを切ったので、あたりは闇に包まれた。カルの懐中電灯はつけたままだ。フランネルのパジャマを通して染みこんでくる冷気に体が震え、ケイトは、コートを着ることを思いつけばよかったと思った。暗がりのどこかから「寒いねえ」とつぶやく声が聞こえたが、文句を言っているのではない。

「いますぐに、ふたつ確認すべきことがある」カルが言った。「いなくなった者はいないか、それに、怪我した者はいないか」

「あたしが知りたいのは、だれが撃っているのか」ミリーが腹立たしげに言った。

「重要なことが先だ。ここにいないのは？　隣人がいるかどうか確認してくれ。クリードはニーナの家に行ったはずだ。二人を見た人はいないか？」

少し間があいてから、ケイトのうしろで声が聞こえた。「逃げているとき、ラノーラがすぐうしろにいたんだが、いまは見つからない」

ラノーラ・コルベットは橋を渡って左側の二軒めに住んでいた。

「ほかには？」カルが尋ねた。

ささやき声で確認作業が行なわれた結果、いくつかの名前が浮上した。ロイ・エドワードと妻ジュディスのスターキー老夫妻。コントレラス家のマリオとジーナとアンジェリーナ。そしてノーマン・ボックス。ほかにも何人か。恐ろしい可能性が冷たい手で心を鷲づかみにする。この人たちに、二度と会えないのでは？ それにニーナ。ああ、ニーナ！ 絶対だめ。友だちを失うわけにはいかない。その可能性は、考えることさえ断固拒否する。

「よし、わかった」それ以上名前が出なくなったところでカルが言った。「人数を数えよう。そうすれば状況を把握できる」懐中電灯の光を当てて一人一人の顔を確認してゆく。どの顔にも、恐怖と信じられないという思い、それに怒りが浮かんでいた。自分も同じ表情を浮かべているはずだ、とケイトは思った。人びとが寄り添って慰めとぬくもりを分かち合うのを見て、ケイトもぼんやりした頭で、いまなにが役立つだろうかと考えはじめた。毛布やコートやそのほか、家から取ってこられる物があるはずだ。コーヒーも喜ばれるだろうが、電気が切れている。でも、ガス台もある……考えること自体がむずかしく、努力が必要だったが、ぼうっとした状態からは脱しつつあった。

「だれか怪我した人は？」裏庭に集まった人びとの頭数を数え終わると、カルがもう一度尋ねた。「足首を捻挫したり、膝をすりむいたりというのは数えない。撃たれた人はいるか？出血している人は？」

「あなたでしょ」シェリー・ビショップがあきれ顔で言った。

ケイトがさっと振り向いた。カルが怪我？ ぎょっとしてカルを見つめる。当の本人も、シェリーがなにを言ってるのかわからないという顔で、両腕を広げ、うつむいて自分を眺めまわしている。「どこを？」

腕に赤黒い筋が伝っている。「腕よ」ケイトはそう言って立ち上がりかけた。

カルの動きはすばやかった。ケイトのそばに寄り、手を肩に置いて押しとどめた。「立たないで」ケイトだけに聞こえるように言った。「おれなら大丈夫。ちょっとガラスで切っただけだ」

ケイトの考えでは、切り傷は、原因がなんであれ、かならず手当てをしなければいけない。それに、座っているほうが安全なら、なぜ彼は座っていないの？「あなたが座らないなら」ぼうやたちに言うのと同じ口調で言った。「わたしも立つ。さあ、どうする」

「おれは座ってられない。やるべきことがある……」

「座んなさい」

カルは座った。

ケイトは膝立ちで彼の背後に移動した。「シェリー、ここに来て、手伝ってくれる？ 明かりを持って。傷の具合を見るから。絆創膏《ばんそうこう》を調達してこなくちゃ――」

「救急箱がポーチにある。さっきそこに置いた」

「どなたか取ってきてくれますか」呼びかけると、ウォルターがすぐに立ち上がろうとした。

「姿勢を低く」カルの言葉に従い、中腰で離れていった。

カルのTシャツは濡れて背中に張りついていた。シェリーがカルの懐中電灯で照らしてくれたので、ケイトはシャツを巻くようにして持ち上げた。数カ所、小さな傷口から出血しているほか、右の上腕の下側に大きめの傷がひとつ、左肩もかなりひどく切れている。Tシャツを押し上げ背中をむきだしにした。

ウォルターが救急箱を手に戻ってきて蓋を開けた。なかは仕切られていて、救急用品が詰まっている。シェリーが箱の中身を照らしてくれたので、個別に包装された消毒用ウェットティッシュを取った。袋を破り、畳んであるティッシュを広げて傷口の血を拭う。「このふたつの傷が、縫う必要があるくらい深かったらどうしよう」ケイトはシェリーにささやいた。

「箱のなかに縫合糸が入っている」カルが言い、自分でも傷口を見ようと首を捻った。

「アハンッ！」ケイトの母親特有の警告音に、カルはパッと動きを止め、ゆっくりと顔を前に戻した。

ケイトは黙ったまま傷をきれいにし、深い傷のほうにガーゼのパッドを当てた。染み出る血のせいでガーゼがずれないのでそのままにし、小さいほうの傷に殺菌消毒剤の軟膏をぬり、絆創膏を貼った。手の下の彼の肌は濡れて冷たい。夜の冷えこみのなかで、彼はTシャツとズボンしか着ていないうえに汗をかいている——そしていま、背中をウェットティッシュで拭いた。震えてはいなくても、凍えているはずだ。

「なにか着る物が必要だわ」ケイトはシェリーにそっと言った。

「大丈夫だ」カルが肩越しに言う。

なにかがせりあがってくるような気がした。緊張が大きな泡となってせりあがり、喉を詰まらせる。「いいえ、カルヴィン・ハリス、なにが大丈夫なもんですか！」語調を荒げた。「この寒さに、上半身裸で、怪我までしてるのに、走りまわるなんてとんでもない。なにか着る物を見つけましょう。だめなものはだめ」今夜は、とんでもないことがつぎつぎに起きて、それはケイトにはどうにもできない。でも、コートか、せめてシャツでも着ないうちに、カルが動きだすなんて絶対に許せない。

カルがまた黙りこんだので、おかしなことを口走ったかと心配になった。きょうの出来事が輪郭を失ってゆく。大きなことは背景に溶けこみ、小さなことがとても大事《おおごと》に思える。カルの逞しい背中と背骨のくぼみと、盛り上がる筋肉を見ていたら泣きたくなったけれど、深呼吸をして、ふたつの大きな傷の消毒に気持ちを向けた。両方とも水っぽい血が滲み出るだけだ。傷口に抗菌剤を塗り、片手で傷口の縁を合わせ、バタフライ型の絆創膏を慎重に貼った。こうしておけば傷口は開かない。どちらも縫うほどの傷ではないのかもしれないが、運任せにはしたくなかった。

「わたしにできるのはこれぐらい」ケイトは言い、救急用品をもとどおり箱にしまい、地面に捨てた汚れたティッシュと包み紙を拾い集めた。ごみをどうしようかとためらったが、結局もう一度地面に落とした。いま整理整頓を考えてもしかたがない。

立ち上がろうとするカルを、右肩に手を置いて押しとどめた。「カルは着る物が必要だわ」芝生に集まった人びとに声をかける。「シャツか上着か、なんでもいいから予備はないかしら」それからつけ加えた。「家から毛布を取ってくるから、わたしたちはそれであたたまりましょう」

「なぜみんなでなかに入らないの?」ミリーが尋ねた。寒さで声が震えていた。

「ケイトの家は狙撃地点に幾分ちかい」カルが答えた。「もっと遠くて、射程からはずれているほうがいい。ここでも大丈夫だとは思うが、たしかじゃない。大口径の銃弾は、冷蔵庫かなにかにあたって威力が鈍らないかぎり、何軒でも貫通するんだ。夜が明けたら距離を確認するよ。それまではなるべく遠くにいたほうがいいし、狙撃者とのあいだにできるだけ多くの建物を挟んだほうがいい。ありがとう」フランネルのシャツがまわってきたので、カルはお礼を言い添えた。だれが提供したのかケイトにはわからなかった。カルが急いでシャツを着てボタンをはめた。さすがに体を震わせている。

「コートが玄関を入ってすぐの右側のクロゼットに掛かってる」ケイトはカルに言った。

「何着かあるし、余分の毛布をしまってあるクロゼットも洗濯室のすぐ横だから、走って取ってくるわ」

「おれが行く」カルがすぐポーチに向かおうとした。

ケイトはカルの腕をつかんで引きとめた。「一人で全部はできないわ。クリードやニーナやほかの人たちを探しに行って。わたしが毛布とコートを取ってくるから。それで、どこへ行けばいい？　どこで落ち合うの？」

反対されるかと思ったが、そうではなかった。「リチャードソンのところまで戻るんだ」橋からいちばん遠い家だ。「少なくとも三カ所から撃ってきている。ということは、いろんな角度から弾が飛んで来るということだ。とにかく身を低くして、山とのあいだにできるだけ建物を挟むようにしてくれ。狙撃地点の方角は橋から切り通しまでのあいだだ。わかったか？」ケイトだけでなくほかの人びとにも聞こえるように多少声を大きくしている。

「わかった」ケイトの吐いた息が、二人のあいだで白くわだかまった。

「開けた場所を横切るときは、とにかく急ぐこと。けっして列にはならないこと。最後尾を狙い撃ちしてくれと頼んでいるようなものだ。可能なかぎり違うルートを取って、タイミングもずらすこと。できれば懐中電灯は消しておくこと。開けた場所では、自分の正確な位置を教えてしまうから、絶対につけないこと」

暗がりで全員がうなずいた。

「あなたはどのくらいで来られそう?」心配が声に出ないようにして、ケイトは尋ねた。カルに一人で闇のなかに出ていってほしくなかった。だが、なにが起こっているか調べなければならない。カルは武装している。無力ではない。

「わからない。どんな目にあうかわからない」カルは振り返ってケイトを見た。じっと見つめる落ち着いたまなざしは、触れられるのと同じ効きめがあった。「だが、かならず戻る。それはたしかだ」そして、行ってしまった。ほんの数歩で、闇に溶けた。

18

ニーナが悲鳴をあげた。恐怖のあまりクリードにひしと抱きついたまま、彼の重い体でラグに押しつけられた。爆発の衝撃が家を揺るがせ、天井からほこりが降ってきてあたりがもうもうとなる。クリードは腕でニーナの頭をかばい、自分の体でニーナの全身をおおって、落ちてくる破片から守ろうとした。

それから、静かになった。耳鳴りがしそうなほどの、奇妙な静寂。

「地、地震?」ニーナが喘いだ。

「いや、爆発だ」頭をあげたが、暗闇以外になにも見えない。電気が切れている――めったにないことだ。爆発で、橋のところで溪流を横切る電線が切れたにちがいない。

そのとき、鋭く低いビシッという音がして、クリードの血を凍らせると同時に、表側の窓ガラスが粉々に砕け散った。あちこちに刺すような痛みを感じたが意に介さなかった。銃声が轟きわたったからだ。ライフルの銃声を聞いたとたん、動きだしていた。海兵隊をやめてから八年とはいえ、二十三年の訓練は伊達《だて》ではない。下になったニーナを引きずりながら、なかば這い、なかば滑り、表に面したリビング・ルームから出て、入ってきたときに気づいた、もっと壁が厚そうな短い廊下へ向かった。突然の真っ暗闇でなにも見えなかったが、クリードの方向感覚は鋭い。

ニーナはまったく声をたてず、荒い息遣いだけが聞こえた。猿のようにクリードにぶらさがり、少しでも役立とうと自分の足でも床を押していた。ニーナもライフルの銃声だと気づいていた。いまでも食べるために狩りをする人たちに囲まれて育ってきたのだから当然だ。

どこから撃っているのかはっきりしなかった。自分が狙われているのか、それともニーナが標的なのか、二人が標的でないなら、まずいときにまずい場所にいてしまったのか。とりあえずいま必要なのは、〝なぜ〟ではなく〝どこ〟——銃弾が発射されている場所——だけだ。闇雲に走りだすわけにはいかない。ニーナを守らねばならない。

「キッチンはどこだ?」絶え間なく鳴り響く銃声に耳を傾けながら、しゃがれ声で尋ねた。まるで戦争でもおっぱじまったようだ。金属製の電気器具があるキッチンなら、いくらか安全だ。強力なライフル銃で大口径の銃弾を撃てば、何枚もの壁を突き抜けるし、冷蔵庫かなにかにあたらないかぎり止まらない。とはいえ、クリードは、ニーナがキッチンの壁一面に冷蔵庫を並べていても、床に伏せているつもりだった。

「わ、わからない」ニーナが口ごもり、息をしようと喘いだ。「わ、わたしたちどこにいるの?」

ニーナは方向感覚を失っている。当然のことだ。クリードは左腕に力を込めてニーナをしっかり抱えた。「廊下にいる。きみの足が向いているほうが玄関だ」

ニーナは黙りこんで荒く息をしながら、頭のなかで部屋の位置を整理した。「ええと、わかったわ。右のほうよ。まっすぐ行って右。でも、ベッドルームに寄らなくちゃ」

クリードは意に介さなかった。ベッドルームには防護物はほとんどない。「キッチンのほうが安全だ」

「服。服が必要だわ」

クリードは動きを止めた。でかい爆発があって、だれかに狙い撃ちされていて、それでも服を着替えたい？　屈強な海兵隊員を叱りとばすのと同じ辛辣な言葉が舌の先まで出かかったが、なんとか押し戻した。部下ではない、ニーナだ……修道女だった人だ。元修道女というのは極端に慎《つつし》み深いのだろう。

「いま着ているもので大丈夫だ」修道女の規則に抵触しないよう言葉を選んで言ってみた。

「ナイトガウンとローブと寝室用スリッパでは走れないでしょ！」

困ったことに、たしかにそのとおりだ。しかも、夜は寒い。クリードとしては、安全な場所に退避して状況を見極めたかった。だが、自分の部下と同じようにニーナに命令するわけにいかない。この際、現実を直視し、ニーナがしたいことを、できるだけ安全にやらせることを優先するしかない。

「オーケー、服を替えるだけだ」またひとしきり一斉掃射の銃弾がリビング・ルームの壁を貫き、一瞬遅れてライフル銃の低い射撃音が鳴り響いた。つぎはもっと低い角度に撃ちこまれるかもしれないから、体重をかけてニーナを床に押しつけた。ニーナはとてもやわらかく、まさに何年ものあいだ想像してきたとおりのやわらかさで、強力な銃弾がニーナを貫くかもしれないと考えるだけで耐えられないほどの恐怖に襲われる。多くの戦争を経験し、考えもつかないようなさまざまな暴力によって多くの部下を失った。銃弾、爆弾、ナイフ、訓練中の事故、それがいかなる理由であっても、失った悲しみはすべて心に傷として残った。彼自身も九死に一生をえ、それは違った傷となって残った——そのすべてに、不動の心で耐え、任務を果たしてきた。だが、もしニーナになにかあったら、ただ単純に耐えられない。だからこう言った。「きみはキッチンに行け——床に伏せていろ。そこがいちばん安全だ。服はおれが取ってくる」

「あなたは服がどこにあるか知らないから、かえって長く危険にさらされることに——」最後まで言わず、クリードの腕から抜けだそうともがきはじめた。

クリードは啞然とした。なんと、ニーナのほうが彼を守ろうとしている。あんまり驚いたので、少し乱暴にニーナの動きを阻止し、しっかり抱えこんだ。

ニーナがクリードの肩を押した。乳房が胸にぐいぐい当たった。「ミスター・クリード……ジョシュア——息ができない！」

クリードは、ニーナが抜けだせない程度に力をゆるめ、体重がかからないようにした。彼女を怒らせたっていい。生きていてくれるなら。彼の考えからすれば、事態は明々白々だ。頭をかしげて彼女の耳にささやいた。「いいか、こういうことだ。何者かが高性能ライフル銃で狙撃している。だからこれはおれのゲームだ。きみのじゃない。おれの仕事は、きみをここから安全に連れだすこと。きみの仕事は、おれの言うとおりにすること。安全な場所に行ったら、顔をひっぱたくなり向こうずねを蹴とばすなり、どうにでもしてくれ。だが、いまは、おれがボスだ。わかったか？」

「もちろん、わかってます」息をするのさえ大変な状況にしては、驚くほど冷静な口調だ。「わたしだってばかじゃないわ。ただ、論理的に考えて、わたしが服を取りに行ったほうが、あなたが行くより早い。だから、二人にとってはより安全である。もしあなたが、わたしの靴を探しているあいだに撃たれたら、わたしがここから脱出できる可能性も低くなる、そうでしょ？」

女が男に議論をふっかけている。まったく新しい経験で、しかも腹立たしい。もっと業腹《ごうはら》なことに、ニーナの意見は筋が通っている——またしても。ニーナの上におおいかぶさったまま、クリードは、理屈と、どんな犠牲を払っても彼女を守りたいという抗しがたい本能のどちらを取るか悩んだ。

それから、いきなり体をひねってニーナの上からおり、きつい口調で言った。「急げ。懐中電灯があれば持ってきてくれ。だが、つけるな。立ち上がるな。できれば匍匐《ほふく》前進、しかたなく起き上がるときでも膝立ちまで。なにがあろうと立ち上がっちゃいけない。わかったか？」

「わかった」声は少し震えているが、落ち着きを保っている。クリードは気持ちを鬼にして送りだし、彼女が肘を突いて体を押しだし、爪先で絨毯《じゅうたん》を蹴って進んでいく音を耳で追った。一度だけ、つぶやき声で悪態をつくのが聞こえたが、修道女は、たとえ元修道女でも、絶対にののしらないはずなので、聞き間違いだと思った。

じっとりと汗をかきながら、彼女を待った。この瞬間にも、あらたな一斉射撃がはじまり、壁をまるで紙のようにずたずたに撃ち抜くかもしれない。これまでは、立っている人を狙って、頭の高さに撃ってきている。トレイル・ストップの住人は民間人だから、とっさに床に伏せる訓練はできていない。かわりに走って逃げようとするだろう。かならずしも最適とはいえない方向へ。窓から外をのぞくことさえするかもしれない。この状況では、それほどばかげた行為はないのに。あるいは懐中電灯をつけて、自分の正確な位置を狙撃者に教えてしまうかもしれない。とにかくここから出る必要がある。みんなをとりまとめて、ばかなまねをさせないようにしなければ。

とりあえずカルがいる。しょっぱなに殺されていなければ——だが、まずそれはない。あの幽霊みたいなやつは、生き延びるための第六感を備えている。チーム全員が、いつのまにか彼の動きに注意するようになっていた。彼がなにか、その瞬間にはまったく無意味に見えることをやり、その五秒後に、生き延びているか、戦略的にずっと優位な位置にいるのを、幾度となく見てきたせいだ。カルが跳べば、チーム全員が跳んだ。たとえば、A地点からB地点にこっそり移動するのに、カルほどうまくやるやつにはお目にかかったことがない。カルはいつも、生存者をもっとも安全な場所に集合させてうまく組織し、それから、立ち往生したり負傷したりした者を探しに行った。

ニーナは時間がかかりすぎていた。「なにしてるんだ?」鋭い口調になる。追いかけて、キッチンに引きずってゆきたい衝動を抑えきれない。

「着替えてる」同じように鋭い返事が返ってきた。クリードの眉がわずかにあがった。この修道女は怒りっぽい。なぜか、クリードにはそれが好ましかった。一風変わった趣味かもしれないが、自分がドアマットじゃ我慢できないことは充分わかっている。

「服を持ってきて、キッチンで着替えろ。必要以上に自分を危険にさらすな」

「あなたの前で着替えられないじゃない!」

「ニーナ」クリードは深く息を吸い、こっちは我慢していることを口調でわからせようとした。「ここは真っ暗だ。なにも見えない。それに、見えたとしても……それがなんだ?」

「それがなにって?」

「そう、それがなんだ。ちかいうちにきみを裸にしようと思ってるんだから」

オーケー、おれは女心のわからない、ゴリラ並みの野暮天だ。目の前で彼女が爆発して、自分のばかさ加減を思い知るんだ。

ニーナは爆発しなかった。静かになった。息を詰めているのか、なにも聞こえない。沈黙はあまりにも長く、絶望がこみ上げてくる。そのとき、紛れもなくこちらに向かって這ってくる音が聞こえた。

心臓が締めつけられ、文字どおり脈打つのをやめた。

なにも見えないというのは嘘だ。目が慣れるまでは、たしかにまるっきり見えなかったが、いまはおぼろげながら戸口と窓の形や、家具の黒いかたまりが見分けられる。自分が見えるなら、彼女も見える――彼がどのくらい見えているかわかっているわけだ。はっきりは見えない、もちろん。だが、あれはあきらかにむきだしの白い脚だ。シャツは着ていたが、ジーンズと靴とコートは手に持って引きずっていた。下着はたぶんつけているだろう。それともいないのだろうか。尻に手をやってたしかめたい衝動と闘った。彼女にのしかかって、むきだしの脚のあいだに居場所を作りたいという、さらに強い衝動とも闘った。これほどふさわしくない状況もないが、今回だけは、性的衝動《リビドー》を手なずけることができない。

ニーナが彼のわきを通ってキッチンに入っていった。暗闇のなかで、パンティの白さが見分けられたので、下着をつけているかいないかの疑問は解決した。まるで磁石に引きつけられるように、あとにつづいた。赤い血の通った男なら、女のパンティにおおわれた尻が目の前を這って過ぎれば、とうぜん追いかけるだろう。もう一度、襲いかかりたい衝動と闘う。安全に逃げるのが先だ。襲いかかるのはあとでいい。

　キッチンのなかで、ニーナが座って靴下をつけ、それからジーンズと靴をはいた。シャツが明るい色だが、また取りに行かせるわけにはいかないし、コートを羽織るのだからよしとしよう。

「懐中電灯は?」忘れたのではないかと思いながら尋ねた。

「コートのポケットに入れておいたわ」ニーナが懐中電灯を出してクリードに渡した。

　クリードは大きな手で細い円筒を握り、ため息が出そうになるのを抑えた。これではペンライトと変わらない。安全な場所に出るまではどちらにしろ使えないが、この大きさのライトは基本的に持ち手の目の前だけを照らすように作られているから、でこぼこの地面を安全に横切る役には立たない。まあ、それでもないよりはいい。

「さて、裏口からそっと出て、ここから逃げだそう」

　ティーグの双方向無線機が雑音を発し、スピーカーからかすかな声が聞こえてきた。

「鷹《たか》へ、こちらは梟《ふくろう》。鷹へ、こちらは梟」

　梟とは、いちばん遠い狙撃地点にいるブレークのことだ。ティーグは防護物の陰から出ないように気をつけながら、ゴスとトクステルから離れた。渓流の向こう側にいるやつらがライフルを持っていることを、ティーグは一瞬たりとも忘れていなかった。夜は遠くまで音が伝わるので、無線機の音量を下げた。自分の位置を教えて、まぐれの弾に当たったらかなわない。水面に露出した巨大な岩を村とのあいだに挟む安全な位置まで移動してから、〝通話〟ボタンを押した。「こちら鷹。なんだ」

「鷹か？　あんたがビリーにあとを追わせた男のことだ。いちおう監視してたんだ。どこにいるかあんたが知りたいだろうと思って。そしたら、二階建ての家に入ってったよ。右側の三軒め――」

それは飼料店だ。ティーグは家々の配置図を脳裏に浮かべた。店は午後五時に閉まっている。なぜクリードがそこに行くんだ？　どうでもいいことだ。ただの好奇心にすぎない。

「そうか、それでどうした？」

「ほんの数分いただけで、すぐ出てきて、今度は右側の一軒めに入っていった。まだ出てきてない。少なくとも攻撃をはじめるまでには出てこなかった。それからこっちは忙しかったが、いちおう見張るようにしてた。なんの動きもない。何度かその家に一斉射撃を浴びせたから、たぶんやっつけたと思う」

「おそらくな。よくやった。そのへんの家と動くものを掃射しつづけてくれ」ティーグは無線機をベルトに戻して自分の持ち場に戻った。ゴスのすぐそばだ。地面に腹這いになって安定した狙撃姿勢を取り、赤外線スコープを問題の家に向けた。

慎重にスコープを右から左に移動させて、熱源を示す影を探す。家自体が内部の熱で明るくなっているので、人体の熱を区別するのはかなりむずかしいが、不可能ではない。ブレークは楽観的だから、一斉射撃でクリードをやったと思っているが、ティーグはその意見に与《くみ》しない。クリードなら射撃がはじまる前に床に伏せて、すぐに適当な防護物を見つけているだろう。

家のなかには少なくとももう一人いるはずだ。だれが住んでいるのか知らないが、それは問題ではない。問題は、クリードが状況を見極め、より安全な場所に退避するだろうということだ。玄関からのこのこ出て来はしない――つまり、裏から逃げる。

サクランボを木から摘むように、クリードを摘みだせると考えただけで、ティーグの脈拍は跳ね上がった。エルヴィスを気取って、公演は終わったよ、と会場をあとにしたかもしれないが、まだそんなに時間は経っていない。たかだか十分だ。クリードのことだから、まず家にいるやつらをなんとかしようとするだろう。ティーグはしばらく唇を嚙んでいたが、決心して無線機を取りだし、仲間たちを呼びだした。「こちら鷹。右手に移動して、最初の家の裏側が見える場所を探す」みんなに自分の行動を知らせておくのはいい考えだ。間違って頭を吹きとばされずにすむ。

同じ情報をゴスにも伝えた。ゴスはコクリとうなずき、すぐに自分の持ち場に注意を戻した。ティーグはゴスのことをかなり買っていた。とくに目立つことをやるわけではないが、ティーグの行動の意味を即座に理解する。

右手にはそれほど進めなかった。六十メートルほど行ったところで急な崖になって渓流に至る。道路のこちら側は、ぐらぐらした巨岩だらけの急な傾斜地なので、踏みまちがえれば、よくて足首か膝の捻挫、へたすれば骨折しかねない。苔で巨岩は滑りやすく、道はぬかるんでいた。しかもクソ重いスコープつきのライフル銃を持っている。居場所を特定されてしまうから懐中電灯が使えないせいで、ますます歩みは遅くなる。刻々と時が過ぎていくあいだに、クリードがこっそり立ち去ってしまうかもしれないと思うが、歩みを速めることはできなかった。畜生、せめて橋を吹き飛ばす前に、ブレークがやつの居場所を知らせてくれていれば――

ようやく家の裏手が、少なくともその一部が見えるところまで来たので、ティーグはライフル銃を構えて角度を確認した。最高の角度ではないが、これ以上進むことはできない。巨岩のうしろに位置を決め、岩に銃身をのせて安定させ、照準を家に合わせ、待った。

こちらの方向から弾は発射されていない。クリードは一斉射撃がどこから来ているか、反射的に見当をつけたはずだから、もし状況を把握したいと思えば、家の裏手の隅を選ぶのが順当だろう。こちらがスターライト・スコープを持っている可能性は考慮に入れているはずだが、値段がクソ高くてそれほど役に立たない赤外線スコープまで持っているとは思わないだろう。注意深くゆっくり動いて裏手の隅まで移動するはずだ……

巨大な熱の影が不意に家から飛びだし、すごい勢いで移動してなにかのうしろに飛びこみ、姿を消した。小声でののしりながら、ティーグはスコープで影を追い、十字線を合わせようとした。だが、不意を衝かれたせいで、いま撃っても闇雲に撃つことになる。クリードにこちらの存在を知らせるだけだ。もっといい狙撃チャンスを待つべきだろう。

なんだ、この熱画像はおかしな形だぞ、大きなクモかなにかのようだ。動揺がおさまっていなかったので、ティーグの脳が、目から送られてきた画像を解析して二人の人間であると結論づけるまでに少しかかった。行進するように移動しているその影は、小さい体のうしろに大きい体がぴったりくっつき、四本の脚、四本の腕、分厚い胴体を持っている。つまり二人の人間。

いまここで赤外線スコープのかわりにスターライト・スコープが使えたなら、彼らがなんのうしろに飛びこんだかはっきり見えただろう。車だ、おそらく。裏口のそばに駐めてあったと考えれば筋は通る。だが、ティーグに見ることができるのは黒いかたまりだけで、そのかたまりは熱をまったく生じていない。ということは、もしそれが車なら、エンジンが冷えるほど長くそこに駐めてあったということだ。まずい。エンジン部はものすごくいい鎧《よろい》になる。どんな弾も貫通できない。

だが、こちらは一発も発射していないから、クリードは安全だと思っているはずだ。見られていないと思えば、つぎの行動に出るとき多少は注意を怠る。そのときには、こちらは準備万端だ。

スコープに細い光が映り、すぐに見えなくなった。やつらはなにをしているんだ？　位置を変えているのだろう、たぶん。また走りだすために準備しているにちがいない。家には戻らないだろうし、橋のほうに来るはずもない。となれば残るは二方向だけだ。クリードはだれかといっしょにいて、そのだれかを守ろうとしている——小柄なほうだ。女か？　そうだとすれば、自分たちと狙撃者のあいだにより多くの遮蔽物や壁を置き、より多くの距離を取ろうとするだろう。ということは、渓流のほうに後退するはずだ。

時間が過ぎた——あまりに長い時間が。クリードはいったいなにを待っているんだ——クリスマスか？　ティーグは時計の光る文字盤をのぞき、ブレークが無線でクリードに関する情報を伝えてきてから三十四分過ぎたことを確認した。ということは橋を爆破してから四十四、五分経っている。ライフル銃の掃射もいまは止んでいた。住人はすべて撃たれたか、防護物に隠れたか、射程外に退避したかだ。ときおり撃っているのは、いまいる場所から移動させないためだ。おそらくクリードがしようとしているのもそれだろう。

いや、車の陰では——ティーグはクリードたちがそこにいるとほぼ確信していた——あまりにも狭いし、寒さを防げない。食べ物も飲み物もない。クリードは動く。それにしても、なんて忍耐強い野郎なんだ。予想をはるかに上回る忍耐強さだ。

腕時計の分針がかちっと一刻み動き、またひとつ、またひとつ動いた。そろそろ橋の爆破から五十分だ。自分のほうがもっと忍耐強い、とティーグは思った——彼らがそこにいることを知っているからだ。

五十三分。

よし、来たぞ！　熱画像がスコープいっぱいに、はっきりと明るく映った。二人とも中腰ですばやく移動している。ティーグは息を吸い、半分吐きだして、光る影が消えたところで引き金を引いた。

直後に、スコープの下半分にこれまで見たことのない明るい光が現われ、目の前の巨岩が爆発した。

19

ニーナと二人、まさに宙を飛んでいるとき、クリードはライフルの銃声を聞き、左足首の上に強い衝撃を感じた。つぎの瞬間、腹にズシンとくる轟音がして、二人はポンプ室の裏手の地面に叩きつけられた。その拍子に、ニーナを抱いていた腕が離れ、ニーナは地面に転がった。左足が巨人にハンマーで殴られたように痛み、嚙みしめた歯の隙間から苦痛のうなり声が洩れた。本能的に体を丸めて脚をつかんだが、その実、知るのが怖かった。「クソッ！ドジッた！」

ズボンは血でぐっしょり濡れて脚にへばりつき、靴のなかにもあたたかい血が溜まってゆくのがわかった。手のひらで傷口を強く押しながら、足首の下がまだくっついていることに少し驚いた。大口径による銃創はいやというほど見てきた。腕や脚が文字どおり吹き飛ばされるのを何度も目にしてきたから、撃たれたとわかった瞬間、激しい怒りはむろん感じたが、傷を負ったことに妙な諦めもおぼえた。足はまだ本体にくっついていて、数メートル先に落ちているわけではないが、かなりひどくやられているだろう。ブーツを脱がないとわからない。

ブーツのせいで傷口をうまく圧迫できないから、まずブーツを脱がなければ。一刻も早く。

ニーナが這ってきて、両手でクリードの胸や肩を触った。「ジョシュア、大丈夫？　なにが起きたの？」

「くそったれ野郎がおれの左足をやりやがった」苦痛のあまり口走ったものの、良識が働き、小声でつけ加えた。「あっ――失礼」

「〝くそ〟という言葉くらい聞いたことあるわ」ニーナが軽く言った。「自分で言ったことも何回か。懐中電灯はどこ？」

「右のポケットだ」地面に仰向けになってポケットを探り、懐中電灯とナイフを取りだした。

「ブーツを切り裂いてくれ。うまく止血できない」

「おれがやる」背後から聞こえた声に、二人は飛び上がった。

クリードの右手が反射的に伸びて、武器があるはずの場所を探るのと同時に、黒っぽい人影がビシャビシャ音をさせ、水滴を振りまきながらかたわらに片膝を突いた。クリードの潜在意識から二発めの銃声がよみがえり、ばらばらだったピースがぴたりとはまった。「こそこそしやがって、どこにいたんだ？」

「川岸に」寒さで歯をカタカタいわせながら、カルが答えた。地面にショットガンを置き、クリードのナイフに手を伸ばし、小さい懐中電灯をニーナに手渡した。「これでクリードの足を照らしてくれ」ニーナは即座に従った。

「なぜ狙撃者に気づかれなかった？」

「やつらは暗視スコープじゃなく、赤外線スコープを使っていると踏んだ。それなら、画面に映しだされるものしか見えないから、濡れて体を冷たくした」

熱源にならないようにしたわけか、とクリードは思った。カルがブーツを切ると、脚に激痛が走り、全身が震えた。気をそらすため、カルがとった行動について考えてみた。狙撃者が暗視スコープを持たないほうに賭けたわけだ。間違っていたらどうするつもりだった？

「まったく運のいい野郎だ」言ったとたん、ずたずたのブーツを足からはがされたので、口をつぐみ、うめき声をこらえた。

「運じゃない」カルがしらっと言う。「優秀なんだ」かつて何百回と聞かされた、鼻持ちならないがもっともな返事に、クリードは一気に昔に返った気がした。真っ暗闇で任務を遂行し、ときに窮地に追いこまれ、能力と規律と訓練と、純然たる幸運によってようやく生還していたころのことだ。懐中電灯を手に、カルのかたわらにひざまずくニーナを見て、驚きにも似た感覚をおぼえた。表情こそ心配そうだが、懐中電灯を持つ手は揺るぎない。一瞬、部下たちがまわりに集まっているような錯覚をおぼえた。

視線を足に移し、今度はほんとうに驚いた。くそ忌々しいほど血が流れているが、傷そのものは、もちろん充分にひどいが、予想していた半分もひどくないようだ。「跳ね返り、砕けていたにちがいない」クリードが言った。弾のことだ。一発ではなく、一部が当たったのだろう。

「たぶんな」カルがクリードの足を裏返した。「ここに貫通した出口がある。破片が骨にあたって横にそれたようだ」

「包帯を巻いてくれ。そうすればここから逃げられる」

弾が当たった衝撃で骨が折れたのは確実のようだ。楽観視できないことはわかっている。止血する必要があるし、感染症に罹《かか》るかもしれない。筋肉裂傷で後遺症が残るかもしれない。だが、最悪の事態に比べれば、まだしもだ。腿を撃たれて脚を失った男を何人も知っている。そう考えたら、気分が明るくなった。

「なにで巻けばいいかしら？」ニーナの口調から、パニックの兆《きざし》が感じられた。ここまで立派に持ちこたえているほうが不思議なくらいだ。たしかに、悪いやつらがまだそこらにいて、忍び寄ってきているかもしれない。クリードは怪我をしている。いくらカルでも、悪者を阻止するのと、クリードを助けるのと、一度にできるわけではない。

カルが無言で上着とシャツを脱ぐ。わずかな光を受けて、濡れた上半身がきらめいた。クリードのナイフを使ってシャツの片袖を切り取り、切りこみを入れてほぼ最後まで引き裂く。少し残した部分を、よりひどく出血している射出口のほうにぴったりと当て、裂いた布を交差させては適度に締めながら巻いてゆき、最後に布の端をしっかり結んだ。

「いまできるのはこれくらいだ」カルは言い、シャツの残った部分をまた身にまとった。低体温にならないためには、濡れた服を着ているべきではない、とクリードは思った。夜の冷えこみは厳しく、濡れた服を着ていると、なにも着ていないよりも早く体温が奪われる。カルがそうしない理由はただひとつ、赤外線スコープに感知されないためだ。

「狙撃者を殺したか？」クリードが尋ねた。

「殺してなくても、十年は寿命を縮ませた」カルは、ニーナから懐中電灯を受け取ってスイッチを切り、ポケットに滑りこませた。「だが、油断はできない。少なくとも最初のうちは。そいつをやっていたとしても、まだ複数の狙撃者が好位置からおれたちが動きだすのを待っているはずだ。こっちの方向に行くしかない」渓流のほうを示す。「やつらとのあいだにできるだけ多くの家を挟み、距離もとらなければ」

カルは寒さに震えながら、クリードを手伝って立たせると、左側にまわりこんで怪我をした足に体重がかからないよう支え、ショットガンを左手に持った。カルが左手で撃つのを見たことがなければ、クリードは不安をおぼえたかもしれない。だが、部下たち全員、こうした状況に備え、どっちの手でも銃が撃てるよう訓練してあった。

「彼は歩けないわ！」ニーナが驚いたように言った。

「もちろん歩けるさ」カルが請け合った。「脚が一本残ってるからな。ニーナ、おれの上着を頭からかぶれ。濡れていて気持ち悪いだろうけど、熱をかなり遮蔽できる」

完全にではないが、狙撃者をまごつかせるには充分だろう。長く寒く辛い道のりになるだろう。

「がんばれ、海兵隊」クリードは自分に発破をかけた。

「移動開始だ」


ケイトと隣人たちは、弾がかすめ飛ぶなか、何度も地面に伏せながら、なんとか死傷者を出さずにリチャードソンの家までたどり着いた。つまずいては走り、倒れてはすぐとび起きてまた走り、あたかも恐慌をきたした避難民のようだった——あたらずといえども遠からずだ。それぞれが持てる物を運び、ケイトも毛布とコートを抱え、カルが置いていった救急箱を握りしめていた。救急箱は重く、脚に当たって走りづらい。この存在がだれかの生死を分ける事態なんて考えたくなかったが、そうなることは避けられないから置いていけなかった。

リチャードソンの家は溪流に向かって傾斜する土地に建てられており、その結果、トレイル・ストップで唯一地下室があった。昔に建てられた家は、野菜を貯蔵する穴蔵を備えているが、貯蔵庫ではいざというときに地下室ほど安全ではないし、数人ならまだしも、いま移動している二十人あまりが入れるほどのスペースはない。目指すリチャードソンの家の白い壁が、闇のなかにぼんやりと浮かんだ。窓の明かりはすべて消えている。

「ペリー！」ウォルターが家にちかづきながら、大声で叫んだ。「ウォルターだ。あんたとモーリーンは無事か？」

「ウォルターか？」家の裏手から声が聞こえたので、その方角へ向かった。家のほうから伸びてきた懐中電灯の光が、前方のでこぼこの地面を照らしだし、こちらの正体を確認するようにみんなの顔にも向けられた。「おれたちは地下室にいる。さっきの轟音はなんだったんだね？　撃っているのは何者だ？　なぜ停電したんだ？　保安官事務所に連絡しようとしたんだが、電話が通じない」

電線を切ったにちがいない。メラーとハクスレーの復讐心の根深さにぞっとして、ケイトは体を震わせた。現実のこととは思えない。いくら腹が立ったからといって、常軌を逸している。あの男たちは正気じゃない。

「さあ入ってくれ」ペリーが懐中電灯の光で入口を示した。「ここなら凍えない。石油ストーブをつけたから、だいぶあったかくなっている」

みな口々に感謝の言葉を述べながら、よろよろと地下室の外扉からなかに入りこんだ。この地下室も、たいていの地下室と同じく、使わなくなった家具や古着やがらくたがごたごたと詰めこまれていた。空気はかび臭く、床はむきだしのコンクリートだ。だが、石油ストーブが驚異的なあたたかさを作りだし、そのうえ石油ランプもあった。黄色い光はうす暗く、隅に黒い影を投げかけている。それでも冷たい闇から来た者たちには、その光が奇跡にも思えた。モーリーンが小走りに出てきて、同情するように舌打ちをした。背が低くふっくらとしていて、雌鶏《めんどり》みたいな女だ。

「さてさて、どうしたものかしら？」だれにともなく尋ねた。「上にろうそくが何本かと、ランプももうひとつあるわ。あたしが行って取ってきましょう。あと毛布も」

「わたしが行こう」夫が言う。「おまえはここにいて、みんなが落ち着けるように助けてやり。古いコーヒーポットはどこにしまってあったかな？　時間はかかるが、石油ランプでコーヒーを沸かせるだろう」

「流しの下にあるわ。よく洗ってね——待って、だめだわ、水がないんだから。コーヒーも淹れられない」トレイル・ストップは全戸に井戸があり、リチャードソン宅にもあるのだが、電気モーターで水を汲み上げている。電気が切れればポンプも動かない。停電になったときは、発電機を持っているウォルターー・アールが、気前よく隣人たちにも井戸の水を提供してくれるが、彼の家は狙撃者たちにちかい側だから、水を汲みに井戸に行くのは危険すぎる。

ペリー・リチャードソンはすぐに気を取りなおした。「バケツがあるさ。地下室のどこかに綱もしまってある。工夫してやってみよう。だれか手伝ってくれれば、すぐにコーヒーを飲めるぞ」

ペリーとウォルターが水を汲みに出てゆき、モーリーンも懐中電灯を持って一階にあがっていった。ケイトも一瞬ためらったがあとにつづいた。

「運ぶのを手伝います。リチャードソンさん」階段をのぼりきってキッチンに入った。

「あら、ありがと。それから、モーリーンと呼んでちょうだい。いったいなにが起きているの? あのすごい音はなんだったの? 家が揺れたわ」モーリーンは言い、懐中電灯を戸棚の上に立てて光を天井に反射させ、キッチン全体を照らすようにしてから、キッチンの隣りの部屋に置いてあった空の洗濯籠を取った。

「爆発よ。彼らがなにを爆破したか知らないけど」

「彼ら？　だれの仕業《しわざ》か、あなた知ってるの？」モーリーンがキッチンを動きまわって必要な物を集め、洗濯籠に入れながら語気荒く尋ねた。

「こないだの水曜に、ニーナとわたしに銃を突きつけた二人組だと思うの。その話、聞いたでしょ？」遅ればせながら、モーリーンがあの午後、食堂に集まった人たちのなかにいたかどうか思い出そうとした。いたとしても見たおぼえはなかった。

「あらまあ、知らない人はいないわよ。ちょうどその日、ペリーがボイシの病院に検査しに行って――」

「異常なしだったんでしょ」

「ええ、大丈夫。辛い物の食べすぎで胃がおかしくなったのよ。あたしの言うことなんてこれっぽっちも聞かないのに、同じことをお医者さんに言われたら素直なものよ。蹴っとばしたくなることあるわよ。でもしかたない、おたがいさまだしね」モーリーンは戸棚から紙コップの入ったビニール袋を取りだして籠に加えた。「さあ、毛布とクッションを集めましょう。食堂の椅子をおろせば、座ってもらえるわね。男の人たちに運んでもらいましょう。なぜその二人組は戻ってきたの？」

話題が切り替わったことに気づくのに少しかかった。「まるでわからない。カルにしてやられたんで、頭に来たんだとは思うけど。なにが欲しかったのかも知らないのよ」

「悪者なんてそんなものよ。卑劣で正気じゃないんだから、こっちも卑劣で正気じゃなくならないかぎり、なに考えてるかわかるはずないわ」

彼女の単純だが思いやり深いものの見方は、人間観、人生観、現状把握、どれをとっても一貫していて心地よい。ケイトは思いのほか心が癒されるのを感じながら、家じゅうをついてまわり、毛布とタオルや、装飾用の枕やクッションを集め、ほかにも地下室を快適にするのに役立ちそうな物を運んだ。つねに姿勢を低く保ち、モーリーンにもそうするよう言ったが、荷物を持っているからなおさらきつかった。でも、弾はかなりの距離を飛んでくる。この家が安全かどうかわからない。

ケイトたちが何往復かして階段まで運んだ物を、そこに待っている人たちが手渡しで地下に運び入れた。

「これでよしと。あとはソファーのクッションだけね」モーリーンが最後にリビング・ルームに向かおうとした。

ケイトは、突然胃がよじれるほどのパニックを感じ、慌ててモーリーンの腕をつかんだ。「そっちへ行っちゃだめ」ケイトのほうが背が高く力も強かったので、無理やり階段のほう

に引っぱった。「リビング・ルームは攻撃を受けやすいわ。そもそも、懐中電灯をつけたまま
こんなに長く一階にいただけでも危険なんだから」不意に地下室に飛びこみたい気持ちに
駆られた。肌がピリピリした。銃弾がこっちに向かって飛んできているような感じがする。
大気を震わせ、壁を貫通し、音よりも速く、まるでそれ自体の意志を持つように、ケイトに
狙いをつけ、どんなに転げまわっても逃れられない。

ケイトが叫んでモーリーンに肩で体当たりし、もろともに床に倒れたちょうどそのとき、
リビング・ルームの窓ガラスが粉々になった。怒り狂った金属のクマンバチのかすかな羽音
がした刹那、ザザザッ！　という音もろとも壁が砕け散った。

そのあとから、ライフル銃が発射されたときの、低く抑揚のない衝撃音が届いた。

モーリーンが悲鳴をあげた。「まあ、なんてこと、まあ、なんてこと、あの窓を撃ったん
だわ！」

「モーリーン！」地下からペリーの慌てふためいた怒鳴り声がして、階段を駆けあがる大き
な足音が聞こえた。

「わたしたちは無事よ！」ケイトが叫んだ。「戻ってて。すぐおりていくから」闇雲に立ち
上がり、片手でモーリーンのシャツの背中をつかみ、その体を持ち上げるのと同時に押しだ
した。恐怖のせいで思いもよらぬ馬鹿力がでた。ケイトの静止を聞かずに出てきたペリーの
ほうにモーリーンを押しやると、抱きとめたペリーは階段から落ちそうになり、集まってき

ていた人びとに支えられた。ケイトも戸口にとびこみ、階段を数段おりたところで、ようやく屈みこみ、自分の頭を床よりさげた。間一髪だった。神経が極度に昂《たかぶ》り、体が震えている。「ケイトが止めてくれた。あたし、リビングに行こうとしたの」モーリーンが夫の胸のなかですすり泣いた。「命を救ってくれたのよ。わたしにタックルしたの。どうして気づいたのかわからないけど、ケイトは気づいて――」

本人もわかっていなかった。階段に座りこみ、両手に顔を埋めた。歯がカチカチいうほど体が震えている。だれかが――シェリーだろう――毛布をかけてくれて、やさしく、だがきっぱりと階段をおりるように促し、床に置いたクッションに座らせてくれても、震えはまだおさまらなかった。

ショックと疲労のせいか、意識が朦朧としていた。まわりのおしゃべりを聞くともなく聞きながら、石油ストーブの青い光を見つめ、ストーブの上の旧式のキャンプ用コーヒー沸かしが沸騰するのを待った。そして、カルを待った。もう帰ってきていいころなのに。視線をドアに向け、開くのを待ち望んだ。

一時間は経ったころ――時間の進み具合が根本的におかしくなったのでないかぎり、一時間のはずだ――ついに外に通じるドアが開き、人が三人、よろめきながら入ってきた。ぼさぼさの濃い金髪が見えて、寒さで真っ青になった顔が見えた。ミスター・クリードがカルとニーナの肩に腕をまわしているのが見え――

ケイトは毛布を払いのけて飛びだし、三人が床に崩れ落ちるのを支えようと駆け寄った人の輪に加わった。驚きと問いかける声が入り混じるなか、カルとニーナに体重を預けていたミスター・クリードの体をみんなが支えて、床のクッションの上におろした。ふらついて倒れそうになるカルを、ケイトは必死に抱きとめ、腋の下に肩を入れてなんとか支えようとした。

「ジョシュアは撃たれてる」ニーナが喘ぎ、がくりと膝をついて大きく息を吸いこんだ。「カルは凍えている。水のなかにいたから」

「濡れた服を脱がせよう」ウォルターが言って、カルをケイトから引き離した。場所柄、ここに住んでいる人たちはみな、低体温症の処置法を知っている。じきにだれかがカルの前に毛布を広げ、カルは助けを借り、濡れて凍りついた服をなんとか脱いだ。ざっと体を拭かれるあいだ文句も言わず、あたためた毛布を体に巻きつけられ、ストーブのそばに座らせられた。コーヒー沸かしがフツフツいいはじめ、ケイトは紙コップに砂糖を入れてコーヒーを注いだ。コーヒーはまだ薄かったが、あたたかいし、コーヒーにはちがいない。

カルは歯をカチカチいわせ、激しく震えていたので、コーヒーカップを持てない。ケイトは隣りに座り、こぼして火傷《やけど》しませんようにと祈りながら、カップをカルの口に持っていった。なんとかひと口すすり、カルはあまりの甘さに顔をしかめた。

「コーヒーは砂糖抜きがいいんでしょ」やさしく言う。「でも、とにかく飲んで」

全身が寒さと闘っているからうまく返事ができないが、カルはなんとかうなずき、またひと口すすった。ケイトはカップをわきに置き、彼の背中にまわり、毛布を払いのけないように気をつけながら、背中や肩や腕をできるだけ強くさすった。

その晩は気温がぐんとさがったから、濡れた髪に氷の結晶ができはじめていた。ケイトは、ヒーターにかざしてあたためたタオルで髪をこすった。だいぶ乾いたころには震えも引き、骨と歯を揺すぶるほどの激しい震えがたまにぶり返すだけだった。もっとコーヒーを飲ませようとすると、カルは手を伸ばしてカップを受け取った。

「足は大丈夫?」

「わからない。まったく感じない」疲れきっているのか声に抑揚がない。体温をあげようと全身が激しく震えるせいで、体力の消耗に拍車がかかる。座ったまま揺れだし、まぶたが重くなっている。

ケイトはカルの足もとに座り、毛布を折り返した。両手で冷たい足を包み、さすったり息を吹きかけたりしてあたためた。冷たさで真っ白だった両足に血色がもどってきたので、あたためたタオルで包みこんだ。「横になったほうがいいわ」

カルはやっとのことで頭を振り、ニーナに世話されているミスター・クリードに目をやった。「ジョシュにしてやれることがないか見てこなくちゃ」

「そんな状態じゃなにもできないわ」

「いや、できる。もう一杯コーヒーをくれ――今度はブラックで――それになにか着る物。そうすれば五分で動けるようになる」見上げる淡い色の目から、ケイトは決意を読み取った。

この人は眠る必要があるけれど、一瞬のうちに交わされた無言のやりとりから、すべきだと思っていることをやり終えないかぎり、眠らないだろうとわかった。なるべく早く彼を眠らせるには、手を貸して、やるべきことをやり終えさせることだ。

「もう一杯コーヒーね。ちょっと待ってて」ケイトはコーヒーを注ぎながら、隣人や友人たちを見まわした。恐怖に駆られ途方に暮れていた人びとが、いまはもう落ち着いて、自分ができることをやっていた。何人かはクッションや枕を並べ、毛布を配っていたし、何人かは使える武器や銃弾の数を調べていた。ミリー・アールは食べ物のやりくりに余念がなく、ニーナはミスター・クリードの看護を仕切っていた。クリードはズボンを切り取られ、体を毛布でくるまれていた。怪我した脚だけは毛布をかけないで枕の上に載せてある。ニーナが傷を慎重に洗ったが、それ以上はなす術がないようだ。

ケイトはモーリーンに、カルが着られる物はないか尋ねた。モーリーンが箱から発掘したジーンズはウエストが大きめだが、どうにかなるだろう。ペリーが一階を漁りにゆき――真っ暗ななかを這って――きれいな下着と靴下と、保温性のよいプルオーバーを見つけてきた。カルは毛布の下でパンツをはくと毛布を跳ねのけ、残りの服を大急ぎで身につけた。

ケイトは、裸同然のカルを見まいと必死になったが、つい見てしまい、せっかく貼ったバタフライ型の絆創膏はとれ、ふたつの傷口から血が滲み出ているのに気づいた。ケイトの表情に気づいたシェリーが、身を寄せてきてささやいた。「あれこそ男よ」

「ええ、ほんと」

カルは服を着終わると、ゆっくりとクリードのかたわらに寄り、救急箱に手を伸ばした。ケイトは自分を励まし、不意に襲ってきた吐き気をなだめ、手伝おうとちかづいた。

「なにをしたらいい？」そう尋ね、カルの横にひざまずく。

「まだわからない。傷の具合を見てみよう」

ニーナがクリードの頭のほうに移り、真っ青な顔で見守るなか、カルはふたつの傷を仔細に調べ、その下の骨をそっと突いた。クリードが悪態を嚙み殺し、体をのけぞらせた。ニーナがその手を握る。太い指が握り返す力の強さに、ニーナは顔をしかめた。

「骨が折れていると思う」カルが言う。「だが、ずれてはいないようだ。弾の破片を探さないと――」

「勝手にしくされ」クリードが怒鳴った。

「――感染して脚一本失うことになる」カルが言い終えた。

「くそ――」クリードがニーナからケイトに視線を走らせて歯を食いしばった。

「あんたはタフだから、我慢できる」カルが同情のかけらもない口調で言う。それからケイトをちらっと見た。「明かりが欲しい。もっとたくさん頼む」

ろうそくの光も石油ランプも、傷口を調べるのに適さない。そこでシェリーが、カルの強力な懐中電灯を持ってケイトのうしろに立ち、クリードの脚を照らした。カルが救急箱から鉗子《かんし》を取りだし、傷口を探るあいだ、クリードはののしりつづけた。弾の破片がひとつ、クリードのブーツの皮の切れ端、血に染まった綿の靴下の切れ端が見つかった。終わったときには、クリードの顔は蒼白で、汗びっしょりだった。

ニーナはこの試練のあいだ、クリードにささやきかけ、冷たい布で顔を拭ってやっていた。ケイトはカルの要請に応じて必要な物を手渡し、それから、カルが異物を探すあいだ、傷の下にフライパンをあてがっていた。縫合がはじまるとくらっときて、視線をそらした。破れた皮膚に針が突き刺さるのを見ただけなのに、なぜ吐き気がしたのだろう。カルが傷の縫合をいつ習ったのか、医療訓練をどこで受けたのか不思議だったが、そういうことは、いましなくてもいい質問だ。

傷の縫合した痕に抗生物質が塗られ、クリードには抗生物質と鎮痛剤が与えられ、脚の下半分にきっちりと包帯が巻かれた。

「あしたになったら、骨を少し支えるために添え木を当てよう」カルは言い、疲れきったようすで立ち上がった。「今夜はどこへも行かないだろうから」

「行けるかどうか試してみないように見張っているわ」ニーナが言った。

「聞こえているさ。そんなことするもんか」クリードは不機嫌な声をだしたが、よほど消耗していたらしく、ニーナがそばに座っても文句を言わなかった。

「二、三時間眠る」カルが静かな隅を探して部屋を見まわした。

「すぐ用意するわ」ケイトはシェリーといっしょに大急ぎで毛布と枕をつかみ、モーリーンがさきほど開けた箱から古着を出して重ね合わせ、即席のマットレスを作った。遮蔽用にいくつかの箱を引っぱってきて、古着マットレスの両端に二個ずつ積んで並べ、その箱に古いカーテンを渡し掛けた。これでいちおう光をさえぎり、プライバシーを確保できる。

カルが困惑の表情を浮かべた。「床に毛布一枚敷いてくれるだけでいいのに。もっとひどい状況で寝たこともある」

「そうでしょうね」ケイトが答えた。「でも、今夜はそうする必要ないでしょ」

「おやすみなさい」シェリーが言った。「いいこと、カル、全部自分でやろうなんて思わないこと。ほかの男たちがちゃんと相談して、交替で見張りに立つことになってるから、二、三時間よりはもう少し長く眠ったほうがいいわ。なにかあったら、すぐ起こすから」

「はいはい、わかりました」カルが言うと、シェリーはほかの人たちのところに戻っていった。

ケイトはなにを言えばいいのか、なにをしたらいいのかわからずまごまごした。「おやすみなさい」そっとつぶやき、シェリーのあとを追おうとすると、カルに手首をつかまれた。身をすくめ、彼を見つめた。目をそらすことができない。心臓が激しく脈打つ。彼の青白い目が顔を舐めまわし、唇で止まった。

「きみも疲れている」静かな声で言い、驚くほど強い力で彼女を即席の寝所に誘った。「おれといっしょに眠ろう」

20

頭のなかが真っ白になった。「な、なに?」舌がもつれる。なにがどうなってるんだか、気がつくと毛布でくるんだ古着の上に横たわり、積み上げた箱から垂れるカーテンの裾を見上げていた。一瞬、ばかなことを考えた。急ごしらえのベッドなのにすごく快適だし、なかはちゃんと暗い。なかなかなもんじゃない。いっしょにいる二十人を越す人たちの話し声は途切れることがないけれど、遠くでくぐもって聞こえる。

「おれといっしょに眠ろう」彼は静かにくり返すと、限られた空間に体を横たえ、枕に頭を並べた。ケイトにだけ聞こえるようにひそめた声。じっと見つめられると、その水晶のような深みに魅せられて、ケイトは考える力を失い、息をすることも忘れた。彼の魂をのぞきこんでいる気がして、セックスをしたよりも強い結びつきを感じた。ほとんど無意識に手を伸ばし、彼の唇に軽く触れていた。指先に感じるのは、わずかに湿ったやわらかさ。その手を彼がつかむ。その指は冷たく硬く、それでいてかぎりなくやさしかった。そうしてケイトの手を返し、指関節に唇をつける。こんなに甘く、こんなに軽いキスははじめて。

彼のかたわらに寝ているなんて、そのちかさに心が乱れる。全身で人と触れ合うのは、デレクが亡くなってからはじめて。一人寝があたりまえになり、好きな人と寄り添って寝ていたのがはるか昔に思える。二人の息が混ざり合い、彼の肌の熱い香りを吸いこみ、力強く脈打つ鼓動を感じる。二人とも服を着ているのに——彼女のほうはフランネルのパジャマの上に、リチャードソンの家に向かう前に取ってきた厚手のカーディガンを羽織っただけだが、それでも体はおおい尽くされている——裸でいるみたいに無防備だ。狭い寝所の外にいる隣人たちは、便利屋と未亡人の仲がこれからどうなるのか、興味津々にちがいない。彼女自身にも、これからどうなるのかわからなかった。そう思うと頬が火照る。あまりにも急激な変化に、どうして、どんなふうに変わったのかわからない。なにが変わったのかさえ、わからない。わかっているのは、あの内気なミスター・ハリスが消えてしまったこと。まるで最初から存在しなかったかのように。かわって登場したのが、カル。ショットガンを抱え、傷縫合の得意な、見知らぬ男。まなざしで彼女を裸にしようとする。

そりゃそうよ。脳みそがささやく。彼は男。男は女を裸にしたがる。男とはそういうもの。単純なことだ。

でも、ケイトの気持ちは単純ではない。混乱と狼狽《ろうばい》と不安を感じながらも魅了されていた。カルも単純な男ではない。だれにでも人には見せない奥があるが、カルの奥の深さときたらネス湖に匹敵する。ここから這いだして一人で眠るべきだ。彼は引きとめないだろう。ケイトの判断を受け入れるはずだ。だが、そうするべきだと自分に言い聞かせるのと、そうしなさいと命じるのはまったく別で、最初のほうは可能でも、二番めはあきらかに無理だった。「考えるのをやめたほうがいい」彼がつぶやいて、指で彼女の額に触れた。「ほんの少しでいい。お眠り」

彼は本気だ。彼女が隣りで眠ることを期待している。二人の爪先がずっと同じ方向を向いているか、みんなが見守っているというのに。疲労で全身が重たいが、とても目を閉じるなんてできない。「ここでは眠れないわ！」切迫したささやき声だが、やっと声が出るようになった。「みんなが思うわ――」

「そのことはあとで話さなければと思っている」彼の声は眠たげで、まぶたも落ちかかっていた。「だが、いまは少し眠ろう。おれはまだ寒いし、あしたはひどい一日になる。頼む。今夜はきみにそばにいてほしい」

彼は凍え、疲れている。率直な願いに心を射抜かれた。「そっち向きになって」ケイトがささやくと、カルはなんとか寝返りをうって背中を向けた。ケイトは毛布をもう一枚広げて二人の上に掛け、手を伸ばして囲いから突きだした二人の両足をくるみこんだ。彼の背中に寄り添い、まだ凍えている自分の足をカルの靴下をはいた足に押し当てた。

眠りかけていたカルが、満ち足りたため息をついてすり寄ってくる。ケイトは腕枕をし、もう一方の手をカルの腰にまわして、太腿を彼の腰にぴったり添わせた。遅ればせながら、彼の肩と腕の傷の手当てが必要なことを思い出したが、この三十秒のあいだに彼の息遣いが深くゆったりとしていたから、起こしたくはなかった。

ぬくもりがじわじわと広がり、ケイトも眠くなった。箱の壁の向こうもだんだん静かになった。みんなできるかぎり休息をとろうとしているのだ。シェリーが言っていたように、男たちが交替で見張りに立っていた。この狭い地下に銃弾は届かない。朝までは比較的安全だろう。朝になれば、なにが起きたのかはっきりわかる。いま、眠っていけない理由はない。ケイトはカルの背中にぴったり寄り添い、腰にまわした手をお腹から胸へと滑らせた。手のひらに心臓の鼓動を感じながら、眠りに落ちた。

撃たれてしばらく、ティーグは起き上がれなかった。ようやくなんとか座りこんだが、なにも見えない。額上部の傷からあふれる血が両目に入り、視界をふさいでいた。頭が割れるように痛い。いったいなにが起きたんだ？　自分がどこにいるかもわからず、両手で探ったが、岩また岩でほかにはなにも見つからない。戸外にいる。それだけはわかる。だがどこに？　なぜ？

ティーグは待った。経験から、意識がはっきりすれば記憶も戻ることはわかっていた。失血を遅らせるために、裂傷を手で圧迫し、そのせいで感じる痛みは無視した。

最初に思い出したのは、すさまじく明るい閃光とドーンという音、巨人に頭を殴られでもしたような衝撃。

撃たれた。いや、そんなはずはない。頭を撃たれたなら、いまここに横たわってあれこれ考えていられるはずがない。弾が多少それたのか。皮膚をはぎ取られたように、顔が熱い。足の下の岩にライフルの一粒弾《スラッグ》が命中し、飛び散った岩の破片が顔に当たったにちがいない。〝スラッグ〟という言葉が頭に浮かんだ瞬間、〝ショットガン〟を思い出し、記憶の断片が正しい位置にはまった。ドーンというのはその銃声だ。自分が撃ったのとほぼ同時だったから、二つの銃声が重なって聞こえたのだ。

仲間たちはショットガンの銃声を聞かなかったのか？　どうして安全確認の無線連絡がこないんだ？　頭がぼうっとしているせいで、無線で呼ばれたとしても、意識を失っていて聞こえなかったことに気づくまで時間がかかった。

無線機。そうだった。手で探ると、腰のベルトについたままだったのではずそうとしたが、両手が血で濡れていて思いのほか手間取った。もし落としたら見つけ出せないと思うとぞっとした。慎重に、しっかり握ったことを確認してから、〝通話〟ボタンを押そうとして――やめた。

助けを呼ぶことはできる。助けは必要だ。だが――まったく動けないわけではない。自分でなんとかできる。狼の群れと行動を共にするときは、弱みを見せてはいけない。さもないと生きたまま喰われる。ビリーは裏切らない。トロイもだ。しかし、ブレークはわからない。

トクステルとゴスははっきりしている——あっさり彼を裏切るだろう。自力で脱出できず、担架で運ばれでもしたら、弱いやつとみなされる。それだけはごめんだ。

オーケー、自力でやってやる。何度か深呼吸をして意識を集中させることで、割れるような頭痛とめまい、せり上がる恐怖感をかわそうとした。いつでも動けなければ。

まずは失血を止めること。頭の傷の出血はひどいものだから、短時間にかなりの量の血を失う。もうすでに失っているだろう。傷を圧迫しなければ。どんなに痛くても、強い圧迫が必要だ。

脳しんとうを起こしたことはわかっていた。脳に損傷があれば、時間の経過につれ悪化する。指で探ったかぎりでは、傷のまわりが急速に腫れ上がっている。耳学問によれば、これはよい兆候だ。脳の内側で腫れるのはよくない。脳しんとうだけなら、前にもやったことがあるからどうにかなるだろう。

背後の岩に寄りかかり、両脚を胸に引き寄せて足を踏ん張る。前屈みになり、右の肘を膝に突き、手のひらの付け根を傷にあてがい、全身の体重をかけて傷口を圧迫した。腕の力だけで圧迫するよりはるかに強い力が加わる。頭が爆発するような痛みは無視してその姿勢を保ち、呼吸に意識を集中して激しい痛みを乗り越えようとした。

その姿勢のまま、左の前腕で顔をこすり目から血を拭き取る。血というのはまったく忌々しい。固まって乾くと拭き取るのに往生する。顔を洗う水が必要だ。足もとの積み重なった岩の下に水はいくらでもあるが、そこまでおりていくのは、脳しんとうを起こしていなくて、なおかつ昼間でも二の足を踏む。いやだめだ、道路に戻ったほうがいい。

傷を圧迫しているため、やれることは限られていた。まあこんなものだろう。よい知らせは、長く座っていればいるほど、頭がはっきりしてきたことだ。すさまじい痛みはあいかわらずだが、まともに考えられるようになった。

悪い知らせは、長く座っていればいるほど、寒さを感じるようになったことだ。失血でショック状態に陥ったらたしかにまずいが、気温は零下までさがっている。いまでも寒いのに、低体温症になったら目もあてられない。この岩場を抜けださなければ。早ければ早いほどよい。体を動かすと頭がさらに痛んだが、かまうもんか、死ぬよりは痛いほうがましだ。

まだ出血しているかどうか、ためしに手を離してみた。ひと筋、流れ落ちる。急いで拭ってまた手を押し当てた。出血は止まっていないが、確実に減ってきている。

つぎはライフル銃だ。おれのライフルはどこだ？　ここに置いていくわけにはいかない。第一に、ばか高い赤外線スコープがついている。第二に、指紋がべたべたついている。もし岩から渓流に落ちてしまったら、自分で回収することができないから、だれかを取りによこさなければならない。それはつまり、狙撃場所を一カ所無人にすることで、それだけは避けたかった。

狙撃場所のことでなにか引っかかっているが、なんなのかわからない。そのうち思い出すだろう。いまは忘れよう――ライフル銃を見つけることに集中しろ。

左手で地面を探ったがなにも触れない。懐中電灯を使わなければ。だが、それはまずい。自分を撃ったクソ野郎にこっちの位置を知らせたくない……いや、やつはもう知っている。そうでなけりゃ撃てない。大きな疑問、どうやって知ったんだ？

ライフル探しをやめ、その問題をじっくり考えることにした。そうすることが大事に思えたからだ。ここまでくるのに懐中電灯は使わなかった。すると、撃ったやつは暗視スコープを持っているのか？　手に入れにくい物ではないが、このトレイル・ストップに持っているやつがいる確率は？　おそらくクリードだ。クリードならいろんな装置を取り揃えているだろう。だが、クリードに撃てるはずはない。女を守るために張りきっていたんだから――

クソッ、そうか。答がひらめいた。女と家から出たのはクリードじゃなかった。クリードは先に出て、ほかの二人を援護する位置についていたのだ。こちらが引き金を引いたとき、光った銃口を狙って撃ってきたにちがいない。単純明快。暗視スコープは必要ない。

クリードはまだそのへんにいて、こっちが姿を現わすのを待ちかまえているかもしれない。だが、対岸にいるはずだ。このあたりで渓流を横切るのは不可能だ。流れの縁は傾斜が急だから、どんなに強い男でも岸を打つ激流に押し流され、川床に点在する巨岩に叩きつけられる。この流れを、渓流《ストリーム》と呼ぶのがそもそも間違いなんだ。ゆったりした穏やかな流れを思い浮かべるが、これはあきらかに違う。規模は小さいとはいえ立派な川だ――それも暴れ川。しかも、山の雪解け水が流れこんでいるので、どえらく冷たい。

状況を検討する。いまは頑丈な遮蔽物に守られている。岩に囲まれ、頭の位置も前方の巨岩より低い。ライフル銃を見つけるためには、懐中電灯をつける危険を冒さなければならない。けれども、先端を手でおおえば、危険を最小限にすることはできる。

苦心惨憺《さんたん》して左手でベルトの輪から懐中電灯をはずし、レンズを手でおおい、指二本のあいだをわずかに開けて銀色の光が細く洩れるようにした。点灯ボタンを押すのは右手だ。傷を圧迫する手を離す必要があったが、あらたに出血はしていないようなので、押さえるのはもうやめにした。

光量はほんのわずかでも、なにかが見えて、自分の両眼がまだ機能していると確認できたので、だいぶ気分がよくなった。最初に気づいたのは大量の赤い色だった。目の前の巨岩からいま腰をおろしている小さめの岩まで、血が幾筋も伝い、苔や落ち葉の上に飛び散っている。着ている服も血みどろだ。ＤＮＡという証拠をごっそり残したことになるが、すくって体に戻すわけにもいかない。

これで危険率がぐんと高まった。疑われるようなことはいっさい避けないと身の破滅だ。仕事を終えたら、当分姿を隠さなければならない。まったく不愉快きわまる。

クリードの野郎め。最初の対決ではまんまとやられたが、二度とそうはさせない。

細い光が金属の煌《きらめ》きを探しあてた。まわりを最小限に照らして位置を確認してから明かりを消した。撃たれたときライフル銃も吹き飛ばされて、頭上の岩のあいだに挟まったらしい。それを取るためには、安全な場所を離れなければならないが、選択の余地はなさそうだ。しかも早くは動けない。しばらく考え、覚悟を決めた。どうとでもなれ。

移動でこうむる痛みは、ハンマーで頭を殴られるのに匹敵する。いや、それ以上だ。頭のなかで痛みが爆発した。ライフル銃に手が届く前からゲーゲー吐いていたが、足は止めなかった。一、二分待ったからといってよくなるわけでもない。手がライフルの銃床をつかんだとたん、喘ぎながら岩に伏せた。

ライフルの銃声はしなかった。とはいっても、その瞬間、安楽死という言葉が魅力的に感じられ、喜んでいいのか悲しんでいいのかわからなかった。

数分後、ティーグは上体を起こした。どれほど大変だろうが、そろそろこの岩場から抜けだすときだ。立ち上がろうとしてぐらっと揺らぎ、それから一歩を踏みだした。ライフル銃に突進したときに比べればまだしもだが、痛みが抜けたわけではない。

だが、やり遂げてみせる。この作戦が終わるまでに、クリードに思い知らせてやる——徹底的に。

21

道路にちかづいたので、ティーグはベルトから無線機をはずしてボタンを押した。「隼《はやぶさ》、こちらは鷹」隼はビリーだ。猛禽類の名前を暗号名に使ったのは、最初に思いついたという以外とくに理由はない。ティーグが鷹、ビリーは隼、トロイが鷲、ブレークが梟。ふと思った。梟を割り振られ、ブレークが気分を害していないといいが。梟の取り柄といえば視力がいいことくらいだから——クソッ、こんなことでくよくよするとは、思っている以上に具合が悪いのかもしれない。

「どうぞ、鷹」

「目の前の岩がショットガンで吹き飛ばされ、かなりひどい怪我をした。手を貸してもらえるとありがたい。橋のところに来てくれ」ビリーの持ち場はいちばんちかいし、そこを離れても影響が少ない。遠いほうの二カ所は、村人の逃亡路になる可能性が高いので、いまはひじょうに重要だ。なかにはこちらの裏をかいて抜けだそうとするやつがいるだろう。今夜でなくても、まもなく。

「了解」ビリーの応答を聞き、無線機をもとに戻した。まいった、足がもつれる。あと数分だけ持ちこたえてくれ。足をなだめすかしてでも、トクステルとゴスのいる場所へは歩いて出ていく必要があった。この二人には無線機を渡していない。まったく信頼していなかったし、自分と部下たちの会話が筒抜けになるのを避けたかった。前触れもなく、いきなり二人の前に出ていってやる。

もっとも、二人と別れてからも、ゆっくり横になって傷を癒す暇はない。せいぜいアスピリンを呑み、頭痛が軽くなるのを祈るだけだ。

下草をかき分けて森から出ると、ティーグはそっと呼びかけた。「帰陣した」軍事作戦にでも従事しているような気にさせてやれ。それにしても哀れなものだ。軍にいたときもめちゃくちゃな作戦はいくらもあったが、今回ほどばかばかしい計画は聞いたことがない。

トクステルとゴスはたがいに五メートルも離れていない位置に陣取っていた。これひとつとっても二人の愚かさはわかるが、橋の周囲で動きがあるとは思えないから、好きなようにさせておいた。自分たちが主導権を握っていると思わせておくほうが得策だ。

ティーグがちかづいても、どちらも振り返らなかった。全身を駆けめぐるアドレナリンの影響で興奮し、筋肉を強張《こわば》らせ、渓流をこっそり渡ろうとする者がいないか見張っている。もっと経験があれば、適当にリラックスする術を学ぶだろうが、素人のあら捜しをしてもはじまらない。

「だれかを撃ったのか?」ゴスが尋ねた。「銃声が聞こえた」

つまり、ティーグの狙撃とほぼ同時にショットガンが発射されたという読みは正しかったわけだ。

「一人はやったが、別のやつの流れ弾をくらっちまった」

ゴスが肩越しにちらっと振り返った。ティーグの顔が血だらけなのは暗闇でもわかる。

「ウワッ!」ゴスが飛び上がってティーグのほうを向いたので、トクステルがはっと身構えた。「頭を撃たれちまったのか?」

「いや、これは切り傷で銃創じゃない。ショットガンの弾が目の前の岩を吹き飛ばし、とび散った破片が当たった」

「ショットガンだって?」トクステルが厳しい声で言って立ち上がり、ちかづいてきた。

「おれたちをやったやつかもしれない」トクステルがゴスに言うのを聞いて、ティーグはやはりそうかと思った。あっちにいるタフなやつらの一人が反撃してきたのだ。

「だれかはわかっている」ティーグは言った。「クリードという名の男だ。もと軍にいたタフな野郎で、ここらへんのガイドをしている」

「そいつの見かけは?　おれたちをやったやつは、背はそれほど高くない。せいぜい百八十。痩せ型。長めの髪。ガラスでできてるような不気味な色の目」

フーム。その特徴に当てはまる男を見たおぼえはない。だが、ひとつだけはっきりしている。そいつはクリードじゃない。「いや、クリードはでっかくて筋肉隆々。ごま塩の黒髪を短く刈ってる。いまでも軍服を着てるみたいに見える」

「では違う男だな。そのクリードがあんたを撃ったのはたしかなのか？」トクステルが訊いた。

「ほぼまちがいない」〝ほぼ〟と言ったのは、クリードを実際に見ていないからだが、直感的にほかのやつのはずがないと確信していた。

「だが、ショットガンだったんだろう」トクステルもしつこい。

ティーグの苛立ちが頂点に達した。こっちが血だらけで立っているというのに、トクステルの頭には撃ってきたやつのことしかないらしい。「この世にショットガンが一挺しかないわけじゃない」ぶっきらぼうに言った。「この渓流の向こう岸に、少なくとも十挺はあるはずだ。ライフル銃やピストルに加えてな」

トクステルは、ティーグを撃ったのが自分の仇敵《きゆうてき》でないとわかったとたん、興味を失ってそそくさと持ち場に戻っていった。

ゴスはそんなトクステルを目で追い、それからティーグを振り返って肩をすくめた。「ひどい様だ。なにか手伝おうか？」

「いや、いい。キャンプに戻って洗ってくる」少なくともゴスは助力を申し出た。トクステルのくそ忌々しい態度に比べれば数段ましだ。ティーグは向きを変えて、ゆっくり道を登りはじめた。カーブを曲がるところで道の反対側の茂みからビリーが出てきて、無言で並んだ。トクステルとゴスの視界からはずれると、ティーグの腕をとって自分の肩にまわし、ティーグの体重を支えてくれた。ビリーは大柄でないため道中は辛く、悪戦苦闘のすえキャンプにたどり着いた。

テントは橋——橋があったところ——から百メートルほど離れた、道路からは見えない小さな窪地に設営してあった。常識から考えて、コーヒーを飲んだり、食事をしたりする休憩場所が必要だ。ティーグの予想どおり、作戦が一日以上に及ぶ場合にはなおさらのこと。ビリーはティーグを置いて先にテントに入り、ランタンを灯してからティーグを連れに出てきた。入るためには頭を屈めねばならず、ただでさえめまいがしているのに、それに輪をかけてあたりがグルグルまわり、吐きそうになった。

「クソッ！」ティーグは疲れきった声をだし、キャンプ用の椅子にへたりこんだ。具合が悪すぎて、ましな悪態を思いつくことすらできない。

「横になったほうがいいかも」ビリーが言いながら、救急用品をつめたビニール袋を急いで開けようとした。ゴスかトクステルが用意した物だから、中身はなにかわからない。

「横になったら、起き上がれなくなる」

「それなら数時間起きなければいい。いまはどうせすることがない。この一時間、動きはまったくなしだ。やつらは退却し、隠れて夜が明けるのを待っている。それまではなにも起こるはずがない。おむつ用ウェットティッシュ」ビリーが考えこんだので、ティーグの頭は混乱をきたしたが、すぐにビリーの持っているプラスチックの箱に気がついた。「たぶん手なんかを拭くつもりで入れたんだろう。切り傷もこれで拭いて大丈夫だと思うか？　アルコールの消毒綿もあるにはあるがたくさんじゃない。どっちにしろあんたを全部きれいにするには足りないな」

ティーグは少し考えて肩をすくめた。「平気だろ。アスピリンはあるか？」

「ああ、何錠いる？」

「四錠だ、とりあえず」この頭痛が二錠でおさまるとは思えなかった。

「アスピリンを呑むと血が固まらなくなるぞ」

「しかたないさ。とにかく必要だ」

ビリーが水の瓶をとって蓋を開け、アスピリンを四錠手のひらに振りだしてティーグに渡した。ティーグはできるだけ頭を動かさないようにしながら、一錠ずつ呑んだ。それからビリーが、〝お尻拭き〟を使って傷口が見えるようになるまで丹念に血を拭った。

額の傷口のまわりを慎重に拭きながら、ビリーはつぶやいた。「こんなばかげた任務、見たことも聞いたこともないぜ。なぜこんなことをやるのか、もう一度説明してくれ」

「金だ」

「ああ、だが、残りの人生をムショ暮らししてもいいほどの金額か？　橋を吹っ飛ばして、村を丸ごと人質にとるなんてのは——どうやったってうまくいきそうもないじゃないか。まったく笑えんよ。脳みそを振り絞らなくたって、あいつらが目当ての物を手に入れる方法の四つや五つ、すぐに思いつける」ビリーは声を押し殺して、テントの外には聞こえないようにしゃべっていた。

たしかに報酬は桁はずれだ。もちろんティーグは上前をはねるつもりだが、ほかの仲間たちに知らせる必要はない。〝盗人にも仁義あり〟なんて神話にすぎないし、そいつを現実のものとする気もない。仲間が知っているのは、この数日の仕事でかっきり十万ドルが支払われ、それを四人で二万五千ずつ山分けするということだ。それに、この大掛かりな茶番にかかる経費はすべてトクステル持ちということ。

「おれたちがこうむる危険は最小限だ。姿を見せなければ、おれたちがかかわっていることはだれにもわからない」

「あのシカゴから来た二人のチンピラにはわかっているじゃないか」

「生きていて口がきければな」

ビリーの顔に一瞬笑みが浮かんで消えた。「生きてなけりゃ、金を支払ってもらえない」

「細工は流々さ。あっちにいる女が、目当ての物を渡すことに合意した時点で、報酬を受け取ることになっている。トクステルは、実際にそいつを受け取ってからと言ったが、おれは拒否した。欲しい物を手にいれたら、あいつのことだ、躊躇なくおれたちを撃ち殺す。報酬を払わなくてすむようにな。だから先にもらうことにした」

「おれたちが、金をもらったあとも居残ると思っているのか？」

「さあな、だが、やつはその条件を呑むしかなかった」

「いつやるつもりだ？」

おれは、トクステルとゴスをいつ始末するつもりだ？　ティーグは考えてみた。「二人が欲しい物を受け取ってからだ。そいつを手に入れるためなら、これほどの大金を払おうってんだから、そいつがなにか知りたくないか？　いいか、受け渡しの時刻は前もって決められるはずだ。終わり次第ずらかるためには、荷物をまとめて、痕跡をすべて消す時間が必要だからな。向こうのやつらが渓流を渡って助けを求めに行くには時間がかかる。そのあいだにおれたちは消える。トクステルも必要な物さえ手に入れれば引き揚げるだろうから、待ち伏せすればいい。狙い撃ちして、死体は残す。関与したのがわかっているのはこの二人だけだから、おれたちに疑いはかからない」

「だが、二人しか関与してないなら、だれが撃ったのか疑問を持たれるんじゃないか」

「二人を裏切った第三の人物がいると思われるさ。うまくいく。おれを信じろ」

ビリーは無言でティーグの傷を調べ、こう言った。「こいつは縫う必要があるな。だが、血は止まっている。朝になったら、町まで行って医者に診てもらうか？　銃創じゃないから、通報はされないはずだ」

「行くかもしれない。朝になってから決める」抗生物質が効くだろうし、医者なら、劇的に効く鎮痛剤をくれるかもしれない。山では滑落事故が頻繁に起きる。怪我は日常茶飯事だ。

ビリーは傷に抗生物質軟膏を塗り、ガーゼを当ててテープで留めた。「こんな大それたこと、引き受けなければよかった。何人も死んだんだ、ティーグ。蓋が開いたとたんに、警察がなだれこんでくる。州警察が総出で捜査に乗りだすだろうし、FBIだって介入するかも。大ニュースだ。でっかい犬に尻を狙われるぞ」

「ほかにも関与した者がいると思われる可能性はある。だが、おれは二人といっしょのところを目撃されないよう注意したし、足がつくようなメモも電話記録も残していない。二人が死ねば、おれたちの関与を示すものはなにもない。報酬は現金で支払われる。身元が割れるようなへまさえしなけりゃ、絶対うまくいく」

ビリーはしばらく考えてうなずいた。「そうだな。だが——それにしたって胸糞悪い！　だれがこんなばかげたことを思いついたんだ？」

「トクステルだ。やつとゴスは怖いものなしで乗りこんで、そうじゃないと思い知らされた。トクステルは、あっちでショットガンを向けてきたやつを心底恨んでる。これまで、そんなふうに負けたことがなかったんだろうな。あまりにもプライドが高すぎて、まわりがまったく見えていない」

ビリーがうなった。そういうのは何度も見てきているが、十中八九しくじった。だが、ティーグだって、自分と仲間が無事に抜けだせると思わなけりゃ、足を突っこんだりしないだろう。

「どれくらいかかると思う？」

「四、五日はかかるだろう」ティーグは答えた。トクステルは、村人がすぐに降参してケイト・ナイチンゲールを狼の群れに差しだすと考えているようだが、ティーグにはわかっていた。このあたりの人間は頑固だから、一致団結して彼女を守るはずだ。だが、ある時点で、抵抗をつづける代償があまりにも高いことに気づく——ミズ・ナイチンゲールが自分で出てきて、隠しているなにかをあいつらに渡すはずだ。

事態が早く終結するただひとつの可能性は、彼女がすぐに降参することだが、経験からいって、人の物を横取りするようなやつは、市民の義務とかなんかには敬意を払わないものだ。いや、そもそも、不正な物だとわかっているのに奪い取ろうとしたんだから、簡単に諦めるはずはない。住民たちに守られて、嘘をつき、否定し、時間稼ぎをして、見こみがないと思うまで粘るだろう——それから、言い訳をして自分をできるだけ正当化するだろうが、最後には降参するしかない。

クリードは今夜引き金を引いたのを後悔することになる。落とし前は、きっちりつけさせてもらうぜ。

22

ケイトは寝ぼけ眼《まなこ》を開け、目の前にあるのがカルの後頭部だと気づいた。とまどいはなかった。自分がどこにいて、かたわらにだれが寝ているのかすぐに思い出した。感情の波に呑みこまれ、印象と感情と思考、すべてが一気に押し寄せるので判別がつかない。つぎからつぎへといろんなことが起こり、よく考えて決断する時間もとれぬまま、結果的に、すべてが制御不能となり、恐ろしくなると同時にわくわくもした。カルとのあいだになにかが起きつつあった。相手がだれであれ、そうなる心の準備もできていないうちに変化ははじまり、山を転がり落ちる雪玉のように勢いを増していた。

カルは眠ったときから身じろぎもしていないようだ。疲労の激しさがしのばれ、やさしさと守ってあげたいという強い思いが込み上げた。背中に顔をくっつけたいけれど、傷を負っていたことを思い出した。痛い思いをさせたくない。ぼさぼさの髪を指ですいてみたい。でも、彼には睡眠が必要。起こすわけにはいかない。借り物のジーンズのぶかぶかのウェストバンドから手を滑りこませ、彼が服を着替えたときにかいま見た下着の膨らみを探りたかった。不意に湧きあがる痛いほどの性欲は圧倒的だった。

デレクの死後、だれともセックスをしたいと思わなかった。性的に解き放たれたい思いはあったが、でも、相手はいらない——それすら、しばらくは考えもしなかった。ショックと悲しみが性欲を封じ、なにも感じないまま、一日一日を乗り越えるという難事業に専念し、自分のなかのそういう部分を失ったことを嘆きさえしなかった。一年ぐらいが経ったころ、肉体的欲求がゆっくり戻ってきた——激しいものではなく、長つづきもしなかったが、たしかにそこにあった。でも、現実にセックスしたいとは思わなかった。触れたり、触れられたりの体の交わりは欲しなかった。だから、あまりにも唐突に、激しく貫かれたい——そうしなければいられない——という思いに駆られたいま、デレクに不実を働いたような気がした。彼を見捨ててしまったような気が。

おそらくそうなのだ。おそらく、死を乗り越える過程があまりにゆっくりだったので、彼が視界から消えた瞬間に気づかなかった。心のなかは違う——彼をずっと愛しつづける。でも、その愛は止まっていて、細部は永遠に静止したまま動かない。人生は止まらない。つねに動き、変化し、一度はなによりも身近だと思えたことが、いとおしい思い出に変わり、人生という布の一部となる。デレクを愛していたからこそ、いまの自分がある。そして新しい自分が立っている足もとには、怖いけれど興奮をおぼえるもの、きっと人生を変えるであろうものが横たわっている。なにが起きるかわからないけれど、けっして後戻りはしない。

もちろん、カルとともに生き延びられればの話だけれど。まどろみのなかで、感情と欲求が復活したことや、新しい関係がはじまることに胸躍らせていたため、いまのこの不気味で恐ろしい状況をすっかり忘れていた。現実がどっと押し寄せる。それでも、今夜のことは妙に現実離れしていた。こんなことが起こるはずがない。いままでの経験とあまりにかけ離れているため、判断のしようがなく、なにをすべきか、つぎになにが起こるのかまるで見当がつかなかった。

耳を澄ました。そろそろ夜が明けるのだろうか。まわりの人たちはみな眠っているか、眠ろうとしていた。静寂を破るのは、何種類かのいびきと寝返りを打つ音だ。一度、ささやき声が聞こえた。ジョシュア・クリードの看病をするニーナが語りかけているのだろう。

カルが毛布の下で手をケイトの尻にまわし、自分のほうに引き寄せた。

ぴたりと寄り添うと、涙が込み上げた。これ——これこそが、いちばん求めていたもの。夜のあいだに無言で相手を求めること、一人ぼっちじゃないと安心すること。まだキスもしていないのに、ある意味でもう結びついている。そう確信できた。双子の安否をつねに肌で感じ取るのと同じぐらい確実なことだ。告げられる必要はない。ただわかるのだ。

「もう一眠りするといい」カルがささやいた。「できるだけ休んだほうがいい」

抱きしめてほしい。この体に彼の両腕を感じたい。メラーとの恐ろしい出来事のあと、カルが二人を抱きしめてくれたとき、ほんとうに久しぶりに感じた……安心感を感じたかった。

カルが守ってくれたからというだけではない。たしかに反応の一部はそれだ。太古の昔からある自然な体の反応。でも、それだけではなかった。いちばん大きかったのは、もう一人ぼっちではないと思えたこと。

抱いて、という言葉が舌の先で震えているのを、無理に呑みこむ。もし、彼が抱いてくれたら、体に彼の両手を感じたら、ただ抱きしめられるだけではすまなくなる。彼は男だ。そして彼女を欲しがっている。驚愕の事実に思い当たり、歓びに全身が震えた。彼は内気かもしれない――いいえ、それさえもうわからない。内気な男は、あんなふうにみんなの前で服を着替えない。背中を向けたままだから、思慮深いことはたしかだ。まわりには人がいる。積み重ねた箱とカーテンでは、多少のプライバシーは確保できても、性行為を隠すのに充分でない。二人とも箱の外に足を突きだしているから、二人の足の向きが逆になれば、どういうことになるか想像に難《かた》くない。地下室にいる全員が目を覚まし、すれあう音やささやき声に耳を澄ますだろう。

人前で――半分隠れていても――セックスをする趣味はないから、彼の慎重さがありがたかった。背後から抱きしめられ、両腕が体にまわされるのを感じたい。でも、そうなれば、じきに彼の手が、パジャマのズボンのなかに滑りこんでくるだろう。

そう思っただけで、末端神経の先っぽが歓びに震え、体をぐっと彼に押しつけた。ああ、なんてこと、触ってほしい、長い指が滑りこんでくるのを感じたい。衝動はあまりに強烈で、思わず泣き声を洩らしそうになった。

彼がまたうしろに手を伸ばし、お尻を軽く叩いた。そうされたとたん、激しい欲望は喉を詰まらす笑いに姿を変えた。考えていることや、感じていることが、彼にわかるはずはないのに、やさしく叩く手はこう言っている。「こらえて。もうすぐ二人きりになれるから」

あからさまに体を押しつけたことを思い出し、頬が火照る。彼はお見通しなのだ。満足感が胸で小さく花開き、ケイトはほほえみながらまた眠りに落ちた。


東の空がゆっくりと白むのを、ゴスは見つめていた。くたびれていたが、眠くはない。ある時点を過ぎると、眠気を感じなくなるのだろう。

昨夜は感動的かつ強烈だった。まったくとんでもないやつらだ。人が死のうが生きようが、まるで意に介さない。目を見ればわかる。ゴスには馴染みの表情だ。鏡をのぞくたびに目にするのだから。

ティーグはかなり具合が悪そうだったが、自分の足で立っていたから、見かけほどひどくはないのだろう。ゴスの興味を引いたのはショットガンで、トクステルも同じだった。ティーグはクリードという男が狙撃者だと確信していたが、姿を見ていないのだから推測にすぎない――そして、ゴスの直感は、ティーグが間違っていると主張していた。

クリードも相当なやつらしいが、便利屋のことも、その腕がたつことも、ティーグは知らないと認めた。だが、ゴスとトクステルは、あの野郎のすごさが身に沁みてわかっている。ゴスは自分の限界を知っていた。野外に向いている人間ではない。だが、自分の守備範囲内では優秀だし、聴力はずば抜けている。いままでだれも——一人たりとも——背後から忍び寄ることに成功していない。こっちが警戒していたり、見張りに立っている場合には無論のことだ。それをあの便利屋はやってのけた。なにも思い出せない。かすかな音もわずかな気配も、空気が動く感じもいっさいなかった。幽霊に襲われたようなものだ。

トクステルはただもう怯えていた。無理もない。女二人にかかずらっていたのだ。それに、トクステルの直感はゴスほど冴えていない。便利屋がきしむ階段をあがる音も聞こえず、振り返ったら目の前にショットガンの銃口が突きつけられていたんだ。その恐怖は、トクステルらしからぬ告白からもうかがえる。「おまえの冷酷さは並みじゃない、ゴス。だが、この男……この男に比べれば、おまえは復活祭のウサギだ」

ショットガン……その狙撃者はいるはずのないところにいた……クリードと便利屋の両方が同じように優れている可能性は？　その男はゆうべ、このあたりにいた。考えたくもないほどちかくにいたわけだ。むろん、あいつを引き寄せて、頭を殴られた借りを返したい。だが、ちかくにいるならいるで、そのことを知っていたかった。そいつがすぐちかくにいながら、ティーグの高価な赤外線スコープに引っかからなかったと思うと不安になる。ティーグはクリードの仕業だと思っている。つまり、クリードも幽霊みたいに動けるということだ。

だが、もう一人のほうは、たとえティーグが方程式の一要素に加えていなくても、重要な鍵を握っていることに間違いはない。

だが、全体として見れば、事態は好ましい方向に向かっていた。村人の何人かが死んだ。さらに大きな騒動を引き起こすにはそれで充分だ。遅かれ早かれ、周辺の牧場のだれか、あるいは複数の人間が、金物店に買い物に来ようとするだろう。〝橋落下〟の看板をしばらくは信じるかもしれないが、そのうちだれかに愚痴をこぼし、それが口伝《くちづて》に広がり、州のハイウェイ部が調べにやってくる。そんなことになったら大変だ。そうならない唯一の解決策は、ナイチンゲールという女がただちに諦めて、フラッシュドライブを差しだすことだ。

なにが起ころうと、ユーエル・フォークナーは身の破滅だ。ゆうべの殺しによってそれが確実になった。トクステルはいつもの思慮分別を失って手を広げすぎ、一連の出来事をもう止められない、方向も変えられないものにしてしまった。だが、彼の名誉のために言えば、計画は行きすぎとはいえ、仕事を成功させ、かつ自分たちに嫌疑がかからないための準備は怠らなかった。二人は本名を知られていないうえ、住民が歩いて助けを求めにいくころには、遠くに逃げている。フォークナーがB&Bの支払いに使ったクレジットカードが鍵となる。ゴスにはよくわかっていた。ほかにわかっているのは、彼自身がフォークナーの仕事をふいにする原因となることだ。〝偶然に〟残った決定的な証拠と、警察への匿名の電話でことは足りる。どちらにしろ、トクステルが捕まらないはずはない。トクステルに恨みはないが、感傷的な気持ちも抱いていない。トクステルは捨て駒だ。そしてケノン・ゴスは永遠に姿を消す。そろそろ別な名前と身分を獲得する時期だ。

カルは起きるとすぐにブーツの紐を結んだ。「そろそろ夜明けだ」間に合わせのベッドに起き上がったケイトに言う。ほかにも何人か起きだしていた。

モーリーンが石油ランプに火を灯したので、室内が少し明るくなった。

「見まわってくる。ほかの人たちを見つけられるかもしれない」カルが言った。

クリードも目を覚まし、肘をついて上体を起こした。目の下にくまがあるが、まなざしは澄んでいた。「いろいろ考えた」カルに言った。「おまえが戻ってきたら計画を立てよう」

カルはうなずき、音もなく地下室を出た。擁壁の陰に鹿撃ち用ライフルを抱えて座るペリー・リチャードソンに会釈する。「なにか見たか?」なにも起きてないことはわかっていたが、いちおう尋ねた。

ペリーは頭を振った。「ほかの者たちが、なんとかここまで来てくれることを願っていたが、いまのところ動きはない」心配そうな表情から、姿を見せないのは死んでしまったからではないかと思っているのがわかる。

「悪い状況だが、最悪というわけではない。開けた場所に出ていく危険を冒さずに、身を潜めているんだと思う」けさのカルの仕事は、そうした人を見つけだし、安全にここまで連れてくることだ。

「何人——？」ペリーはその先がつづかなかったが、なにを訊きたいのかはあきらかだ。

「ゆうべ、五人確認した。それだけであってほしいんだが」五人の友人が、倒れたまま動かなかった。昨夜はそばに寄れず、だれかまではわからなかったが、だれであろうと友人であることに変わりはない。夜になるまでちかづくことはできないが、陽の光のなかでなら、もう少しはっきりしたことがわかるはずだ。

「五人」ペリーがつぶやき、目を悲しみで曇らせた。「いったいなにが起きたんだ？」

「わからない。だが、ケイトとニーナに手荒なまねをした二人のならず者に関係があると思う」もしそうなら、仲間を連れて舞い戻ったのだ。ニーナの家のそばも含め、四カ所の狙撃地点を確認していた。

「だが、そいつらの狙いはなんだ？」

カルは頭を振った。ケイトはレイトンの所持品を渡したのだから、残る理由は復讐だが、村全体を攻撃する理由としてはあまりにも貧弱すぎる。自分たちのタマのほうが大きいことを証明したいなら、カルを追いつめればすむことだ。やつらを出し抜いたのは自分であって、地べたに横たわる気の毒な人たちではない。すべてがあまりにも異常で理屈が通らない。

それに、もしあの二人がかかわっていないとしたら、さらに理屈が通らず、まったく見当もつかない。

23

カルはコントレラス家の床下を、泥や屑やクモの糸をかきわけながら腹這いで進んだ。虫というのは床下の暗く湿った、雨風にさらされない場所を好むが、ここもおおかたの床下と変わらず、暗がりと湿気だけはたっぷりあった。ありがたいことに、虫もクモも気にならない。

換気用の鉄格子の前を通るたび、一瞬止まり、頭をすばやく動かして外をのぞく。万が一狙撃者が赤外線スコープで狙っていて、基礎部分の鉄格子のひとつがほかより明るく光ることに気づかれないための用心だ。のぞいているのを見つかるのは、運以外のなにものでもない——彼にとっては悪運、やつらにとっては幸運。赤外線スコープの視界は狭く、広範囲を見張ることができない。狙撃者が、全体を見張れるようにつねにスコープを動かしていれば、それだけカルの勝算は高くなる。固定された熱画像カメラを潜り抜けるほうがずっとむずかしい。

狙撃者たちは、住民たちを伏せたまま動きまわらせないために、いまもときおり発砲してきていた。頭脳ゲーム。だが、いつかは撃つのをやめて交渉に入り、欲しい物がなんであれ手に入れようとするはずだ。そうでなければ、このばかげた惨事はまったく意味がない。

家の裏手から床下に入るときに、玄関ポーチの左側に、マリオ・コントレラスが半分ずり落ちるような格好で横たわっているのが見えた。ジーナと幼いアンジェリーナの姿は見えず、名前を呼んでも返事がなかった。ポーチのそのときは視界に入らなかった部分に、二人が横たわっているのかもしれない。

吐き気を感じた——吐き気と憤り。これまでに確認できた死体は、マリオのを加えると七体。ノーマン・ボックスにラノーラ・コルベット。〝マウス〟・ウィリアムズが、あだ名の由来であるキーキー声でしゃべりまくることは二度とない。ジム・ビーズリーが手にライフルを持ち、撃ち返そうとする格好で死んでいた。アンディ・チャップマンも同じだ。マエリー・ラスト、七十代の小柄でやさしい老女は、自分の家を出たところに倒れていた。関節炎のせいで、ほかの人たちのようにすばやく動くことができなかったのだろう。みな友だちだった。これ以上死体を見つけるのが怖い。ジーナとアンジェリーナはどこなんだ？　ああ、あのかわいい女の子が死んでいたら——

そんな考えを押しやる。最悪の事態は考えたくない。双子がケイトの母親の家に行っていて、ほんとうによかった。二人の腕白坊主《わんぱく》がここにいて、その身になにか起きていたら、正気ではいられなかっただろう。

鉄格子から鉄格子へと這い進んだが、裏庭に人影はなかった。ジーナはいない。アンジェリーナもいない。だから二人が大丈夫だというわけではない。家のなかで死んでいるか、ポーチの彼には見えなかった場所に倒れているかもしれない。

ここまで来るあいだに生存者も何人か見つけた。怯えて途方に暮れていたが、少なくとも生きていた。あちらに二人、こちらに四人、一人でいた人も何人か——人数は数えなかった。あとですればいい。全員にもっとも安全な道と開けた場所の横切り方を教え、リチャードソンの家に向かわせた。全員がひとつの場所にいたほうが組織しやすい。すでにいくつかの計画が頭の片隅で形になろうとしていたし、クリードが細かい行動方針を立てているはずだ。現状を見極めた時点で、どうするか決められるだろう。

床下から這いだし、服についた泥をざっと払う。体はまた濡れて冷たくなっているが、太陽が魔法をかけはじめているから、日中は前日に比べかなりあたたかくなりそうだ。渓流に浸かったブーツがまだ濡れているため、足がかじかんでいた。服はリチャードソン夫妻が見つけてくれたものでなんとかなるが、できれば家に戻って別なブーツにはき替えたい。だが、みんなの居場所を確認することが先決だ。

床下に潜りこむ前に壁に立てかけておいたショットガンを取り上げ、でたらめに飛んでくる銃弾に備え頭を低くしたまま、裏口の階段をゆっくりのぼった。ドアノブが難なくまわっても驚きはしなかった。トレイル・ストップの住民のほとんどは、わざわざドアに鍵をかけない。ケイトは鍵をかける数少ない一人だが、それは冒険好きの子どもたちがいるからだ。ドアが開けば、夜も外に出ていいのだと思いかねない。

ダイニングキッチンに入る。マリオがジーナのために新しく棚とカウンターを取りつけるのを手伝ったから、この部屋のことはよく知っている。収納場所が増え、キッチンがすっきりしたと、ジーナは子どものように喜んでいた。「ジーナ」そっと呼んだ。「カルだ」もう一度、だが返事はなかった。

這って進むほうが安全なので、床に伏してショットガンを腕に抱え、リビング・ルームに向かった。ここで死体を見つけるのではとなかば覚悟したが、空っぽだった。窓ガラスは銃弾で粉々になっていた。破片で体をズタズタにしないよう気をつけながら、床に血の染みを探した。なにもない。玄関ポーチも確認した。だれもいない。

つぎにベッドルームを調べた。マリオとジーナは表側の部屋で、アンジェリーナは裏側の小さな部屋に寝ていた。どちらも人気《ひとけ》はない。表側のベッドルームは窓が撃ち抜かれていた。ふたつのベッドルームのあいだにバスルームがあるので、二人がバスタブのなかに縮こまっているのではないかと期待したが、収穫はなかった。

いったいどこにいるんだ？　残るは屋根裏部屋だけだ。屋根裏は危険なのでのぼっていないことを願ったが、危険に直面すると無意識のうちに高いところにのぼる人もいる。いまいるのは、ふたつのベッドルームのあいだの狭い廊下だ。天井を眺めると、ちょうど真上にあった。屋根裏に通じる収納式の階段だ。もし屋根裏にいるのなら、のぼったあとにジーナが階段を引き上げたのだろう。

天井の高さは二メートル半もないので、難なく紐に手が届き、階段を引き下ろした。「ジーナ？」暗闇に向かって声をかけた。「アンジェリーナ？　上にいるのか？　カルだ」

沈黙を破って小さな声が聞こえた。震えている。「パパ？」

ほっとした。少なくともアンジェリーナは生きている。咳払いをして声を落ち着かせる。

「いや、スィートハート、パパじゃない、カルだ。ママも上にいるのかい？」

「ええ」這ってくる音がして、涙によごれた小さな顔が階段口に現われた。「でもママは怪我しているの。あたしこわい」

なんてこった！　厳しい表情で階段をのぼる。ジーナは血だまりのなかに倒れているにちがいない。撃たれたのなら、屋根裏でやられたはずだ。一階にも二階にも血痕はなかった。

カルがのぼってゆくと、アンジェリーナは這ったままあとずさり、場所を空けた。パジャマに裸足だったので一瞬ぞっとしたが、箱から引っぱりだした古着が積んであるところを見ると、寒さよけにかぶっていたようだ。

屋根裏部屋は未完成で、半分はベニヤ板で床の梁《はり》をおおってあるが、あとの半分は梁がむきだしで、あいだに断熱材が詰めてあるだけだ。床があるほうには、ガムテープで閉じたクリスマスツリーの箱や、古い玩具、寝具をはぎ取ったベビーベッド、不用品の箱などがごたごた並んでいた。中腰でがらくたのあいだをすり抜け、ジーナが古い箪笥《たんす》に寄りかかって座っている場所まで進んだ。アンジェリーナがかたわらに行くと、ジーナは腕をまわして抱き寄せた。

　ジーナの顔は蒼白だったが、血は流していない。屋根裏は薄暗く、天井の割れめと通気口からわずかに光が洩れてくるだけなので、それ以上のことは判別できなかった。手首を持って脈をとった。とても速いがしっかりしているから、ショック症状は起こしていない。「どこを怪我した？」

「足首」声がほとんど出ないようだ。「挫《くじ》いたの」震えながら息を吸いこむ。「マリオは……？」

　カルが小さく頭を振ると、最悪の事態が現実のものとなったことを知り、彼女の顔がくしゃくしゃになった。「彼——彼はここに隠れていろと言って、なにが起きたのか見に行ったの。夜通し待ったわ、迎えにきてくれるのを、でも——」

「どっちの足首だ？」カルがさえぎった。彼女には夫の死を嘆く時間がたっぷりあるが、カルにはまだやることがたくさんあるし、一刻も早くやらねばならない。

　ジーナは目に涙を浮かべ、一瞬ためらってから右の足を指した。カルはすばやく右のジーンズの裾を押し上げ、怪我の具合を見た。まずい。足首は靴下が伸びきるほど腫れ上がり、靴下の縁より上まで青くなっていた。狙撃がはじまったときはまだ寝る準備をしていなかったので、ジーンズにスニーカーをはき、寒かったため靴をはいたままだった。脱いでいたら二度とはけなかっただろうから、それだけでもよかった。はこうとするだけで、さらに衰弱したはずだ。

「寒かった」アンジェリーナが横から言う。母親に頭をもたせかけ、大きな黒い目に厳しい表情を浮かべていた。「それに真っ暗だったの。ママが懐中電灯を持ってたんだけど、消えちゃった」

「その古着の箱を見つけだすまでは、なんとかついていたのよね」ジーナが喘ぐように深呼吸をした。娘の前で取り乱さないよう耐えているのだ。

カルは愕然として声も出なかった。懐中電灯をつけっぱなしにしてたのだろうか。彼女と娘が生きていたのは、幸運としか言いようがない。陽の光が割れめから入ってくるということは、夜のあいだ、懐中電灯の光が外に洩れていたということだ。屋根裏部屋が蜂の巣にならなかったのは、狙撃者たちが暗視スコープではなく赤外線スコープを使っていたからだ。暗視スコープは、隙間から洩れるかすかな光を増幅し、まるでネオンサインのように輝いて〝ここを撃て！〟と指示を出す。

彼女たちのやったことはめちゃくちゃだったが、とにかく生きている。いやはや、畏《おそ》れ入った。

「みんなはリチャードソンのところに集まっている。あそこの地下室は安全だ。全員が入るには狭いが、クリードとおれがなにか方法を考えだすまでだから」

「考えだすですって？　警察を呼んで！　なぜそうしないの？」

「電話がつながらない。電気もだ。外部と遮断されている」

話しながら周囲を見て、松葉杖の代用にできそうな物を探した。なにもない。なにか考えなければならないが、重要なことから先だ。「よし、まずこの屋根裏部屋から出なければならない。ここは遮蔽されていない。アンジェリーナはあたたかい服を着て、靴もはいて――」

「あたし、歩けない」ジーナが言った。「やってみたわ」

「足首に巻いて固定するのに捻挫用の包帯はあるか？　杖として使えるような物を探すから、とにかく歩いてくれ。ほかにどうしようもない。痛みがどれほどひどくても歩くしかない」

じっとジーナを見つめて、口に出さずに事態がどれほど深刻かを伝えようとした。

「捻挫用の包帯？　ええと……あると思うわ。バスルームよ」

「取ってこよう」数秒のうちに階段をおりたカルは、バスルームの抽斗をつぎつぎに開けてようやく包帯を探しだした。薬棚にアスピリンの瓶があるのを見つけたのでポケットに入れ、屋根裏部屋に戻った。

「アスピリンを飲んだほうがいい」カルは瓶をジーナに渡した。「水がないから、呑みこめなければ、嚙むしかないけど」

ジーナが言われたとおりに嚙み砕いて、顔をしかめているあいだに、カルはすばやく、だが効果的に足首を包帯で固定した。「計画はこうだ。まずおれがアンジェリーナを下に連れていき、キッチンで着替えさせ――」

「なぜキッチン？」

「より遮蔽されているからだ。黙って聞いて、おれが言ったとおりにしてくれ。詳しく説明している暇はないんだ。それから戻ってきて、きみをおろす。安全なところまで連れていったら、松葉杖に使える物を探す」

「マリオが父親のステッキを持っていたわ」夫の名を出すと唇が震えたが、ぐっと嚙みしめて言葉をつづけた。「リビング・ルームのクロゼットにしまってある」

「わかった、それはいい」松葉杖ほどよくはないが、なにもないよりはましだ。松葉杖をこしらえるのに貴重な時間を費やさなくてすむ。カルは包帯を巻き終わると上体を起こし、アンジェリーナの手を取った。「おいで、コオロギちゃん、階段をおりよう」

「コオロギちゃん？」アンジェリーナがくすくす笑った。うまく気をそらすことができたようだ。「ママ、カルがあたしのこと、コオロギちゃんだって」

「聞こえたわ、ハニー」ジーナは娘の髪を撫でた。「いっしょに行って、カルの言うとおりにしてね。カルがわたしを助けに来てくれているあいだに、キッチンで服を着替えるのよ、わかった？」

「わかった」

カルはアンジェリーナがおりるのを怖がらないよう彼女の下に立って、不安定な階段を一段ずつおりた。リビング・ルームの窓が壊れているのに気づき、アンジェリーナが「ほら、あれ！」と叫んで駆けこもうとするのを、カルは急いで捕まえた。ガラスの破片で裸足《はだし》の足を切るのもだが、窓から外を見て父親の死体を見つけることはなんとしても避けたかった。

「そこには入れないんだ」カルは言い、アンジェリーナを子ども部屋に連れていった。「床のガラスで足を切ってしまうから。靴をはいていてもね」

「靴も突き通しちゃうの？」

「そうだよ。特別なガラスなんだ」

「へぇ」少女は目を見開き、問題のガラスのほうを振り返った。

女の子の服は、基本的に男の子の服と同じなのか。色がピンクなだけで。ジーンズとプルオーバーのシャツ、ピンクの靴紐がついた小さなスニーカー、花模様の靴下、そしてフードがついたピンクのフリースの上着。「自分で着られる？」カルは尋ね、アンジェリーナをキッチンに連れていった。

アンジェリーナはうなずいたが、とまどった表情を浮かべている。「着替えるのは子ども部屋、キッチンじゃないわ」

「いまだけは、ママもここで着替えてほしいと思ってるんだ。さっきそう言われただろう、憶えてる？」

うなずいたが、それでも尋ねた。「なぜ？」

まいった、なんと答えりゃいいんだ？　自分の母親のことを思い出し、使い古された決め台詞を口にした。「ママがそう言っているからだよ」

この天からの命令を、アンジェリーナは前にも耳にしたことがあるようだ。ため息をつくと床に座りこんだ。「わかった。でも見ちゃだめよ」

「見ないよ。屋根裏に戻ってママを連れてくる。そこから動いちゃだめだよ」

諦めの長いため息を同意とみなし、カルは急いで階段に戻った。見上げると、ジーナが階段のてっぺんに座っていた。「走ってきたんだから」左足を横木の二段めにそっと置き、両腕を開口部の両側に突いて体の向きを変えた。ロープで吊っておろすことを考えていたが、なんと、ジーナは階段をおりはじめていた。

挫いた足をまったく使わずにおりるのはできない相談だ。最初に体重がかかったときは、痛みをこらえきれずに叫び声をもらしたが、二度めからは唇を嚙み、よいほうの足を一段下におろす短いあいだ、ひたすら我慢することで乗りきった。休んで痛みが引くのを待ってから、また一段おりる。ちゃちなはしごの耐荷重を考えると助けにのぼるわけにもいかず、カルはできるだけはしごが動かないように押さえて待った。腰に手がかかる位置にくるのを待って抱き取り、キッチンに運んでいって椅子に座らせた。

　アンジェリーナは靴をはく手を止め、母のもとに駆け寄った。ジーナが抱きしめて金髪の頭をアンジェリーナの黒い髪にすり寄せた。「杖を取ってくる」カルはそう告げるとリビング・ルームに入っていった。杖はクロゼットの奥に押しこんであったが、じきに見つけてジーナのところに戻った。

「裏口から出よう。おれがアンジェリーナを抱いていく。足首が痛むだろうが、ジーナ、がんばってついてきてくれ」

「やってみる」ジーナの顔はあいかわらず真っ青で、いまにも気を失いそうだ。リビング・ルームのほうはちらりとも見ない。マリオの姿を見つけることを恐れているのだ。耐えられないとわかっている。

「途中で這わざるをえなくなる。おれのやるとおりにしてくれ」赤外線スコープを避けるための適切な角度といったまわりくどい説明は抜きだ。どっちにしろ、赤外線はあたたかな日中は役に立たない。周囲の気温と人間の体温の差が少なすぎるのだ。季節はずれの寒い日が二日つづいたが、きょうはかなりあたたかい。そのことと、狙撃者が見張っているであろう広い範囲を、人間の目は構造的に一度で見渡すことができないという事実を足し合わせれば、狙撃者の視界にほとんど入らず、二人をリチャードソンの家まで連れていける可能性はかなり高い。隠れる建物がまったくないところが二カ所あり、そこではジーナにできるだけ急いでもらわなければならない。どんな場合も、二番めに横切るほうが一番めよりも危険が大きい。

やるべきことはまだたくさんある。探さなければならない人たちも、まだたくさんいた。だが、そういうことは頭から追いだし、眼前の任務に集中した。時間がかかった——長い時間がかかったが、ジーナは全力を尽くし、カルがいなくても目的地まで行けるところまでたどり着いた。「わたしたちをここに置いていくの?」カルが戻らなければならないことを話すと、ジーナは恐怖に息を呑んだ。

「きみたちは大丈夫だ。たった二百メートルだよ。まだスターキー家の人たちも、ヤング家の人たちも見つかっていないんだ」無理だと言うジーナたちをなんとか送りだし、カルは引き返した。

捜索をつづける前に、なんとか飼料店に戻ることができた。壁に背中をぴったりつけて、さっとあたりに視線を走らせ、自分の部屋に通じる外階段を仔細に眺め、ライフルの弾が飛んでくる角度を吟味した。外階段は危険すぎるが、それが唯一の入口で、店内に階段はない。いまのところは。

裏の倉庫に通じるドアの鍵を、ショットガンの台尻で叩いてはずした。トレイル・ストップの住人は家に鍵をかけないが、店はちゃんと戸締りをする。倉庫のなかには、カルが冬に備えて薪《たきぎ》を切るのに使うチェーンソーと——ドアの外には大きな薪の山ができている——たきつけ用に細かく割るための小さな斧《おの》があった。

その斧を持って店に入り、天井を眺め、自分の部屋の間取りを思い浮かべる。配管を傷つけたくない。つまり左側はだめだ。バスルームは当然ながら店のバスルームの真上にある。狭くて効率的なキッチンも左側だ。〝効率的〟と呼ぶには狭すぎるが。残念なことに、いちばん丈夫な足台になりそうなレジのカウンターも左側にあった。

天井を目でなぞって計算した。一階の天井高は三メートルほどで、彼の背は百八十センチそこそこ。つまり、斧を使うためには床から一メートルの高さに立つ必要がある。まあ、いいさ。山積みされた飼料の袋も、ただそこに置かれているよりはなにかの役に立ちたいだろうし。

二十五キロの飼料袋をせっせと運ぶ。安定性を増すために、一段ずつ上下を逆に積み重ねた。重ね終えたときには、汗だくで喉もカラカラだったが、休んではいられない。すぐに自作の足台に飛びのり、足を踏ん張って斧を頭上に振り上げた。

飼料袋の山は多少不安定だし、足を動かせないのでバランスをとるのがむずかしい。そのため、振り上げる腕に全力を込めることができない。窮屈な姿勢のせいで、天井とその上の床をぶち抜き、人が一人通れるだけの穴をあけるのに三十分ほどかかった。充分な大きさだと判断すると、膝を突いて斧をそっと飼料袋の山に立てかけた。それから立ち上がり、膝を曲げ、ジャンプした。

ギザギザの穴の縁をつかみ、数秒ぶらさがって体勢を整え、上腕と肩の筋肉を収縮させ懸《けん》垂《すい》の要領で体を持ち上げた。皮膚に負担がかかり、せっかくケイトがやさしく手当てしてくれた傷口が開いて血が噴きだし、痛みだした。

充分に体を持ち上げると、瞬発力を利用してさらに押し上げ、片腕を突っ張って体重を支え、もう一方の腕も突っ張って足を持ち上げ、ベッドルームの床に転がった。

さっと裸になる。濡れて汚れた服は脱ぎっぱなしだ。

穴を抜けて飼料店に飛び降りたときには、狩猟用の服に身を固めていた。

24

外に通じるドアが開くたび、ケイトは胃が締めつけられ、心臓が飛び上がるのを感じた。ボサボサ頭の痩せた男が入ってくることを祈って顔をあげると、そのたびに期待を裏切られた。神経がピリピリしている。なんとかして気持ちを紛らせなければ、おかしくなってしまいそう。

ケイトは忙しく働きつづけようとしたが、人が溢れる地下室でやれることはあまりなかった。全員が空腹で、喉が渇いている以外に、トイレに行く必要がある。喉の渇きに関しては、ペリーと彼のバケツで簡単に解決した。食事については、ケイトとモーリーンがなんとかしようとがんばったが、モーリーンはこれだけの大人数をまかなえるほどの食材を用意しておらず、サンドイッチ用のパンが一斤《きん》足らずあるだけだ。石油ストーブでスープとシチューをあたため、タンパク質摂取のためにピーナッツバターをクラッカーに塗った。電気も通っていない状態では、できることにもかぎりがある。

トイレはさらに問題で、安全な地下室を出て一階に行かなければならず、危険がともなう。

それでもみんな、我慢しきれなくなってのぼってゆく。停電で水のポンプが動かないため、トイレを流す水のバケツを持参する。ペリーは井戸から水を汲み上げるのに大忙しだ。クリードでさえ、ニーナの心配をよそに、ジーナの杖を借りて足を引きずりながら一度はのぼった。

「昨夜の狙撃は狙い撃ちしたもんじゃない」モーリーンが危機一髪だった話をニーナから聞くと、クリードはのぼる足を止めて言った。「やつらは、おれたちが動揺することを狙って暗がりで撃ちまくった。きょうはあまり撃ってきていない。そろそろ弾を使いすぎないように気をつけているんだろう。もちろん相手は必要なら補給できる。おれたちはできない。おそらくやつらは、カルを目にするたびに発砲しているにちがいない」

不意に訪れた張りつめた沈黙に、クリードはあたりを見まわした。階段の下に真っ青な顔のケイトがいた。腹に一発食らったような表情を浮かべている。

けさやってきた全員が、カルに発見され、助けだされて手当てを受け、ここに来るように指示されたことは、ケイトも聞いて知っていた。羊の群れを駆り集める羊飼いのイメージを描いていたのだ。だが現実はそれどころではなく、銃撃を受けながら走りまわっているのだ。

クリードはケイトの表情を見て顔をしかめ、口のなかでつぶやいた。「クソッ」それからケイトに向かって言った。「ケイト、カルなら大丈夫だ。おもてにいるチンピラどもより優秀な連中にだって、やられなかったんだから」

ケイトはめまいを感じ、倒れまいと手を伸ばした。クリードはまた顔をしかめ、自分の言葉が安心させるにはほど遠かったことに気づいて言い直した。「おれが言いたいのはつまり――おれはやっと海兵隊にいたんだ。自分のすべきことは心得ている」

ケイトの気持ちは少しも休まらなかった。クリードだって自分のすべきことを心得ているだろうに、銃弾を受けた。夫を失っていなければ、もう少し毅然《きぜん》としていられるだろうが、まだ若い夫を突然亡くした。人は早死にする――医者たちはデレクを救おうと手を尽くした。ところがいま、カルは実際に命を狙われている。安心できるわけないでしょ？

カルとは出会ったばかりで、二人のあいだになにかが芽生えつつある。すべてが新しく刺激的で、将来を思うと心が震えるほどだ。いま彼を失うわけにはいかない。

クリードは自分の用事も忘れ、足を引きずりながら階段をおり、手を伸ばしてケイトの冷たくなった両手をやさしく取り、あたためてくれた。いかつい顔はやさしく、はしばみ色の目は思いやりに溢れていた。「彼は大丈夫だ。おれたちを狙ってるやつらが何者かは知らないが、全員がカルの足もとにも及ばないことは保証する。カルはただの海兵隊員じゃない。偵察部隊だったんだ。それがなにを意味するかわからないかもしれないが――」クリードが言葉を切ると、ケイトは頭を振った。「つまり、やつが多くのことにひじょうに秀でていて、殺されないほうのリストの上位に載っているということだ」

さまざまな感情が渦巻いていた。恐れ、怒り、自分がこれほど動揺していることへのとまどい。どうにも抑えきれずにクリードの両手にすがり、さらなる安心を求めて顔を見上げた。

「ミスター・クリード、わたし――」

「ジョシュと呼んでくれ。ここの人たちはみんなファースト・ネームで呼び合っているんだろう？」

「ジョシュ」クリードにも距離を置いていたことをなんとなく申しわけなく思いながら、ケイトは言った。「わたし――あなたが――」ケイトは口ごもった。なにを言いたいのだろう。彼を助けに行って？　彼を無事に連れ戻して？　そう、それを望んでいる。カルにあのドアから入ってきてほしい。

「聞いてくれ」クリードはケイトの手を握りしめ、軽く叩いた。「やつはいちばん得意なことをやっている。つまり、なにが起こっているか探ることだ」

「でも、もう何時間も――」

「村の人たちがいまもやってきてるだろう？　カルがよこしているんだ。つまり無事ということだ。なあ、ロイ・エドワード」クリードが声をあげて呼んだ。スターキー家の老人たちはついさっき着いたばかりだ。「カルと別れたのはいつだ？」

ミリー・アールに顔を拭いてもらっていたロイ・エドワードが、こちらを向いた。ロイと妻のジュディスは転んだせいであざとすり傷だらけになっていた。速く歩けず、何度も転倒したが、奇跡的に骨を折らずにすんでいた。「一時間も経ってないな」ロイが答えた。疲れきったようすだが、声はしっかりしている。「おれたちが最後の二人だと言っていた。なにかを取りに行ってから、ここに戻るそうだ」

最後の二人。愕然としたあまり自分の惨めさも忘れ、ケイトは、だれがここにいてだれがいないかを知ろうと見まわした。地下室の全員が同じことをしていた。これ以上隣人たちが到着して、安堵と歓迎の叫びで迎えられることはない。マリオ・コントレラス。ノーマン・ボックス。マエリー・ラスト。アンディ・チャップマン。ジミー・ビーズリー。ラノーラ・コルベット。マウス・ウィリアムズ。失ったのは七人——七人も！

クリードは無言で向きを変え、階段をのぼりはじめた。ニーナが涙で顔をくしゃくしゃにしながら付き添い、足がそれ以上ひどくならないように手を貸した。

「そのままにしておくわけにはいかない」ロイ・エドワードがだみ声に怒りを込めて宣言した。「みんな、おれたちの仲間だ。丁重な扱いをしてしかるべきだ」

課せられた責任の重さに気づき、みんなはふたたび黙りこんだ。遺体の回収は厄介な仕事だ。それに、電気が止まっているから保存する方法がない。それでもなにかすべきだ。きょうはかなりあたたかい。つまり、早急に手を打たねばならない。

「うちに発電機がある」ウォルターが長い沈黙を破った。「どこのうちにも冷凍庫がある。なあ、どうにかなるんじゃないか」

だが、ウォルターの発電機があるのは狙撃者たちにちかい側だ——それに大型冷凍庫を移動するには、二人がかりで開けた場所を横切って運ばなければならない。

アンジェリーナを気遣って我慢していたジーナが、そのとき、両手に顔を埋め泣きだした。全身を震わせ振り絞るような泣き声をあげる。ケイトは同じ経験があったからジーナのかたわらに座り、震えている体に両腕をまわした。痛みを和らげる言葉はないからなにも言わない。アンジェリーナの顔が歪み、大きな黒い目から涙が溢れた。「ママ、泣かないで！」ジーナの脚を叩く。慰めを与えると同時に求めているのだ。「ママ！」

ケイトはアンジェリーナもいっしょに引き寄せた。デレクが亡くなったとき、赤ん坊たちは小さすぎてなにもわからなかった。父親を失った悲しみで泣くには小さすぎた。だがアンジェリーナは違う。パパは亡くなり、二度と戻ってこないことを理解している。その悲しみを癒せるのは時の流れだけだ。

「あなたはどうやったの？」ジーナがすすり泣き、涙にむせながら洩らした言葉はよく聞き取れなかった。「どうやって乗り越えたの？」

全身を焼き焦がす苦痛のなかで、どうやって生きたらいいの？　心にぽっかりと大きな穴が開いたまま、日々の暮らしをどうやってつづければいいの？　またほほえむことができる？　また声をあげて笑うことが、喜びを感じることができる？

「ただ、やるしかないのよ」ケイトは静かに答えた。「ほかの選択肢はないんだから。わたしには坊やたちがいた。あなたにはアンジェリーナがいる。だからやるしかないの」

ドアが開いてカルが入ってきた。

服を着替えている。鹿狩り用の格好だ。牧歌的な模様の迷彩色のズボン、くすんだオリーブ色のTシャツにズボンと同じ模様のシャツを羽織っている。ゴアテックスの柔軟なブーツをはき、ベルトの鞘に狩猟ナイフを差し、ショットガンの紐を左肩にかけ、大きなスコープつきのライフル銃を右手に持っていた。だが、鹿狩りに行くのなら、この格好に明るいオレンジ色の帽子と狩猟用ベストを着なければならない。

胃の底が抜けた。服装は言葉よりも声高に、彼が狙撃してきた男たちを追うつもりだと語っていた。不意に凍りつくような恐怖に駆られ、ケイトはジーナから手を放し、立ちあがった。叫びたかった。彼に体当たりし、行けないように縛りあげたい。彼を行かせるわけにはいかない。戻ってこないかもしれないのに、彼を送りだすなんてできるわけが――

カルの視線がケイトの視線を捉えた。彼女が青ざめ、緊張しているのがわかったのだ。両手の武器を倒されない場所に立てかけ、混み合い散らかった部屋を縫うようにやってきた。話しかけたり肩を叩いたりする人たちにうなずき、返事をして挨拶を交わしながら、けっして足を止めることなく、進路をそれることもなかった。

カルがやってきて、手に触れて言った。「大丈夫か?」

なにかしゃべったら喉が詰まる気がして、頭を一度、乱暴に横に振った。

カルはまわりを見て、二人きりになる場所のないことに気づいた。「ついてきて」

ケイトはぼうっとしたままついていった。まわりのことには注意を向けず、ただ彼の背中だけを見つめ、彼のあとにつづいた。カルはケイトを外に連れだし、湾曲した傾斜地によって遮蔽されている日だまりで足を止めた。振り向くと、淡い色の目でじっとケイトを見つめた。「どうした?」

どうしたですって?「あなたの服」ケイトは唐突に言った。筋の通った理由など考えつかない。

カルはまごついたようすで自分の服を見おろした。「おれの服?」

「男たちを追うつもりね?」

彼は理解した。「ただつくねんと座っていられない」静かに言った。「だれかがなにかをしなければ」

「でも、あなたじゃなくたって! なんであなたなの?」

「ほかにだれがいる? 見まわしてごらん。いちばん若いマリオは亡くなった。ジョシュならできたが、骨を折っている。ほかはみんなもっと年配だし、体調が万全というわけでもない。おれがやるのが理屈にかなっている」

「理屈なんてなによ!」ケイトはカッとなり、両手で彼のシャツをつかんだ。「わたしにはなにも言う権利はない。だって、わたしたち——まだなにも——」ケイトは頭を振り、こみあげる涙を抑えた。「わたし、いやだもの——また失うなんて——」

カルは軽く頭をさげ、唇で彼女の言葉をさえぎった。

その唇はやわらかだ。とてもやわらか。やさしく、探るようなキスだった。唇で知ろうとする。問いかけてくる。ケイトは顔を仰向け、答えた。

「権利はあるさ」彼がつぶやき、両手で顔を包み、指を髪に滑りこませた。やさしく、でも飢えたようなキス、むさぼるようなキス。ケイトは彼の腕をつかみ、硬い筋肉と腱に指を食いこませ、すがりついた。舌がゆっくりと侵入してきて、軽く触れ、撫で、誘いかける。ありあまるほどの時間を潰すのに、ほかにいいことが思いつかないと言いたげに。

こんなキス、はじめて、こんな——満足しきったキスは。

彼は興奮していた。硬い膨らみが当たるのを感じる。腰を動かしてくるものと思ったけれど、彼はじっとしたまま、動いているのは舌と、こよなくやわらかい唇だけ。体のなかにぬくもりの花が開き、彼が危険を冒すことの恐れや怒りを押しだした。いま一歩で信じられぬほどすばらしい感覚の淵に落ちる、その瀬戸際で踏みとどまっていた。

彼の唇が口から離れ、頰に押し当てられ、それからこめかみ、目、また唇に戻ってきてもっととせがむ。

彼のセックスもキスと同じくらいゆったりとしているのなら——ああ、どうしよう。

「なかに戻らなければ」カルがケイトの口もとでささやき、額を彼女の額に押し当てた。

「やることがたくさんある」

ケイトは身を引いて彼の淡いブルーの目をのぞきこんだ。ふだんと同じ穏やかな目のなかに、いまは、鋼《はがね》のような強さを見て取ることができた。彼はおおげさではない。関心を惹こうともしない——そうする必要がないから。自分と自分の能力に絶大な信頼を置いている。一瞬のためらいもなく、それに命をかける。

そこにいつづけ、二人とも社会保障給付小切手を受け取る歳になるまで、説得をつづけたかった。でも、彼に体の向きを変えさせられ、地下室へ連れて戻された。たくさんの笑顔と訳知り顔が二人を迎えたのは、驚くことでもなんでもなかった。昨夜の彼の行動をみんな見ているのだし、いまのいままでおもてでキスをしていたのだから。それよりケイトを驚かせたのは、だれ一人驚いた顔をしていなかったことだ。この展開の早さについていけていないのは、ケイトだけらしい。というより、気づかぬふりをしていたのは、ケイトだけだったのだ。

男ってこれだから頭にくる。カルはすでに完璧な仕事モードに戻り、クリードやほかの男たちと額を寄せ合っていた。クリードがノートを持ち、ペンでなにか書きながら計画を練っている。みんながまわりに集まって話に耳を傾けた。

「橋が落ちた」カルが言う。「爆破だ。その前に電気がきれた。電線が切断され、電話も不通になっている。狙撃者たちの配置位置からみて、救助を求め山を抜けようとする者を阻止しようとしている。つまり、われわれを外部と切り離して閉じこめたいんだ」

「だが、なんでそんなことをするんだ？　やつらは何者なんだ？」ウォルターが言い、片手で薄くなった毛をかきむしった。

「姿は見ていないが、おそらく先週の二人組が援軍を連れてきたんだ。やつらの目当ては──」カルは肩をすくめた。「おれだろう」

「銃を突きつけたからか？」

「それに、片割れの頭をぶん殴ったからよ」ニーナがつけ加えた。彼女はクリードの横で、冷たいコンクリートにじかに座っていた。昨夜以来、彼のそばから一歩も離れていない。

「理解できると言ってるわけじゃない」カルは言った。「だが、自尊心を傷つけられたせいで残虐行為に出る者もいる」

「でもこれは──限度を超えてる。正気じゃない」シェリーが異を唱えた。七人が殺された。自尊心を傷つけられたという域を超えている。「それほど頭に来ているなら、なぜそのへんであなたを待ち伏せして叩きのめさないの？」

「おれを叩きのめすのはいささか厄介だ」カルが控えめに言った。「〝よけいな手出しはするな〟ってことをわからせるための、マフィアのやり方なんだろう。よくはわからないが」

「マフィア？　マフィアだと思う？」ミリーが口をはさんだ。

その質問にも肩がすくめられた。「そういう可能性もあるってこと」

「地形的にはこっちが不利だ」クリードが割りこんで、話を本題に戻した。ざっと描いた地図を指し示す。「溪流のこっち側では作戦の実施がむずかしい。流れが速すぎて歩いて渡れる場所はないし、ボートも岩に叩きつけられ、あっという間に粉々だ。川上は直角に切りたった谷で通行できない。つまり、そっちには行けないってことだ」

「トレイル・ストップのある土地はゾウリムシのような形だ」カルがあとを継いだ。「後部を横切って橋が架かり、後部のこちら側は溪流だ。動きまわれる土地もないし、溪流が自然のバリケードを築いている。そしてこっち側は」――クリードのスケッチを指差す――「ヤギしか通れない山だ。つまりおれたちは、ゾウリムシのこの部分に集められ、出口は切り通ししかないが、狙撃者が見張っている。やつらは赤外線スコープを持っている。夜に効果を発揮する。昼間見張るのには使用しない。おれは夜になるのを待ち、水に入って体温をさげる」

「切り通しを抜けるのにどのくらいかかる?」シェリーが尋ねた。

「切り通しを抜ける必要はない。うまくすり抜けて狙撃者の背後にまわる。あとは道をたどっていく」

ケイトが息を呑む音はみんなにも聞こえるほど大きかった。彼女は戦術家ではないが、昨夜、彼が低体温症になりかかっていたことを知っている。水温がそのときより高くなっているはずもない。よいタイミングを見計らうために、どれだけ長く溪流に浸かっていなければならないの? その先も、濡れた冷たい服を着たまま何キロも歩き、刻々と体熱を奪われていくのだ。そうでなくても、渓流に浸かっているのを見つかったら、向こう岸にいる狙撃者が、彼を獣のように狩るだろう。体が冷えすぎていて、うまく避けられないかもしれない。なぜだれも、よせ、と言わないの？　あまりに危険だと言わないの？　なぜみんなして、彼に命の危険を冒させるの？

なぜなら、彼が指摘したとおり、ほかにだれもいないからだ。クリードは怪我をしている。マリオは死んだ。ほかは全員、体を鍛えているとはいえない中年か、ほんとうに体調の悪い年寄りだ。

ケイト以外は。

「だめよ」ケイトは言った。ほかのだれも言わないから。「だめ。危険すぎる。そうじゃないなんて言わないで」まさにそうしようとカルが口を開いたので、強く言いはなった。「向こうはそれを待ち構えているかもしれないでしょ？　あなたはゆうべ、水に浸かって凍えたせいで、歩けないほど消耗していた。もしあなたが殺されたら、わたしたちはどうなるの？」

「向こうの狙いがおれなら、立ち去るだろうな」

あまりに冷静な物言いに、叫び声をあげてつかみかかりそうになった。なぜそこまで自分の命に無関心なのよ。拳を握って立つケイトを、男たちは、まるでわかっていない、とあきれ顔で見ている。でも、ケイトにはわかっていた。ただ、もう一度それを乗りきれないだけだ。

「そんなこと、わからないじゃない。彼らがだれでなにを要求しているのか、はっきりわかっていないんだから。もしあなたと関係なかったら？　狙いがあなただったとしても、荷物をまとめて出ていくなんて、どうしてわかるのよ？　もう七人も殺している。あなたに出し抜かれただけにしては、過激すぎる反応だって、みんな思ってるわけでしょう？　なにかほかにある、あるはずよ。わたしたちがわかっていないだけ」

カルは考えこむ表情でケイトを見つめ、うなずいた。「きみは正しい。なにかほかにあるはずだ」

「気づかれずにすり抜けられる保証はあるの？」

「いや、ない」

「だとしたら、あなたを失うリスクを冒すべきじゃないわ、カル。だめよ。わたしたちは無力じゃないけど、外界から遮断され、向こうが優位に立っている」なにかひらめかないか、必死で考えた。カルが一か八かの賭けに出ることなく、ここから抜けだす方法があるはずだ。彼は正しい。最短ルートは狙撃者たちのあいだをすり抜けることだ。なんとか山を登ってまわりこめれば――

「つくねんと座ってはいられない」クリードが言った。「兵糧攻めに耐える準備はないし、これはまさにそういう――」

体の外から声が出てきたような感じだった。「別な方法がある」自分が言っているのが聞こえた。全員がしゃべるのをやめてこっちを見ている。気がつくと進み出ていた。頭の隅でパニックに駆られた小さな声が、だめ、だめ、とささやいていたが、足が勝手に動き、人をかき分けて前に出て、ヤギしか通れない、とカルが言った山を指差した。「わたしはこの山を登れる。登ったことがあるの。わたしは登山家だし、みんなも知っているように装具を持っている。体をロープで縛れば安全」――そこまで単純な話ではないが、押し通すしかない――「それに、向こうは、わたしたちがその道を取ることを想定していないから、見張っていない。だれも撃たれなくてすむし、生贄《いけにえ》の子羊のようにあえて危険に身を置くこともない」

「ケイト」カルが言う。「きみには二人の子どもがいる」

「わかってるわ」涙が込みあげる。「わかってる」そりゃあ子どもたちが育っていくのを見守りたい。慈《いつく》しんで育て、いずれは孫を腕に抱きたい。親ならだれもが夢見るさまざまなことを経験したい。でも、カルの計画では絶対うまくいかないし、それによってみんながますます無防備になる。不意に浮かび上がったその確信を、必死で振り払った。ここにいる全員が最後には殺される。どっちみち子どもたちは母親を失うことになる。危険という意味では、山に登るほうが、カルの提案より危険だとは思えなかった。

「ケイトの言うとおりだ」ロイ・エドワードが横から声をあげた。

みんなの視線が老人に集まった。彼は、前の晩、キッチンから運んできた椅子に腰かけていた。転んだせいで、左腕と顔の左側が紫色に腫れあがっていたが、口はぎゅっと結ばれている。「あんたがしようとしていることは危険だ、カル。それに、自分たちが助かるためにあんたを犠牲にしようとはだれも思っておらん」

同意のつぶやきがあちこちで起こった。ケイトは無愛想な老人に感謝するあまり、そばに行って抱きしめようかと思った。

「そっちの方向に山を越えていくと距離が長い」カルが指摘した。

「その方向に進みつづければたしかにそうだ。だが山には廃坑がたくさんある」ロイ・エドワードが立ち上がり、よろめきながら前に出てきた。「親父が山で働いていたから知っている。ガキのころの遊び場だった。切り通しから分かれ、山を縦横に縫う踏み分け道があった。ひとつ残らず起点はこの切り通しだ。おれの記憶によると、一本か二本の古い坑道が完全に山を突き抜けておった。何十年も経って、いまどういう状態かはわからんが、もしそこを抜けられれば、かなり時間を短縮できる」

ロイは震える人差し指で山から切り通しまでたどり、ケイトを見上げた。「もし廃坑がふさがれていても、たぶんそうなってると思うが、あんたはこの切り通しの向こう側に出られるはずだ。ろくでなしたちが見張っているところより上側だし、遮蔽も厚い。この切り通しに着けば、やつらの先まわりができる」

ケイトは頬を伝っていた涙を拭い、カルに顔を向けた。「わたしは行くわ」震える声で言った。「あなたがどんなに止めたって、わたしは行きます」

カルは一瞬黙りこんだ。淡い色の目がケイトの顔をじっと見つめ、必死の決意を読み取った。カルがクリードにちらりと目をやる。二人の間で交わされたメッセージを、ケイトは読み取れなかった。

「わかった」ようやく返事をしたときも、まるでケイトが食料品店に行くと言ったかのような、落ち着いた言い方だった。「だが、おれも行く」

25

ケイトは仰天した――ロッククライミングは、ただ〝行く〟ものではない。調整と準備と経験が必要だ――そのとき、数日前に交わした会話を思い出した。カルが屋根裏部屋の壊れた鍵を取り去り、扉を開けてくれたときだ。数日。なんとまあ。あまりにもたくさんのことが起こって、何週間も経ったような気がする。「登山をしてたって言ってたわね」登山とロッククライミングは違うが、装備はほとんど同じだ。技術的に違うだけで、根本の部分は同じと言ってもよい。

「ほとんど登山で」カルが訂正した。「ロッククライミングも少し」

クリードがノートの向きを戻し、覚悟を決めたようにペンを取り上げた。「よし、見落としのないように必要な物を書きだそう。切り通しを抜け、電話があるところまで行くのにどのくらいかかる?」話しながらケイトを見た。ここでロッククライミングの経験者はケイトだけだからだ。

彼女がやってきたのはすべて日帰りだったが、いま話している地域についてはよく知っていた。家の背後にそびえる山々を毎日見ている。いくつかの岩場はそこからでも見え、いつも、「あなたに登ったことがあるのよ」と、心のなかで話しかけていた。たどり着くのにどれくらいかかり、そこから上に登るのにどれくらいかかるか知っていた。場所によっては、デレクとやったクライミングよりも楽に登れる。かつてはロッククライミングに挑戦することこそが目的だったからだ。思い出がどっとよみがえり、いま自分が提案しているロッククライミングとハイキングのイメージが鮮明に浮かんだ。

よく考えて答を出した。「岩場を登って尾根づたいに歩きはじめる地点まで一日半か、もしかしたら二日かかると思う。そこから切り通しまではどのくらいかしら、ロイ?」

ロイが鼻を鳴らした。「直線距離にして八キロほどだが、上り下りがあるから、二十五から三十キロくらい見ておけば間違いないだろう」

「歩けるのは日中だけだ」カルが言った。「懐中電灯は使えない。そうなると……速いペースで行って二日。切り通しまで四日だ」

四日。胃がむかむかした。長すぎる。あまりに長すぎる。そのあいだになにが起こるかわからない――

ニーナが手を伸ばしてケイトの手を取った。「わたしたちは大丈夫」きっぱり言った。「がんばり通すわよ。相手がなにをしようと、なにを要求しようと」

「そのとおり」ウォルターが言った。疲れたようすだった。みんなそう。だが、両目に燃える怒りは弱まっていない。襲撃を受け、友人たちが殺された。両手をあげて降伏するなど思いもよらない。「おれたちのほとんどがライフルかショットガンを持っているし、弾薬もある――必要ならよろず屋に行って取ってくればいい。食料も水もある。野郎どもが、おれたちをたやすい標的だとみなしているなら、考えを改めさせてやろうじゃないか」

「賛成」「まったくそのとおり」「そうだ」押し殺した声の合唱が地下室に響き、どの頭もうなずいた。

カルが顎をさすった。「それについては――ニーナ、店の裏に二十五キロの飼料袋がたくさん積んであった」

「ええ、冬に備えてまとめて仕入れたから。なぜ?」

「砂嚢《きのう》は徹甲弾でも貫通しない。だから軍隊でも使っている。砂はないが、飼料の袋がある。飼料は砂ほど頑丈じゃないが――ぎっしり詰まっていないから――二袋ずつ重ねれば、効果的な遮蔽物になる」そこで言葉を切った。「ところで、天井に穴をあけてしまった」

ニーナは目をしばたたかせ、にっこりした。「もちろんそうよね。どうやって自分の部屋に入ったのかなと思っていたの」カルの服を指す。店の天井に穴があいたことに困惑したとしても、そんなようすはいっさい見せなかった。

カルは地下室を見まわした。「全員がここにいるわけにいかない。混みすぎているし、そんな必要もない。攻撃にさらされない安全な家を選び、分散するんだ。銃撃を受ける側の壁は飼料袋を使って補強する。そうすればもっとうまく動けるし、見張るのも楽になる。塹壕《ざんごう》をいくらか掘れば、家から家を安全に移動できるようになる。深い必要も長い必要もない。開けた場所を横切るだけの長さ、腹這いになって動けるだけの深さで充分だ」

「食料と毛布と服がいるわね。薬が必要な人もいる」シェリーが言った。「お尻を吹きとばされないで家から家へ移動するやり方を教えてくれたら、さっそく集めるわ」

「おれが集めて――」カルの言葉をシェリーが手をあげて制した。

「あたしはそんなこと言ってない。どうやるのか教えてと言ったのよ。教えてくれないと、あなたがいなくなってから困るでしょ。砦を維持しないといけないからね」

「わたしのところに余分な毛布や枕がたくさんあるわ」ケイトが言った。「食料も。マットレスもいくつかある。遮蔽物として使ったら少しは役立つんじゃないかしら。そうできなくても、引きずりおろしてその上で寝ればいい」

「マットレスはいい考えだ」カルが言った。「寝るためには。ベッドでは寝ちゃいけない。床にマットレスをおろすんだ」

「壁の補強には、ほかになにが使える?」ミリーが尋ねた。

「古い雑誌が詰まった箱、もしそんな物があったらだが。ぎっしり本を詰めた箱。クッションは役に立たない。詰まってないからね。家具もだめだ。絨毯をできるだけきつく巻いて弱い壁に立てかけるといい」

「スレートをはったビリヤード台をだれか持っていないか？」

「うちにある」だれかが言った。ケイトは見まわして、ローランド・ゲッティが小さく手をあげているのに気づいた。彼はほとんどしゃべらない。だれかに直接質問されないかぎり、いつもかすかな笑みを浮かべ、じっと会話に耳を傾けている。

「スレートのビリヤード台は最高にいい遮蔽になる。横倒しにできればだが」

「かなり重いぞ」ローランドは言いながらうなずいた。

クリードがカルのほうを向いた。「ここの取りまとめはおれがやる。おまえはケイトといっしょに行って必要な物を取ってこい」うつむいてノートに目をやった。「まだほとんどなにも書いていない。リストを作る必要があるかな？」

「登山装備については必要ないわ」ケイトが答えた。「目を閉じていても荷造りできる」パジャマでない物を着る必要があるが、さすがに服を忘れることはない。

「それじゃ行こう」カルが言って、片手をケイトに差しだした。「きみが登山装具を担当し、ぼくがほかの物を集めよう。行動開始だ」

家に戻るのは、昨夜の決死の脱出に比べれば、ある意味でたやすかった――走らなくてすむのだから。薄っぺらな寝室用スリッパは足を守る役に立たないので、気をつけながら遮蔽物から遮蔽物へ移動できるのはありがたかった。だが、気をつければ時間がそれだけかかるので、敵の目にさらされているという気持ちは強まる。八百メートルほど離れた山腹にだれかが座り、スコープ越しにこちらの一挙一動を監視し、引き金を引くかもしれないとわかっているのは、想像を絶する不気味さだ——

そう考えると動けなくなり、体を震わせた。ケイトのかすかな動きや位置をつねに気にかけているのか、カルも止まって振り返った。「どうした?」

ケイトはあたりを見まわした。さしあたって二人は守られている。カルは岩や木や建物から地面の低いところにあるものまで、可能な遮蔽物をすべて利用する。いまは、腰ぐらいの高さの岩の陰にいた。前夜、モーリーンといっしょに家の一階にいて、銃弾と自分たちとのあいだに木の壁しかなかったときとは状況が違う。「だれかに見られているようで。狙撃者にこっちが見えてる気がして」

「いまは見えていない」

「わかってる。でもゆうべ——モーリーンといっしょに一階にいたとき——弾が飛んでくるのを感じて、それでモーリーンを突き飛ばしたの。すごく不思議なのよ。実際にそれを感じたの、肩甲骨と肩甲骨のあいだを突かれたみたいに。窓が吹き飛ばされて、そのあとに銃声が聞こえた。いまも同じような感覚に襲われたんだけど、この岩を弾が突き抜けることはないんでしょ?」

「それはない。ここは安全だ」カルはケイトのほうに戻ってきてしゃがみ、鋭いまなざしを周囲に投げた。

「でも、その感覚を軽くみてはいけない。とくに戦闘状態のときは。おれはうなじに感じる。そういうときは絶対に従う。少しコースを変更しよう。こっちのほうが距離は長いが、もしきみがぞっとする感じをおぼえたなら、賭けにでる必要はない」

ケイトはうなずいた。理解してもらえて無性にうれしかった。カルはしばらく地面を眺めてから腹這いになり、岩から直角の方向に、ケイトが気づかなかった浅い窪みをたどってスルスルと進みはじめた。もう、このパジャマときたら、そう思いながらやはり腹這いであとを追った。

ビリー・コープランドはスコープを左右に動かしながら、注意深く見張っていた。岩のあいだで一瞬、服らしきものが見えたような気がした。技術的には限界にちかい距離だったが、まぐれで当たる場合もあるし、ティーグが説明していたように、この作戦はすでに心理的局面に突入しているから、精神的にまいらせるのも効果的だ。標的を実際に撃つ必要はない。驚くほど遠くからでも狙い撃ちできることを、肝に銘じさせればいい。

決断すべきは、はっきり的が見えていないのに引き金を引くかどうかだ。昨夜、あれだけ大量の弾を撃ちこんだせいで、弾を節約すべきだと本能が告げていた。そうは言っても、うまく隠れていると思いこんでいるやつらに、ちびるほどの恐怖を感じさせてやるのも一興だ。

引き金にかけた指に力を込め、それから緩めた。まだいい。なにかを見たと確信したならともかく。弾を無駄にするのはばかげている。

ケイトの家はしんと静まりかえっていた。夜になって男の子たちが眠ってからでさえ、電気器具のかすかなうなりが聞こえ、家が生きているような感じがしたものだった。いまは違う。空っぽで、暗く、寒い。前日の日暮れにカーテンを全部引いたせいで、陽光が遮断されているからだ。カーテンは光を寄せつけないだけでなく、家があたたまるのも妨げていた。

「屋根裏部屋の鍵を貸してくれ」カルが言った。「きみが服を着替えているあいだに、登山装具をおろしておく」

「わたしが取りに行くんだとばかり思っていた」

「いやな予感がしたんだろ。できるだけ安全な場所にいたほうがいい。屋根裏には身を隠す物がない」

ケイトは眉を吊り上げた。「そう聞いてわたしが安心すると思う？　あなたが屋根裏にいるのよ」

「そのとおり。きみはきみの部屋へどうぞ。ついさっき、きみは州の住民の半分を相手に闘うぐらいの勢いで、おれが一人で行くのを阻止しただろ？　おれは聞き入れた。おれはいま、あのときのきみと同じような気持ちでいる。今度はきみが聞く番だ」厳しい声、目の表情は冷たく澄んでいる。

そんなふうに言われたら反論のしようがない。ケイトは顔をしかめ、玄関ホールの机に鍵を取りに行った。「あなたと言い争って勝った人いる?」

「おれは言い争わない。時間と労力の無駄だ。だが、人の意見に耳は傾ける」彼はすぐ背後におり、手を伸ばして鍵を受け取った。

文句は言わずに鍵を渡したものの、階段をのぼりはじめた彼に訊かずにいられなかった。

「あなた、怒ることないの?」

カルは立ちどまり、ケイトを見おろした。暗がりでは淡い色の目は青みを失い、水晶のようだ。「いや、怒ることはある。あのメラーのくそったれが銃できみを脅しているのを見たときには、素手で八つ裂きにしてやろうかと思った」

ショックで胃がキュッとなる。彼が口にする言葉はすべて本気だとわかるから。手を伸ばして階段の支柱をつかみ、指を食いこませた。彼の目の表情と、引き金にかかる指の動きを思い出す。「ほんとうにあの男を撃つつもりだったのね?」

「引き金を引く気がなければ、武器を人に向ける意味がない」カルは言い、階段をのぼっていった。「服を着替えるあいだも体を低くしておくように」

少しおいてケイトも階段をのぼり、右へ曲がってベッドルームに向かった。言われたとおり姿勢を低く保つ。ぞっとする予感はなかったが、安心はできない。岩のそばではなにも起こらなかったのだから、昨夜のことは奇妙な偶然なのだろう。

そう言いつづけていれば、いつかそう信じられるだろう。あの恐ろしい感覚は、それほど強烈で切迫していた。

そんな思いは振り払い、目の前の過酷な挑戦に意識を集中した。趣味の登山は難行《なんぎょう》だが楽しいし、一日の終わりには熱いシャワーと熱々の食事と寝心地のよいベッドが待っている。キャンプも一度だけしたことがあるが、好きになれなかった。

登るときはスパンデックスのズボン、上はスポーツブラにぴったりしたタンクトップ、足もとは登山靴だった。まず靴のことを考えた。登山靴は山歩きに向かない。逆に言えば、ウォーキングシューズで登山はできない。いつもは現地まで運動靴をはいていって、直前に登山靴にはき替えていた。今回は日帰りではないので荷物が多い。登山装具のほかに食料や水、毛布、それにカルが必要だと考える武器を持っていかねばならない。

深呼吸して、どんなに無謀なことをしているのかは考えないようにする。切りたった岩壁を登らずに、もっと楽な道を探すことになるだろう――それでも大変だろうが、大変の程度が違う。

ハイキングシューズは持っていなかったので、選択肢としては運動靴しかなかった。標高が高く、夏でも冷えこむ場所で三晩か四晩を過ごすことを考えると、スパンデックスのズボンよりスウェットパンツが適している。ポケットにファスナーがついているのを持っていたのでベッドに置く。靴下を何足かと清潔な下着。愚かと言われようと、同じ下着を四日もはきつづけるなんて耐えられない。下着を二組。絹のTシャツも詰める。フードがついたスウェットジャケット、暑ければ腰に巻けばいい。リップクリームをズボンのポケットに入れ、下着の抽斗から古いスイス・アーミー・ナイフを探しだして別のポケットに入れた。

つぎに髪をとかし、ポニーテールにした。装備に髪の毛が引っかかると痛いからだ。忘れ物がないか考える。夜の冷えこみに備えて、絹のズボン下を入れたほうがいい？　日中はくには暑すぎるが、軽いものだし、場所も取らない。スウェットジャケットの取りはずしができるポケットにおさまる。

用意ができると着替えに取りかかった。靴下は薄手と厚手と二枚重ねた。予備の二足はズボンのポケットにしまった。ズボン、靴、最後にスウェットジャケットを腰に巻いた。試しに体を伸ばしたりひねったりして、衣服が動きを妨げないことを確認した。これなら大丈夫。

つぎの中継地はキッチン。

シリアルをファスナーつきのビニール袋に小分けにしていると、カルが入ってきた。装具一式を抱えている。ハーネス、ビレイ器、カラビナやピン、アンカー、チョークバッグに細いロープを何巻きか。「このロープはどれぐらい昔のもの？」

とたんに心臓が胃のなかに落ちこんだ。「ああ、そんな。どれも五年以上は経ってるわ」

ナイロン製のロープはたとえ未使用でも時間とともに劣化する。そのうえこのロープは使用頻度が高かった。デレクもケイトもバスタブで手洗いしたり日が当たらないように収納したりと管理には細心の注意を払っていたが、それでも時の経過は止められない。このロープで登ることはできない。簡単な話だ。このくらい古ければ、終了点からおろしておくトップロープとしては使えるが、確保点をとりながら登るリードには使えないし、使いたくもない、以上。

「ウォルターの店にナイロン製のロープがある」カルが言った。「おれたちが必要とするのとは若干《じゃっかん》違うかもしれないが、これよりは新しい。いま取ってこよう。長さはどのくらい必要？」

「七十メートル」

カルはうなずいた。太さを訊かないところをみると、ウォルターの店の在庫品はその一巻きだけなのだろう。どんな物であろうとそれを使うしかない。

彼が姿を消したので、食料を揃えるのはあとにして装具を点検した。三年前、ここに引越してきたときに屋根裏にしまいこんで以来、まったく触っていなかった。カルはヘルメットをおろしてきていないが、理由はわかっている。色が鮮やかすぎて目立つのだ。ヘルメットをかぶらないロッククライマーも多いが、デレクとケイトはいつも使用していた。

装具を選り分けていると昔の感動がよみがえり、激しい興奮をおぼえた。太陽の輝きと高い場所という幻惑、岩と闘う自分の技術と体力。もちろん落ちたことはある。デレクもだ。

知っているかぎり、落ちたことのないクライマーはいない。そのためにロープがある。だからこそ古いもので登りたくはなかった。

装具に背を向け、食料の準備に戻った。水は重いので厄介だ。四リットルの水の重さは、容器を抜かして四キロ。ペットボトルのミネラルウォーターも何本かあるが、持ち運びには不便だ。必要なのは背中に背負うことができる水用の革袋だが、代用できそうな物は思いつかなかった。

ロイ・エドワードが山に流れがあるかどうか知っているだろう。トレイル・ストップの境界線となって川にそそぎこんでいる大きい渓流のほかにも、流れはかならずあるはずだ。

カルが巻いたロープを肩にかけて戻ってきた。ケイトが準備した物を眺めてうなずく。

「ロープを取るついでに、ほかにもいくつか勝手に取ってきた。防水ケースに入ったマッチとかそんな物だ。毛布はどうする？」

「わたしが持っているのはみんな厚いの。ほかの人たちに持っていこうと思ってるんだけど、背負って登るのは無理」

カルはうなずいた。「おれのところに薄い毛布が二枚と細く巻ける敷パッドがある。よし、それにしよう。ほかにも使える物はあるが、どっちみち運べないな。さあ行こう。急がないと日が暮れる」

「どうするつもり？　暗くては登れないわよ」

「登りはじめる地点まで行っていたい。二時間くらいはかかるだろう。今夜のうちにできることがあれば、それだけあすの時間が節約できる」

たしかにカルの言うとおりだ。彼の行動は、その口調にいたるまですべてに無駄がなく的確で、自分のしていることをしっかり把握しているのがわかる。以前にもこういうことを経験しているのだ。おそらく、同じように悲惨な状況で。

リチャードソン家の地下室に戻ると、クリードがカルと同じようなきびきびした態度でみんなを取りまとめていた。カルが何人かを外に連れだし、もっとも安全に移動するやり方や、狙うべき角度、警戒すべき地域を教えているあいだに、クリードが水の問題を検討した。

ロイ・エドワードによれば、山には何本か渓流が通っているそうなので、いくらか助けになるだろうが、容器の問題がある。クリードが考えこんだ。するとモーリーンがためらいなくペリーのメリヤス下着の脚の部分をちょん切った。裾を結び、切った脚部分に、魚雷を筒状の点火装置に装塡するようにペットボトルを突っこんだ。両方の脚部分にボトルを挿入すると、もう一方の端も結び、吊り紐をつけて肩から胸へななめにかけられるようにした。これなら水の重さが背中にかかる。ケイトは試してみた。快適というにはほど遠いが、飲めば軽くなるから問題ないだろう。

カルが二枚の毛布と敷パッドを抱えて戻ってきた。睡眠用というよりはヨガ用マットに見える。毛布のうちの一枚は丸めてケイトが持つことにし、もう一枚とマットをカルが持った。

カルは水の解決策を見てにやにやしながら吊り紐をななめにかけ、クリードに顔を向けた。

「切り通しを抜けたら、助けを求めるのにどこがいちばんちかい？」

「おれのところだ。裏のポーチから切り通しが見える。ハイウェイから六、七キロ離れたところに観光牧場がひとつある。あとは少し遠いが、逆に向かえばゴードン・ムーンのところに出る。おれの家は、見つけられれば電話をかけられるが、かなり完璧なコース取りが必要だぞ、海兵」

カルがにやりとした。「もし座標がわかれば、携帯用のＧＰＳ（全地球測位システム）を持ってるんだ」右腿の大きく膨らんだフラップつきポケットを叩いた。

クリードの顔にもゆっくりと笑みが広がった。「じつはおれも持ってるんだ。ガイドが道に迷っては格好がつかないからな」

「座標を憶えてる？」

「あたぼうよ。自分の誕生日のつぎによく憶えてるさ」

26

「あいつら、あそこでなにやってるんだ？」トクステルがティーグに言った。ティーグはビリーと交替するために持ち場に向かうところだ。ゴスは、真夜中にトクステルと交替するまでのあいだ、テントで休憩していた。だれもが決まりきった日課に慣れ、警戒しつづけるのがむずかしくなる時期だ。

ティーグは外見もだが気分も最悪だった。歩くことはできるし、見張りもするつもりだった。額のこぶは帽子もかぶれないほど大きかったが、ほんの少しの圧迫でも頭が爆発しそうなので、かぶらなくてすむのはかえってありがたい。激しい頭痛は変わらなかったが、バックミラーで両方の瞳孔が同じ大きさであることを確認できたので、問題はないだろう。痛みが引くまでひたすら耐えるしかない。四時間ごとにイブプロフェンを二錠呑んでいるので、頭がぼんやりしているがしかたがない。

まるで無人に見える村に目をやる。彼の立っているところから、死体がふたつ、倒れた場所に横たわっているのが見えた。見えていないところで、とくに変わったことが起きているかどうかは、ティーグにもわからない。「どういう意味だ?」

「少なくともなにが起きたのか確認しようとするはずだと、あんたは言ってたが、だれ一人姿を現わさないし、叫び声も聞こえない」

「あすまで待ってみろ」ティーグが答えた。「クリードが住人を組織してなにかをやらかそうとしているかもしれない。あすまで待たずに、今夜、動きだす可能性もある。警戒を怠ってはまずい」瓦礫《がれき》と化した橋の向こうに目をやる。そこにクリードの姿があって、ショットガンをこちらに向けていたとしても不思議はない……くそっ、クリードのことを考えるのをやめろ、心まで操られてはだめだ。見くびるほど愚かではないが、クリードだってスーパーマンじゃない。こういうことにかけて優秀なだけだ、以上。それなら、おれだって。

「気に入らない」トクステルが言った。彼も橋の向こうを見つめていた。「われわれの要求を尋ねてくるべきだ」

「思い出せ。おれの手下どもがのべつ撃ちまくってたんだぞ。わざわざ頭を突きだしはしない。あすは、標的が見えたら発砲する」

「それで、いつになったらあいつらと話ができる?」

シティボーイはこれだから困る。「棒に旗を結びつけて出てくるまで待つんだ。そうすりゃ話せる」

ティーグはビリーが見張りに立つ場所まで登っていった。この移動はまるで拷問だ。鹿狩り名人がスコープで彼の動きを追い、狙いを定めているかもしれない。そんなチャンス、だれがやるもんか。これだけの射程距離をもつ銃を持っているやつなど、向こうにいるわけがないとは思うが。それにしても、ゆうべ、クリードがあれほどちかくまでやってきたのは驚きだ。二度と攻撃されないようにしなければ。

ティーグがこの様なのでいままで交替してもらえず、ビリーは疲れきっていた。数時間つづけていた腹這い姿勢を解き、でこぼこの地面に大の字になった。「ありがたい。あんたはどうだ、少しは楽になったか?」

「なんとかここまで来れた。なにか動きはあったか?」

「遮蔽物の裏でかなりの動きがある感じがする。ブレークとトロイも同じように思っている。なにかちらっと動くような気がするんだが、はっきり見えない。動くのは堅固な遮蔽物の陰だから、犬や猫でないことはたしかだ」

「そいつらが頭を伏せているように撃ったんだろ」

「なんどかは撃ったが、なんどかは撃たなかった。弾を無駄にするのは性に合わないんでね」

言わんとしていることはわかる。ティーグはライフル銃を抱えたまま、ビリーが長い見張りを少しでも快適にするために地面の枯葉や松葉の上に敷いた毛布に身を伏せた。赤外線スコープの予備のバッテリーのほかに、コーヒーの魔法瓶と、栄養補給のためのクラッカーを持ってきている。とりあえず、今夜はゆうべほど寒くないので、体が震えて頭痛がひどくなることもないだろう。

「死体を回収しようとする動きがない」ビリーが不安そうな声で言う。「それが気になる」

「やるなら今夜だろう。暗くなるまで待ってるんだ」

「こっちに赤外線スコープがあることには気づいているはずだ。ゆうべ狙えたのはそのおかげだからな」

「ああ、可動式の遮蔽物を作っているのかもしれん。まあじきわかる」

「もし死体を回収しようとしたら撃つつもりか？」

ティーグは考えこんだ。「いや、そのつもりはない。ブレークはもう配置についているか？」

「半時間ほど前にトロイと交替した」

「おれが無線で連絡しておく。死体は回収させよう。やつらがそれをどうするのか知らないが、転がった死体に蠅《ハエ》がたかって黒くなっていくのを見るのは、気持ちいいものじゃないからな」

「そうだな」ビリーはのびをすると起き上がり、中腰のままティーグの背後をまわってテントへ戻っていった。「まあ楽しんでくれや」

ティーグは慎重にライフル銃を構えてから、赤外線スコープの電源を入れて目に当てた。

昨夜、トレイル・ストップは熱源で輝いていたが、今夜はなにも映らなかった。熱で輝いている家は一軒もなく、走りまわって格好の標的を提供してくれる小さな光も見えない。頭の具合を考えると、このまま静かでいてくれることを祈りたくなる。

ケイトは腕時計の光る針を確認した。十一時半。自分の時計の針は螢光ではないので、カルから借りた時計だ。毛布を持ち上げてすっぽりと肩をおおい、曇り空を見上げた。涼しいけれど寒いほどではない。明るく月が輝いていたらもっとよかったが、目が暗さに慣れてずいぶん経つので、まったくの暗闇というわけではない。歩けと言われてもできないが、物の見分けはつく。これまでのところ動きはなにもないし、気になる音も聞こえず、いい気持ちだった。

カルは持ってきた敷パッドに横向きになり、毛布を顎まで引き上げて眠っていた。今夜は第一日めであるうえ、この場所に来るのを見られた可能性があるため、二人は交替で見張りについていた。ケイトが先に見張りについたのは、真夜中から夜明けまでのほうが大変なのでおれがそっちをやる、とカルが言ったからだ。

カルはあっという間に眠りに落ちた。あまりにあっけなくて、とまどうほどだった。もう少し明るければ彼の寝顔が見られるのに、でもまあ、寝息を聞くだけで満足しなくちゃ。一、二度身じろぎしただけで、あとは微動だにしない。警戒心を喚起するようなことがなにも起こらないので、小さな物音にいちいち驚くのはやめた。夜行性の動物や昆虫が仕事に勤《いそ》しんでいるだけ。かわりにカルのことを考えた。

カルはトレイル・ストップがゾウリムシの形をしていると言った。この奇妙な言葉が、渓流までの急勾配を彼についておりるあいだじゅう、頭のなかでぐるぐるまわっていた。ゾウリムシの形は、ケイトも高校の授業で習ったから思い出せるが、彼がこの言葉を選んだことで、複雑な人格を形成するまた別の一面を見せられた気がした。

この何日か、ひとつまたひとつと新発見があり、いままでなにも見えていなかったことを痛感させられた。わたしはきっと、トレイル・ストップでいちばんぼんやりした人間だったのだ。たった何日か前まで、カルはケイトにとって影の薄い存在だった。かわいそうなほど内気でほとんどしゃべらないが、なんでも修理できる人。たしかになんでもできる人だったが、静かではあっても、内気ではない。それどころか、雄弁で教養があって、毅然としている。軍隊のことはなにもわからないが、特殊部隊のようなところに所属していたらしい。

トレイル・ストップのほかの人たちは、そのことも知っているようだ。自分が見ていた彼と、みんなが見ていた彼とのあいだのずれに、どうして気づかなかったのだろう。もちろん、みんなはケイトよりもずっと前から彼のことを知っていたわけだが、それにしても――このパズルにはまだ大きなピース、すべてをはっきりさせる魔法のピースが抜けているみたいだ。ゾウリムシの太いほうの先端にあたる部分は傾斜しており、これはふたつの理由からありがたかった。ひとつは、ちょうどよい遮蔽となること。もうひとつは、渓流におりる斜面の高さがそれだけ低いということだ。もっとも高い場所は、優に二十メートルはある垂直の断崖だが、こちらの東端は十二メートルほどの高さで、角度も鈍い。つまり、おりるのに懸垂下降をする必要がなかった。カルが短い柄の掘削道具で土を掘って足がかりを作り、二人は大部分を直立姿勢でおりてきた。

渓流にちかづくと轟く水音のせいで、叫ばないかぎり会話は不可能になったから、ひたすら落ちないことに集中して尖った大岩を乗り越えた。川岸はないにひとしい。少なくとも〝川岸〟と聞いて思い浮かべる類のものはない。水際には岩があるだけ。大きい岩、小さい岩、丸い岩、尖った岩。がっちりと固定している岩もあれば、足の下でぐらぐら揺れる岩もある。つるつる滑る岩もある。つるつる滑ってぐらぐら揺れる岩もあって、それがもっとも危険だ。岩に体重をかける前に、片手はかならずなにかにつかまっていなければならない。必然的に進む速度は遅くなり、あまりに遅いので、快く受け入れてくれそうな土地にたどり着く前に暗くなるのではと気が気でなかった。ようやくカルが遮蔽されている傾斜地を見つけ、そこで足を止めた。

キャンプと呼べるような要素はまったくなかった。ただ暗闇のなか、二人で地べたに座り、ビニール袋に入ったシリアルを食べて水を少し飲んだ。それから彼はパッドを広げ、横になるやいなや眠りに落ちて、ケイトは一人物思いに耽った。

午前零時に声をかけた。「カル」それだけで彼は目を覚ました。体を揺すったり名前をくり返したりする必要はなかった。上体を起こし、伸びをして、あくびをした。

「どうしたらそれができるの？」夜は音が伝わりやすいので、声を低めて尋ねた。

「なにが？」

「すぐ目を覚ますこと」

「練習かな、たぶん」

ケイトは時計を返し、カルがそれを腕にはめているあいだに、パッドに横になった。見かけほど快適じゃないのではと思っていたが、案の定快適ではなかった。でこぼこの地面に薄いパッド一枚では、根っこも石ももろに感じるが、それでも地べたに直接横になるよりはいい。寒さを遮断してくれる。

ケイトが毛布を広げてかけるあいだに、カルは水を少し飲み、ケイトがいた場所に座った。眠ろうとした。彼のようにすぐに眠れなくても、五分か十分もすれば眠りに落ちているだろう。十五分後、ケイトはまだそわそわしていた。

「じっとしてなければ、眠れないよ」カルが言う。おもしろがっている。

「キャンプは苦手なの。地べたで寝るの、好きじゃない」

「違う状況だったら――」カルは途中で言葉を切った。

つぎの言葉を待ったが、彼は言おうとしない。「違う状況だったら――なに？」せっついてみた。

沈黙がつづく。聞こえるのは森を吹き抜ける風のそよぎだけ。彼の姿は暗闇に溶けこんでいたが、頭をあげて耳を傾けていることはわかる。警戒すべき音は聞こえなかったらしく、まもなく緊張を解いた。穏やかな声が聞こえた。「おれの上で眠れたのに」

血が全身を駆けめぐり、頭がくらくらする。ええ。そうよ、そうしたい、したくてたまらない。自分の声が聞こえる。「あるいはその逆」

彼が荒々しく息を吸いこんだので、ケイトは暗闇のなかでにっこりした。うれしいことに、彼がやったことをそのままやり返せたらしい。

居心地が悪いのか、彼が脚の位置を変えた。しまいにはぶつぶつ言いながら立ち上がり、軽く位置を直し、おもむろに座った。ケイトは笑いを噛み殺した。「悪かったわ」ちっとも悪いと思ってはいない。

「どうだか」すねたような返事。「きみもしばらくこいつをつけてみれば、どれほど厄介かわかる」

「わたしにそれがついてたら、あなたは居心地悪くなんかならない」

「しばらくって言ったんだ。ずっとつけていられちゃ困る」

「その必要はないわ」小悪魔に突かれ、つけ加えた。「だって、あなたのを使わせてくれるんでしょ?」

また息を呑む音と荒い息遣いが聞こえた。「畜生」彼はまた立ち上がった。

今度ばかりは、しゃっくりみたいな笑いを抑えることができなかった。

「タッカーがときどきそういう声で笑う」カルが言った。「あの二人はきみにあまり似ていないが、話し方とか、首のかしげ方とか——そんなとき、二人のなかにきみが見える」

そう言われただけで、心臓が締めつけられた。金曜日の朝から坊やたちに会っていない。いまはもう日曜の夜中だ。でも、あの二人は大丈夫、それがいちばん大切なことだ。二人は安全。そして、カルは、二人を見るときみを思い出す、と言ったはじめての人だ。子どもたちの話を出して話題を変えるつもりなら、それでもかまわなかった。

「白状しなければならないことがある」つぶやきが聞こえた。

「なに？」

咳払い。「おれなんだ——つまり——二人の前で言っちゃいけないことを言ったのは」

ケイトは起き上がった。彼に顔を見られなくてよかった。「たとえば……大馬鹿野郎とか？」怪訝《けげん》な思いで尋ねる。

「金槌で親指を叩いたんだ」すごくきまり悪そう。「おれが——ああ——言ったのは、アルファベット文字のパスタが入ったスープみたいなものだ」

「たとえば？」なんとか厳しい口調を保とうとしながら、もう一度訊いた。

「ええと、おれは——ケイト、おれは海兵隊員だった。それで察しはつくだろう？」

「それで、子どもたちはどんな言葉を口にしそうかしら？」

降参したようにカルの肩がうなだれた。「言葉そのものを聞きたい？　頭文字だけでいい？」

なんとまあ。頭文字で言われただけでも悪い言葉だとわかるとは、よっぽど悪い言葉なんだ。「頭文字で」

「gとdではじまる」

「それからほかには？」

「ええと……mとf、それからsとoとb」

ケイトは目をぱちくりさせた。四歳児の口からその言葉が出てくるのが聞こえるようだ――母が二人を食品雑貨店に連れていったときに、とか。

「クスクス声が聞こえたんで見まわしたら、二人がうしろで耳をそばだてていた。どうしたらいいかわからなくて、金槌を放り投げ、飛び上がって叫んだ。『おれは大馬鹿野郎だ！』それで子どもたちはますますおもしろがった。〝大馬鹿野郎〟というのは、まったくほんとうに悪い言葉で、けっして言ってはいけないし、おれも二人の前では絶対言わないと言って聞かせたら、ますます受けた。きみが怒ったときの小言とまったく同じだったから」そこで言葉を切る。「たしかに効きめはあったな」

「そうね」力なく言う。カルは、男の子の頭の働き方がわかっている。悪くないと判断される言葉はすぐに忘れ、ほんとうに悪い言葉だと言われると、全神経を集中させる。不平を言ってもはじまらない。

手で口をおおいながら、全身を震わせて笑い、鼻をすすった。まさにその瞬間、彼のきまり悪そうな声を聞き、悪態を吐き散らす彼の姿を思い浮かべておもしろがり、坊やたちのうっとりと見つめる顔を思い出したその瞬間、なんとか踏みとどまっていた感情の縁を乗り越え――落ちた。

27

朝になるとティーグは上体を起こし、肩をまわした。なにも起こらなくてよかった。深夜の見張り番のあいだ警戒態勢を保ちつづけたのは、クリードがなにか企んでいるとすれば、活動のリズムがもっとも低下する——少なくとも見張りに立っている者にとって——この時間帯を狙うと踏んでいたからだ。試しに急襲を仕掛けるとか、その程度のことはなにか起こるはずだと予想していた。しかし、スコープでいくらのぞいても、人体の熱を表わす明るい輝きはまったく見えなかった。ブレークも苛立っているらしく、無線でティーグになにか見たかと頻繁に尋ねてきたが、結局なにも起こらなかった。

夜明けの空はどんよりとして、低く垂れこめた雲のせいで山頂は霧に包まれていた。夜のあいだはわりあいあたたかだったが、いまは冷たい風が吹きはじめていた。季節の変わりめだから、九月の天気はあてにならない。魔法瓶のコーヒーの量をチェックした。ほとんどなくなっている。この風が吹きつづくなら、もう少し必要だ。

トレイル・ストップに目をやった。動くものはなく、ゴーストタウンのように見える。いや、待てよ——奥のほうで煙が立ちのぼるのが見えたような気がする。薄暗い空と雲におおわれた山、すべてが灰色一色だからはっきりしない、だが——そうだ、やっぱり煙だ。だれかが暖炉で火を焚いている。ありえることだ。暖をとり、スープを温めてコーヒーを淹れているのだろう。無線機のボタンを押した。「ブレーク、溪流の方角で、奥のほうの何軒かを見てくれ。煙が出てないか？」ブレークは若い分、目もたしかだ。

数秒後にブレークから返答があった。「たしかに煙だ。それ以外はありえない。一発撃ちこんでみようか？」

「あいだに建物が多すぎて、まっすぐ狙えないんじゃないか」

一分後にまた返事が戻ってきた。「たしかに命中させるのは無理だ。双眼鏡で確認した」

「そうだろうと思ったよ」ティーグは毛布のなかに戻り、自分にちかいほうの道と家々を見張った。背すじのあたりにいやな感覚がある。きょうは、あの場所がやけに不気味に感じられるが、朝からどんよりしているせいで気分も落ちこんでいるのだろう。だが、あの空っぽの道はなにか変だ。凍りつく。目を凝らす。道になにもない、完全に。

死体がなくなった。

自分の目が信じられなかった。まばたきして見直したが、死体が魔法のようにまた現われることはなかった。すっかり消えてしまった。

無線機を取りあげた。「ブレーク」声がかすれた。

「聞こえてる」

「死体が消えた」

「なんだ――?」ブレークにも見えたことは、つぎの言葉でわかった。「クソッ!」

ティーグは、その事実を受け入れることができず、凝視しつづけた。いったいどうやって――? クリードだ。クリードのクソ野郎。暗視スコープではなく赤外線スコープで見張っていることに気づき、感知されずに移動する方法を考えだしたのだ。熱画像は絶対確実ではなく、たとえば、水に入って熱源をごまかすのはよく知られたやり方だ。だが、渓流を右に移動したとしても、激しく岩にぶつかる激流を渡るのは、現実に不可能なうえ、そのあとも死体までかなりの距離を歩かなければならず、着くころにはまた熱を発しているはずだ。同様に、左をまわれば、ブレークが見張っている目の前を通ることになり、渓流にたどり着く前に見つかるはずだ。

だったらなにか別な方法だ。

ティーグは目を細めて死体のあった場所を眺めてから双眼鏡を取りあげ、家々を舐めるようにゆっくり移動させ、ある物のところで止めた。この距離からだと低い石塀のように見える。そこには塀がなかった。踏査をしたときにすべて書きとめてある。しかも、上部が水平になっていないので、どちらかといえば砂嚢に見える。

なんてこった。住民は夜のあいだせっせと働いていたわけだ。意地を張っているようだが、住民がただ転がって死んだふりをしているのでなかったことがうれしかった。それではシティボーイたちに示しがつかない。ここの住民はしぶといと断言し、それが正しかったことが証明されたわけだ。やつらは要塞を作り、安全に移動する手段を手に入れた。砂嚢の陰では、弾丸も届かない。

ティーグはまた無線機を取りあげた。「ブレーク、低い塀を見てくれ。あれは塀じゃない。おれには砂嚢のように見える」まてよ、住民たちが砂嚢を手に入れられるはずがない。なにか別なものか、袋に別なものを詰めているかだ。飼料かセメントかそんなものだろう。なんであろうと基本的に同じだ。

返答までに間があいた。「どうする?」あきらかに砂嚢説に納得したらしい。

「どうもしない。これまでどおりだ。だれも通さず、シティボーイが欲しがっている物を差しだすまで閉じこめておく」思ったより長くかかりそうだが、それはまずい。この計画はトランプのカードで作った家のようで、村にやってこようという酔狂《すいきょう》な人間がいたら、たちまち崩れ落ちる。その危険性は想定内だが、この状況をだらだらと長引かせる気はなかった。シティボーイたちがどう思おうと、自分のタイムテーブルに従うだけだ。

「ザイル確保《ビレイ・オン》?」

「ビレイ・オン」

落ち着いた返事に、たとえ落ちてもカルが支えてくれることを確信し、ケイトは手を伸ばして岩をつかんだ。岩を登るのは時間がかかるので、カルが楽なルートを探したが、ライフルの銃弾にさらされないルートは見つけられなかった。この岩肌を登るのがもっとも安全だし、直線ルートだ。二人とも練習を積んだわけではなく、登山靴もはいていないので、高くむずかしい登りでないことにケイトはほっとしていた。体のコンディションはロッククライミングにふさわしいというにはほど遠く、脚の筋肉こそ毎日階段をのぼりおりしているせいで衰えていないが、上半身の筋力は定期的に登っていたときの半分くらいしかないはずだ。

天候もクライミングに最適とはいえなかった。風が強まり、雲が低くたれこめている。雨が降りだしても、下に戻って天候の回復を待つことはできないから、岩が雨で滑りやすくなろうと登りつづけるしかない。細心の注意を払うまでだ。あのころなら、これぐらいの登りは楽勝だった。頂上まで九十かせいぜい百メートルほどだ――しかも垂直ではない。

ほかにも訪れたクライマーがいたらしい。あちこちにボルトやアンカーが埋めこんであった。進みながら取りはずし岩を元どおりにしてゆくクライマーもいるが、そんなことは気にしないクライマーもいるようだ。自分が設置した――あるいはデレクが設置した――以外のボルトを信頼する気にはならないが、いまは時間との勝負だから、設置ずみの物でもしっかり固定されていれば使用するつもりだった。

二人ともハーネスを装着し、ロープでたがいをつないでいた。経験者であるケイトが最初に登るリードとなる。ルートを設置しながら登ってゆき、文字どおりロープが伸びきるまで進んだところで止まり、カルがつづく。ビレイ器の使用により、もしケイトが落ちてもカルが止めてくれる。止まったところで、今度はケイトがビレイヤーになり、カルの滑落を食いとどめる。

たとえ簡単な登りであっても、岩場に戻ってきたことに心が浮き立っていた。筋肉を自在に動かすことで、岩を相手に自らの強さと技術を試す場。心の奥底ではわかっていた。これが最後の登り――少なくとも子どもたちが成人するまでは――であり、いま登る理由はただひとつ、のっぴきならない事態だからだ。これが最後だとわかっているから、ここでしか味わえぬ特別なスリルを満喫したい。一秒一秒を味わい尽くし、削り跡や匂いや音、ロープのつぶやき、顔に当たる風、指先に感じるゴツゴツした冷たい岩肌、そのすべてに神経を集中した。見まわしていまいる位置を確認するたび、強い満足感をおぼえた。

堅固な足掛かりを探し、岩の割れめにチョックをはさんで支点を確保しロープを通す。合図を送ると、カルがケイトの築いたルートを登ってくる。彼のすべての動きに集中し、ロープを持つ手はつねに、万一彼が滑ったときに備えていた。はいているブーツが彼女の運動靴よりもさらに岩登りに適していない分、危険が大きいが、上半身の筋力がブーツの不利を補っている。冷たい風をものともせずに上着を脱ぎ、丸めて荷物といっしょに背負っているので、むきだしの腕の筋肉と腱が伸び縮みするのがよく見えた。クライマーの筋肉は鋼の針金のように強靭でしなやかだが、ボディビルダーのように盛り上がってはいない。カルの両腕は生来のクライマーのそれだ。

雲が山を包みこむと、冷たい霧が押しよせてきて、数秒も経たないうちになにも見えなくなった。

カルがそこにいることは頭ではわかっているし、ロープの先に存在を感じるが、姿はまったく見えない。「カル」

「ここにいるよ」

散歩を楽しんでいるような落ち着いた返事が返ってきた。まったくこの冷静さはふつうじゃない。遠からずこのことについて話し合う必要がある。「あなたが見えないから、話しかけて。まったくもう。すべての動きを言葉で伝えて。動きを予測しなければならないから」

ケイトの言うとおり、カルはたえず話しかけてきた。そうこうするうち霧が風に吹き飛ばされ、彼の姿が見えてきた。それからの一時間も、低い雲が山をおおい、霧が吹きこんだり吹き飛ばされるたびに同じことをくり返した。ひどい濃霧となったので、服が濡れないよう薄い安物のポンチョを羽織った。軽いから雨具として持参したが、これを着たまま登ることはできない。濃霧が晴れるまで待ち、ポンチョを脱いでまた登った。

天候のせいで時間がかかり、その岩肌のてっぺんについたときには十時をまわっていたが、最終的に登らなければならない高さには遠く及ばなかった。二人の前に伸びているのは、木々が生い茂る北向きの斜面だ。彼らが目指すのは北西の方角だが、とにかく地形に合わせ、制約を受けながら進んでいくしかなかった。

水を飲みシリアルを食べ、相手から見えないところで自然の欲求を解消すると、注意深くロープを巻いて肩にかけ、行軍を再開した。今回はカルがリードだ。霧雨が降りだした。ふたたびポンチョを羽織り、歩きつづけた。

「交渉しに出てこーい!」トクステルが両手で口を囲い、大声で叫んだ。

くそ忌々しいことに、聞こえる距離に人がいるのかどうか、まったくわからない。住民たちは、最初から存在しなかったように姿を消してしまった。死体までがなくなった。けさ、それを知ったときには、ゴスもトクステルもかなり狼狽した。ティーグが自慢の赤外線スコープを過信したせいで、田舎者に裏をかかれた。住民たちが別なことを思いつく前に、つぎの段階に進まなければ。

トクステルはすでに十五分以上も叫んでいたが、向こう側に動きはまったくない。これなら屁をこいて風に流しても同じことだ。

半時間後、トクステルの声が嗄《か》れたころ、ついに手前の家の玄関から手が現われて白い布を振った。トクステルが大声を出し、用意してあった旗を振ると、年寄りがよたよたとポーチに出てきた。

九十ちかいじいさんが、苦労しながら階段をおり、壊れた橋の残骸まで百メートルほどをよろよろと進んでくるのを、ゴスは信じられない思いで見守った。これがやつらの最上の持ち駒か？　だが、待てよ、最上である必要があるか？　なぜあえて危険を冒す必要がある？　それを考えると、じいさんというのはたしかにいい選択肢だ。

「そっちの要求はなんだ？」老人は、わざわざ出向かざるをえないことが不満でたまらないらしく、険しい口調で言った。

トクステルはすぐさま用件を切りだした。「ナイチンゲールという女が、おれたちの探している物を隠している。渡すように伝えろ。渡せばすぐに退散する」

老人は、溪流越しにこちらを見つめ、その言葉を咀嚼《そしゃく》するように顎を動かした。最後に言った。「伝言は届けよう」踵を返し、言われた内容にはいっさい関心がないというようすで来た道を戻っていった。ゴスたちは注意深く遮蔽物の陰に隠れながら、老人がふたたび消えるのを見守った。

「はてさて、きみはこれをどう判断するかね？」トクステルがおおげさな調子で尋ねた。

「よっぽど頭に来てるんでしょ」ゴスは答えた。

28

午後五時すぎ、ひとひらの雪が舞った。ケイトは立ちどまり、雪を目で追った。つづいていくひらか舞い落ちてきたが、風に巻かれて消えた。

「いまの見た？」

「ああ」

雪が降るには時季が早すぎるが、前例がないわけではない。いまの雪片が仲間を呼び寄せないことを祈るばかりだが、雨は何時間も前から本降りになっており、もともと低かった気温は登るにつれて着実にさがっていた。本格的な降雪の可能性を考えないわけにはいかない。

雪が降って困る理由はいくつもあるが、最大の問題は前進できなくなることだ。地面が見えているときでも不安定な足場が、雪でおおわれれば命を落としかねない。しかも、二人の服装は、雪や寒さを想定していなかった。雨風用のポンチョだけで、重ね着できるような保温性の高い衣類は持参していない。いまの時点ですでに、スウェットジャケットを着てフードをかぶり、その上にポンチョのフードをかぶっていても体が震える。

カルは、ロイ・エドワードが描いた廃坑の地図を引っぱりだした。「そのどれかにたどり着ける？」カルに並んで地図をのぞきこみ、尋ねた。そう願っていた。日暮れまであと二、三時間。一晩じゅう戸外にいれば凍死してしまう。

「いや、そうとは思えない」カルは×印を指さした。「ここがいちばんちかいが、おれたちがいるのはこのあたりだ」別な点を示した。「ロイ・エドワードの推測が正確とはいえないとしても、ここまで一キロ半はあるだろう。しかも高低差が百五十メートルはある。いままでのペースから見て、暗くなるまでには着けない。仮に着けたとしても、きょうはここで野宿し、体を乾かしてあたたまったほうがいい。きみの靴はずぶぬれだ」

残念ながら彼の言うとおりだった。足は冷えきって痛みもひどく、引きずらなければ歩けないほどだ。途中でクライミングをするとなっても、ケイトにはできない。「わたしたち、これからどうするの？」

「おれが偵察してくるあいだ、風を避けられる場所でじっとしててくれ。今度はおれが働く番だ」

四方から風が吹きつけているのに、そんな場所はあるだろうか。だが、カルはじきに樅《もみ》の巨木を見つけた。枝がこんもりと茂り根元は乾いている。ケイトはそこに座り、体の熱を逃がすまいと、ポンチョのなかで膝を抱えて丸くなった。見上げると、雨を通しても、寒さと風で彼の顔が赤くなっているのがわかった。彼もあたたかい服装をしているわけではない。

ただひとつ有利なのは、ブーツが防水だから足がまだ濡れていないということだ。「気をつけてね」その言葉しか頭に浮かばなかった。

「雨風をしのぐ場所が見つからなきゃ、差し掛け小屋を作る」カルは登山装具をすべておろしてケイトのわきに置き、巻いたロープをいちばん上に載せ、やさしくケイトの頬に触れると行ってしまった。掘削用の鍬《くわ》だけを身につけて。雨のなか、脚に鋼《はがね》のバネが入っているような力強い足取りで歩き去る姿を見送る。ケイトのほうは、一日登ってきた疲労だけでなく、長いあいだ震えていたせいもあって、全身の筋肉が痛んでいた。

疲労困憊で、ポンチョの前を引っぱりあげて鼻までおおい、息によってあたたまろうとした。風は木々を吹き抜け、周囲には雨粒が落ちていたが、なんとか寒さに立ち向かえそうだ。樅の木のななめにさがった枝が雨水を流す樋《とい》の役割を果たし、頭上に自然の傘を広げてくれていた。

トレイル・ストップを出てから二十四時間経つ。あそこではなにが起こっているだろう。カルとはほとんどその話をしていなかった。一日じゅう岩の表面に縦に並んでいるか、上り坂を歩いていて、そのどちらも簡単に会話が交わせる状態ではなかったし、時が刻々と過ぎていくことがつねに念頭にあったため、休憩も必要なときしか取らずに、ひたすら歩きつづけたからだ。

三十分ほど経ったころ、雨に雪が混じりはじめた。白いものが消えるのを願いながら外を眺めた。一時的な雪なら、気温が前日ぐらい高ければなんとかなるだろう。地面に雪が積もるのだけは勘弁してほしい。谷間までおりれば、おそらく雪は降っていないはずだ。

しだいに薄暗さが増すなかで雪片はみるみる大きくなっていく。うっすらと白色を帯びた地面を眺めながら、カルがどこでなにをしているのか考えた。


カルは、地面に落ちていた親指ほどの太さの長い枝を拾い上げ、それで藪《やぶ》を突きながら、小さな洞穴か、屋根のように張りだした岩棚か、とにかく一夜の避難所となりそうな場所を探した。熊がまだ冬眠に入っていないことはたしか――季節がまだ早すぎる――だから、鍬はベルトに差し、かわりに迷彩ジャケットの右ポケットのボタンをはずし、ホルスターに入れた九ミリのオートマチックを取りだした。ふだんならホルスターはベルトにつけるか、任務中なら腿に巻くが、登るあいだは岩にぶつかる可能性があるのでつけずに、ジャケットのポケットにしまってボタンを掛けてあった。ジャケットを丸めて背中に背負うときには、ピストルが体に添う位置にくるようにした。熊に立ち向かうのに、ピストルは最適な武器とはいえないが、鍬よりははるかにいい。

岩陰を探すのにはあまり時間を割かなかった。張りだした岩はたくさんあったが、奥行きが浅すぎるか、岩に割れめが入っているか、足もとが安定していないものばかりだった。水が流れだしているものは即座に除外した。いま必要なのは乾いた場所だ。すぐに見つけられなければ、明るさが残っているうちに――もうかなり暗い――差し掛け小屋を作らなければならない。地面が平坦ではないので、できれば作りたくなかった。

ようやく可能性のありそうなものを見つけた。花崗岩《かこう》の岩棚部分はわずかに上向きで、大きな岩板の上にバランスよく差し掛かっている。どちらの岩もびくとも動かない。長いあいだ埋もれたままで、岩棚には木が何本も生えていた。南側に樅が何本か生えて開口部をある程度ふさいでいる。地面ちかくまで垂れ下がった枝をかき分けてしゃがみ、なかをのぞいた。幅は三メートルほど、奥行きは一メートル半ほどしかない。高さも同じぐらい。だが、小さい空間のほうが大きいものより容易にあたたかくなる。

持っていた小さな懐中電灯をつけて隅々まで照らし、蛇や死んでいるネズミや生きているネズミや、とにかくいっしょに夜を過ごしたくないものがいないか探した。むろん屑が溜まっているし、虫が光に驚いて這いまわっているが、火を焚けばいなくなるだろう。

樅の木から折り取った小さな枝で〝聖域〟を掃き清め、鍬で周囲の樅の木々からそれぞれ数本ずつ枝を刈り取り、地べたに交差させて敷いた。常緑樹はかび臭さを消してくれるし、しなやかな枝が敷パッドの下でクッションの役目をしてくれるだろう。カルは地面でも毛布にくるまって眠れるが、ケイトは少しでこぼこでもマットレスがわりになるものがあったほうが快適なはずだ。

少なくとも火を焚いて一夜を過ごせる。登ってきた斜面は東向きで、狙撃者たちからは見えない。火を焚いても、煙は枝を通り抜けるうちに薄くなるからもくもく立ち昇ることはない。どのみちこの天候ではすぐ消えるだろう。少しの光と充分なあたたかさがあれば、快適に過ごせる。それに、ケイトの靴も乾かせる。

雨は完全に雪に変わり、激しく逆巻いて、濡れていて積もりにくいはずの地面を白く変えはじめていた。気に入らないのは、雪そのものだけでなく、日が暮れたら気温が急激にさがり、濡れているものがすべて氷におおわれてツルツルになることだ。この前線の動きが速く、あたたかな雨を連れてきてくれるのを願うしかない。

もうひとつやるべきことがあったが、ケイトをこれ以上凍えたまま一人で置いておけない。この避難所に連れてきて火を焚くのが早ければ早いほど、ケイトが濡れた靴と靴下を脱いで足をあたためるのも早くなる。避難所の安全はそのあとで考えればよい。

二十分後、ようやくケイトのもとに戻ったときには完全に暗くなっていた。積もった雪で途中の地面がひじょうに滑りやすく、体を支えるために何度も鍬を使わなければならなかった。木の枝から落ちる水滴までが凍りはじめ、吹く風にチリチリと音をたてていた。

「いい場所を見つけた」声をかけると、ケイトが膝に埋めていた顔をあげた。呼吸であたたまろうとポンチョを鼻まで引き上げているが、両目の警戒するような輝きはさらに増している。苦痛に鈍感になっている証拠だ。だが、そんな心配はおくびにも出さずにカルは言った。

「乾いているし、火を焚ける」

「魔法の言葉ね」おおっていた枝の下から、入りこんだときよりもずっと元気なようすで這いだしてきた。休息で元気を回復したようだ。ブーツをはいていればもっといい状態でいられただろうが、雨や雪は想定していなかった。気圧の変化を教えてくれる関節炎は患っていないし、この数日は天気予報を見ることができなかったのだからしかたがない。おそらく例年よりずっと早い、記録破りの猛吹雪が予報されていたのだろう。

「雨が凍りはじめている。地面が滑るので、そこまで行くのはかなり大変だ。踏みだすときはかならずなにかにつかまるんだ」

「わかった」ケイトは自分のハンマーを引っぱりだして左手に握り、カルは置いていった登山装具を背負った。カルの足取りは、荷重がかかっているせいで前よりしっかりしていた。そのあとをケイトは慎重についていった。

ケイトの足はあいかわらず惨めに冷たく濡れていたが、休んでいるあいだ、血流を活発にしようと曲げ伸ばししたせいで、前よりは動くようになっていた。それでも、避難場所があまり遠くないことを願った。光は急速に薄れてゆき、激しさを増す雪が木々のあいだを不気味なほど静かに落ちてくる。

谷間も雪であることを祈った。山腹で見張っている狙撃者たちが、三メートルものドカ雪に埋もれてしまえばいい。一日じゅう雨に降られていれば、そろそろ凍って人間アイスキャンディーになっているかもしれない。山は雪でも、谷間では降らないこともよくあるけれど、今回はそうではありませんように。

「引き返すことになるかしら？」そっと尋ねる。

「そうだな」カルは体《てい》のいいことは言わない。ケイトはそれがうれしかった。事実を無視して希望を優先した薔薇色の展望よりは、現実と向き合うほうがずっといい。「天候がひどすぎて、動けなければ別だが」

とくに滑りやすい場所に来ると、カルは止まって鍬で地面を掘り、足場を作った。背負っている荷物の上からポンチョをかぶっているので、不格好な怪物のように見えたが、ケイトの姿も似たようなものだ。

記憶にあるかぎり、肉体的にこれほど惨めな思いをしたことはない。開いた口から白い息が漏れるので、なんとか口を閉じて鼻から息をすると、まるで煙を吐くドラゴンだ。冬になったら、子どもたちに見せてやろう。〝ドラゴンごっこ〟は最高に受けるだろう。

「さあ、ここだ」カルが言い、樅の巨木の枝を押し分け、懐中電灯でななめに張りだした岩を照らした。「地面を掃いて、樅の枝をクッションがわりに敷いてある。這って入ってゆっくりしててくれ。おれは薪を集めてくる」

どこで乾いた枝を見つけるつもりなのか尋ねなかった。カルのことだから、かならずどこかから見つけてくるだろう。入口で濡れたポンチョを脱ぎ、手を伸ばして樅の枝に引っかけ、さっと入りこんだ。懐中電灯がもう一本あればいいのに。でもないものはしかたない。

「はい、これ」カルがリュックから細い緑色の管を取りだした。見たとたん、なんだかわかった。アウトドア用品を扱う店によく並んでいる。カルが軽く曲げると、管は化学反応を起こしてすぐに光りはじめた。

光はすばらしい。寒くて惨めな状態は変わらないのに、それだけでずっと気分がよくなる。カルがポンチョをつけたまま、入口にひざまずいた。毛布や敷パッドを濡らさないように気をつけながら、身をくねらせて荷物や装具をおろし、なかに入れる。登山装具はすべて一方の端にまとめられ、ケイトも自分のをおろしてそこに置いた。

例の即席水袋の重さには慣れたつもりでいたが、はずしたとたんに、背中と肩の筋肉が一気にほぐれるのを感じ、フーッとため息をついた。荷物の大きな部分を水が占めていた。それぞれ十リットルずつ運んでいる。

「乾いた靴下はある?」

「ポケットのなか」

「なにかする前に、まず濡れた靴と靴下を脱いで、足を乾かし、新しい靴下をはいたほうがいい」それだけ言うと、カルは腰を屈めて闇に戻っていった。ケイトは少しのあいだ、懐中電灯がひょいひょい動くのを見つめていたが、すぐに言われたことに取りかかった。サバイバルの専門家はカルであってケイトではない。

濡れた靴をわきに置き、苦労して二足分の靴下を引きはがした。足が真っ白になっている。手のひらで爪先を包んだが、手も冷たいのであまり効果はなかった。乾かして血を通わせようとせっせとさすった。お湯を入れたバケツに足を浸すのがいちばんだが、張りだした岩の下に蛇口はないからさすりつづけるしかない。気長にさすっていると、徐々《じょじょ》に両手足にぬくもりが戻ってきた。

科学発光体の管が発する光はぼんやりと薄気味悪いグリーンだから、爪先に血の気が戻ってきたかどうかわからなかったが、いくらかあたたかくなってきたようだ。ポケットから新しい靴下を取りだしてはく。ああ、なんていい気持ち。新しい靴下は、ポケットのなかで体温を吸収していたらしく、まるで熱いタオルで足を包んだみたい。快感はあっという間に消え去ったが、短くても最高に気持ちがよかった。

スウェットパンツも膝から下が濡れていたが、余分のズボンは持っていない。そのとき、ジャケットのポケットに入れた絹のズボン下を思い出した。ポケットから出し、濡れたスウェットパンツをすばやく脱ぎ、ぴったりしたズボン下に足を入れて引きあげた。乾いてはいるが、この寒さには薄すぎたので毛布を体に巻きつけ、殺風景な避難所の整頓に取りかかった。

整頓といっても、カルが敷いた枝の絨毯の上に敷パッドを広げ、その上に彼の毛布をまるめて置くぐらいだ。水の袋は凍らないように奥のほうに移動させ、各自に一本ずつ水の瓶を取りだした。食料はシリアル、小さな箱入りの干しブドウ、小さいサイズのキャンディーバー。驚いたことに、カルのリュックからコーンチップスの袋が出てきた。もしかして、コーンチップスの熱狂的ファン？　わからなくはない。ケイトも月に数日、チョコレートが食べたくてたまらなくなる――文字どおりでなくても、食料品店の駐車場で、ハーシーのチョコレートバー入りの買い物袋を持ったおばあさんに襲いかかりそうになる。

唇に笑みが浮かんだ。タナーが前に一度、ケイトの機嫌を直そうとハーシーのキスチョコを差しだしたことがあった。大笑いしてタナーをおおげさに抱きしめたせいで、チョコレートはすべての悲しみに効く特効薬だと、タナーは信じこんでいる。

カルがポンチョの下に小枝を抱えて戻ってきた。乾いた場所にそれを置くと、入ってすぐのところに鍬ですばやく小さな穴を掘った。掘り終えると、「石がいる」と言ってまた出ていった。石を見つけるのは、乾いた枝を見つけるほど時間はかからなかった。カルは何度か往復して、穴の底に石を並べると、その上に細木を組み合わせ、てっぺんに太めの枝をのせた。「これだけあれば火が熾《おこ》せる。あとでもう少し薪を探してくるよ」それから、コーンチップスの袋を破った。一枚口に放りこみ、それからもう一枚取りだした。横に置き、防水の箱からマッチを取りだして火をつけたが、小枝には向けずに、コーンチップを慎重にマッチにかざした。

驚いたことにコーンチップが燃えはじめた。揺り籠のなかの赤ちゃんみたいに、コーンチップの窪みに炎が居座っている。「まあ、驚いた」ケイトはつぶやいた。

「油の含有量が高い」カルが言いながら、小枝の下にコーンチップを滑りこませた。

ケイトは身を乗りだし、コーンチップから小枝に火が移り、煙が渦巻いてのぼりはじめるのを魅せられたように見つめた。「どのくらい長く燃えてる？」

「計ったことはないが、けっこう長い。あまり熱しすぎないで、いまの火力を保つ程度に枝を足してくれ。もう少し薪を探してくるから」また宵闇のなかに出ていった。

火にすっかり心を奪われた。あたたまった空気に顔を撫でられて、天にも昇る心持ちだ。コーンチップが燃えつきるまで見つめ、もう一枚に火をつけたい誘惑にかられたが、そうせずに小さな炎を注意深く監視し、消えない頃合いに枝を足した。

カルは充分だと判断するまで小枝を集め、乾きやすいよう、シェルターの奥に積み上げた。つぎに、ちかくの木からしなやかな枝を切り取り、張りだした岩の下に座りこんだ。枝を引き裂いて作った長い紐で枝を結んでゆき、枠を作った。残りの枝をその枠に渡し、何層にもなるように編みこんでいく。仕上がると、枠の上端を避難所の外側に立てかけ、土に枝を打ちこんで下端を固定した。開口部のほとんどをこの〝ついたて〟で遮断し、貴重な熱を保ち、風を避けようというのだ。三十分ほどですべてやり終えた。

カルは深く息をついて、両手で顔をこすった。とても疲れているようすだ。

「座ったら」ケイトは敷パッドの上で急いで体をずらし、彼が座る場所を作った。水の瓶とシリアルの袋も渡す。「干しブドウとキャンディーバーもあるわ、もし欲しければ」

「両方欲しい。今日おれたちが消費したカロリーは大変なもんだと思うよ」

二人とも黙々と食べた。あまりに疲れていたので、咀嚼《そしやく》するという行為さえも集中する必要があったからだ。干しブドウを食べると、血液に糖分が流れこんで体内を駆けめぐり、すごい速度で燃焼するのがわかる気がした。空箱はあとで燃やすために火のそばに置いた。

カルがケイトの靴に気づき、靴下といっしょに火のそばに寄せた。スウェットパンツに目を留めたのはそのときだ。ハッと体をすくめ、そろそろと手を伸ばして火のほうに寄せ、濡れた部分が火のそばにくるよう置き直した。ケイトをさっと一瞥したようすから、毛布の下は裸なのかと訝《いぶか》っているのがわかった。

ケイトはにっこりし、毛布を少し開いて長いズボン下を見せた。カルの肩からふっと緊張が抜け、情けなさそうな笑顔が返ってきた。「心臓が止まるかと思った」

食べ終われば、あとは寝るだけだ。カルはブーツを脱いで、発光体の棒をその片方に入れ、明かりは靴から漏れてくる緑色の輝きと、それよりはるかに心を癒してくれる炎だけにした。毛布にくるまり、避難所の入口とケイトのあいだに身を横たえた。

ケイトも敷パッドの上に横になり、毛布を体に巻きつけた。「今夜は見張らなくていいの？」

「必要ない」彼の返事は眠そうなつぶやきになっていた。

「敷パッドを交替で使いましょう」

「おれはここでいい。地面に寝るのは慣れている」

抗議の言葉が出かかったものの、まぶたが重く垂れてきたのでため息をつき、眠りに落ちた。

少し経ってから——一時間後なのか、何時間後なのか——肩先から忍びこむ寒さに震えて目が覚めた。カルも寒くて目が覚めたらしく起き上がり、火に枝をつぎ足していた。枝が燃えるとあたりは明るくなったが、熱量まで変わったかどうかわからない。

寒さは募るばかりだ。ついたてを通して忍びこんでくる空気が、あきらかに変化している。ついたてがなかったら、どんなに寒かったことか。寝返りを打って横向きになり、体の熱を逃がさないよう膝を抱えこんだ。カルがそれに気づいた。

「寒い?」訊かれてケイトはうなずいた。カルが火を強くするためにもう一本枝を足す。

ケイトは目を細めて腕時計を見たが、光がゆらめいて何時か判別できない。「いま何時?」すでに自分の時計を確認していたらしく、すぐに答が返ってきた。「真夜中を過ぎたところだ」二時間は眠ったわけだ。

「雪、まだ降ってる?」喉が乾いたので、起き上がって水を飲み、急いで毛布に潜りこんだ。

「ああ、十センチくらい積もっている」

十センチというのは降雪量としてはそれほどでもないが、この状況では猛吹雪と同じことだ。雪に対応できる装具は持っていないし、あたたかな服もなく、積もった雪の下は凍っているから、どんな簡単な動きでも危険を伴う。しかも雪は降りつづいていた。

カルも横になった。背中をケイトに向けているのは、地下室で寝たときと同じだが、違うのは、寄り添っていないということ。敷パッドは二人に充分な幅はないが、ほかにも寝方はある。

ケイトはその寝方を思い浮かべ、ほんとうにその一歩を踏みだす心構えがあるかどうか考えた。彼の後頭部を、ぼさぼさの濃い金髪を見つめた。答は簡単。イエス。これからずっと、目覚めたとき、隣りの枕にこの頭がのっかってるのを見られたら、どんなに幸せかしら。彼が欲しい。彼の人格を形作る謎を解き明かし、複雑な面をすべて理解したい。彼とセックスしたい。彼と笑い合い、人生を分かち合いたい。二人の子どものいる未亡人を選ぶ気が、彼にあるかどうかはこれからたしかめるとして、少なくとも基本的な部分で、関心があることはわかっている。

「カル」ささやき、背中に手を伸ばした。

それだけでよかった。彼が寝返りを打ってこちらを見た。視線は揺るぎなく、水晶のように澄みきっていた。二人が視線で結びついたその瞬間、全身の筋肉がピンと張りつめ、欲望にブーンとうなりをあげた。無言の願いが受け入れられる。

彼が毛布をはねのけ、かたわらにしゃがみこみ、毛布の下に手を入れて絹のズボン下とショーツを引きおろし、荷物の上に置いた。体がむきだしになり、心臓が激しく脈打つ。突き上げる熱と疼きを封じこめたくて両脚をギュッと閉じる。一気に昇りつめてしまいそう。彼に触れられた、それだけで果ててしまいそう。そんなのいや。彼を体内に感じたい。かたい突きを存分に味わい、くり返し突かれながら、もうだめ、というところまでだんだんに昇りつめ、それから果てたい。

彼が膝立ちになり、ボタンをはずしてズボンを押し下げた。飛びだしたペニスは、青い血管が浮き上がり、亀頭が充血して黒ずんでいた。手を伸ばして握ろうとすると、彼が手で止めた。あまりにもすばやい動きだった。「だめだ」彼が両目を細め、毛布をはがして体を重ねてきた。きつく閉じた腿を膝でこじ開け、あいだに腰を押しこむ。「きみとセックスするのをこんなに長く待ったんだ。手のなかでいきたくない」

わかってる、わかってるわよ。リラックスしたかった。でも、できない。全身が張りつめて、キリキリと巻き上げられているみたい。彼の腰に両脚を巻きつけて引き寄せる。尻は求めて弓なりになっているのに角度が悪く、屹立《きつりつ》した硬いものに押されると、痛くて息を呑んだ。彼が脚の締めつけに抗《あらが》い、二人のあいだに手が入るだけの隙間を作ろうとする。それを必死で引き戻す。

「たのむ」食いしばった歯のあいだから言う。「ケイト——たのむから！　おれに——」ペニスの先端をずらして押しこみ、強く突いた。

息も絶え絶え、すすり泣きが洩れる。痛い。あまりの痛さに驚く。興奮し、濡れているのに、緊張でかたく締まっていた。泣きたかった。叫びたかった。彼を跳ね落とし、熱く張りつめた感覚から逃れたかった。と同時に、もっと強く、すばやく突いてほしかった。そうすれば、恐ろしい緊張が去ってリラックスできる。指を彼の背中に食いこませる。彼の筋肉も同じくらい緊張していた。

彼は何度も深く息を吸い、抗しがたい力に全身でぶつかってでもいるように、体を震わせた。パッドの下の枝の網に両手を食いこませ、前腕の筋肉は盛り上がって震えている。うなり声を発し、額を彼女の額に押し当てた。「動いたら、それだけでいく」

動かなかったら、ケイトのほうが死ぬ。

二人はぶつかり合い、荒々しい衝動をコントロールしようと必死に闘っていた。ケイトがうめく。巨大な渦巻きに呑みこまれ、体がバラバラになる。ぐるぐるとまわりながら、耐え難い破滅へと落ちてゆく。小さく叫ぶ。彼を包みこんだまま、内側の筋肉が痙攣《けいれん》して締めつける。視界が霞み、世界が消え、昇りつめる。

彼の抑制が崩れた。ケイトの上で全身を波打たせる。筋肉を収縮させ、一気に突く。奥深くまで刺し貫かれ、ケイトはまた悲鳴をあげた。彼が激しいわななきとともにクライマックスに達した。体を震わせ、ののしり、うなる。胸から引きちぎられて出てきたような、しわがれた叫びだった。

ゆっくりと、とてもゆっくりと、彼が崩れ落ちた。

ほっそりしているのに、信じられないほど重たい。それに、熱かった。体の熱で、狭いねぐらに忍び寄る寒気を吹き飛ばす。ケイトはまだしがみついていた。その手から力を抜く。両手が彼の背中を滑り、むきだしの尻の滑らかさをかすめて落ちた。

頰が濡れていた。なぜ泣いているのかわからない。ほんとうに泣いてなんかいない。空気を求めて喘《あえ》ぎ、高鳴る鼓動を鎮めようとしても、涙は勝手に溢れだしていた。彼がキスで涙を拭った。唇がこめかみから顎の線をなぞり、最後に唇に落ち着く。洩れだした精液が粘つく。やわらかくなったものを、彼は引きだそうとしない。なかにいたままのほうが、時間を節約できる。

二度めはずっと、ずっとゆっくりだった。彼女がふたたび達しても、彼のものは硬いままだった。それを意に介しもしない。風に波立つ湖面のようにくり返し動きつづけ、ケイトを三度めの絶頂へと押し上げ、もうやめて、と言わせた。あそこがヒリヒリするし、きっと彼もそうだろうけれど、体が離れる瞬間が憎かった。離れないで、と叫びたくなるのを、唇を嚙んでこらえた。

瓶の水を少し使ってなんとかきれいにすると、彼はズボンをはき、うめきながら敷パッドに倒れこみ、ケイトを引き寄せて自分の上に乗せた。両方の毛布を重ねてかけると、体の熱が溶け合い、前よりずっとあたたかかった。ケイトはすぐにまどろみ、彼が身じろぎするたびに目を覚ました。

彼の顔に触れて、手のひらをこする無精髭の感触を楽しんだ。彼が目を閉じる前にしてくれた、手のひらへの軽いキスの感触を楽しんだ。

「あなた、赤くならなくなったわ」ケイトは上唇を指でなぞりながらつぶやいた。なんだかそのことが大事に思えて。

彼は目を開けて、ケイトの顔をじっと見つめた。「きみが赤くなりはじめたから」

たしかに最近、彼のそばに行くたびに赤くなっていた。彼に対する気持ちが急激に変化したことにとまどい、動揺していたからだ。

「きみが越してきたとき、まだ準備ができていないとわかった」静かな声が撫でるように彼女を包みこむ。外の雪がすべての音を吸いこみ、聞こえるのは、火がはぜる音と彼の声だけ。

「ご主人を亡くしたショックから立ち直っていなくて、深く悲しんでいた。自分のまわりに壁を築き、おれを男と見ないようにしていた」

「わたしはあなたを見てたわ。あなたはとても恥ずかしがりで――」

かすかな笑みで唇が歪んだ。「ああ。きみがそばにいるだけで、おれが小学生みたいに真っ赤になって口ごもるから、村全体がおもしろがって見ていた」

「でもそれって――最初の最初から？　三年前から？」驚いた。仰天していた。すごくショックだった。どうしてそこまで気づかずにいられたのだろう。十三歳でもわかるようなことに、どうして気づかなかったんだろう。

「はじめてきみを見たときから」

「なぜなにも言わなかったの?」ほかの全員が知っていて、自分だけのけ者にされたようでなんだか頭にくる。

「きみの準備ができていなかったから」彼がまた言う。「きみが〝ミスター〟をつけて呼ぶのはたった二人——クリードとおれだけだった。考えてみろよ」

考える必要はなかった。高速道路から見える広告板のようにはっきりしている。トレイル・ストップで結婚相手になりうるのは、その二人だけ——ゴードン・ムーンは数に入れない——だからきっぱりと距離を置いていたのだ。

「おれをファースト・ネームで呼んだときに、壁が崩れたのがわかった」顔をあげてキスする。

「みんなが知ってたなんて」どうしても引っかかる。

「それだけじゃなくて——ええと——もうひとつ白状しなければならないことがある。きみの家なんだが、あんなに修理が必要なわけじゃないんだ。みんなが妨害工作をした。針金を切ったり、配管の栓をゆるめて水漏れさせたり。おれたちを引っつけるために。きみに話しかけられるたびに、おれがあたふたするのを見ておもしろがってた」

笑うべきか怒るべきか決めかね、カルを睨む。「でも——でも」

「気にしなかった」ほほえみかける。「おれは忍耐強いんだ。それに、みんなはおれたちをくっつけようと、できるだけのことをしてただけだから。腕のいい便利屋を失いたくなかったのさ」

やれやれ、完全にわからなくなってしまった。「なぜあなたを失うの?」

「おれが海兵隊をやめたのは、きみがトレイル・ストップにやってくる一ヵ月前だ。国じゅうを旅してまわっていた。なにをしたいか決められずにね。それでクリードを訪ねてここにやってきた。部隊の指揮官で友だちだった。彼がやめたのは……たしか八年前で、それ以来会っていなかったから、訪ねてみたんだ。二週間ほど滞在して、もう出発しようと思っていた矢先に、きみが越してきた。きみに会って、ずっといることに決めた。単純なことだ」

それのどこが単純?「ずっと住んでたんだと思ってた!　何年も前からずっと!」声をあげて泣きたい気分だ。理由はわからない。そこまで愚かだったのかと思う以外の理由は。

「とんでもない。きみより二週間長いだけだ」

彼の目のやさしい表情を見つめ、男としての強靭さと完璧さ、漲《みなぎ》る力強さを感じ、また泣きそうになった。なにか大事なことを、意味のあることを言おうと口を開いたけれど、出てきた言葉はそのどちらでもなかった。

「でも、わたしの口、アヒルみたいなのに!」

彼はまばたきをして、それから大まじめに言った。「おれはアヒルが好きなんだ」

29

二人は向き合って横たわったまま、話をしたりキスをしたりして、親密さというまったく新しい関係に馴染もうとしていた。トレイル・ストップの窮状を救うためにできることはなかったし、行きたくてもどこへも行けない。雪は降りつづけていたが、穴のなかは明るくあたたかく、満ち足りていた。相手のすべてを吸収したい欲求に衝き動かされ、触れる手を休めることができない。カルの探るような指が下腹部の傷を見つけて一瞬ためらい、またなぞった。「これはなに?」

傷によっては気にしていたかもしれないが、この傷は違う。二人の息子たちに命を与えた傷だから。彼の手に手を重ね、筋張った強靭な手の感触を愛でた。力強い手なのに、触れるときのなんというやさしさ。「帝王切開よ。予定日の十八日前までなんの異常もなくて、双子の妊娠としては上出来だったんだけど、陣痛が進むうちに、最初の赤ちゃん、つまりタッカーが胎児仮死に陥ったの。へその緒が絡まって。帝王切開で命をとりとめたのよ」

四年も前の出来事なのに、カルは心配そうな表情になった。「で、タッカーは大丈夫だった？　きみも大丈夫？」

「両方ともイエスよ」ケイトはクスクス笑った。「あなたはタッカーがこれまで過ごしてきた人生の大部分を知ってるじゃない。生まれたその日からフル回転」

「あの子はほんとうにそうだな」カルがうなずき、タッカーの甲高い声をまねた。「ミミがぼくのことちゃんと見てなくちゃいけなかったんだよ！」

笑わずにいられない。「たしかに、タッカーが最高におりこうな瞬間ではなかったわね。デレクが亡くなってから、すごく不安だった。うまく育ててゆけるか、ちゃんと支えてゆけるか心配だったの。ご親切なお隣りさんたちが妨害工作をして、あなたを〝助けて〟いたしね。あなたに食事つきの部屋を無料で提供して、修理代を節約しようと真剣に考えていたところ」

カルは笑いながら頭を振った。「おれがニーナと交わしている契約と同じだな。食事はついてないけど。食事も入っているんだよね？」

「入っていたけど、ほんとうのことを知っちゃったから」キスをする。キスしたいときにできるのがうれしい。「どっちにしろ、これからは無料で修理してくれるでしょ？」

「場合によるな。取引するのが好きなんだ」片手をケイトの尻に滑らせ、ギュッとつかんだので、どんな取引が好きなのかよくわかった。

もうひとつ疑問が浮かんだ。「修理のやり方をどこで習ったの？　海兵隊を除隊したばかりだったんでしょ」

カルは肩をすくめた。「手先が器用だったんじゃないかな。十七歳の誕生日に入隊して――」

「十七歳!」ケイトはぞっとした。十七歳……十七歳なんて、まだ赤ちゃんじゃない。

「ああ、十六歳で高校を終えたからね。十六歳をフルタイムで雇おうなんて人はいなかった。若すぎてうまく馴染めそうになかったから、大学にも行きたくなかった。どこにも馴染めなかった、海兵隊以外は。軍隊にいるあいだに電気工学の学位を取り、機械整備も修得した。金槌で釘を打ったりペンキを塗ったりは、だれでもできる。むずかしいことじゃないだろ?いまは古い浴槽の表面加工をどうやるか調べているところだ。でも、なぜ?」

わかっていないんだとケイトは思った。彼はほんとうにわかっていないんだわ。ケイトはもう一度キスをした。「なんでもない。ただ、あなたって、わたしが会ったなかでいちばん便利な便利屋さんだなと思って」

「トレイル・ストップに仕事口がたくさんあるわけじゃないけど、ほかで仕事についたら、夜しか家には戻ってこないから、めったにきみに会えない。それに、自分の好きにやるのが性に合ってる」

言いたいことはよくわかる。一人でやっていくのはストレスも多いが、B&Bを経営し、よくなるも悪くなるも努力次第というのは、特別な満足感をえられる。

カルが顔をあげ、不安そうな表情を浮かべた。「きみはいやかな、便利屋と結婚するのは」

"結婚"。さあ、きた。重すぎる言葉、大文字のM。彼と恋に落ちたことすら、いまだに理解しきれていないのに、彼はもうつぎの段階に行こうとしている。でも、彼にとっては新しいことではない。三年間、その考えをあたためてきたのだから。「わたしと結婚したいの？」声がかすれる。

「セックスのためだけに三年も待ったりはしない」あきれるほど現実的なご指摘。「なにもかも欲しい。きみ、双子、結婚、おれときみの子を少なくとも一人、それにセックス」

「セックスを抜かすわけにはいかないわね」消えいりそうな声で言う。

「ああ、奥さん、抜かすわけにはいかない」その点に関しては譲れないようだ。

「そうね。それならいい。話を戻して、ふたつめの質問はされてないけど。イエスかノーか」

「おれがまだしてない質問の答は、イエス？」

「そうよ、イエス。あなたと結婚する」

ゆったりとした笑みが彼の目に浮かび、目じりにしわが寄って口もとまで広がった。

「最初の質問については、あなたの仕事がなんであろうと結婚するつもりだから、その答は、ノー」

「稼ぎは悪いが——」

「わたしもよ」

「――だが、退役軍人年金を加えればそこそこかな」

「あなたがB&Bに越してくれれば、ニーナも修理代を払うことになるしね」

「天井は無料で修理しなければ。穴を開けたのはおれだから」

「元どおりになるわよね」あとに残してきた人や亡くなった人のことを思い出すと、浮き立った気分が消え失せた。急に寒気がして、しがみつかずにいられなかった。「訳がわからない。あの男たちがやったこと」

「ああ、まったく筋が通ってない。きみはレイトンの持ち物を渡した。やつらは欲しいものを手に入れた。こんなことをする理由は――」

カルが言葉を切って顔をしかめた。視線が動かなくなったので、考えに集中しているのがわかった。一分くらい待ってから、今度はケイトが質問した。「なに？」

「きみはスーツケースを渡した」ゆっくりと言う。「だが、おれは屋根裏に荷物をふたつ運んだ」

「スーツケースはレイトンが持ってきたもので――」今度はケイトが言葉を切った。不意に思い当たり、恐怖に駆られカルを見つめた。「トラベルポーチ！　靴を入れたから、スーツケースに入りきらなかったの。すっかり忘れてた」

「あのとき気づくべきだった。ということは、なにを欲しがっているにせよ、やつらはきみがそれを持っていると思いこんでいる」

最後のピースがぴったりおさまり、辻褄《つじつま》が合った。涙が溢れ、頬を伝った。ケイトがあのトラベルポーチをメラーに渡し忘れたせいで、七人が殺された。激しい怒りとやりきれなさを感じた。もしメラーが電話を一本よこしさえすれば、あんなもの、すぐに郵送してやったのに。そうよ、速達で送ってやった！

カルの目に冷静で決然とした表情が宿った。それからさらに一時間、横になったまま、カルの立てた計画について話し合った。ケイトはその計画を受け入れられずに、反論したり懇願したりしていっしょに戻ることを主張したが、今回の彼はまったく動かされなかった。ケイトを抱きしめてキスをしてくれても、考えを変えようとはしなかった。

「前よりずっといい角度で狙える。おれが水に浸かるのを心配していたが、そうする必要もない。もちろん渓流は横切らなければならないが、ずっと浸かっていなくてもすむ」わずかに遠くを見つめるような視線を見れば、カルの頭がめまぐるしく回転して、詳細を検討し、確率を計算し、戦略をつめているのがわかった。

ついにケイトは疲れきって寝入り、夜明けにカルに愛されて目覚めた。このひとときを終わらせることが耐えられないように、最後まで自制を保ちながら、彼はゆっくりと丹念にケイトを愛しつづけた。痛みはあったが、たとえ快感に不快感が混じったとしても、気にならなかった。やっと見つけた人をすぐまた失うことに怯えながら、しがみついて祈った。

二千五百キロ離れたシカゴでは、ジェフリー・レイトンがみすぼらしいモーテルの一室でバスルームの洗面台に向かい、使い捨て剃刀で髭を剃っていた。最悪の気分だった。うまくいくはずだった。うまくいくと確信していた。だが、きょうで十一日め、バンディーニに要求した金はまだ彼の口座に入金されていない。

バンディーニには、二週間待つと言ってあったが、それほど長く待つつもりはなかった。バンディーニはあらゆる手段を使って彼を追い詰めようとするだろう。成功率をあげてやる気はさらさらない。この作戦をはじめる前から、十日が限度と決めていた。十日のうちに金を手にしなければ、いくら待っても手に入らない。

オーケー。金は手に入らない。

アイダホの僻地にわざと手がかりを残してきた。そこで使ったクレジットカードから身元が割れるまでにかかる時間も計算のうえだ。最初からシカゴに戻り、めだたない場所に隠れるつもりだった。シカゴはバンディーニが絶対に探そうと思わない都市、灯台もと暗しというわけだ。B&Bの食堂で見かけたよそ者が、バンディーニの雇ったやつかどうかはいまだにわからないが、あそこで危険を冒すつもりはなかった。アクセントがまったく違っていたし、うわべは愛想がいいが、あきらかに地元の人間にいやがられていた。姿を見られたり、正面玄関のドアを開け閉めして注意を惹きたくなかったから、向こうで買った安物の日用品はB&Bに残し、ポケットにフラッシュドライブだけ入れて窓をよじのぼり、逃げだした。

逃亡中にアイダホナンバーのプレートを捨てて、ワイオミングのナンバープレートに付け替えた。イリノイ州に戻ってからは、乗っていたレンタカーとまったく同じ車を見つけ、その車から取ったイリノイのプレートをワイオミングのプレートと付け替えた。このひどい部屋は偽名でチェックインして現金で支払い、食事はドライブスルーのハンバーガー屋かチャイニーズ料理の出前だけにし、毎日、携帯端末〝ブラックベリー〟で口座残高を確認していた。

だが、思いどおりにならなかった。十日めはきのうだ。その時点でFBIに行くべきだったが、もう一日だけ待とうと決めた。ジェフリー・レイトンを見くびったらどういうことになるか、きょうこそは、サラザール・バンディーニに思い知らせてやる。

会計帳簿を握る男を甘く見ちゃいけない。

FBIになんと言うかについては、すでにうまい話を考えてあった。二重帳簿を見つけ、そこに書かれていた名前を見て驚き慌てた。フラッシュドライブにファイルをダウンロードしたが、バンディーニに見つかったため、命からがら逃げだした。バンディーニの手下をようやくまいて、FBIがフラッシュドライブの中身に関心があると思い、持参した、とこんな調子だ。なぜすぐに受話器を取りあげ、FBIに保護を要請しなかったのか。そう詰め寄られた場合の言い訳も用意してある。FBIにバンディーニの内通者がいるという噂を聞いたので、迎えにきてくれた局員がデータを奪いにきたのでないとはいえない。実際にそういう噂を耳にしていたので、嘘ではない。おおぜいの局員の前でフラッシュドライブの受け渡しができれば、証拠――それに自分――が忽然と姿を消すこともない。

だからといって、姿を消すつもりがないわけじゃない。FBIは、バンディーニが彼の命を狙うと考えるだろう。彼に宣誓証言をさせようとするだろうが、彼にその気はなかった。フラッシュドライブに入っている情報をどうしようが、それは向こう次第であり、おそらくFBIは、彼の宣誓証言がなくても、いくつもの罪で有罪判決をものにすることができるだろう。

レイトンには関係ない。

できることなら蠅になって壁に張りつき、バンディーニが逮捕されるのを見物したいが、自分の身は自分で守らなければ。逃げこむ場所はすでに考えてある。新しい身分も用意した。いい生活ができるだろう――バンディーニが金を払ってくれれば、ずっといい生活になっただろうが、とりあえず充分だ。

髭を剃り終え、慎重に選んだスーツを身につけた。どこにでもいるふつうの人間に見せるためのスーツだ。仕立てはいいが高価ではなく、趣味はいいが流行のスタイルではない。こうしたスーツは彼を周囲に溶けこませ、目立たなくする。この手のスーツが大嫌いだった。

午前十時きっかりに、レイトンはモーテルをチェックアウトし、ディアボーン市のFBI

オフィスに向けて車を走らせた。これが間違いだった。タクシーにすれば駐車スペースを探さずにすんだのに。駐車スペース探しは時間の無駄だから嫌いだ。レイトンは数分間走りまわり、思っているより遠いという理由で、〝空車〟の看板をいくつも通り過ぎた。遠くに駐めて歩けば汗をかく。それでは与えたい印象とは違う。待てよ、いいかもしれないぞ。汗をかいているほうが効果的な場合もある。不安げに見えるだろう。

よし。これはいい考えだ。そう決断して、レイトンはつぎに目に入った駐車場に車を乗り入れた。

FBIが入っているダークセン・ビルまで、歩いて二ブロックあった。九月の蒸し暑さのせいで、着いたときには汗びっしょりだった。セキュリティ・チェックを通り、たどり着いた受付はまさに〝路上の障害物〟だった。ようやく目当ての場所、組織犯罪課だかなんだか、名称は知らないが、そこの特別捜査官二人に出会うころには、すっかり汗がひいていた。せっかくの努力が水の泡か。

ポケットからフラッシュドライブを取りだして手のひらに載せ、掲げてみせてから、ちかいところにいた捜査官に投げ渡した。「サラザール・バンディーニの個人帳簿だ」ぞんざいに言う。「せいぜい楽しんでくれ」

雪は二十センチほど積もっていたが、天気は晴れて、空気は水晶のように澄んでいた。右手に、遠くの山々とトレイル・ストップの〝ゾウリムシ〟の一部が見えた。三百メートルほど下まで雪をかぶっているが、谷間はまだ降雪を免れているようだ。

カルにいっしょに戻ってくれと説得するのは諦めた。彼の言い分は筋が通っている。雪と氷がすべてを変えた。四日と見積もった旅が、いまでは六日は必要で、それも道中なにも起こらないと仮定しての話だ。氷のせいで、岩を乗り越えるルートはいっさい使えない。氷が溶けるか溶けないかは、天気予報を確認できないのでわからない。あたたかくなって氷と雪が溶けたら、それはそれで別な問題を引き起こす。

食料と水は四日分しか持ってきておらず、すでに一日半の分が減っている。このまま進めば、クリードの小屋に着く二日前に食料がなくなる。

充分な服がないのも問題だった。重い荷物を担いでの登りだから、賭けに出て衣類は最小限におさえた。その賭けに負けた。続行する術はもはやない。

すべて納得している。心配なのはカルのくだした決断だ。

カルはケイトを一人で戻らせようとしていた。戻りは、懸垂下降でおりてゆけるから、登ったときよりずっと早い。数時間でトレイル・ストップに帰りつけるはずだ。

カルは、ライフル銃を持った男たちのあとを追う。

起伏に富む土地を一人で移動しなければならないこと、雪に降られるかもしれないこと、充分な衣服を持っていないこと、危険な状況はまだつづいていること、すべて指摘した。どこかで渓流を渡らねばならないから、また濡れて凍えてしまうだろう。これはそもそも反対していたことだ。

カルはうなずかなかった。メラーは特定のなにかを欲しがっている。メラーはケイトがそれを持っていると思いこんでいる。それがわかったから、話はがらりと変わった。メラーが手段を選ばないつもりなら、なにがあってもやめないし、長く待たなくてすむためにどんなことでもやりかねない。メラーには長く待っている余裕がない。なぜなら、村全体を孤立化させて攻撃する作戦は、偶然や外部の干渉をコントロールできないため、どう転ぶかわからないからだ。マーベリーがさらに聞きたいことがあって現われるかもしれないし、電力会社の修理要員がいつやってくるかもしれない。どんなことだって起こりうる。

いまごろメラーは要求を伝えているだろう。もし欲しい物がすぐ出てこなければ、メラーにはそれ以上我慢する理由はない。焼夷弾《しょういだん》を家々に撃ちこんで燃やしてしまえばいい。メラーにはそんなこともできる。あんなこともできる。カルの頭のなかに、暴力と破壊の百科事典が詰まっていることを知り、ケイトは驚いた。つまり彼の結論は、いまの状況が激変して友人たちがさらに殺される事態に陥るまで、ほとんど時間がないということだった。

ケイトはカルを説得できなかった。彼の心はすでに戦闘状態に突入しており、なにをしなければならないかしか考えていなかった。ついに諦め、声もなく座りこみ、カルが簡単なかんじきを作るのを眺めた。それをはけば、雪の上を早く移動できて、靴も濡れないはずだ。

ケイトのスニーカーは完全に乾いておらず、火のちかくに置いたせいで皮が硬くなっていた。カルは一日分のシリアルが入っていた空《から》のビニール袋を渡し、靴をはく前に足を包むように指示した。袋は足にまったく合わず、ジッパーの部分が踵にあたるので切り取る必要があったが、靴下に水が染みこむのを防いでくれる。かんじきをはけば、靴の上まで雪に埋もれて足がびしょびしょになるのも避けられるだろう。

カルは敷パッドにあぐらをかき、作業に没頭していた。親指ほどの太さの若木を何本か切り、大きな万能ナイフで削った。それより少し短く切ったものも作り、両端に刻みめを入れた。それからロープの一端を六十センチほど切り取り、細い紐にほぐし分けた。

つぎに若木をUの字に曲げ、両端を合わせて紐でしっかり結わえた。刻みめを入れた枝をU字の内側に横向きにはめこみ、両端を若木にしっかり結んで固定した。そうして、おおざっぱだが充分使用に耐えるかんじきができあがった。カルはさらにロープを切って、かんじきをケイトの右足に縛りつけた。ものの数分も経たないうちに、左用のかんじきができあがり、ケイトは試しにあたりを歩きまわった。

かんじきをはいたことはなかったが、すぐにふつうの歩き方ができないことに気がついた。かんじきをはいて歩くことはできない。クロスカントリー・スキーの選手のように、脚をまっすぐにするか、かんじきの先頭が雪にくいこまないように、膝を高く上げておく必要があるので、摺《す》り足でよたよた歩く感じになる。

それでも、急ごしらえのかんじきはなかなか便利だった。足が沈まずに雪の上にとどまっている。

ぶざまな格好で避難場所に這いこむと、カルは自分のかんじきを作っていた。眉間にしわを寄せてケイトのかんじきを眺め、縛った紐がほどけていないか確認する。「雪がなくなったら、紐を切ればいい。ナイフは持ってる?」

「ポケットに入ってるわ」

「リチャードソンの家までは、来た道を戻ればいい。全行程が遮蔽されている。おれたちの結論をクリードに伝えてくれ。ちょっとしたことで状況が激変する可能性があるから、とにかく早く知らせたい」

「そうするわ」寒気がするのは天候のせいより、恐怖のせいだ。小さな焚き火にそっと枝を置いた。自分のことでは、恐れていなかった。一人で懸垂下降をしながら戻るのだから、なにが起こるかわからないが、事故以外は考えられない。それに比べてカルは、相手を殺すつもりでいる人間たちのなかにわざわざ入っていこうとしている。これまでの人生でいまほど怯えたことはなかった。しかも、カルを守るためになにもできない。全身を破壊する細菌からデレクを守ることができなかったように。

カルの身になにかあったら、精神的に壊れてしまうだろう。もう一度乗り越えるなんてできない。愛する男を失って、それでも元気を取り戻すなんて二度と無理だ。彼女の一部は死ぬ。愛する能力は永久に阻害されたままだ。別な人が心に入りこむことはない。わかっていたが、口にはしなかった。罪悪感を抱かせたくなかった。彼はヒーローだ。そう思うと胸が痛む。命がけで世界を救う、ほんもののヒーロー。世界とまではいかないけれど、愛する人びとを救おうとしている。それがわたしの運命なの？　数学の教師でも好きになれればよかった。

「なあ」静かな声がした。驚いて顔をあげると、カルがこっちを見つめていた。このうえなくやさしいその表情に、わっと泣きだしそうになった。「おれは自分のやっていることがわかってる。相手はわかっていない。やつらはたしかに狙撃はうまい。優秀な猟師なんだろう。だが、おれのほうがもっと優秀だ。クリードに訊いてみろ。おれなら大丈夫。約束する――誓う――結婚式を挙げて、二人の赤ん坊を作って、いっしょに暮らそう。おれがきみを信頼しているのと同じように、おれのことも信頼してほしい」

溢れる涙で視界がぼやけたが、なんとか睨みつけた。「口論するとき、そんなふうにやさしくするなんてずるい、信じられない」

「口論はしてないよ」

「そうね」

それから、じきに、カルは雪を載せて焚き火を消し、灰を散らした。燃えさしが消えるのを見て、ケイトはまた泣きそうになった。すばやく移動するために、カルは登山装具のほとんどを置いていこうとしていた。道具としてはロープと掘削用鍬を持っただけだ。ベルトにつけたホルスターと大型のオートマチック、それに鞘に入ったナイフを見て、気持ちが少し落ち着いた。カルはさらにポケットに食料を入れ、水の瓶を持った。それからナイフを使って毛布の真ん中に穴を開け、頭からかぶった。

毛布の裾から紐を何本か切り取り、ケイトを手招きした。両手をやさしく取り、その紐を巻いて結び、間に合わせの手袋にする。かんじきをはいて歩くのに、杖がわりにするよう頑丈な枝も二本切りとった。ケイトは枝を握った瞬間に、両手を保護する手袋がどれほど必要であるかを実感した。

「愛してる」彼は言い、屈んでキスした。唇は冷たく、やわらかく、頰は髭でざらざらしていた。「さあ、行って」

「わたしも愛してる」そう応え、歩きだした。自分を叱咤《しった》して彼から遠ざかろうとしたが、五十メートルも行かないうちに振り返った。

彼の姿はなかった。

30

いったんケイトの視界からはずれると、カルは自分用に切った杖をスキーのストックのように使い、全速力で進みはじめた。貴重な時間がもったいないので、山岳地帯を越えて何キロも歩くつもりはなく、できるだけ直線で、なおかつ転がり落ちて巨岩と鉢合わせしない程度のスピードで滑り降りるつもりだった。昼間の光がまだ残っているうちに、谷間に着きたかった。

赤外線スコープは使ったことがある。ひじょうに重いうえ、日中は画像がぼやけてはっきり識別できない。狙撃者たちが、昼間の監視に通常のスコープや双眼鏡を使っていることに、命を賭けてもいい——実際に命を賭けているが。自分が同じ状況にいればそうするからだ。相手はふつうの人間でほとんどが中年以上、たまに狩りに行くが、たいていは畑をたがやすか店で働いている。そういう人間には、通常の監視で充分だと考えるだろう。

だが、やつらはカルの存在を知らない。彼はふつうではない。双眼鏡で見つけられるわけがないし、視界の狭い高倍率射撃用スコープならなおさらだ。闇に溶けこめる夜まで待つ気はなかった。黄昏になり、やつらが赤外線スコープに切り替えるころには、彼は目の前の草地、文字どおりやつらの鼻先に着いている。そのことにやつらが気づいたときには、あとの祭りだ。

ケイトが標的だった——ああ、ケイト。やつらの目的がなにか、なにを欲しがっているかはどうでもいい。カルから見れば、やつら全員が自分の死刑執行令状にすでに署名している。

ケイトは筋肉の痙攣に苦しみながらも、お昼には谷におりてきた。かんじきをはいて慣れない歩き方をしたせいで、太腿はこすれ、痙攣していた。最初に懸垂下降が必要となった場所には雪があったため、かんじきをつけたままだったが、これは興味深い体験だった。もともと懸垂下降は好きではないし、一人でやったことはなかった。はたから見ればお遊びに見えるかもしれないが、とんでもない。肉体を酷使するうえ、もし滑ったり、ひとつ手順を間違えたりすれば、障害を負うか死ぬことさえある。久々の登山で両腕と両肩が痛んでいることで、興味深さはいや増しになった。

ようやく雪から抜けだし、即席のかんじきの紐を切った——とたんに転び、数メートル落下して大きな岩に右膝をしたたか打った。「こんちくしょう！」食いしばった歯のあいだから悪態をつき、濡れた地面に座りこんで膝を抱え、体を前後に揺らした。もう歩けないかも。歩けなければ、計画は失敗だ。

ようやく痛みが苦悶から苦痛と言えるほどにおさまったので、怪我の具合を見ようとスウェットパンツとズボン下の裾をめくりあげた。ところが、ズボン下がきつすぎて上がらない。立とうとしたが途中で膝がガクンと折れた。まったく、最悪！　歩けなければ困る。まだ先に長い懸垂下降が控えているのだから、膝が支えてくれなければ困る。

杖の片方をつかんで地面に突き刺し、てこのように使って体をまわし、細い木にちかづいた。低い枝をつかんで体を引っぱりあげ、ぐらぐらしながらも立ったまま一分ほど耐えた。命が惜しいので枝は握ったまま、徐々に体重を膝にかける。痛かったが、怖れていたほどひどくはなかった。

傷を調べるにはズボンを脱ぐしかないからそうした。皮膚が切れて、膝蓋骨《しつがいこつ》のすぐ下が紫に腫れあがり、巨大なこぶを形成しつつあった。だが、膝蓋骨は折れてないようだ。

氷の袋を当てればだいぶ楽かもしれない。振り返って雪を見上げ、頭を振った。膝に雪の袋を当てるという喜びのためであっても、この傾斜をもう一度登ることはできない。

枝をつかんでバランスをとりながら、試しに一歩踏みだしてみた。さらにもう一歩。痛いが、関節はしっかり耐えている。損傷はひどい打撲だけで靭帯《じんたい》は切れていない。脚に全体重をかけても我慢できるようになり、ふつうに歩けるようになると、また傾斜を下った。一歩一歩踏みこむたび、悪態が口をつく。そうでなくても、下り坂は膝に負担なのだ。

最後の懸垂下降はもっとも長く、悪夢のようだった。両脚をつねに踏ん張っていなければ、横倒しになって岩に突っこむ。右膝は踏ん張ることを拒み、衝撃を吸収しようとしない。ますますひどく腫れ上がり、曲げることさえできないほどだ。ようやくふもとに達したとき、汗だくになっていた。

谷間の空気は冷たいが心地よかった。そびえ立つ山を見上げ、白い帽子をかぶった頂上と、真ん中あたりまでうっすらと雪におおわれたごつごつした斜面に目をやった。あんな上のほうにいたのだ。

カルはまだあの上にいて、ずっと西のほうで切り通しを目指しているはずだ。彼に届くよう、安全を願う短いけれど熱烈な祈りを唱え、山に背を向け、長く辛い道のりをとぼとぼと歩きだした。細長く突き出た土地を迂回していかなければならない。来たときは、カルとともに絶壁をおりた箇所だ。崖のふもとは岩しかなかったことを思い出すと泣きそうになる。この膝にすべてを託して岩場を歩くことはできないし、岩を這って越えるのは、膝の腫れた部分に体重がかかって耐えられないだろう。なんとか切りぬける唯一の方法は、座った格好で岩から岩へずるずると体を滑らせていくことだ。なんて楽しいの。

少なくとも全行程をそれで行かなくてすんだ。ケイトのいない二日半のあいだに、不意を衝かれないよう見張り態勢を整えていたので、ローランド・ゲッティがケイトを見つけ、手を貸そうと崖をおりてきてくれた。それでも、岩を乗り越え、崖の上まで登るには、さらなる努力と多大な時間が必要だった。ケイトが考えていたよりもずっと長い——山をおりてきたのと同じくらいの——時間がかかった。

リチャードソンの家がいちばんちかかったので、ローランドはケイトをそこまで送り届け、急いで見張りに戻っていった。驚いたことに地下室は閑散としていた。ケイトとカルが出発したときの混み具合に比べれば、空っぽと言ってもいい。ジーナとアンジェリーナはまだそこにいた。ジーナの捻挫が回復せず、歩けなかったからだ。クリードとニーナ——クリードが歩けないから——それにペリーとモーリーンの顔もあった。地下室にはロープが張り渡され、シーツをかけて多少のプライバシーを保っている。

ケイトが一人で入ってゆくと、クリードが鋭い視線を投げてきた。「カルはどうした？」

「男たちを追っていったの」ケイトは喘ぎながら言い、モーリーンが慌てて押しだしてくれた椅子に倒れこんだ。「彼らを倒しに——向こうが予期していない方角からちかづいていくって言ってた」

「水を飲む？」モーリーンが心配そうに尋ねた。「それともなにか食べる？」

「水をお願い」

「なにがあった？」クリードが厳しい声で尋ねる。「なにが起きた？」

「ジョシュア」ニーナがそっとたしなめる。

「いいのよ、ニーナ。カルが思い出したの……荷物を屋根裏部屋に運んでくれたときのこと——レイトンの残していった荷物。洗面道具があった。あの男たち——メラー——彼にスーツケースをよこせと言われたとき、洗面道具のことは忘れてて、スーツケースしか渡さなかったの。だからまだ屋根裏にある。男たちが欲しがっている物が、そのなかに入っているんだと思う。だから戻ってきたのよ」

「おれが取ってくる」ペリーが、クリードの視線を受けて言った。「どんな物?」

「よくある茶色のトラベルポーチよ。床に置いてある」目を閉じて、屋根裏部屋のようすを思い浮かべた。「階段をのぼりきったら右に曲がって。そうするとロッククライミング用のヘルメットが二個、壁にかかっているのが見える。ポーチはそのあたりの床にあるはず。カルが登山装具を取りに行ったときにどかしていなければ」

ペリーが出ていき、ケイトはモーリーンから水のコップを受け取ってゴクゴクと飲んだ。

「脚はどうしたの?」モーリーンが心配そうに尋ねた。

「滑り落ちて岩に膝をぶつけたの。骨は大丈夫だと思うけど、腫れてすごく痛むわ」控えめな言い方だった。氷袋とアスピリン二錠があったらどんなにいいだろう。

「いちばんいい場所に来たわよ」ジーナは空元気をだして言った。顔は真っ青で、目は窪んでいる。「ここは整形外科病棟なの」

「そのとおりよ」ニーナがクリードのそばを離れてケイトのほうにやってきた。「きれいにして、膝の状態を見てみましょう」

「着替えをまったく持っていないの」疲れすぎていて、服などどうでもよかった。

「なんとかするわ」モーリーンが、地下室の別な囲いにケイトを案内して言った。かかっているシーツを引けば、人目をさえぎることができる。「なにが欲しいか言ってくれたら、ペリーに取りに行かせるわ」

「気の毒に。行ったり来たりで疲れきってしまうわよ」ケイトは目を閉じて、ズボンを取るときは片足で立って協力し、されるがまま下着になった。冷たいおしぼりで顔や腕や手を拭いてもらうとずいぶん落ち着いた。

「腫れがひどい」ニーナがつぶやいた。「膝は動かすべきじゃなかったわね」

「しかたなかったのよ」

「わかってる。でも、もう動かしちゃだめよ。脚を持ち上げられるようにクッションをあてがいましょう。少し楽になるから」タオルが冷たい水にもう一度浸され、今度は膝に当てられた。氷嚢《ひょうのう》ではないが、冷水でも痛みが和らぐようで気持ちがよかった。モーリーンが手のひらに二粒の錠剤を載せて現われ、ケイトはそれがなにかも訊かずに呑みこんだ。

ニーナとモーリーンがクッションや箱や畳んだ衣服を運んできて、床にリクライニングチェアのようなものをこしらえ、手を貸してケイトを寄りかからせた。クッションの上に座って箱に寄りかかり、膝の下に畳んだ服があてがわれた。見事な看護だ。全部すむと二人はケイトを毛布でくるみ、そっと出ていった。

ケイトはすぐに眠りに落ちて、ペリーが戻ってきたのも気づかなかった。

でも、じきに起こされた。クリードが杖にもたれて足を引きずり、自分が座る椅子も引きずりながら彼女の〝部屋〟に入ってきたからだ。ニーナがトラベルポーチを持ってあとにつづき、クリードを睨んだ。「人の言うことなんて聞かないのよ」ケイトに不満をもらしながらも、怒った表情の下は妙に満足げだ。

「気持ち、わかる」ケイトが顔をしかめた。

「これがそのトラベルポーチか？」クリードがニーナの手からポーチを取る。

ケイトはうなずいた。「わたしの家には、ほかに同じような物はないわ。なにか見つかった？」

「なにも。全部ぶちまけて、開くものは全部開けたが――」

「開かないものも」ニーナが口をはさんだ。

クリードがニーナにすばやい一瞥を投げたが、その視線には愛情が溢れていた。ケイトは思わず息を呑みそうになった。いつそうなったの？

訊かなくてもわかる。ケイトとカルがそうなったのと同じとき。

「なにもない」クリードが言った。「縫いめやジッパーもたしかめた。文字どおり引き裂いた。もしなにか価値があるか、有罪の証拠になるか、多少なりともおもしろい物が入っていたとしても、見つからなかった」

ケイトはポーチを睨み、疲れきった脳を働かせようとした。「入ってると思いこんでいるだけかも」

「なにが入っていると思ってるんだ？」きつい口調だ。

「知らないわ。でもそれがなんであろうと、ここに入っていると思っている。やつらはレイトンのスーツケースをチェックして、洗面道具がないことに気づいた。レイトンが持ってる——それがなんであれ。身につけて持っていったのよ。窓をよじのぼって逃げだしたんだから、もちろん持っていったはずよ」

「やつらは、レイトンが窓から逃げたことを知っているのか？」

あの日、ナショナル・カー・レンタルを騙って電話してきた謎の男に、なにを話したかを思い起こしながら、ゆっくりと頭を振った。「そのときは、ミスター・レイトンがどこかで事故にあったと思っていたから。レイトンを捜していると電話をしてきた男には、ミスター・レイトンがいなくなって、チェックアウトもしていないし、荷物も置きっぱなしだから、山で事故にあったかもしれないと言ったわ。窓から出ていったなんて一言も言わなかった」

「それによって、レイトンの失踪に対する見方がまったく変わる」クリードが言った。「窓のことを知っていたら、レイトンが逃げだしたと考えていただろう。とすれば、やつらが探している物をレイトンが持って逃げたと考えるのが筋だ。ところが、やつらはきみがまだ持っていると考えている。たとえきみが持っていないと言っても、これだけのことがあったあとだ、信じようとしないだろう」

これだけのこと。七人が殺され、クリードは怪我をした。家や車が甚大な被害を受けた。すべては、ここにありさえしない物のためだ。不意に耐えきれなくなり、ケイトは両手に顔を埋め、泣いた。

ユーエル・フォークナーは、生まれてからこれほど気を揉んだことはなかった。トクステルともゴスとも、もうまる三日、連絡がとれていない。簡単な回収業務に行かせただけなのに、すでに一週間が過ぎていた。何日も前に戻ってきていいはずだ。

バンディーニは連絡を待っているだろうが、話せることはなにもない。フラッシュドライブを回収したとも、レイトンを見つけたとも――とにかくなにも――報告できない。

ユーエルは怯えていた。自分でも認めざるをえない。窓を見張られているかもしれないから、まだいると見せかけるためオフィスの電気はつけたままにし、路地につながる地下の出口から外に出た。これでいい。自分の車で帰って、見張りを家まで連れていくつもりはない。なんブロックか歩いてからタクシーを拾った。三十分ほどあてもなくぐるぐる走ってから、その車をおりて、またなんブロックか歩き、別なタクシーを拾った。どちらのときも慎重に目を配った。つけられているようすはない。さらに用心のため、家から数ブロック離れたところでタクシーをおり、その車が走り去るのを待ってから家の方向に足を向けた。

ようやくわが家に入った。馴染みのある暗がりがユーエルを包みこむ。ふだんならくつろげる場所なのに、トクステルとゴスの両方から連絡がない状態では、どこにいようが、とてもくつろぐ気にはなれない。こんちくしょう、アイダホまで出向いていかなきゃならないのか？　もし失敗したのなら、なぜ連絡をよこしてそう言わない。なにか手だてを見つけるか、うまい打開策を打ちだせるはずだ。なにが起きているのかわからなければ、手の打ちようがないじゃないか。

ランプをつけた。強い酒をキュッとやりたい。だが、なにか起きたときのために最高の状態でいる必要がある。飲むわけにはいかない、連絡を受けるまでは――

「フォークナー」

声のするほうを見るようなヘマはしない。横に身を投げ、ドアに向かった。たどり着けなかった。サイレンサーのくぐもった音がしたと思ったら、背中で痛みが爆発した。苦痛と衝撃に悶え、転がると、もう一発、銃弾が入ってくるのを感じた。両脚が痙攣して激しく引きつり、体ごと壁に激突した。銃に手を伸ばそうとしたが、あるはずのところにはなにもなく、伸ばした手が空をつかんだ。なんてぶざまな。

頭上にぼんやり浮かび上がる真っ黒な人影に顔はなかった。だが、だれだかわかる。聞きおぼえのある声。毎晩、悪夢のなかで聞いた声だ。

人影が彼の顔を指さした。もう一度、くぐもった音がしたが、ユーエルには聞こえなかった――その音も、ほかのどんな音も、二度と聞くことはなかった。

31

いちばん遠い狙撃地点だろうとあたりをつけた場所の北側に、カルは腹這いになっていた。戦略的にはうまい位置だ。切り通しをやってくる人間の侵入を阻めるし、背後をすり抜けられることもない。カルでもここに狙撃手を配置しただろう。長く狭い溝はボーリング場のレーンのようで、体を隠すのに適していない——赤外線スコープからは、という意味だ。日中は通常のスコープと双眼鏡に変えているという推測は正しかったようだが、どちらにしろ、こいつらよりはるかに優秀な狙撃手でなければ、身を隠しているカルを見つけられるわけがない。

海兵隊時代、クリードから〝ニンジャ野郎〟と呼ばれていた。うれしいことに、それはいまも変わらない。

カルは待っていた。いつ見張りが交替するのか知りたかった。最初の晩は四カ所の狙撃地点を確認したが、それ以降は二カ所——切り通しに抜けようとする者を見張る戦略的に重要な二カ所——だけだ。休みなしに三日半、まともに見張れるやつなどいない。睡眠だけでなく、飲み食いして、ときどき茂みのうしろに通う必要がある。覚醒剤でもやっていれば可能だが、そうなると幻覚を見て幽霊を撃ち、しまいにはスパイだと思って自分まで撃つ。狙撃手たちが昼間は寝ているか、交替するかだ。最初の晩に四人、そのあとは二人。単純な計算、分担しているのだ。

そうなると、橋のまわりの警戒がお留守になるが、メラーもそんな間違いを犯すほどばかじゃないだろう。射程の短い銃を持った別な見張りがいるはずだ。二十四時間二交替制説をあてはめれば、あと二人いる。総勢六人だ。

六人、民間人六人。車は少なくとも二台、あるいはそれ以上。道をはずれたところに駐めてあるのだろう。万が一だれかがトレイル・ストップにやってきても見つからないように。まだ来ていなくても、いつ来るかわからない。コンラッドとゴードンのムーン親子はケイトのマフィンが気に入って、週に一度はかならずやってくる。ケイトのところに宿泊客の予定も入っているだろう。橋の崩壊に驚き、電気や電話の不通もそのせいだと思うだろうが、そんな見え透いた嘘がいつまでも通用するとは思えない。

時間的に厳しいことは、やつらもわかっているはずで、トレイル・ストップの人びと、とくに探している物を持っていると彼らが思いこんでいるケイトに対して、さらに強硬な手段をとるだろう。ケイトをトレイル・ストップに帰したくなかったが、ほかにどうしようもなかった。いっしょに来させるわけにはいかず、食料も避難所もないから山には留まれない。

トレイル・ストップに戻れば、クリードが守ってくれるだろう。

やつらが行動を起こすなら夜だ。赤外線スコープがあるから、狙撃対象を見ることができる。だが、橋を吹きとばしたのは、あきらかに作戦上のミスだ。自分たちまで渓流が渡れなくなってしまった。流れに足をとられないためには、八百メートルほど遡《さかのぼ》らねばならない。待ったのも作戦上のミスだ。そのあいだに村人たちは、カルの指示どおりバリケードを築いて散らばり、しかも怒り狂っている。

だが、狙撃がはじまればなにが起こるかわからない。しかも、ケイトがその場にいる。

選択肢はふたつ。見張りの三人をすり抜けて車を見つけ、そこで休んでいるであろう三人を始末し、助けを呼びに行く。あるいは六人全員を一人ずつ片づけ、仲間うちで殺し合ったように見せかけ、それから助けを呼びに行く。それもできる。その場面をでっちあげるのは簡単だ。こっちのほうが好ましい。ただの一人も、生きて逃がしたくはない。

カルは、ふだんは呑気だが、怒らせてはならない男だ。やつらは怒らせた。完全に。

腕時計から目を離さない。見張りの交替は、午前九時と午後九時のような間違いやすい時間ではないだろう。正午と夜中の零時、あるいは午前六時と午後六時というようにわかりやすくしているはずだ。午後六時になっても動きがなければ、狙撃者全員が正午から見張っていてすでに疲れているが、まだあと六時間は交替できないということだ。頭のきれるやつが計画していれば、シフトの片方は正午と真夜中に交替、もう一方を午前と午後の六時に交替というようにずらして組み、一方が疲れていても片方は元気でいられるようにするが、たいていは単純なのを好む——つまり、予想できる。考えなくていい。

午後六時、静かなままだ。動く気配はない。

気の毒に。もし六時に新しい交替要員が見張りについたなら、疲れのでる夜中まで待ってやったから、命が少し延びただろうに。

蛇のように音もなく、ゆっくりと慎重に動き、狙撃地点の真上まで這いのぼった。視界を碁盤《ごばん》状に区切って確認するグリッド検索で最初の狙撃者を探す。体の輪郭を隠すためにくすんだ緑色の毛布をかぶり、毛布の端を切り裂いた紐を手と指に巻きつけていた。防寒になるし指紋も残らない。頭にも紐を巻いて小枝や葉っぱを差してある。動かなければ、肉眼では見分けがつかない。

しばらく探したがなにも見えなかった。想定した地点が違っているか、やつらが場所を移動しているかだが、もし後者なら、まんまとはめられて、すでに頭に銃口を突きつけられていたはずだ。いまだに頭が破裂していないので後者の可能性は捨て、狙撃者の居場所を示すなにかを探しながら、遅々としたペースで這いつづけた。

五メートルほど先の右手で、金属がかすかに反射し、緑色の小さな光がついて消えた。ヌケ作が、腕時計で時間を確認したのだ。愚かにも。バックライトつきの腕時計をしちゃいけない。するなら螢光針で、文字盤にフラップがついてるのにかぎる。悪魔は細部に宿る。ちょっとしたことが命取りになるのだ。時計さえ見なければ、いい場所だったのに。うつ伏せになれば銃をうまく固定できるし、まわりの岩で完全に防御されている。頭が岩の上に出ていないせいで、さきほどのグリッド検索でも見つからなかったのだ。

見張りについて何時間も経っているだろうに、男はゆっくりとスコープをずらしながら、見張りに集中していた。ささやき声が聞こえるほどの距離までちかづいても、まだ気づかなかった。死が訪れたことすら知らずに死んだ。脊髄《せきずい》を第二頸椎で分断され。

完璧に行なうのはむずかしい。経験と技術と力が要求される。それに、実験台を買って出る人間はいない。つまり、実戦で習得するしかなく、失敗は高くつく。

ポキッという音だけで充分だが、ぐったりした男から悪臭が漂って死を知らせた。死体を探って、当然持っているはずの狩猟ナイフを探した。ベルトに差してあったのを引き抜いて調べる。これでなんとかなるだろう。ナイフを自分のベルトに差して、脚に突き刺さらないように祈りながら、静かに男を岩の上に押し上げて投げ落とした。滑落を装う。よくあることだ。気の毒に。

男のライフルを拾って肩にかけ、スコープに目を当て、山腹に熱源を示す輝きがないか調べた。ははぁ。つぎの見張り場所は、百メートルほど先のややさがった位置だった。ここより平らな土地で、正確な狙撃ができる。その向こうの、橋があったあたりにも輝きがあった。これだ。三つ、思ったとおりだ。スコープを上下に移動して確認した。ほかにはない。小動物が何匹かと鹿が二頭いるだけだ。

ライフルは逸品だった。バランスが完璧で魔法のように手に馴染む。惜しみながらも、持ち主に戻すべく岩の向こうに投げ落とした。こうしておけば、ほんとうに事故のように見える。小便をしに立ち、踏みはずして眼下の岩に真っ逆さま、ライフルを道連れに。

彼は音もなく、つぎの狙撃者に忍び寄った。


すべてがだめになってゆくのを、ゴスは肌で感じていた。テントに座り、ティーグと彼のいとこのトロイ・ガンネル相手にポーカーをやりながらも、心ここにあらずで負けつづけていた。

トクステルは精神的に崩壊寸前だ。老人にこちらの要求を伝えたあと、返答は……なかった。だれも姿を見せない。話そうとしない人間とは交渉もできない。しかも、ここしばらくなんの動きもない。だが、彼らが自分たちで積み上げた防壁のうしろで動きまわっていることが、ゴスにはよくわかっていた。どうにかして死体も回収した。冷水に浸かって体を冷やしたか、転がせるような遮蔽物のうしろに隠れてやったのだろう、とティーグは言ったが、後者ではまるで中世の戦争映画だ。ゴスにしてみれば、方法はまったく単純、水だ。

ティーグが絶大な信頼を置いているくそったれスコープは、冷水ごときに騙される。上出来だ。

ティーグもある意味異常をきたしていた。ひどく辛そうで、イブプロフェンをキャンディーみたいに口に放りこんでいる。だが、やるべきことはやっていた。クリードとかいう男に取り憑かれている以外は、話にも筋が通っている。三人の仲間は、ティーグのようすを変だと思っていないようだから、脳しんとうの影響が残っているだけだろう。ほんの一週間前に同じ思いをしているので、辛さは理解できる。

きょう、ハイウェイに立てた〝橋不通〟の標識を見逃したのか、二人の男が車でやってきた。いや、おそらく見ただろうが、撤去されていないだけと思ったのかもしれない。橋の修理にそんなにかかるか？　たかだか二、三日だろう？

凡人はこういうことに対し、声高に権利を主張しつづけるものだ。何日かのうちに道路管理局の人間が現われることは間違いない。

同じ考えを起こさせるような宇宙電波でも行き交ったらしく、ティーグがぽつりと言った。

「あんたの仲間は、おかしくなりかかってるな」

ゴスは肩をすくめた。「大変なプレッシャーを受けてるから。いままで任務が遂行できなかったことなんてないし、ボスとも長くて、いちばん信頼されている」

「あいつは自尊心に振りまわされてるんだ」

「たしかに」ゴスもこのばかげたアイデアに賛成し、機会あるごとにトクステルの思いつきに複雑なひねりを加え、ひそかにトクステルを煽《あお》ってきた。トクステルもばかではない。どちらかといえばその逆だが、自尊心をずたずたにされたうえに、これまで負けたことがなかったので、どうやって手を引いたらいいのかわからなくなっている。成功しか知らないのはかえってマイナスだ。バランスのとれた見方ができなくなる。

トクステルの見方はあきらかにバランスがとれていない。

そろそろ潮時だと思ったら、うきうきしてきた。この大失態を隠しとおせる蓋はない。あまりに多くの人が死に、あまりに多くのものが損なわれた。やるべきことはただひとつ、この惨事を確実にフォークナーのせいにすること。それがいちばん手っとり早いやり方だ。

「いち抜けた」やっていた回が終わったところで、ゴスは言い、あくびをした。「ヒューと話してくる。疲れているようなら、早めに交替してやる」

「まだ真夜中まで二時間もある。あんたの持ち時間が長くなるぞ」ティーグが言った。

「ああ、でも、おれのほうが若いから。ここだけの話にしといてくれよ」立ち上がって伸びをすると、重いコートを着た。手袋と防寒帽を忘れずに持つ。ここの天候は一瞬で変わる。寒いけれども晴れていたのが、急に曇って気温があがり、かと思うと寒くなって雨まで降りだし、いまは寒いけれど晴れている――数日分の変化がたった一日で起きる。けさ、山頂は雪を被っていた。冬がくる。アイダホとはおさらばだ。

お人よしのヒュー。彼がいないとさびしくなるか。

いや、そんなわけない。

この事件をフォークナーに結びつけることが肝心だ。「ユーエル・フォークナーに金で雇われた」とでも書いたメモをヒューのポケットに入れておくか。そうだ、そうしよう。警察にでっちあげの証拠だと思われないような、さりげないメモ。バンディーニのことも匂わせれば、善玉と悪玉の両方に追われ、フォークナーはますます窮地に追いこまれる。

ゴスは手袋をつけてタホまで歩いていき、ドアを開けてグローブボックスからヒューの携帯電話を取りだした。この山奥じゃ通じないが、電話したいわけではない。電源を入れてアドレス帳にフォークナーの番号を登録した。名前はなし、番号だけ。警察は携帯電話を徹底的に調べるだろう。電源を切ってグローブボックスに戻したが、ふと思いついて取りだし、ポケットに入れた。いや、やっぱり……にんまりしてまたグローブボックスに戻す。ああ、このほうがうまくいくだろう。

タホの座席には、地図やらリストやらスケッチやら、紙がたくさん積んであった。その一枚が床に落ちて足で踏まれ、かなり汚れていた。ゴスはペンを取り、その汚い紙にバンディーニの名前を走り書きして〝?〟をつけ、はっきりとは見えないが判別はできる程度に汚した。後部座席の足もとに紙を全部ばらまき、ペンを運転席とコンソールの隙間に落とした。

口笛を吹きながら暗い道をくだり、トクステルが立って――いや、座って――ひとりさびしく寝ずの番をする場所に向かった。川の向こうからだれかが声をかけてくるのを、ひたすら待っているのだ。

カルは木陰に溶けこみ、下草と化していた。二メートルほど離れたところにいる三番めの見張りはメラーだ。そのとき、だれかが口笛を吹きながらやってくるのが聞こえた。

じっと立ったまま、うつむき両目を細めた。白い肌が浮き上がらないように顔に泥を塗っているが、狩りでなんなく獲物に忍び寄るときでも、本能がうつむいて目を閉じろと命じればすぐに従った。ごくちかくにいるので、目の光だけでも見つかる恐れがある。

二番めの狙撃者は、一番めの狙撃者のナイフで喉をかっ切られ、己の血のなかに横たわっている。二人片づけた。あと四人。目の前の二人を同時にやりたい誘惑にかられたが、その考えは押しやった。音にしても、現場の状況にしても、いちいち面倒が増える。最初のプランに従って一人ずつやったほうがいい。

「早いじゃないか」メラーが遮蔽された場所から立ち上がった。分厚いコートを着てライフルではなくピストルを持っている。無防備に体をさらして、こいつのうかつさには畏れ入る。夜だから、トレイル・ストップからは見えないと思っているのだろう。

「少し休んだらいいと思って」もう一人の男が言った。あいつだ、ハクスレー。「寝る前にリラックスしたかったら、テントのなかで、ティーグといとこがポーカーをやってるぜ」屈んで毛布を拾い上げ、振ってから畳みはじめる。

「カードはやらない」メラーが渓流の向こうの真っ暗な家々に目をやった。「あいつらはどうしたんだ？　どうかしてるんじゃないか？　どうなっているか、なにを要求しているか、全部教えてやったのに、引きこもっちまった」

「ティーグが言うには——」

「ティーグなんてくそくらえだ。やつがやることをちゃんとやっていれば、いまごろはフラッシュドライブを手に入れて、シカゴに戻っているはずだった」

フラッシュドライブ。こいつらが欲しがっているのはそれか。だが、ケイトだってコンピュータを持っているから、レイトンの荷物のなかに電子機器関係の物があれば、すぐに気づいたはずだ。気づかなかったのだから、つまりなかった。窓からレイトンとともに去ったわけだ。

「しかるべき筋から太鼓判を捺《お》されたんじゃなかったのか」ハクスレーは言い、畳んだ毛布を腕にかけた。手まで隠して、どうもおかしなそぶりだ。

「仲介人に電話してみよう」メラーがぶつぶつ言いながらこちらを向いた。「おれは信じてい——」

ハクスレーが三発発射した。音は毛布で消され、サイレンサーをつけているように小さかった。メラーの体が引きつる。胸に二発、だめ押しの頭に一発。飼料袋のように地面に崩れ落ちた。ハクスレーはメラーが死んでいるかどうか確認せず、かつての相棒を一瞥することもせず、来た道を歩み去った。

さて、おもしろくなってきたぞ。ただの離脱か、あるいは裏計画か？　カルは夜の闇に溶けこみ、音もなくあとをつけた。ハクスレーのほうは、音をたてて平気だ。まるで街中を闊《かっ》歩《ぽ》しているようだ。曲がり角で左に道をはずれ、できたばかりの踏み分け道に入っていった。車を無理やりバックで入れたようだ。茂みがかなり幅の広いものに押し潰されていた。

空き地にテントがひとつ張られていて、五台の車が駐まっていた。ピックアップ・トラックが四台にシボレー・タホが一台。テントにさがるキャンプ用のランプが、二人の男がつまらなそうにポーカーをしている影を映しだしている。フラップは引き上げられたままで、床に寝袋が巻かれて転がっているのが見えた。

「トクステルは見張り番が気に入って戻ってこないのか？」顔に大きなあざを作った大男が見上げて尋ねた。「それとも、今夜こそ住民が出てくると思って待っているのかな」

「時間に几帳面なのさ」ハクスレーが言い、銃を構え、引き金を引いた。二人の男をどう処分するか考え抜いていたか、習い性となるまで訓練を積んだのだろう。まるで機械仕掛けのようだ。ためらいも、興奮も、感情も見せない。二発を大男に、二発をもう一人に撃ちこんだ。あまりにもすばやすぎて、二人めにも反応する暇はなかった。完全にコントロールされた動きで銃口がふたたび大男に戻り、とどめの一発、もう一人に向かって、なんの感情もなくもう一発。パンパン、パンパン、パン、パン。まるでダンスのリズムだ。

ハクスレーは大男のわきにしゃがみ、手袋をはめた手を死体のズボンの右ポケットに突っこんで鍵束を取りだした。ピストルをふたつの死体のあいだに転がし、テントから出て、ピックアップ・トラックにちかづいた。

カルは目を狭め、考えこみながら、車が走り去るのを見送った。いつでも殺すことはできたが、あの男が仕事を肩がわりしてくれたうえ、カルの無実を実証してくれたのだから、これでいいのだろう。警官たちには、なにが起きたか頭をひねってもらおう。ハクスレーの計画は独自のものだったらしい。

カルはテントに入って二番めの死体から鍵束を取った。ダッジの鍵だったので、躊躇なく乗りこんだ。十五分以内にクリードの家に着けるだろう。

翌日、ニーナはクリードに付き添って病院に行った。レントゲン撮影と縫合《ほうごう》痕の検査が行なわれた。縫合したのはだれかと医者に訊かれ、軍で医療訓練を受けた友人だ、とクリードは答えた。医者はそれを〝衛生兵〟と理解し、納得した。

毛髪様骨折――カルの診断どおり――だとわかり、石膏のギプスではなく、ソフトギプスを巻かれた。再度レントゲンを撮る二週間後までとれないが、医者によれば、それまでには完治しているだろう。思いのほか結果はよかった。医者は松葉杖をくれて、怪我したほうの脚をできるだけ使わないように厳命し、そうすれば二週間後には自分の脚で歩いているだろうと請けあった。

それを聞いて、ニーナは安堵の笑みを浮かべた。「後遺症が残ったらどうしようって、心配してたの」レンタカーにクリードが乗りこむと、ニーナが言った。なぜこんなに早く車が手配できたのか、クリードには見当もつかない。保安官事務所が手をまわしたのだろう。クリードがなるべく歩かなくてすむよう、車は玄関の階段下に着けてあった。

「片足を引きずるのも乙《おつ》なもんだと思ってたんだが」クリードが言い返したので、ニーナはまた笑った。この笑い声が、クリードは大好きだった。顔をそらし、目を輝かせて笑う笑い方も大好きだ。この数日の緊張と過労で目の下にはくまが残っていたし、ときどきふっと顔を翳《かげ》らすが、いまは晴れやかに笑っている。ずっとこのままでいてほしい。悲しみから遠ざけておきたい。それができない相談だとはわかっていた。トレイル・ストップの全員が、それぞれのやり方でこの事件を乗り越えねばならない。クリード自身も無傷ではいられなかった。脚のことではない。古い記憶がよみがえり、暴力を呼び戻してみなの生活を脅かした。以前もそしていまも、なんとか折り合いをつけた。この記憶は、戦争に行った男たちに共通のものだ。今回は状況が異なるが、友を殺されたことに変わりない。

〝トレイル・ストップ大虐殺〟——血に飢えたマスコミの命名——は大ニュースになった。レポーターが押し寄せ、モーテルはあっという間に満室になった。トレイル・ストップの住民がすでにやってきて、仮住まいしていたからだ。

いずれは落ち着くだろうが、いまは保安官事務所がみんなから供述を取り、電気と電話が復旧するまで、これだけ多くの人の滞在先を確保するのに大わらわだった。橋が開通するまでということだが、橋というのは、いくら小さくても一晩や二晩で架けられない。クリスマスまでに家に戻れないだろうと噂されていたが、それについては、クリードのほうがよく知っていた。しかるべきつてに何本か電話をし、面倒な手続きをすっ飛ばし、トレイル・ストップの橋工事をリストのトップに持っていくことに成功していた。一カ月以内には新しい橋が架かるはずだ。

トレイル・ストップはまだ混乱のさなかにあった。冷蔵庫や冷凍庫に入っていた物はすべて腐り、割れた窓から吹きこんだ雨で床も壁もびしょ濡れ、あちこちに銃痕が残り、家具も車も壊れ……保険の査定人はしばらく忙しいだろう。

警察は、悪党たちのあいだで仲間割れが起き、一人がほかの仲間を殺したという説に傾きかけていた。カルが口を割らないかぎり、クリードはこの説を支持するつもりだ。

そうでないことはわかっている。抜けめないこの畜生とは、多くの任務を共にしてきたから、彼の仕業だとすぐにわかった。カルはつねに任務をやり遂げる。どんな任務であれ、状況がどんなに厳しくとも、カルはつねに頼れる男だった。部下のなかで、いちばんでかいわけでも、いちばん足が速いわけでも、いちばん力が強いわけでもなかったが、つねにいちばんタフだった。

「あなた、狼のように笑ってるわよ」ニーナが言った。人に見られたらまずいと言いたいのか。

クリードはこのたとえにぎょっとした。「凶暴な笑いってことか?」

「そういうわけじゃなくて、歯をむきだして笑っているから」

それならまあ、たとえとしては妥当だ。

「ケイトとカルのことを考えていたんだ。二人がいっしょにいるのを見るとうれしくてね」

これなら嘘が半分ですむ。カルのことを考えていたのはたしかだ。しかし、カルはすごい。三年前にケイトに出会い、彼女が気づいてくれるまで、ずっと粘りつづけたんだから。しかも待つあいだに、子どもたちと深い絆を結び、彼女の生活にものの見事に入りこんだ。いまではやつがいなければ、彼女はにっちもさっちもいかない。いかにもカルらしい。自分の望みを見極めて、実現させる。カルがニーナを気に入らなくてよかった。そんなことになってたら、いちばんの親友を殺さねばならない。

クリードはニーナに家までの道を教えながら、不安に駆られていた。床に下着をほっぽったままだったらどうしよう。そんなわけがない――軍隊の訓練が骨の髄まで染みついている――が、人生、間の悪いことは起きるものだ。ニーナをはじめて家に招いた日にかぎって、床に下着がほっぽりっぱなしだったとか。

とにかく玄関までたどり着き、鍵を開けようとして、カルが窓を破ったことに気づいた。にが笑いしながら手を差しこみ、内側から鍵を開け、ニーナが通れるように松葉杖をわきに寄せる。

自分のすみかを気に入っていた。丸木小屋はこぢんまりと居心地がよいが、ベッドルームがいちおうふたつあるのだから、小さすぎることはない。キッチンはあまり使わないが最新の設備が揃っており、ソファーは彼に適した大きさで、横になるのに最高だ。家具は好みの場所に置かれ、ベッドはちゃんと整えてある。彼の家事能力というか趣味が及ぶのはそこまでだ。

ニーナには住む場所がなかった。彼女の家は蜂の巣状態で、まだ入ることもできない。保安官事務所はヘリコプターを用意し、立ち往生した住民を町まで搬送するので忙しかった。それがもっとも速くて簡単な方法だったからだ。

「あなたみたい」穏やかな笑みを浮かべてニーナが言った。「無駄な物がない。気に入ったわ」

ニーナの頰に触れ、すべすべの肌をそっと撫でた。「ここにいっしょに住んだらいい」心の底から欲していることを、単刀直入に申し出た。

「わたしとセックスしたいの?」

松葉杖が急に絡まって転びそうになった。この女に嘘はつけない。青い目をのぞきこみながら、真実以外のことを言うなんてできない。「なんてこった、もちろんだ。だが、それはきみがどこに住むかという問題とは別だ」

「わたしが修道女だったことは知ってるわよね？」

　こっちは心臓の鼓動が速くなりすぎて、いまにも死にそうなのに、なんでそんなに冷静でいられるんだ。「知ってる。ヴァージンなのか？」

　ニーナは口角をわずかに持ち上げてほほえんだ。「いいえ、違うわ。それって、あなたにとって大事なこと？」

「おれがものすごく安心したっていう意味では大事だな。もう五十だ。そういうストレスには耐えられない」

「なぜ修道女になるのをやめたか知りたい？」

　クリードは覚悟を決め、運を天に任せて言ってみた。「セックスが好きで諦められなかったから？」

　ニーナは吹きだした。おもしろすぎたらしく、長椅子に座りこみ、涙を流しながら笑い転げた。どうもセックスはそれほど好きではなかったらしい。だが、その考えはあらためさせてやる。前ほど性急でなくなったし、経験は豊富だ。セックスに関するかぎり、それは悪いことではない。

「人生が、生きることが恐ろしかったから、修道女になったの」ようやく笑いがおさまってニーナが言った。「修道院を出たのは、そんな理由で修道院にいるのはよくないとわかったから」

クリードはニーナの隣りに腰をおろし、松葉杖をわきに置いた。片腕をニーナにまわし、顔を上に向かせた。「橋が爆破されて、きみの家が撃たれた直前に、なにをしていたか憶えてるか?」

「ぼんやりとね」目がキラキラしたので、からかわれていることはすぐわかった。

「そこからはじめるか? それとも、すぐベッドに行って愛し合うか?」

ニーナは頬をピンクに染め、真剣な表情でクリードを見つめた。「ベッド」

助かった。「オーケー。だが、その前に、はっきりさせておきたいことがふたつある」

ニーナはうなずいた。二人の視線はからみ合ったままだ。

「おれはもう何年もきみに夢中だ。愛してる。結婚してほしい」

彼女の口がぽかんと開いた。顔が真っ白になり、またピンクに戻った。イエスでありますように。「それじゃ、三つじゃない」

クリードは一瞬考えて肩をすくめ、ニーナを膝に乗せてキスした。「ひとつの大きなことが、いくつかに分かれただけだ」

「たしかにそうね」激しく口づけを交わしながら、ニーナは身をくねらせてクリードの膝にまたがり、両腕を首にまわした。ほどなく彼女は上半身裸になり、彼のズボンのジッパーはおろされた。彼の汗ばんだ胸に胸を合わせて、彼女は喘いでいる。手がズボンにすべりこんできて彼のものを上下に撫でたので、背骨が強張って厚板になったような気がした。ベッドまでたどり着けそうにない。

「よくなければ困るの」ニーナがきっぱり言った。

「大丈夫だ」約束しながら、彼女をちょうどいい位置に動かした。

「こんなに長いあいだセックスなしできて、これが不発に終わったら、わたし——」

「ハニー」クリードはきっぱり言った。あと二十分はまともにものを考えられないから、いまのうちに言っておく。「海兵隊員は不発弾を撃たないんだ」


「ケイト！」シーラが家から飛びだしてきた。二日前に電話でケイトの声を聞いていたにもかかわらず、安堵のあまりすすり泣いている。ケイトはニュースが通信社に届く前に、自分の口から母に話したかった。それに、息子たちの声も聞きたかった。二人はすでに眠っていたが、無理に頼んで起こしてもらい、眠そうな抗議の声と、電話の向こうにいるのがマミーだと知ったときの喜びの声を聞いた。

警察で山ほど質問され、カルはそれにいちいち答えたので、二人が解放されたのはその日の朝だった。橋が再建され電気が通じるまで、二人とも家に戻ることができない。ケイトの両親が、そのあいだシアトルに滞在するよう招いてくれたのだ。

ケイトは母の胸に飛びこみ、きつく抱きしめられ、キスされて、また抱きしめられた。父も家から出てきてケイトをきつく抱きしめ、すぐあとに、汚れ放題のぼうやたちが飛びだしてきて、叫び声をあげた。二人は「マミー！」と「ミスタ・ハウィス！」のどちらを叫んだらいいか決めかねて、両方叫んだ。

カルはすばやくケイトの父親と握手を交わすと膝を突き、飛びついてきた子どもたちを抱き取った。三年前からこうだから、便利屋さんに人気をさらわれることには慣れっこだ。結局のところ、二人に悪態を教えたのは彼だ。その分野で、母親が太刀打ちできる？　二組の小さな腕に首をぎゅっと抱きしめられているカルを見て、ばかみたいにニヤニヤしている自分に、ケイトは気づいた。子どもたちは、ミミの家に来てからの出来事をカルにすべて報告しようと競いあっている。

「わたしが正しかったわね」シーラが満足そうにカルを眺めながら言った。

「なにが正しいんですか？」カルが必死でしがみつかれ、カルは窒息しそうだ。

「あなたとケイトのあいだになにかが進行中だって言ったこと」

「ええ、おかあさん、正しかったですよ。おれは三年間ケイトを思いつづけてましたから」

「うーん、たいしたものだわ。あなたたち、結婚するの？」

「ママ！」

「はい、おかあさん」カルが赤くなる気配も見せずに答えた。

「いつ？」

「ママ！」

「できるだけ早くです」

「それなら」と、シーラ。「ケイトといっしょに泊まるのを許してあげるわ。でも、わたしの家で、うちの娘とエッチするのは厳禁ですからね」

父親は笑いすぎて窒息しそうだ。カルは双子の手に締められて窒息しそうになっている。ケイトも憤慨のあまり息が詰まるかと思った。「そんなこと考えてもいません、おかあさん」カルが母親に請けあった。

「嘘つき」シーラは手厳しい。

カルは未来の義理の母親にウィンクした。「ええ、おかあさん」カルがあっさり認めたので、シーラは苦笑した。


二週間後、ケノン・ゴスだった男、ライアン・フェリスだった男が、シカゴ郊外の墓地をぶらぶら歩いていた。あてどなく歩いているように見える。ときどき立ちどまって墓石の名前を眺め、また歩く。

新しい墓の前を通った。間に合わせらしい墓標が立てられ、ユーエル・フォークナーの名前と、誕生した年月日、死亡した年月日が記されている。男は立ちどまらず、その墓にはなんの関心も払っていないようだった。そのまま通り過ぎて、隣りの一九〇三年に死亡した子どもの墓をしげしげと眺めてから、二本の小さな星条旗に飾られた退役軍人の墓に立ち寄った。

人生とは皮肉なものだ、と男は思った。フォークナーはその夜、数時間前に死んでいたわけだ。お人好しのヒュー・トクステルは死ななくてすんだ。彼の非自発的自己犠牲は不要だった。ほかのやつらもそうだ。ティーグと彼のいとこのトロイはどうでもいい。だが、ビリー・コープランドとブレークは彼が殺したのではない。いったいだれの仕業だ？

あの晩のことを考えると、たまに、あのときのかすかなそよぎが、なにか、あるいはだれかがちかくを通り過ぎた気配だったかもしれないと思うことがある。たいていの場合は、常識が勝って、あれはそよ風、ほんとうのそよ風だったのだと思える。だがそうだとすれば、あれ以来、幾度か、夜中に飛び起きた理由がわからない。夢のなかで見張られているような奇妙な感覚にとらわれ、恐怖に駆られるのだ。

アイダホから抜けだせてほんとうによかったが、シカゴに留まるわけにもいかない。そろそろよそへ移ろう。もっとあたたかいところがいい。マイアミはどうだろう。ニュースによれば、マイアミで狂暴な連続殺人が起きている。殺人者はどうやら目玉を蒐集しているらしい。

まさかあの女が？

訳者あとがき

ケイト・ナイチンゲールは、生後九カ月の双子の息子を抱え、二十九歳で未亡人になった。夫のデレクが三十歳の若さで、ブドウ球菌に感染し心臓をやられてあっけなく死んだからだ。ロッククライミング中に脚をすりむいたのが原因だった。

住んでいたシアトルで働きながら子育てするのは大変だ。子どもたちと過ごす時間は削られ、託児所に払う金で収入の大部分が消えてしまう。だから、アイダホ州のビタールート山脈に臨むトレイル・ストップという僻村《へきそん》でB＆B（朝食付き宿泊所）を営むことにした。携帯電話はつながらないし、高速インターネットを利用することもできない。テレビは衛星放送のみで、雪に妨《さまた》げられ受信状態は悪い。食料品の買い出しには片道一時間かかるので、二週間に一度、山のような食品を車に積んで帰ってくる。そんな不便な場所だけれど、子どもたちといつも一緒にいられる。子どもたちを安心しておもてで遊ばせられる。手つかずの自然が残るこのあたりは、結婚前、夫とロッククライミングをしに何度も訪れた思い出の場所でもあった。

ケイトがB&Bを切り盛りして三年、双子は四歳になった。やんちゃ盛りの二人を夢中にさせるもの、それは、村の便利屋、ミスター・ハリスの道具箱だ。B&Bはヴィクトリア朝様式の古い屋敷だから、いつもどこかしら修繕が必要だった。そのたびにミスター・ハリスを呼ぶ。すると双子は磁石に引き寄せられる鉄のごとく、ミスター・ハリスとその道具箱めがけてすっ飛んでゆく。温和なミスター・ハリスは、双子にまとわりつかれても嫌な顔ひとつせず、気長に相手をしてくれる。でも、ケイトの前では、真っ赤になってまともに口がきけなくなる。気の毒なほど内気な人、それがケイトのミスター・ハリスに対する印象だった。ある日、宿泊客が荷物を残したまま姿をくらました。それから数日、二人の男がやってきて、ケイトに銃を突きつけ、その客の荷物をよこせと言った……それから、事態は思いもかけない方向へと転がってゆく。そして、ケイトのミスター・ハリスを見る目も劇的に変化することになる。

ところで、アイダホと聞くとなにを思い浮かべるだろう？　アイダホポテト？　やっぱり。アメリカ人にとっても、〝アイダホといえばポテト〟のようで、本書にも「なぜアイダホ？わからない。たぶんポテトが好物なんだろう」という台詞が出てくる。

アイダホ州はアメリカの北西部にあり、北はカナダと接している。主要産業は農業と観光業と鉱業。近年はコンピュータ関連のハイテク産業も盛んだ。ポテトが栽培されるのはもっぱら州の南、オレゴン州と接する地域で、乾燥した砂漠地帯だ。

北部は山岳地帯で、手つかずの大自然が残っており、山登り、スキー、カヤック、釣り、急流下り《ラフティング》、乗馬、ゴルフ、マウンテンバイクなど、アウトドア・スポーツが思いきり楽しめる。アイダホ州でもっとも高い山脈のひとつ、セヴン・デヴィルズ・ピークスからは、はるかに四つの州が見渡せるとか。都会の喧騒を逃れて大自然の懐に抱かれたかったら、アイダホはうってつけの場所だ。

以上がインターネットで調べたアイダホに関する情報。調べる、と言えば、リンダ・ハワードは「調べものが大好き。本を書くことでいちばん楽しいのは調べもの」と、出版元ランダムハウスのホームページの『Author Essay』に書いている。今回の作品を書くにあたっても、アイダホ州やロッククライミングに関する参考資料を読み漁ったのだろう。

ロッククライミングは日本でも盛んなアウトドア・スポーツだ。インドアの練習施設もあちこちにあるから、気軽にはじめられる。岩を這い登るのだから、相当な腕力や脚力が要求されると思いきや、中級レベルぐらいまでは、腕力に自信がなくてもできてしまうらしい。基本的に命綱のロープとハーネスをつけ、底全体が滑りにくいゴムでおおわれた靴をはく。基本的には二人一組で、登る人（クライマー）と、その安全を確保するビレイヤーがパートナーとなる。練習では〝トップロープ〟を使って登る。文字どおりつねにクライマーの上にあるこのロープをハーネスに接続する。クライマーが登れば登った分だけロープがたるむ。たるんだ部分をビレイヤーがたぐり寄せる。万が一足を滑らせても、ビレイヤーがロープをつかんでくれているから下まで落ちずにすむ、というわけだ。途中で疲れたら、ロープにぶらさがって休むこともできる、とか。

ケイトたちが登っていたのは上級の岩場だから、それだけ危険も多い。でも、そこでしか味わえない特別なスリルがある。その醍醐味を彼女はこんなふうに表現している。「筋肉を自在に動かすことで、岩を相手に自らの強さと技術を試す場……削り跡や匂いや音、ロープのつぶやき、顔に当たる風、指先に感じるゴツゴツした冷たい岩肌……見回していまいる位置を確認するたび、強い満足感をおぼえた」

さて、リンダの次作は、『チアガールブルース』の続編（原題は"*Drop Dead Gorgeous*"ブレアにぴったりの題！）だ。作品を仕上げた後も、主人公たちが頭のなかに居座っておしゃべりをつづけることがあるの、と彼女はあるインタビューで語っている。『青い瞳の狼』のニエマとジョンしかり、『チアガールブルース』のブレア・マロリーしかり。ブレアのおしゃべりはいっこうにやまず、それで続編が生まれたそうだ。「コンピュータの前で大笑いしながら書いた」前作同様、読んだ人みんながハッピーになれる、そんな作品に仕上がっている。どうぞご期待ください。

ザ・ミステリ・コレクション

夜《よる》を抱《だ》きしめて

著者　リンダ・ハワード

訳者　加藤《かとう》 洋子《ようこ》

発行所　株式会社 二見書房
東京都千代田区神田神保町1-5-10
電話　03(3219)2311 [営業]
03(3219)2315 [編集]
振替　00170-4-2639

印刷　株式会社 堀内印刷所
製本　株式会社 進明社

落丁・乱丁本はお取り替えいたします。
定価は、カバーに表示してあります。

ISBN978-4-576-07022-3
http://www.futami.co.jp/

二見文庫 ザ・ミステリ・コレクション

見知らぬあなた
リンダ・ハワード
林 啓恵［訳］

一夜の恋で運命が一変するとしたら…。平穏な生活を〝見知らぬあなた〟に変えられた女性たちを華麗な筆致で紡ぐ、三編のスリリングな傑作オムニバス。

一度しか死ねない
リンダ・ハワード
加藤洋子［訳］

彼女はボディガード、そして美しき女執事――不可解な連続殺人を追う刑事と汚名を着せられた女。事件の裏で渦巻く狂気と燃えあがる愛のゆくえは⁉

悲しみにさようなら
リンダ・ハワード
加藤洋子［訳］

10年前メキシコで起きた赤ん坊誘拐事件。たった一人わが子を追い続けるミラがついにつかんだ切り札、それは冷酷な殺し屋と噂される危険な男だった…

くちづけは眠りの中で
リンダ・ハワード
加藤洋子［訳］

パリで起きた元CIAエージェントの一家殺害事件。復讐に燃える女暗殺者と、彼女を追う凄腕のスパイ。危険なゲームの先に待ち受ける致命的な誤算とは⁉

チアガール ブルース
リンダ・ハワード
加藤洋子［訳］

殺人事件の目撃者として、命を狙われるはめになったブロンド美女ブレア。しかも担当刑事が、かつて振られた因縁の相手だなんて…⁉ 抱腹絶倒の話題作！

未来からの恋人
リンダ・ハワード
加藤洋子［訳］

20年前に埋められたタイムカプセルが盗まれた夜、弁護士が何者かに殺され、運命の男と女がめぐり逢う。時を超えた二人の愛のゆくえは？ 女王リンダ・ハワードの新境地